VIENS, ON S'AIME

Première publication : New Romance,
Département de Hugo Publishing
Collection New Romance créée par Hugues de Saint Vincent

Photo de couverture : Getty/Studio ThreeDots
Couverture : Ariane Galateau

Ouvrage dirigé par Sylvie Gand
Collection dirigée par Franck Spengler

34-36 rue La Pérouse
75116 PARIS
www.hugoetcie.fr

ISBN : 9782755639872
Dépôt légal : novembre 2021
Imprimé en Espagne par Black Print

VIENS, ON S'AIME

MORGANE MONCOMBLE

Hugo Poche

NEW ROMANCE®

À ma mère.

PLAYLIST

Carly Rae Jepsen – *Your Type*
Beyoncé – *Partition*
Jason Derulo – *The Other Side*
The Vamps – *Personal*
Auburn – *Perfect Two*
Explosions In The Sky – *Your Hand In Mine*
Carly Rae Jepsen – *I Really Like You*
Hailee Steinfeld – *You're Such A*
Wham ! – *Wake Me Up Before You Go-Go*
Ed Sheeran – *Photograph*
The Fray – *How To Save A Life*
Sia – *Salted Wound*
Jason Mraz & Colbie Caillat – *Lucky*
Little Mix – *Secret Love Song*
Gnash, Olivia O'Brien – *I Hate U, I Love U*
Woodkid, ft. Lykke Li – *Never Let You Down*
Skylar Grey – *Words*
Carly Rae Jepsen – *Tonight I'm Getting Over You*
Gabrielle Aplin – *The Power Of Love*
Justin Bieber – *Sorry*
Ed Sheeran – *All Of The Stars*
ZAYN – *iT's YoU*
Jason Derulo – *Marry Me*
Lykke Li – *Tonight*
Hailee Steinfeld – *Love Myself*
Charlie Puth – *Empty Cups*
The Weeknd – *I Feel It Coming*

PROLOGUE

Un an plus tôt

VIOLETTE

Je suis canon. Je suis canon. Je suis…

– Aïe !

Je laisse tomber mon fer à lisser par terre pour libérer ma main meurtrie, sautillant au passage pour ne pas qu'il atterrisse sur mes pieds. Quelle gourde ! Je le ramasse avec précaution, mon doigt brûlant dans la bouche. Qu'est-ce que je disais, déjà ? Ah oui. Que j'étais canon.

Pourtant, ce n'est pas ce que me renvoie le miroir.

Je passe le lisseur une dernière fois sur l'une de mes mèches blondes et prends bien soin de l'éteindre avant de le poser – je viens d'emménager, il vaudrait peut-être mieux attendre avant de mettre le feu à l'immeuble. Je passe les doigts dans ma chevelure pour un air plus naturel, puis je me lance un dernier coup d'œil dans la glace.

Canon n'est pas le terme le plus exact pour qualifier la tête que je me trimballe un soir de Nouvel

An, mais soit. On fera avec. C'est toujours mieux que celle que j'avais en début de semaine, malade comme un chien.

Saleté de grippe.

Je dépose une couche de gloss transparent sur mes lèvres tout en essayant de mettre mes talons d'une main. Je suis en retard, pour ne pas changer. Et pourtant, j'ai fait en sorte de me préparer deux heures avant pour éviter ce genre de problème. Il faut croire que j'arrive à accomplir l'impossible.

Mon short en sequins vert traîne sur le canapé, je l'attrape et le passe sans filer mes collants. Première étape délicate passée avec succès ! Après avoir épousseté ma chemise blanche et enfilé un court blazer noir, j'embrasse l'appartement du regard.

– Je n'ai rien oublié ?

Je n'en ai pas l'impression. Du coup, je fourre mon téléphone et mes clefs dans ma pochette avant de claquer la porte derrière moi. Deuxième étape : *well done !* Au même moment, je sens quelque chose vibrer sous mes mains. C'est ma nouvelle amie Zoé qui m'appelle. Je décroche tout en appuyant sur le bouton de l'ascenseur.

– Allô.

– Salut, c'est moi. Ça va ?

– Super, et toi ?

L'ascenseur était au dernier étage, si bien qu'il peine à descendre. Je fulmine contre lui dans ma barbe. Zoé va me tuer. Elle déteste les gens qui n'arrivent pas à l'heure.

– S'il te plaît, ne me dis pas que tu es en retard.

– Moi ? Pas du tout, nié-je en appuyant sur le bouton comme une forcenée, à croire que ça le fera descendre plus vite.

– Tu es sûre ?

Elle a l'air méfiante. J'ai presque peur de la retrouver dans l'ascenseur au moment où les portes s'ouvriront, pointant sur moi un doigt accusateur : « MENTEUSE ! »

– Puisque je te le dis ! Vous êtes où, là ?

– Au bar en face de chez Claire.

– Et tu ne me vois pas ? fais-je semblant de m'étonner.

– Euh… non.

Je sais qu'elle ne me croit pas. Pourtant, bien que je sois à la traîne en mathématiques, je fais le calcul. En me dépêchant bien, je peux y être dans un petit quart d'heure. Je m'y rends à pied. Heureusement, j'ai pensé à prendre mon spray au poivre – mon père n'a pas voulu me laisser partir du Jura sans m'en acheter une dizaine. Il n'a jamais eu confiance en Paris. Comme si tous les pervers du pays se concentraient dans cette ville bien précise.

– Tu es aveugle ou quoi ? Je te vois ! Je te fais même coucou (L'ascenseur émet un « ding ! » que j'étouffe en toussant et j'entre dans la cabine.) Bon, tu sais quoi ? Bouge pas, je me dirige vers toi.

– OK.

Je sais que Zoé va me tuer. J'ai beau la connaître depuis septembre seulement, c'est une fille très libérée et surtout qui ne mâche pas ses mots. Dès notre deuxième rencontre, elle m'a montré ses seins dans les toilettes de l'ESMOD en me demandant si je trouvais moi aussi qu'elle avait une grosseur suspecte. J'ai dû lui toucher les seins. À deux reprises.

Je raccroche pendant que les portes se referment. Je m'apprête à remettre mon collant en place quand une main puissante empêche l'ascenseur de se fermer. Un homme entre en me saluant poliment et se poste devant moi. La cabine descend lentement, le silence me gêne. Peut-être devrais-je entamer la conversation ? Je suis plutôt bonne, en conversation, du moins quand mon père me rappelle de ne pas parler des pingouins manchots – nous y reviendrons prochainement. Après tout, je n'ai emménagé que récemment, ce serait probablement une bonne idée de copiner avec les voisins.

Pourtant, la manière dont il me tourne le dos me fait taire. Il est sûrement pressé – ou con.

Soudain, un léger tremblement me fait vaciller. Je me retiens à la paroi de droite pendant que mon voisin décroise lentement les bras. L'ascenseur manifeste un dernier spasme avant de complètement s'arrêter. Je ne bouge pas, de peur d'avoir enclenché quelque chose. Me connaissant, c'est probable.

Je reste de marbre quelques secondes encore, le temps que l'information me parvienne au cerveau.

On est arrêtés. On est arrêtés ! Une fois que je saisis la gravité de la situation, j'écarquille les yeux et déglutis. *Respire, Violette. Respire.* Ce n'est ni l'endroit ni le moment de faire une crise d'angoisse. Je n'en ai pas fait une seule depuis que je suis sur Paris et je n'ai pas l'intention de recommencer. Je fais donc mon possible pour contrôler ma respiration tandis que l'homme appuie sur le bouton d'urgence en bougonnant.

– Qu'est-ce qui se passe ?

C'est tout moi, de demander ce qui se passe alors que la réponse est parfaitement claire. J'ai néanmoins besoin de l'entendre, d'écouter le son d'une voix autre que la mienne. J'ai besoin de savoir que je ne suis pas seule.

Ne panique pas, Violette, ne panique pas.

– On est coincés ?

C'est officiel, je panique. Et merde ! Je le regarde tenter d'ouvrir les portes en s'aidant de ses deux bras. Il force, force, y arrive, puis relâche tout d'un seul coup.

– On est entre deux étages, murmure-t-il pour lui-même.

– Oh mon Dieu.

Je me plaque contre la paroi du fond de la cabine, la main sur ma poitrine. Je compte mes respirations, mais je réalise très vite que je m'embrouille avec les chiffres. Dans un dernier espoir, mes yeux tentent d'intercepter les siens. Je veux qu'il me rassure, qu'il me dise que ça arrive tout le temps mais que ça rentre dans l'ordre généralement très vite. Sauf qu'il ne fait que regarder son portable, sûrement à la recherche de réseau.

– Ne… Ne me dites pas qu'on va… qu'on va rester bloqués ici…

– Calmez-vous, je suis pompier, dit-il sans même lever les yeux vers moi.

– En quoi c'est censé me rassurer ? Pompier ou non, vous êtes dans ce foutu ascenseur avec moi, alors je ne vois pas en quoi cette information pourrait m'aider à me calmer !

Pour la première fois depuis qu'il est entré dans la cabine, l'homme me regarde. La première pensée qui me vient à l'esprit ? « Dieu existe ». Dans le cas contraire, une telle nuance de bleu n'existerait pas ; un mélange de lapis-lazuli et d'azurite improbable. Un bleu foncé comme une nuit d'été sans étoiles. Ces yeux, je les aime au premier coup d'œil.

Justement, ils me regardent avec patience et gravité. À croire qu'il a l'habitude. Toutefois, une lueur d'incrédulité les habille.

– Si je vous conseille de vous calmer, c'est parce que je sais que céder à la panique ne sert à rien.

Mes battements de cœur ne ralentissent pas pour autant. Ma gorge ne fait que se resserrer petit à petit, tout comme les murs. La cabine est trop petite et j'ai chaud, trop chaud.

– Je suis claustro, lancé-je pour toute explication.

– Inspirez et expirez profondément par le nez, environ dix fois.

Je m'exécute, ravalant mes larmes de frustration. Je me déteste quand je suis dans cet état. Et dire que j'avais réussi à les combattre ! N'importe qui prendrait la situation avec calme, mais pas moi. C'est l'un de mes pires cauchemars qui est en train de se produire.

– Concentrez-vous sur des pensées positives, ça devrait fonctionner. Et ne paniquez pas, tout va bien se passer.

– Facile à dire, Monsieur « Calmez-vous-je-suis-pompier »… murmuré-je.

Il encaisse ma remarque sarcastique sans broncher et me rejoint à l'arrière de la cabine pour s'asseoir, adossé contre la paroi et les jambes tendues devant lui. J'obtempère en tournant en rond. Je ne sais pas comment il fait pour rester calme dans un moment pareil. Puis je me souviens : il est pompier. Il connaît bien pire.

J'ai l'impression que mon cœur court sous mes doigts. Je m'applique à respirer par le nez, m'agite dans le petit espace de la cabine. Concentre-toi sur des pensées positives, Violette ! PO-SI-TIVES. Un chat qui bondit face à un concombre ? Une mamie qui fait du rap ? La collection Automne-Hiver de Valentino ? Visiblement, ce n'est pas assez positif. Forcément, cela ne fait que m'angoisser davantage. Dans mon trouble, j'écrase le pied de mon voisin.

– Oh, pardon ! m'exclamé-je au moment où il laisse échapper un cri de douleur.

– Bon sang, asseyez-vous et arrêtez de bouger.

Je n'aime pas la façon dont il me parle, même s'il a gardé un ton très bas jusqu'ici, à croire qu'il a peur de réveiller quelqu'un. Mais je me mets à sa place, coincé le soir du Nouvel An avec une folle-dingue claustrophobe. Après quelques secondes de rébellion, je vais m'installer à son côté.

Il ferme les paupières, la tête renversée contre le mur derrière lui. J'en profite pour le regarder du coin de l'œil. Et bizarrement, le contempler m'apaise. Il est pas mal. Très mignon, même. Le pompier a des cheveux couleur café courts au niveau des tempes et plus longs au-dessus, une mâchoire qui se crispe et se décrispe telle une branchie de poisson et des yeux à me rendre aveugle.

Je fronce les sourcils en remarquant une forme étrange sur son cou. Je crois à une tache de naissance avant de me rendre compte qu'elle disparaît sous sa veste et remonte quelque peu à la naissance de sa mâchoire. La peau est plus rose, plus brillante. Meurtrie.

Je m'en détache car je trouve ma fixation impolie, même s'il ne me voit pas.

– Racontez-moi la pire intervention que vous ayez faite.

J'ai dit ça comme ça, sans réfléchir. Parce que l'entendre parler m'empêchera de penser que je suis dans un espace aussi confiné, et parce que je culpabiliserai moins de planter Zoé et les autres.

Mon voisin m'a entendue, je le sais. Il n'ouvre cependant pas les yeux.

– Vous ne voulez pas entendre ça.

– Qu'en savez-vous ? Puisque je vous le demande !

Je ne quitte pas son visage des yeux. Il a l'air un peu plus vieux que moi. Après tout, s'il est déjà pompier, ça ne peut qu'être le cas. J'ai bientôt dix-neuf ans.

– Dans ce cas, c'est moi qui ne veux pas la raconter.

Bon. S'il veut jouer à ça.

– La deuxième, alors.

Cette fois, il rouvre les paupières et tourne la tête vers moi, l'air las.

– Vous ne lâchez jamais ?

– Pas vraiment, encore moins avec des ronchons dans votre genre. C'est soit ça, soit je fais une crise de panique. Choisissez !

Il lit la supplication sur mes traits. Je ne le lui montre pas, mais j'ai peur. J'ai peur de faire une crise d'angoisse, parce que je ne sais que trop ce que c'est. Un enfer. Je n'ai pas envie de croire que je vais mourir ce soir. J'étais censée faire la fête et boire quelques cocktails pour bien commencer l'année 2015.

Il détourne le regard et fixe un point devant lui. J'attends quelques secondes avant qu'il commence :

– C'était un immeuble d'habitation dans Paris, un peu dans le même style que celui-là.

Ce n'est que maintenant, une fois que mon cœur bat à une vitesse acceptable, que je remarque qu'il a une belle voix. Âpre mais pas trop, pas comme s'il avait passé sa vie à fumer. Plutôt comme si l'une de ses cordes vocales avait un léger défaut.

– Quand on est arrivés sur place, une fenêtre était embrasée. Il y avait déjà des personnes sur le trottoir, à même le sol, que mes collègues tentaient de soigner. Tout le monde était en panique. On leur disait de se calmer, d'attendre qu'on vienne les secourir.

Je suis suspendue à ses lèvres désormais, la scène entière se déroulant sous mes yeux.

– Ceux qui étaient encore coincés chez eux criaient, nous suppliaient de les sauver, continue-t-il d'une voix lointaine, comme perdue au milieu des flammes. Certains même nous hurlaient que leurs pieds brûlaient.

Instinctivement, ma main vient se poser sur ma bouche. Il avait raison, je n'ai aucune envie d'écouter ce genre de chose. Pour ne pas avouer ma faiblesse, je me mords la lèvre et le laisse poursuivre son récit.

– L'une des fenêtres du troisième étage n'était pas encore prise par le feu. Il y avait une famille qui attendait qu'on vienne la chercher. Un père, sa femme et leur fille d'environ quinze ans. Je n'ai pas hésité plus de trois secondes. J'ai pris l'échelle à coulisse, je me suis dirigé vers la courette et je suis monté le long de la façade.

– Au troisième étage ?

– Ouais. L'échelle était trop petite mais je me contentais de monter étage par étage. Quand je suis arrivé à leur hauteur, le père m'a demandé de prendre sa fille. J'ai tout de suite vu que ça n'allait pas durer longtemps ; le feu s'était déjà répandu dans la chambre. Il faisait tellement chaud... J'ai dit à la petite de se tenir à mon cou et j'ai ordonné aux parents de descendre un par un, juste après nous. Mais l'échelle était trop courte. Je savais qu'on mettrait trop de temps.

Il replie les jambes et pose ses coudes sur ses genoux écartés, les yeux rivés sur la paume de ses mains. On dirait qu'il cherche la réponse à quelque chose. À la façon qu'il aurait pu trouver pour les sauver tous.

– À peine étais-je arrivé au premier étage avec la fille, et la mère au deuxième, que l'incendie avait ravagé le troisième. Le père avait compris qu'il ne pourrait pas descendre assez vite.

Il s'interrompt. La suite me fait peur. Je le pousse à terminer dans un souffle :

– Il a brûlé ?

– Non. Il a sauté en espérant atterrir à l'étage inférieur. Sauf qu'il s'est écrasé sur le trottoir. Sous les yeux de sa famille.

Je presse les paupières. J'ai soudain envie de vomir. J'admire vraiment les gens qui exercent des métiers si horribles. D'un côté, ils sauvent des vies, certes. Mais de l'autre, ils assistent à la mort. Constamment. C'est quelque chose que je ne pourrais pas supporter.

– La mère et la fille s'en sont sorties ?

– Oui, soupire-t-il en se frottant le cou, l'air fatigué. Je les ai descendues à temps, puis je les ai amenées au Poste Médical Avancé pour qu'elles reçoivent une assistance respiratoire.

– C'est affreux.

– Je vous l'avais dit.

– Pourquoi vous faites ça ?

Il fronce les sourcils, toujours sans me regarder. J'ai pu constater, depuis le début, qu'il évite de croiser mes yeux. Ce que je ne comprends pas. Ou plutôt si : cela signifie que j'ai gardé ma tête de lépreuse au bord de la mort. Et ce n'est pas une très bonne nouvelle.

– J'aime mon métier. J'aime me sentir utile.

Que répondre à cela ? Je crois que j'imagine ce qu'il veut dire. Pour ma part je suis en école de stylisme, alors je suppose que je ne peux pas vraiment comprendre. Sauver des vies en danger et coudre des soutiens-gorge, ce n'est pas totalement pareil. Mon père, en revanche, est policier. Et j'ai toujours respecté ses raisons. Même si vivre avec cette perpétuelle question, « va-t-il revenir en vie ce soir ? », est tout bonnement atroce. Je ne sais pas si je le supporterais.

– Finalement, je préférerais qu'on parle d'autre chose. Comme les bébés pandas, ou la dernière désintox de Lindsay Lohan…

Un long silence s'installe. Évidemment, le stress pointe de nouveau le bout de son nez. Maintenant que plus personne ne parle, je recommence à trouver que la cabine est trop petite. Aucune fenêtre, aucun passage d'air, je n'ai même pas d'eau, oh mon Dieu, et si j'ai envie de faire pipi ? Note pour moi-même : toujours avoir une bouteille sur soi.

Chose très surprenante, c'est lui qui le brise, le silence :

– Tu vis ici ?

Mon faible moi intérieur note qu'il me tutoie. Pourquoi est-ce que ça me fait plaisir ?

– Oui.

– Depuis quand ?

– Trois mois. J'étais en campus l'année dernière mais ça ne m'a pas plu, alors j'ai préféré me prendre un appartement pour ma deuxième année.

– Seule ?

– C'est quoi ces questions de tueur en série ?

Il se tourne vers moi, me considérant d'un air étrange que je n'arrive pas à définir. Quand j'angoisse, je réponds sans réfléchir, parle trop vite, dis n'importe quoi. C'est ma manière d'extérioriser. Pour ne pas stresser seule. Aussi par besoin de dire la vérité sans voile, je suppose. À force d'être restée dans le silence trop longtemps, j'en subis désormais les répercussions.

Mon voisin s'exprime lentement, comme s'il avait peur de déclencher une mauvaise réaction :

– Tu es hyper bizarre, comme fille.

– Merci.

Je laisse passer quelques secondes précieuses avant de répondre :

– Oui, je vis seule. Enfin, avec Mistinguette. Ma lapine. Et elle est plutôt coriace dans son genre, alors je te déconseillerais de t'introduire chez moi en cachette.

– Pourquoi je ferais ça ? demande-t-il, l'air décontenancé.

– J'en sais rien, moi, tout ce que font habituellement les tueurs en série ; me regarder pendant que je dors à poings fermés, ou quand je suis sous la douche.

Mon compagnon d'ascenseur m'observe sans savoir comment réagir, hésitant manifestement entre l'effroi et l'amusement. C'est finalement un petit sourire – le premier ! – que je vois naître au coin de sa bouche. Il a un beau sourire. Avec des fossettes adorables que mes doigts ont tout de suite envie d'immortaliser.

– Tu n'as donc aucun filtre ?

Je rougis de honte. Il n'est pas le premier à me le dire. Ce n'est pourtant pas ma faute, c'est un mécanisme que je mets automatiquement en place quand je panique. Parler m'empêche de penser à la situation actuelle.

– Pas quand je suis stressée. À mon oral de bac, j'étais tellement angoissée qu'au beau milieu de mon argumentation sur *Gatsby le Magnifique*, j'ai cru intelligent de dire que les robes charleston,

« c'est vraiment sexy, même si ça ne met pas les nichons en valeur ». Je crois que c'est mon côté « future styliste » qui s'exprimait. Cela dit, j'ai quand même eu 15, ce qui est plutôt une bonne note quand on sait que j'ai sorti le mot « nichon » et que le reste de ma classe a eu en dessous de 14.

Je m'arrête de parler pour reprendre mon souffle, aussi parce que je réalise que j'ai encore raconté ma vie. Heureusement, il me regarde toujours en souriant légèrement. Jamais trop, juste assez pour qu'on le devine.

– Waouh, murmure-t-il. J'ai entendu parler des filles dans ton genre, mais je finissais par croire que c'était un mythe.

Je ne comprends pas. Qu'est-ce que ça signifie « les filles dans mon genre » ? Je ne lui demande pas ce qu'il veut dire de peur de me ridiculiser une nouvelle fois. Je ramène donc mes genoux sous mon menton en pensant à Zoé. Elle m'a très certainement laissée tomber, à l'heure qu'il est. Je me demande si je ne ferais pas mieux de retourner chez moi – par les escaliers, cela va sans dire. Après tout, il me reste encore beaucoup de choses à déballer. Je hais les cartons.

– Donc tu vis ici toi aussi, dis-je pour changer de sujet.

– Il paraît, oui. Au 122. Mais je te déconseillerais d'essayer de me voir nu sous la douche.

Je tourne le visage vers lui en laissant ma joue sur mes genoux, surprise de l'entendre plaisanter.

– Je n'ai peut-être pas de lapin répondant au doux nom de Mistinguette mais j'ai Lucie. Ma copine.

Aïe. Il a une copine. Évidemment. Qu'est-ce que je croyais ? Je me sens me rembrunir bêtement. J'espère qu'il n'a pas dit ça exprès pour me montrer que je ne l'intéressais pas. En tout cas, c'est dommage. Il est sympa et beau garçon, mais en couple. Et les hommes en couple, je ne touche pas. Jamais.

Gênée, je fais comme si je n'avais pas entendu ses deux derniers mots.

– C'est donc à toi que je vais emprunter de la farine le dimanche. Enchantée. Tu t'appelles comment ?

Je lui tends une main en dessous de mes jambes repliées, il la saisit sans problème. Comme prévu, elle me quitte avant que j'aie pu en apprécier le contact.

– Loan.

J'ai instantanément envie de le répéter à voix haute pour entendre le son qu'il fait dans ma bouche.

– Curieux prénom.

Loan hausse les épaules, je devine que je ne suis pas la première à lui faire la remarque.

– Mes parents ont voulu se la jouer originaux, je crois.

Je souris. Un silence passe durant lequel je me demande combien de Loan il peut bien exister dans le monde.

– Et toi ?

J'ai cru qu'il ne me le demanderait jamais.

– Violette.

– Pourquoi Violette ?

Je fronce le nez et lui lance une expression mi-amusée mi-dégoûtée. Il baisse tout de suite les yeux pour ne pas affronter mon regard. J'ai l'impression d'être Médusa.

– Parce que j'ai été conçue dans un jardin de violettes. *No comment*, ajouté-je en le voyant hausser un sourcil. J'essaie encore d'effacer cette anecdote de ma mémoire.

Son sourire en coin refait surface. C'est plus que ce que peut endurer mon cœur.

– C'est drôle, murmure-t-il à mesure que son rictus s'efface.

– Faire l'amour dans un jardin de violettes ?

– Non. C'est drôle parce que c'est exactement ce que tu sens.

Il relève enfin la tête et plonge ses billes bleues dans les miennes.

– La violette.

Nous nous défions du regard un instant, assez longtemps pour que ma rétine commence à me brûler, jusqu'à ce que la cabine se remette à osciller dangereusement. J'ouvre des yeux grands comme des soucoupes tandis que les lumières clignotent. Oh mon Dieu, oh mon Dieu, oh mon…

Dans mon trouble, j'attrape sa main. J'aurais cru qu'il la retirerait mais aussi étonnant que cela puisse paraître, il la serre. J'ai envie de faire une plaisanterie pour calmer le rythme de mon cœur mais je n'y arrive pas. J'ai vraiment peur. Alors que les lumières se rétablissent, l'ascenseur cesse son vacarme… puis reprend son chemin.

Ni Loan ni moi ne bougeons.

– Il descend ? soufflé-je, incrédule.

– J'en ai bien l'impression.

Mon voisin se redresse souplement et m'aide à faire de même. Il a lâché ma main. Mais cette fois, j'ai eu le temps d'apprécier la chaleur de sa peau.

« Rez-de-chaussée », énonce la voix féminine de la cabine. À peine les portes se sont-elles ouvertes que je me précipite à l'extérieur. Je ne ralentis pas pour dire au revoir ou lui demander quelle direction il prend, je marche à grandes enjambées jusqu'à la sortie. Une fois sur le trottoir, j'ai l'impression de respirer à nouveau. De revivre.

Mes épaules s'affaissent, je ferme les yeux en basculant la tête vers l'arrière. L'air du soir est hivernal, frais, délicieux. Je le laisse me mordre les joues à mesure que ma poitrine se soulève, descend, se soulève, redescend…

– Ça va mieux ?

Je me retourne vers Loan, qui monte la fermeture de sa veste jusqu'à son cou. Il rentre les épaules et fourre les mains dans ses poches. Je remarque qu'il porte un jean noir et une chemise blanche en dessous de son manteau. J'imagine qu'il va à une soirée, lui aussi. Je hoche la tête pour toute réponse.

– Je ne prendrai plus jamais cet ascenseur.

– C'est bizarre qu'il soit reparti tout seul. J'appellerai demain pour qu'ils regardent ce qui cloche.

J'acquiesce une seconde fois. Je ne sais toujours pas si je ferais mieux de rentrer ou d'essayer de rejoindre les filles. Un coup d'œil sur mon portable m'indique que j'ai manqué quatre appels. Le pire, dans tout ça ? J'aurai beau raconter à Zoé que je suis restée coincée dans l'ascenseur de mon immeuble, elle ne me croira jamais.

– Bon. À plus.

Je souris devant ses joues que le froid commence à rosir.

– Salut.

Il est le premier à se retourner. Je fais finalement de même et commence à marcher en appelant mon amie. Je n'ai pas fait plus de cinq pas quand j'entends un « Psst ! ». Je fais volte-face, le front plissé. Loan s'est arrêté et me regarde.

– Si tu as des meubles à monter ou besoin d'aide avec des cartons, tu connais le numéro de ma porte. Même pour de la farine, d'ailleurs.

J'acquiesce mécaniquement, reconnaissante.

– Merci.

Il m'adresse un dernier sourire. Un sourire bienveillant qui lui creuse automatiquement les joues.

– Bonne année, Violette-qui-sent-la-violette.

Il n'attend pas ma réaction et repart dans la direction opposée à la mienne, laissant l'obscurité l'envelopper comme s'il lui appartenait. Je fixe le noir sans bouger, un sentiment étrange étreint ma poitrine.

Lucie, Lucie, Lucie, Lucie, Lucie, Lucie.

Comme une symphonie. J'avale ma salive. Il est en couple et je ne touche pas aux hommes déjà pris. C'est ma règle numéro un, je n'ai aucune intention de la briser, même s'il est vraiment mignon. Cela dit… un ami ne me ferait pas de mal.

PREMIÈRE PARTIE

L'opération asperge

CHAPITRE 1
Aujourd'hui

VIOLETTE

Il pleut.

Bien sûr, j'aurais dû m'en douter. J'adore la pluie, ce n'est pas le problème. Mais quand je sors des cours, ma chemise de croquis sous le bras, non, je n'aime pas la pluie. Mais alors, pas du tout.

Je m'active jusqu'à mon immeuble, que j'aperçois déjà, tout en m'abritant de mes mains – geste qui ne sert strictement à rien. Je fais attention à ne pas glisser sur les pavés trempés (ce serait bien mon genre), et je tape le code en vitesse. Toute la semaine, Internet a annoncé qu'il pleuvrait, et toute la semaine, je me suis encombrée de mon parapluie. Mais non, le jour où la météo a indiqué qu'il ferait beau, devinez quoi ?

Exactement.

Enfin au sec, j'essore mes cheveux blonds emmêlés, fusille l'ascenseur du regard – question d'habitude – et escalade les escaliers deux par deux.

Depuis le soir où j'ai rencontré Loan, je ne prends plus l'ascenseur. Ou du moins pas toute seule. Avec lui, oui. Avec Zoé aussi, même si j'angoisse à mort – chose qui ne manque jamais de l'exaspérer. Vous me direz, il en faut peu pour l'exaspérer.

En parlant du loup, je la vois dès que j'entre dans l'appartement, affalée en tee-shirt-culotte et grosses chaussettes en laine. Sa tenue des mauvais jours. Au moins, je suis avertie. Elle regarde la télé d'un œil vide, enfin je crois, car elle ne bronche pas lorsque j'agite ma main devant ses yeux.

– Zoé.

– Lâche-moi, grommelle-t-elle. Je suis à un stade de légumisation avancé.

Je retire mes chaussures et les pose près de l'entrée, jetant un coup d'œil que je crois discret sur les emballages de Snickers disposés sur la table comme des indices. Zoé décroche enfin de la télévision et me jette un regard noir qui n'aurait même pas fait peur à Mistinguette.

– Tu crois que je ne te vois pas me juger ?

– Personne ne te juge, Zoé. Ou si, peut-être ton cul. Regarde ce que tu lui fais subir, le pauvre.

– Je t'emmerde.

Elle attrape le plaid rose – le mien – et s'en drape, rivant à nouveau son attention sur le téléviseur. Je décide de déclarer forfait pour ce round-là et vais chercher mes échantillons de tissu, rangés sous mon lit. C'est ainsi depuis quelques semaines, maintenant : à peine rentrée, déjà au travail.

Non seulement j'ai un devoir final à rendre pour mon cours de stylisme, mais je m'occupe aussi de créations personnelles, ce qui me vaut beaucoup d'heures de boulot. Mais je ne me plains pas, car c'est ma passion. Créer à partir de rien, c'est la plus belle sensation du monde.

Excepté, peut-être, les palpitations d'un cœur qui s'affole, le contact d'une peau étrangère sur une autre ou bien la jouissance lorsqu'un homme et une femme font l'amour. Mais tout ça, je ne l'ai encore jamais connu, alors je le mets de côté pour le moment.

– Zoé, l'interpellé-je en découvrant la boîte de Granola sur la table. Rassure-moi, tu t'es nourrie d'autre chose qui n'ait pas de coque chocolatée aujourd'hui, ou tu fais aussi la gueule aux légumes ?

Je n'ai le droit qu'à un doigt d'honneur brandi fièrement au-dessus de son épaule pour toute réponse. Je jette la boîte vide à la poubelle et m'installe à la grande table du salon, derrière le sofa. D'accord, elle n'a pas l'air bien. Mais est-ce une raison pour manger mes gâteaux ?

Au début, j'occupais seule cet appartement (sans oublier Mistinguette, bien entendu). Puis Loan est venu vivre avec moi lorsque Lucie l'a quitté – c'était débile de continuer à habiter dans des appartements séparés alors qu'on allait et venait entre les deux tous les jours. Quelque temps après, Zoé déclarait détester sa mère. Elle nous a vite rejoints, en dépit des deux seules chambres.

Ce qui fait que Zoé et moi en partageons une – même si elle n'est pas souvent présente –, et Loan prend la seconde. Quand Zoé reçoit du monde, en revanche, je me réfugie dans le lit de mon meilleur ami.

J'adore quand Zoé reçoit du monde.

Je lui demande si elle a avancé sur son devoir final mais elle m'ignore, comme prévu. J'insiste donc :

– Zoé, je dis ça pour toi. Même moi, qui ai déjà commencé, je rame.

– Ça, c'est parce que tu es une novice, ma chérie, répond-elle sans bouger d'un pouce.

Je lève les yeux au ciel. À force d'entendre Zoé rabâcher qu'elle représente l'avenir de la mode, j'ai eu le temps d'être correctement informée. Mais je ne me fais pas de soucis ; Zoé vise les manteaux en cachemire et les robes en satin qui défilent sur les podiums, quand moi je rêve de déshabillés en soie rétro et de body en dentelle française.

– Je t'aurai prévenue, dis-je sans qu'elle réussisse à m'enlever ma bonne humeur.

– Ouais, merci maman.

Il faut savoir quelque chose concernant Zoé : c'est une fille tout ce qu'il y a d'adorable.

Sauf quand elle est malade.

Là, c'est l'enfer. Mais elle est comme ça, et je ne crois pas que je la changerais si j'en avais l'occasion. Dans d'autres situations, elle est la meilleure. Loan n'a d'ailleurs jamais compris comment deux filles aussi différentes pouvaient être meilleures amies. Je n'ai jamais su quoi lui répondre.

J'allume donc ma machine à coudre et continue le travail que j'ai entrepris une semaine plus tôt : un caraco en soie brodé rouge vif.

– Tu as des nouvelles de Loan ?

Zoé pose sa question sans me regarder. J'en profite, ni vu ni connu, pour saisir un Snickers réchappé de la tuerie. Je réponds en élevant un peu la voix pour atténuer le bruit de l'emballage. Zoé déteste qu'on mange ses gâteaux, qui en fait se révèlent être les miens, en situation de crise médicale – je dirais plutôt en situation de crises menstruelles, mais soit.

– Non, je ne lui ai pas parlé depuis qu'il est parti. Mais je sais qu'ils reviennent samedi.

Jason et lui sont en vacances. Oui, il y en a qui ont le cul bordé de nouilles.

Zoé tourne enfin la tête vers moi, la mine étonnée. Je stoppe net, sur le point d'enfourner l'objet du délit dans ma bouche, mais elle ne semble même pas le remarquer. Je ne bouge toujours pas, hésitant entre aller jusqu'au bout de mon geste ou redéposer le Snickers sur la table avec lenteur.

– Comment ça se fait ?

– Quoi, « comment ça se fait » ?

– Toi et Loan ne vous êtes pas parlé depuis une semaine et demie ? répète-t-elle d'un ton qui montre sa suspicion.

Vexée qu'elle pense que je ne pourrais pas vivre sans lui, je plisse les yeux et gobe la barre chocolatée sans plus aucun scrupule. Mais ma revanche puérile s'envole en poussières quand je réalise qu'elle ne fait pas attention.

– Non.

– Et tu es toujours vivante ?

– Attends deux secondes, murmuré-je en écarquillant les yeux, palpant chaque partie de mon corps. Oui ! Oui, je suis vivante !

– Je me demande bien comment.

Sans plus de cérémonie, elle se détourne de moi, les bras croisés sur sa poitrine. Je finis donc de coudre ma dernière lanière de dentelle et lui explique, en gardant mon calme :

– Loan et moi, on n'a pas besoin de se donner des nouvelles pour savoir qu'on pense à l'autre. Puis il revient bientôt, pas besoin de s'étouffer à distance alors qu'on se voit déjà tous les jours. C'est pas mon mec.

– Mouais. Vous êtes hyper louches.

Je prends une grande bouffée d'air et me force à sourire malgré l'agacement qui monte en moi.

Je me lève d'un seul coup et me dirige vers la porte en laissant mon travail en suspens. Zoé me demande ce que je fais, je lui réponds en enfilant mes chaussures que je vais manger dehors, sous prétexte qu'il n'y a rien dans le frigo. Je vois qu'elle veut me demander de lui rapporter quelque chose, mais je me dépêche de sortir.

Évidemment, c'est quand je claque la porte que je constate avoir encore oublié mon parapluie. Tant pis ! En général, quand j'ai besoin de prendre l'air ou d'aller réviser au calme, je me rends au restaurant *vegan* qui fait l'angle. Je ne suis ni végétarienne ni végétalienne – pas que je ne pense pas à Mistinguette quand je dévore une cuisse de lapin, mais j'aime trop la viande pour culpabiliser d'être une criminelle –, c'est Zoé qui m'y avait amenée un jour pendant sa période *hipster*.

Depuis quelque temps, j'y vais constamment. Pour l'anecdote, j'ai récemment remarqué qu'un garçon, toujours le même, se posait à une table trois fois par semaine, seul, avec son ordinateur. La première fois que mon regard a croisé le sien, c'est lui qui m'a souri le premier. La deuxième fois, ça a été moi. Depuis, nous disputons un match de ping-pong serré qui n'a pas l'air de vouloir s'essouffler.

Aujourd'hui, justement, c'est à moi de sourire.

Lorsque je pousse la porte du restaurant, je suis trempée jusqu'aux os. Je ne me pose pas trop de questions concernant la tête que je peux bien arborer et résiste à l'envie de parcourir la salle du regard pour être sûre qu'il soit là. Je me dirige vers une table libre en plaquant une mèche humide derrière mon oreille. À peine suis-je assise que mes yeux tombent sur son regard d'acier. Avant que l'un de nous n'y réfléchisse vraiment, nous nous sourions simultanément. Je baisse la tête en étouffant un rire, je le vois faire de même.

Mon mystérieux inconnu a le teint légèrement hâlé et des cheveux blonds un peu ébouriffés. Sage mais sexy, avec une chemise Abercrombie et un jean qui lui tombe sur des bottines en feutre Toms. Un bon point pour lui : il sait s'habiller. Un plus mauvais point, si je puis dire : il a l'air d'avoir de l'argent. J'espère juste qu'il n'en a pas au point d'être imbu de lui-même.

Une serveuse vient me voir et me sourit poliment en me demandant ce qui me ferait plaisir.

« Que ce jeune homme se décide à me draguer ! », s'écrie ma voix intérieure.

– Je vais vous prendre du Seitan façon Poulet Tikka vegan, s'il vous plaît. Froid.

– Très bien. Je vous apporte ça tout de suite.

Je retire mon foulard sans même remarquer que monsieur bottines-en-feutre s'est levé. Je me pétrifie sur place, ne sachant que faire. Mince, je n'avais pas prévu qu'il se déplacerait réellement. Je me racle la gorge et attends qu'il arrive à ma hauteur pour lever les yeux.

– Salut.

– Salut.

Un silence s'abat sur nous, nous nous regardons sans savoir quoi dire. Je grimace, mal à l'aise, cherche quoi inventer pour faire durer la conversation. D'habitude, c'est mon fort. Heureusement, il me devance, affichant une expression désolée :

– Je ne sais pas vraiment quoi dire, je n'ai pas réfléchi avant de venir… Dans les films, ça a l'air plus simple.

Je ne peux m'empêcher de rire doucement.

– Mais chaque fois que tu entres, continue-t-il, je me dis que c'est le jour où je vais venir te parler. Et chaque fois, je me dégonfle comme un con. Sauf aujourd'hui… Alors s'il te plaît, fais comme si j'avais dit quelque chose d'hyper intelligent.

Je hausse un sourcil. Il me plaît tout de suite, c'est clair. Ça faisait longtemps que je n'étais pas tombée sur un garçon mignon avec un sourire doux, un humour léger et un sens aiguisé du style. Comme je vois que le silence l'embarrasse, je le sauve *in extremis* et m'écrie ironiquement :

– Waouh, on ne m'avait jamais draguée avec autant d'esprit !

Il plisse les yeux en fronçant le nez et abaisse la tête dans un geste de démission. Chose qui ne fait que me faire rire plus fort. La serveuse choisit ce moment pour débarquer, mon assiette en main.

– Et voilà !

– Merci beaucoup.

Elle vaque à ses autres activités, après un énième sourire affable. Je choisis d'écourter le supplice de monsieur bottines-en-feutre et tends ma petite main devant lui. Il relève la tête avec étonnement, si bien qu'une de ses mèches joue les rebelles.

– Je m'appelle Violette.

Il saisit ma main. Il a la peau froide, mais je ne recule pas. Sa poigne est ferme. Déterminée.

– Moi c'est Clément.

– Enchantée.

– Je ne veux pas te déranger pendant que tu manges…

– Tu ne me déranges pas, le rassuré-je en écartant sa supposition d'un geste vague de la main. Tu peux t'asseoir, si tu veux. Mais je te préviens tout de même : je parle beaucoup.

Il exécute une grimace comique, comme s'il hésitait à s'embarquer dans ce pétrin.

– Hum. Beaucoup à quel point ?

– Beaucoup trop.

Sa moue se transforme lentement en sourire ravageur. Il hoche la tête :

– À ce stade, ce serait impoli de refuser.

Il fait demi-tour pour déposer un billet sur sa table et revenir, son *MacBook Pro* dans une main et sa veste dans l'autre. Je tente de ne pas dévoiler mon trouble et commence à dévorer mon repas. Je suis toujours un peu nerveuse, ou du moins sur la réserve, en présence d'un garçon qui me plaît. Les premiers rendez-vous sont toujours angoissants. Puis une fois que j'ai confiance en la personne, on peut être sûr que je me lâche – pour le meilleur comme pour le pire.

– Je peux te poser une question ?

– Je suis obligée de répondre la vérité ?

Il semble décontenancé pendant quelques secondes.

– Eh bien… C'est comme tu veux. Mais quand on pose une question, on attend forcément la vérité, non ?

– Non. C'est ce qu'on se dit tous, mais la plupart du temps, crois-moi, on préférerait un bon vieux mensonge.

Il me contemple un long moment, ne sachant quoi répondre. Une fois encore, j'ai parlé sans réfléchir. Qu'est-ce qu'il en a à faire, de ma philosophie de bas étage ?

– Vas-y, pose ta question. Et je répondrai donc la vérité, ajouté-je avec un sourire.

Monsieur bottines-en-feutre se reprend en deux secondes et me sonde du regard.

– Pourquoi es-tu seule chaque fois que je te vois ici ?

Oh. D'accord. Il évalue la marchandise. Il essaie sûrement de s'assurer que je ne suis pas asociale ou quelque chose qui s'en approche. J'avale une bouchée de mon assiette et lui réponds :

– C'est mon petit repaire pour les jours où j'ai besoin d'être seule. À la maison, on est trois, alors ça devient vite étouffant.

– Famille nombreuse, hein ?

Il me faut un temps avant de comprendre pourquoi il suppose cela.

– Oh, non, je suis fille unique ! J'habitais dans le Jura avec mon père mais je suis montée sur Paris il y a deux ans, pour mes études. Du coup je vis en colocation avec mes deux meilleurs amis.

Son sourire narquois réapparaît, laissant ses dents blanches et parfaitement alignées m'éblouir. Il pose ses avant-bras sur la table et joint ses mains, l'air amusé.

– Ah oui, je vois. Trois filles dans un même appart'… J'ai le droit de fantasmer ? plaisante-t-il avec un sourire en coin.

J'ouvre la bouche pour le contredire, mais la referme aussitôt. Je lui offre un sourire forcé. Pas besoin de lui dire que Loan n'a ni poitrine ni vagin. Ni qu'il m'arrive d'utiliser sa brosse à dents. Ni que nous dormons souvent ensemble. Je ne voudrais pas l'effrayer dès le départ – je sais que notre relation était un vrai problème pour mon ex-petit copain, Émilien.

– Tu peux. Mais je tiens à rétablir la vérité : non, nous ne faisons pas de bataille de polochons en petite culotte.

Clément éclate d'un rire sincère qui me prend de court. Finalement, je me sens plutôt à l'aise.

– Merde, je m'y voyais déjà !

– Et toi, qu'est-ce que tu trafiques avec ton ordinateur ? On dirait que tu ne t'en sépares jamais.

Il soupire, visiblement fatigué.

– Des révisions, toujours des révisions, même si Twitter n'est jamais loin…

– Qu'est-ce que tu étudies ? essayé-je de savoir en continuant à manger.

– Je suis en école de commerce, avoue-t-il en grimaçant. Mais je ne suis pas barbant, hein, promis.

Je souris, légèrement crispée. J'aurais pu le deviner toute seule, à vrai dire. Pas qu'il soit écrit « FUTUR TRADER » sur son front, mais Clément respire l'école de commerce à plein nez.

– La crème de la crème, murmuré-je dans ma barbe.

– Entre autres. Et toi ? Attends, laisse-moi deviner… Fac de Lettres ?

– Raté. Je suis en école de stylisme.

Par automatisme, j'espère qu'il ne me prend pas pour une écervelée. C'est souvent la première réaction qu'ont les gens quand on leur annonce qu'on veut percer dans la mode. Ils répondent tous, à quelques exceptions près : « Ah ? Ah oui. La mode, donc ». Traduction : « Encore une qui veut se faire inviter à des défilés gratos et siffler des coupes de champagne au lieu de bosser ». Pourtant ça ne veut rien dire. La preuve, j'ai eu mon bac ES avec mention Très Bien.

– J'aurais dû le deviner, sourit Clément en baladant un regard appréciateur sur ma tenue.

Je souris largement, rouge jusqu'aux racines. J'aime que ce soit facile de parler avec lui. Je poursuis mon repas pendant qu'il me regarde. Je pense qu'il va ajouter quelque chose, mais il n'en fait rien. Ses billes grises me fixent et me gênent.

– Tu ne peux pas faire autre chose ? lui chuchoté-je.

– Pourquoi ?

– Tu me regardes manger.

– Et ?

– Et c'est louche. Ça, c'est le premier point. Le deuxième, c'est que tu ne me connais pas encore, mais je suis plutôt bien classée dans la catégorie « Empotée ». Surtout quand je suis sous pression. Alors si tu continues à me regarder comme ça, ça va vite devenir moins glamour.

Il me considère avec un étonnement non feint, il n'a pas l'air de savoir si je plaisante ou si je suis sérieuse. J'insiste :

– Sérieusement.

– Oh. OK.

Je me pince les lèvres quand je le vois ramener son regard sur ses mains. Il me fait de la peine.

– Désolée. Juste : ne me fixe pas ainsi, s'il te plaît. C'est flippant.

Je lui souris pour lui montrer que je ne voulais pas plomber l'ambiance ; il me le renvoie.

– Non, aucun problème. J'étais en train de réfléchir.

– À comment t'extirper de cette situation grotesque ?

Il s'esclaffe doucement, plantant de nouveau ses yeux dans les miens. La translucidité de ses pupilles étonnantes… Plus clair encore que l'aigue-marine. On dirait de l'eau en mouvement. Je ne peux que me demander si Clément est un étang, stagnant et tranquille, une rivière, accueillante mais imprévisible, ou un véritable tsunami, puissant et dangereux.

– Non, à comment je vais te proposer de sortir avec moi. T'es un peu flippante, mais jolie, plaisante-t-il en m'adressant un clin d'œil irrésistible. Ça pèse dans la balance, mine de rien.

Je déglutis. Mon visage reste très calme. À l'intérieur, en revanche, je ne réponds plus de rien. Mon cerveau chauffe comme une turbine et mon cœur me joue un remake de *Un, dos, tres* sur fond de maracas. Pour résumer, je suis très contente qu'il veuille me revoir. J'ai des tonnes de réponses rigolotes en stock mais je ne préfère pas les utiliser. Très souvent, les hommes n'aiment pas les filles marrantes ou un tant soit peu originales. Je crois que ça leur fait peur.

– Ne réfléchis pas trop non plus, tu risquerais de changer d'avis.

Il jette un regard à sa montre claquante et lance :

– Je dois y aller, désolé. Je vais à un concert avec des amis, ce soir. Mais j'aimerais beaucoup qu'on se revoie.

Une vague de chaleur m'envahit à ces mots. J'ai bien fait de sortir prendre l'air, finalement.

– Ça me ferait plaisir.

Un sourire victorieux illumine son visage d'ange.

– Super.

Clément sort son téléphone et je lui donne mon numéro ; aussi simple que cela. Il se lève enfin, enfile sa veste et range son ordinateur dans son sac.

– Merci, Violette, dit-il en me considérant une dernière fois. C'était mon meilleur soir de révision depuis des semaines, et de loin.

Je fais un signe faussement modeste, un peu gênée par l'intensité de son regard. Comme s'il voulait me faire comprendre quelque chose. Quelque chose de trop subtil, manifestement, pour que je comprenne.

– Il n'y a pas de quoi. Aider les gens, c'est ma grande passion dans la vie. Justement, les futurs responsables export BCBG qui s'emmerdent ferme sont mon fonds de commerce.

Il secoue la tête, un sourcil levé.

– « Qui s'emmerdent ferme », hein ?

– Ne me fais pas croire que tu t'éclates, je ne te croirais pas. Les pourcentages et la politique de distribution n'ont rien de jouissif. Avoue qu'il y a plus orgasmique, comme travail !

Je me rends compte de ce que je viens de dire lorsque je vois ses yeux scintiller. Eh bien vas-y, Violette, ne te gêne pas, utilise des mots comme « jouissif » et « orgasmique » à chaque fin de phrase ! C'est sûr, avec ça, il va bien saisir le message.

Je me reprends aussitôt :

– Enfin ça doit être ennuyeux à mourir, quoi…

– J'admets connaître beaucoup de choses plus *orgasmiques*.

Génial. Cela dit, je l'ai cherché. Je baisse les yeux, en priant pour me liquéfier ou me fondre avec le bois de la chaise. Devenir la chaise.

En reportant mon attention sur Clément, je vois qu'il s'empêche de rire. Il a soudainement l'air différent du garçon embarrassé qui ne savait pas comment m'aborder. Il me semble bien plus détendu et sûr de lui. J'aime ça.

– J'ai déjà hâte de te revoir, dit-il enfin.

Je le regarde s'éloigner, mes épaules s'affaissant de soulagement. Jusqu'à ce qu'il s'arrête, hésite une nanoseconde et revienne vers moi. Je l'interroge du regard. Il me tend son parapluie.

– Tu vas en avoir besoin, je crois.

Je m'en empare sans comprendre, m'apprêtant à refuser.

– Je…

– Prends-le. Comme ça, tu es obligée d'accepter un second rendez-vous.

Je souris et lui accorde volontiers, amusée.

– Oui, ou alors je te le vole et tu ne le reverras plus jamais.

Il fait la moue tout en s'éloignant à reculons, puis hausse une épaule.

– Au pire des cas, ce n'est pas très grave. C'est loin d'être mon préféré.

***

En rentrant, j'ai le sourire jusqu'aux oreilles. Je suis restée au restaurant un petit moment après le départ de Clément, le temps de prendre un dessert. Je ne sais pas trop où ça va me mener, mais…

– Tu te fous de ma gueule ? Je t'appelle depuis tout à l'heure !

Je sors de ma rêverie en entendant les reproches cinglants de Zoé, toujours à la même place. Elle fusille du regard mon portable, que j'ai dans les mains. Je ne sais pas pourquoi, j'ai l'impression d'être prise en flagrant délit, et ça m'irrite.

– Je suis allée manger et j'ai parlé avec quelqu'un, je n'ai pas fait attention à…

– J'ai vu, merci. Je voulais que tu me prennes un truc.

Cette fois, je ne tiens plus. Je pose mon téléphone sur la table basse du salon, plus fortement que nécessaire, et pose mes mains sur mes hanches.

– Bon, là tu m'emmerdes, Zoé. On a toutes nos règles une fois par mois et on continue pourtant à vivre sans faire chier le monde ou prendre deux kilos. Alors tu n'as qu'à t'habituer !

Mon ton est froid, et Zoé sent que la coupe est pleine. Bon Dieu, ce que ça fait du bien ! Ma meilleure amie me lance un regard mauvais mais ne réplique pas. Elle sait que je suis gentille mais qu'il ne faut pas abuser. En somme, elle joue les chieuses tant qu'on ne dit rien ; ce qui est franchement agaçant.

Elle finit par ronchonner :

– Mais tu as mangé le dernier Snickers.

Je roule des yeux et vais m'asseoir sur le boudin du canapé pour la prendre dans mes bras. Quand Zoé est malade, on dirait moi quand je suis bourrée… Je la regarde. Et je m'aperçois pour la première fois depuis que je suis rentrée des cours que quelque chose cloche. Elle a l'air à bout. Je suppose tout de suite que son grand frère a dû l'appeler pour lui demander de l'argent. Encore.

– Tu devrais me remercier de l'avoir mangé, dis-je d'une voix adoucie. Ton cul, lui, m'est déjà reconnaissant.

Elle renifle dans un mouchoir, la tête contre mon ventre, et acquiesce sagement.

– Pas le tien, par contre.

J'encaisse le coup, tout en lançant un regard en biais vers mon postérieur. Ça, c'est une affaire que je compte régler un peu plus tard.

– Que veux-tu, c'est ça l'amitié. Faut faire des sacrifices.

Elle me serre plus fort.

C'est seulement en prononçant ces paroles que je réalise à quel point j'ai raison.

CHAPITRE 2
Aujourd'hui

VIOLETTE

Clément : Tu fais quoi ?

Moi : Je bosse sur mes créations.

Clément : Ah cool ! D robes ?

Moi : Je vais ignorer
cette remarque
un poil sexiste, OK ? ;)
Non, pas des robes.

Clément : Aïe ! Même
pas fait exprès.
D pantalons ?

Moi : Beau rattrapage. Non.
Des sous-vêtements féminins.

Clément : Afkdjkolkfen ? djk !
Imedfc !!!!! Je VEUX voir ça.

J'éclate de rire en lisant son message. Après cinq jours à nous voir presque tous les midis, je lui devais bien la vérité. Cela dit, il croit toujours que je vis avec deux filles, chose que je vais devoir éclaircir bientôt. Car il me *plaît*. Beaucoup. Dès notre première rencontre au restaurant, il n'a pas attendu trois jours à cause d'un principe masculin débile pour m'envoyer un texto, mais une heure. Une heure ! Du coup, j'ai été obligée de raconter à Zoé ce qui s'était passé au restaurant.

Elle m'a posé des tonnes de questions, pas toutes utiles d'ailleurs, et a fini par me donner des conseils de drague que je ne lui avais absolument pas demandés. Bref. Tout ça pour dire qu'en cinq jours, on peut en apprendre beaucoup sur quelqu'un.

Par exemple je sais qu'il fait un Bachelor à l'ISC de Paris, qu'il vit lui aussi en colocation avec deux amis (un Néerlandais, un Allemand), que son père lui met beaucoup la pression et qu'il adore le sport ; il est d'ailleurs classé en tennis. Oh et qu'il est mignon tout plein ! C'est quand même le principal.

Cette semaine, je passe mon samedi soir cloîtrée dans ma chambre. Je termine le caraco en soie rouge que j'ai commencé il y a peu pendant que Zoé fait le dîner.

– Merde, bougonné-je en me piquant le doigt avec une aiguille.

Je suce la perle de sang qui s'est formée sur ma peau et étale mon travail final sur mon lit. Je souris, fière de moi. C'est exactement ce que j'avais en tête. C'est tellement osé et sexy en diable que j'ai presque envie de le garder pour moi.

Je vais donc le déposer sur un cintre dans ma penderie avec toute la précaution dont je suis capable. Il rejoint deux body, un ensemble porte-jarretelles, une nuisette et un kimono. Il me reste encore beaucoup de boulot pour arriver à ce que je veux : dégoter un entretien de stage pour la marque de lingerie Millesia. C'est mon objectif premier et je me tue à la tâche pour cela.

Je me déshabille en bâillant, enfilant mon short en coton et le débardeur difforme qui me servent de pyjama. À peine ai-je terminé de m'attacher les cheveux en un chignon grossier que mon ouïe fine entend le bruit de clefs qu'on tourne dans une serrure. Je me fige dans mon geste, attends d'être sûre.

La porte d'entrée claque. *Loan !*

Je me précipite hors de la chambre, courant pieds nus dans le couloir. Je souris de toutes mes dents en le voyant ; il est là, son énorme sac sur l'épaule, en tee-shirt et les cheveux trempés. Jason aussi est là, juste à côté, et se plaint de la météo.

– Je t'avais bien dit qu'on aurait dû rester là-bas.

Comme s'il avait tout de suite senti ma présence, Loan lève automatiquement la tête et tourne les yeux vers moi. Il a seulement le temps d'esquisser un petit sourire et de laisser son sac s'écraser par terre avant de me réceptionner lorsque je lui saute dessus. Il me serre contre lui, ses mains dans mon dos et son nez dans mes cheveux. Ce n'est qu'en le retrouvant que je réalise à quel point son absence m'a pesé.

– Tu as raison, tu aurais mieux fait d'y rester, répond Zoé à Jason.

Nous restons ainsi imbriqués quelques secondes, mes bras autour de son cou et mes jambes enroulant sa taille. Un vrai petit singe.

– Tu m'as manqué, lui soufflé-je.

– Toi aussi, Violette-qui-sent-la-violette.

Je souris contre son cou, les yeux fermés.

– Oh, Zoé… je t'avais pas vue, raille Jason, qui va s'installer sur le canapé. Toujours près du frigo, à ce que je vois.

Je lève les yeux au ciel. Ça commence ! Il faut savoir une chose : ces deux-là ne peuvent pas se blairer. Mais alors, pas du tout. Jason est le meilleur ami de Loan, ils se connaissent depuis le lycée. Dès qu'il nous l'a présenté, Zoé et lui se sont haïs sans aucune raison.

– Tu comptes me lâcher ? chuchote Loan au creux de mon oreille.

Je secoue la tête comme une gosse, respirant son tee-shirt. Il sent la pluie. J'adore l'odeur de la pluie.

– Très bien.

En effet, je ne desserre pas mon étreinte ; j'ai tellement de choses à lui dire ! La vie est bien moins belle sans lui. OK, Zoé a raison, c'est hyper louche vu de l'extérieur. Par exemple, je suis persuadée que mon père ne comprendrait pas s'il voyait comment nous nous comportons l'un envers l'autre. Mais il s'agit d'une autre génération ! Les jeunes de notre âge ont des rapports homme-femme différents et plus étroits qu'avant. C'est le cas pour Loan et moi. Nous avons une amitié fusionnelle, mais ça ne veut rien dire.

Loan se baisse et ramasse son sac, nous dirigeant vers sa chambre. Dans le couloir, j'entends la voix de Jason dire avec beaucoup moins d'agressivité :

– OK, c'était pas malin de dire ça… toutes mes excuses… maintenant, pose ton couteau… voilà…

Mon meilleur ami pousse la porte de sa chambre d'un léger coup de pied et nous fait entrer avant de me laisser choir sur le lit comme un sac à patates. Je lâche prise et atterris sur la couette grise moelleuse.

– Très gentleman, merci.

Il croise les chevilles et me fait une révérence ironique qui ne peut que me faire sourire, avant de s'accroupir et de défaire son sac. Je me mets en tailleur au moment où une petite boule de poils blancs fait son apparition au seuil de la porte.

– Qui est-ce que je vois là ? s'exclame Loan en tendant la main.

Mistinguette se dépêche de trottiner jusqu'à lui, frétille le nez comme elle aime le faire. Fayote ! Je lève les yeux au ciel quand Loan la prend à une main et la ramène contre sa poitrine pour la caresser. Je les regarde, autant avec tendresse qu'avec agacement.

– Ça y est, maintenant que tu es revenu, elle va recommencer à me fuir.

C'est toujours comme ça. Elle a tout compris à la vie, cette Mistinguette. Quand Loan est là, je n'existe pas. Mais dès qu'il s'en va, je redeviens Dieu.

Celui-ci m'accorde un clin d'œil digne de lui – sans sourire. Loan sourit très rarement, il faut le savoir, tout comme il parle toujours très doucement. C'est un fait très étrange car on a peine à le cerner tout de suite. Ça m'a justement joué des tours au début de notre amitié, car je ne savais jamais à quoi il pensait, s'il m'aimait bien ou non. Mais la vérité, c'est que son visage révèle rarement ses émotions. En revanche, il n'y a qu'à scruter ses yeux pour savoir à quoi il pense.

– Toutes les femelles aiment mes câlins, je n'y suis pour rien.

Je souris et finis par lui demander comment ses vacances se sont déroulées. Il hausse une épaule, continuant de cajoler Mistinguette.

– C'était reposant. Enfin, quand Jason n'essayait pas de me traîner dans des boîtes de strip-tease. – C'était sûr que tu n'allais pas y échapper.

– J'ai résisté autant que j'ai pu, se défend-il.

– Bah bien sûr ! Tu as fait attention qu'il n'engrosse personne, au moins ?

Il éclate de rire, ce qui a toujours le don de me surprendre après un an. À croire que c'est un miracle chaque fois qu'il s'esclaffe. En tout cas, moi, ça ne rate jamais de me réchauffer le cœur.

– Je dois avouer que je l'ai laissé seul à plusieurs reprises… Et toi ? Ça s'est bien passé en mon absence ?

Je roule des yeux en m'allongeant sur le ventre.

– Tu veux dire : « Et toi ? Tu n'as rien fait brûler en mon absence ? Tu as toujours tes deux poumons, au moins ? »

Sa joue frémit, annonçant un deuxième rire en moins de trois minutes. Je serais vraiment chanceuse ! À mon plus grand dam, il se retient et préfère afficher un rictus amusé.

– Excuse-moi mais je te connais, Violette. Tu es ma petite Dyspraxie à moi, ajoute-t-il avec une expression qui ne demande qu'à m'amadouer.

Je le fusille du regard. Je déteste quand il me taquine avec ça. D'accord je suis un peu gauche, mais ça n'a rien de pathologique. Enfin j'espère. Je devrais penser à appeler mon médecin de famille très prochainement…

– Je suis maladroite, pas malade ! me rebiffé-je. Je sais tout de même mettre mes tee-shirts à l'endroit, lacer mes chaussures et me servir un verre sans rien renverser.

– D’accord, d’accord… Mais rassure-moi, tu as toujours tes deux poumons ?

– OUI !

Il lâche Mistinguette d’une main et la lève, signe qu’il déclare forfait.

– Très bien, très bien. Je me renseigne, c’est tout.

Un silence s’installe durant lequel il caresse Mistinguette de ses longs doigts. C’est une petite chanceuse, celle-là. Toujours bonne à se faire bichonner.

– À TABLE, AVANT QUE JE COMMETTE UN HOMICIDE VOLONTAIRE ! hurle soudainement Zoé depuis l’autre côté de l’appartement.

Oups, je réalise qu’on a laissé Jason et Zoé seuls un peu trop longtemps. Ça ne promet rien de bon…

Nous revenons au salon, prêts à trouver une scène d’apocalypse. Je ne sais comment, Jason est miraculeusement debout près de la porte, et je crois remarquer qu’il a toutes les parties de son corps là où elles doivent être. Zoé, elle, met la table. Ça sent bon les spaghetti bolognaise. J’ai l’impression que ma routine reprend, et j’adore ça.

Mais je remarque que Jason fait un signe à la compagnie, manifestement mal à l’aise.

– Bon, j’ai d’autres projets, je ne vais pas rester manger avec vous…

– Ça va, crétin, lance Zoé en roulant des yeux. Tu peux rester, je m’en vais, de toute façon.

Jason affiche instantanément un sourire victorieux avant d’aller s’installer. Je fronce les sourcils et me tourne vers ma meilleure amie. Je sens que Loan nous fixe.

– Tu vas où ?

– Je dois voir quelqu'un, répond-elle en m'offrant le regard codé que nous sommes seules à connaître.

Cela veut dire qu'elle risque de ne pas rentrer seule.

J'acquiesce imperceptiblement, ignorant Jason, que je vois du coin de l'œil mimer un geste lubrique nécessitant son poing et sa bouche. Loan lui adresse un regard noir qui le stoppe net.

– OK, à demain, alors.

Je la regarde enfiler son manteau, sceptique. Je n'aime pas trop qu'elle sorte avec des hommes sans me dire où elle va exactement. C'est bête, mais avant qu'elle passe la porte, je mémorise ce qu'elle porte. Juste au cas où.

Une robe noire décolletée, des bottines de la même couleur et une écharpe blanche. Elle est magnifique. Le noir et le blanc accentuent davantage le rose de son carré plongeant. Je remarque qu'elle a changé l'anneau de son piercing à la narine. Ça lui va bien.

– Des bisous ! me salue-t-elle avant de claquer la porte.

Je retourne à table avec les garçons, qui ne m'ont pas attendue avant de manger. Je me sers seule en leur demandant s'ils se sont nourris en notre absence. Loan laisse son ami répondre, la bouche pleine :

– On avait d'autres choses à faire, mon pote et moi. Pas vrai ?

– Pas vrai, répond Loan en se découpant un bout de pain.

Je ris devant Jason qui me fait discrètement signe de ne pas l'écouter. Même s'il est pervers, grognon et un tantinet macho, j'adore Jason. Car en dépit de tout ça, c'est un garçon qui ne se prend pas la tête, drôle à se pisser dessus et intelligent de surcroît. Il étudie à la fac en sciences politiques. Dingue, n'est-ce pas ? Qui aurait cru que cet énergumène avait un cerveau capable d'une réflexion poussée ?

C'est lui qui anime le reste du dîner, me racontant toutes les anecdotes drôles – selon lui – de leur séjour à Bali. Une fois que chacun a fini son assiette, j'aide mon meilleur ami à tout mettre dans l'évier puis le laisse faire la vaisselle. Il sait que je déteste ça. Je peux cuisinier, faire la lessive, faire le ménage, mais pas la vaisselle.

Je rejoins Jason sur le canapé en soupirant de fatigue.

– J'ai trop de boulot à la fac cette semaine, mais ça vous dit de fêter ça vendredi ? On n'a qu'à aller en boîte, propose celui-ci.

– Fêter quoi, au juste ?

– Tout est prétexte à aller en boîte, avec Jason, m'apprend Loan depuis la cuisine.

– Monsieur le trouble-fête est de retour…

– Pourquoi pas, réponds-je. J'ai bien envie d'aller danser !

Je jette un œil à Loan par-dessus mon épaule. Il me regarde avec impassibilité. Je lui demande silencieusement s'il en a envie ou s'il préfère qu'on passe la nuit tous les deux devant Netflix. Toujours sans parole, il me fait comprendre qu'il est partant pour sortir. Tant que ça ne dérape pas. C'est toujours l'unique condition de Loan.

Que ça ne dérape pas.

Je me retourne de nouveau vers Jason, un grand sourire aux lèvres.

– Alors, les strip-teaseuses prennent combien, à Bali ?

***

Jason est parti vers minuit après m'avoir raconté ses quinze derniers jours dans les moindres détails. Il y en a certains que j'essaie encore d'oublier, d'autres qui vont, j'en suis sûre, hanter mes nuits jusqu'à la fin de mes jours. Comme Zoé, il n'a aucune pudeur, ce qui est très problématique au quotidien.

Après sa vaisselle, Loan s'est assis avec nous sur le sofa, le bras autour de mes épaules, à caresser la naissance de mes cheveux dans ma nuque. Mais il n'écoutait pas. Il restait le regard fixé sur la télévision. Pourtant je suis sûre qu'il ne regardait pas la télé non plus. Lorsque son ami est parti, il est allé se réfugier dans sa chambre, probablement pour ranger ses affaires.

J'éteins la télévision et la lumière du salon, puis je vais le rejoindre. Comme je m'en doutais, Loan est en train de disposer son linge propre dans son armoire quand j'entre dans la pièce. J'appuie une épaule au chambranle de la porte, les bras croisés. Il ne s'est pas encore retourné, pourtant il sent ma présence car il demande :

– Où est Zoé ?

Je fronce les sourcils. Je ne m'attendais pas à ça.

– Euh, je ne sais pas.

– Je croyais qu'après tout ce temps, tu avais compris que tu ne savais pas mentir. Sérieusement, Violette, ton visage exprime tout ce que tu penses.

Quoi ? Je le regarde, étonnée et confuse. Son ton n'est pas accusateur, je sais qu'il ne me reproche rien. Il est juste curieux. Sauf que je ne sais vraiment pas où elle est. D'ailleurs, ça fait quatre heures qu'elle est partie et je suis toujours sans nouvelles. Je n'aime pas ça.

– Je te le jure ! Qu'est-ce qui te fait penser ça ?

Il se tourne enfin vers moi, l'ombre d'un petit sourire plane sur ses lèvres.

– Je vous ai vues. C'est comme toi et moi, vous arrivez à vous parler sans ouvrir la bouche.

Je m'esclaffe, soulagée de comprendre de quoi il s'agit, et grimpe paresseusement au centre du lit.

– OK, tu m'as eue. Mais je ne sais vraiment pas où elle est… Son regard codé voulait juste dire qu'elle risque de rentrer en bonne compagnie.

Il opine du chef, rangeant son sac désormais vide dans le dernier tiroir de sa commode.

– Mmh. Donc tu dors là ce soir.

Je hoche la tête, souriant avec espièglerie.

– Place de droite.

– Tu me fais chier, Violette.

Je souris angéliquement tandis qu'il attrape un oreiller et me le lance à la figure. Je sais qu'il n'arrive à dormir qu'à droite du lit, la place près de la fenêtre. Un jour je l'ai questionné à ce sujet et il m'a dit : « Je ne sais pas… S'il se passe quelque chose, la fenêtre représente la seule échappatoire. C'est rassurant. » Je n'ai pas voulu lui demander ce qui pouvait bien se passer qui nécessite de s'enfuir par la fenêtre.

– OK, je te la laisse.

Il se frotte le visage et bâille dans son poing.

– Désolé. Je tombe de sommeil…

– Tu es sûr que ça va ? Tu n'avais pas l'air avec nous, ce soir.

Il plonge ses yeux dans les miens, y voit toute l'inquiétude que je peux ressentir pour lui. Il esquisse un rictus censé me rassurer et fait le tour du lit pour me prendre dans ses bras puissants. Je me laisse aller contre son torse, la joue sur son pectoral.

– Oui, ne t'en fais pas. Je suis juste éreinté, sans oublier que je reprends le taf demain soir.

– Superman reprend du service, marmonné-je.

Mes yeux tombent sur la plaque militaire qu'il a autour du cou. Je reste collée à son tee-shirt en m'emparant du pendentif. Je la regarde comme si c'était la première fois. Loan ne l'enlève sous aucun prétexte. Je suis sûre qu'il la garde même sous la douche. C'est la plaque de son grand-père, mort durant la guerre d'Algérie. Il ne l'a jamais connu, mais je sais qu'il tient à cet objet.

Soudain, un bruit nous sort de notre torpeur. Nous savons tout de suite de quoi il s'agit. Loan et moi accourons comme un seul homme jusqu'à la porte de la chambre, qu'on entrouvre tout doucement. Je m'accroupis pour passer un œil, Loan fait de même au-dessus de moi.

Zoé est rentrée. Et pas seule, comme prévu. Elle est plaquée contre le mur du couloir, les mains emmêlées dans la chevelure d'un homme inconnu. Ce dernier écrase sa bouche sur la sienne bruyamment, si bien que Zoé lui souffle de faire plus doucement car « ses colocs dorment ». Oui, nous dormons, bien entendu.

Il opine rapidement avant de remonter sa robe sur ses hanches et de glisser la main dans sa culotte. De l'autre, il lui malaxe brutalement le sein. Je grimace, chuchotant à l'adresse de Loan :

– Il croit qu'il va en sortir de la limonade, ou quoi ?

Loan pince les lèvres pour se retenir de rire. Je n'ai malheureusement pas le temps d'assister à la fin du film car mon meilleur ami me tire en arrière et referme la porte en silence.

– Hé ! Je regardais !

Il penche la tête sur le côté en voulant me réprimander du regard – en vain.

– J'avais remarqué. Mais on n'est pas des voyeurs.

– Parle pour toi.

– Ce n'est pas bien, on devrait respecter son intimité.

– Dit-il alors qu'il est le premier à se jeter sur la porte !

Cette fois, il sourit franchement en levant les yeux au ciel. Il sait que j'ai raison. Chaque fois que Zoé rentre avec un type sorti de nulle part, c'est comme un réflexe. On a tendance à jeter un œil pour voir quel genre de poisson elle a attrapé cette fois.

– Tu aimerais qu'on te regarde, toi ? lance-t-il en contre-attaque, en soulevant la couverture.

Je hausse un sourcil explicite pour le faire rire.

– Bah peut-être bien que oui. Ça te dérange ?

Il m'adresse un regard noir que j'ignore royalement en m'emmitouflant sous la couette. Il retire son jean, qu'il laisse par terre, et me rejoint. Sa chaleur fait tout de suite monter la température sous la couverture. Loan a toujours la peau brûlante, comme mon père. Contrairement à moi, que tout le monde chasse parce que j'ai les mains constamment gelées.

– Tu fais ce que tu veux.

La porte de l'autre chambre claque avant qu'il ait terminé sa phrase. Loan éteint la lumière et soupire en laissant tomber sa tête sur son oreiller. Je ne veux surtout pas m'imaginer ce qui se passe dans la pièce d'en face, pourtant ça me turlupine. Je chuchote donc dans la semi-obscurité :

– J'espère qu'ils ne vont pas faire des trucs sur mon lit…

Loan ne répond rien, probablement en train d'y penser. À moins qu'il ne se soit déjà endormi. Je me répète qu'il ne faut pas que j'imagine Zoé et monsieur je-te-malaxe-les-seins-comme-si-c'était-des-citrons, malheureusement, plus je me fais violence et moins ça fonctionne.

Je me redresse comme un ressort, la mine dégoûtée.

– Oh mon Dieu, imagine s'ils font des trucs dans mon lit !

J'ai envie de vomir. Je ferme les yeux comme si l'image pouvait disparaître de mon cerveau. Bordel, c'est encore pire qu'avant.

– Pourquoi est-ce qu'ils feraient l'amour dans ton lit alors que Zoé a le sien ? me rassure Loan sans même ouvrir les yeux.

– J'en sais rien, moi, cette fille n'est pas toujours logique !

Je l'entends étouffer un rire et tirer sur ma queue-de-cheval pour me forcer à me rallonger près de lui.

– Tais-toi et viens là.

Je me place sur le côté, laissant ses bras brûlants m'entourer. Je colle mon dos à son torse et serre l'une de ses mains dans la mienne. Je ne sens plus que son souffle contre ma nuque, ses jambes entremêlées aux miennes et ses doigts mélangés aux miens. Loan est un peu mon ancre, ces derniers temps. À ses côtés, tout va parfaitement bien. Je me sens en sécurité. Il a ce pouvoir sur moi, et ce depuis le premier soir, dans l'ascenseur.

Nous nous racontons absolument tout, ou tout du moins c'est ce qu'on aime à se dire. Pour ma part, il y a des choses que je ne suis pas encore prête à lui confesser. Sur ma famille, mes crises d'angoisse. Pas parce que je n'ai pas confiance, mais parce que je ne vois pas l'utilité de remuer le passé. Et je sais qu'il comprend, car je suis certaine qu'il ne me dit pas tout non plus. Je ne connais rien de sa famille, par exemple. Quelques fois, j'ai l'impression d'être la seule auprès de lui, avec Jason. Puisque je suis égoïste, ça me va la majeure partie du temps. Mais d'autres fois, j'y pense, et ça me tue.

– J'ai achevé six créations jusqu'à aujourd'hui, lui chuchoté-je avant de sombrer dans le sommeil. Je me prépare pour aller quémander un entretien chez Millesia.

J'ai préféré lui dire ça plutôt que de lui parler de ma rencontre avec Clément. De toute manière, Loan et moi ne nous parlons jamais de nos histoires de cœur ou de sexe. C'est comme un pacte qu'on n'aurait pas eu besoin de prononcer à haute voix. On le sait, c'est tout.

– Je suis sûr que tu vas tout déchirer, murmure-t-il d'une voix déjà ensommeillée.

Je souris doucement dans le noir, reboostée à bloc. Je me rappelle encore sa réaction, la première fois où je lui ai dit que je créais de la lingerie fine. Une soirée inoubliable…

CHAPITRE 3
Un an plus tôt

LOAN

Je suis assis dans le canapé, exténué après une longue journée à la caserne. Je regarde Lucie qui me parle en enfilant son manteau, mais je n'entends rien. Elle est allée chez le coiffeur il y a deux jours et ça lui va à merveille. Ses cheveux de jais encadrent ses yeux verts avec perfection. Elle est tellement jolie…

Elle s'arrête soudain, levant les yeux vers moi. Elle croise les bras en s'efforçant de ne pas sourire.

– Tu n'as rien écouté de ce que je viens de dire, pas vrai ?

Je souris automatiquement, lui offrant une moue d'excuse.

– Tu es vraiment obligée d'y aller ? lui demandé-je en la ramenant près de moi. Tu pourrais dire que tu es malade.

Elle me fait les gros yeux mais se laisse faire. Je l'embrasse avec douceur, tentant de la persuader comme je peux. Lucie mêle sa langue à la mienne, sa main sur ma joue. Je connais ces lèvres depuis si longtemps que le goût m'est plus familier que n'importe quoi d'autre…

– Oui, Loan. Je suis de garde cette nuit, je n'ai pas le choix.

Je soupire en laissant tomber ma tête sur le dossier du canapé. Depuis quelque temps, on se voit de moins en moins. Soit c'est moi qui suis en service à la caserne, soit c'est elle qui est de garde à l'hôpital. Lucie est infirmière depuis peu. Jason nous appelle « le couple de bons samaritains ».

– Au fait, pourquoi est-ce qu'on a trois paquets de farine ?

Merde.

Je relève si vivement la tête que j'ai l'air coupable. Je me reprends aussitôt, irrité d'une pareille réaction. Je n'ai rien à me reprocher, après tout. J'avais simplement envie d'avoir de la farine chez moi au cas où elle viendrait m'en demander.

– Je suis allé en acheter la semaine dernière.

Lucie ne m'écoute que d'une oreille distraite, concentrée sur son téléphone. Elle finit par lever les yeux et me sourire.

– Bon, j'y vais. À demain.

– À demain. Je t'aime.

– Moi aussi.

Au moment où sa main touche la poignée, quelqu'un sonne à la porte. Elle me regarde, je la regarde. Ça ne risque pas d'être Jason, dans la mesure où lui et Lucie ne peuvent pas se voir en peinture – elle lui reproche d'être un pervers quand lui la trouve trop coincée.

Ma petite amie ouvre la porte et la première chose sur laquelle mon regard tombe sont des yeux ambre striés d'échardes blondes. Il ne m'en faut pas plus, je les reconnais instantanément. Je me lève pour les rejoindre tandis qu'elle rougit violemment.

– Bonsoir.

– Bonsoir, répond Lucie. Je peux vous aider ?

Violette grimace et s'excuse du dérangement, je décide alors de prendre la parole.

– Lucie, je te présente Violette, notre nouvelle voisine. Violette, voici Lucie, ma petite amie.

Elles se serrent la main. Lucie sourit poliment, comme d'habitude. Elle est tout simplement gentille avec tout le monde. Même ceux qui ne le méritent pas, malheureusement. C'est un débat que nous ne cesserons jamais d'avoir.

– Bon, renchérit Lucie, je dois partir travailler.

Elle nous souhaite une bonne soirée et me fait un clin d'œil avant de prendre l'ascenseur. Je pose la main sur la porte ouverte et reporte mon attention sur Violette, vêtue d'un pull beige épais aux manches trop longues et au col roulé immense. Il lui va bien, mais je ne peux m'empêcher de me rappeler son short en sequins vert. C'est con, un homme.

– Je n'osais pas sonner à ta porte…

Je fronce les sourcils en la voyant triturer le bout de ses manches. En dehors de ses iris étonnants, ce sont ses taches de rousseur qui me perturbent le plus. Ces dernières ne sont réparties que sur la moitié de son visage, s'arrêtant à la lisière de son nez fin. Comme si Dieu s'était arrêté en chemin en le saupoudrant. C'est bizarre, mais j'aime bien.

Ça reflète parfaitement ce qu'elle est. Insolite.

– En fait, mon père vient me rendre visite demain et je voulais lui faire un gâteau aux ananas ; son préféré.

J'esquisse un sourire, mais je le réprime. Je sais tout de suite ce dont elle a besoin, évidemment. Je veux sourire également parce que je sais que *j'ai* ce qu'elle veut. Une partie de moi, une partie très, très enfouie, se réjouit d'être allé faire les courses.

Ses grands yeux se reposent sur moi.

– J'aurais besoin de farine. Si tu en as pour me dépanner, je veux dire.

– Bouge pas, je crois qu'on en a.

Quel idiot fini. « Je crois qu'on en a » ; je me déteste d'avoir dit une chose pareille. Je me rends dans la cuisine et ouvre le tiroir en question pour en sortir l'un des fameux paquets.

– Tiens.

– Oh, génial ! s'exclame-t-elle en le prenant, un grand sourire étirant ses lèvres couleur grenat. Merci, Loan.

Je lui offre un petit sourire forcé. Elle a l'air différente de ce soir-là, dans l'ascenseur. Elle est plus calme. Elle parle moins, aussi. Étrangement, ça me déçoit un peu.

Mais soudain, comme si elle avait entendu mes pensées, elle redevient la Violette du premier soir et déblatère à tout-va. Je l'écoute en souriant, les mains dans les poches. Il lui faut trois bonnes minutes pour s'arrêter de parler, la bouche ouverte sur ses derniers mots. J'ai presque envie de les rattraper pour ne pas qu'elle se bride.

Elle lève les yeux au ciel.

– Je l'ai encore fait, c'est ça ?

– Quoi donc ?

– Raconter ma vie.

– Tu veux que je te réponde franchement ?

– Tant qu'à faire.

– Oui.

Et je trouve ça putain d'hilarant. Elle se mord la lèvre, fronçant le nez comme une enfant.

– Désolée. C'est pas facile tous les jours, d'être bizarre.

Je ne réfléchis que quelques secondes rapides avant de prendre ma décision.

– Tu sais, je n'ai rien à faire ce soir. Alors je peux t'aider à déballer tes cartons pendant que tu fais ton gâteau. C'est toi qui vois.

Elle ouvre grands les yeux, étonnée. Au fond de moi, j'espère qu'elle va accepter. Un peu de compagnie ne me ferait pas de mal.

– Pourquoi pas ! J'ai besoin de muscles saillants.

Parfait. J'attrape mes clefs et sors sur le palier en claquant la porte derrière moi. Violette reste immobile, tenant son paquet de farine contre son cœur. Après un long silence, je ne peux m'empêcher de la taquiner.

– Tu comptes m'emmener chez toi ou on fait une soirée pyjama dans le couloir ?

***

Dès que j'entre chez Violette, je me retrouve dans le salon, seulement séparé de la cuisine par un comptoir. Une corbeille de fruits trône au centre de cette dernière et son frigo est couvert de photos et de listes en tout genre. Un sourire amusé m'échappe à l'idée que cette fille ne puisse rien retenir toute seule. Pourquoi est-ce que ça ne m'étonne pas ?

– Bienvenue chez moi.

Tous les murs sont blancs, excepté un, qui a manifestement été peint en noir. Je distingue également tout un tas de vêtements éparpillés partout ; une robe sur le canapé ivoire, une botte solitaire sous la table basse ou encore un pantalon roulé en boule sur le tapis en peluches.

Violette suit mon regard sur l'ensemble de la pièce.

– Je ne pensais pas que j'aurais du monde, dit-elle en guise d'excuse.

C'est sûr qu'elle et moi sommes très différents… Je suis quelqu'un d'assez ordonné. Pas maniaque, mais disons que j'aime que tout soit à sa place. Depuis que je suis petit, j'ai dû apprendre à avoir le contrôle sur tous les aspects de ma vie, ne laisser place à aucune surprise. Tandis que Violette… eh bien je dirais qu'elle est la définition même de l'imprévisibilité.

Elle disparaît dans le couloir pour ranger ce qui traîne et j'en profite pour m'approcher de son frigo. Je la reconnais sur la plupart des photos, bien qu'elle soit plus jeune. Elle pose avec des personnes inconnues, pour la plupart des filles. Sur d'autres, elle est avec un homme d'âge mûr, probablement son père. Je ne peux m'empêcher de remarquer qu'elle lui ressemble.

Pourtant, les yeux de son paternel sont noirs. Je me demande si elle tient ses iris extraordinaires de sa mère ou s'ils lui sont uniques. Mais je ne peux pas encore le savoir, car je ne remarque aucune photo d'elle avec sa maternelle. Sur tous les clichés, elle a ce putain de sourire contagieux. Le genre de sourire qui éclaire toute la pièce, le genre à vous faire oublier tous vos soucis.

– Tu veux boire quelque chose ? me demande-t-elle en revenant.

– Non merci, ça va aller.

Elle hausse les épaules et va se servir un verre de jus d'orange. Je remarque qu'elle a enlevé ses chaussures pour se mettre pieds nus.

– Lucie a l'air très sympa.

Je relève les yeux vers elle, l'air adouci – comme chaque fois que j'entends son nom. Lucie est bien plus que sympa. Elle est géniale.

– Elle l'est.

– Vous êtes ensemble depuis longtemps ?

– Presque cinq ans. On s'est rencontrés pendant notre première année de lycée.

Elle siffle, je crois qu'elle est admirative. C'est vrai que quatre ans, c'est quelque chose. Aujourd'hui, je n'imagine pas mon quotidien sans elle. Elle *est* mon quotidien.

– Waouh… Bientôt les enfants et la maison de campagne ? plaisante-t-elle.

Je souris, crispé.

– Lucie déteste la campagne et moi je ne veux pas d'enfants, donc non.

Elle semble légèrement déçue, même si elle fait tout pour le cacher.

– Tu n'aimes pas les gosses ?

– Si, au contraire… J'ai mes raisons, c'est tout. Ce sont ces cartons-là ? dis-je pour changer de sujet, en pointant du doigt les boîtes entassées les unes sur les autres près de la télévision.

– Oui.

Je me dirige vers eux, les désempile pour les étaler par terre. À peine ai-je ouvert le premier carton que je sens quelque chose me filer entre les jambes. Je baisse les yeux avec stupéfaction et découvre une boule de poils blancs. Mon premier réflexe est de reculer, si bien que je manque de l'écraser. Violette vient à son secours et prend l'animal dans ses bras. Je hausse un sourcil.

– Je crois t'avoir déjà parlé de Mistinguette.

– La fameuse, acquiescé-je en l'observant de plus près.

La petite lapine est toute blanche si l'on fait abstraction de son petit nez rose et de ses yeux bleu clair. J'approche ma main pour la caresser pendant qu'elle se débat entre les bras de Violette. Je lui donne mon doigt pour essayer de l'amadouer mais elle me mord. Je retire ma main avec une grimace et la frotte sur mon jean, amusé.

– J'ai bien l'impression qu'elle et moi n'allons pas devenir grands amis.

– Tu vois ! Elle a senti le tueur en série à dix kilomètres.

Je souris et roule des yeux avant de retourner à ma tâche. Je commence par ouvrir tous les cartons tandis que Violette s'active en cuisine. Pendant ce temps-là, nous parlons. Je lui explique que Lucie travaille souvent de nuit, ce qui fait que je reste à la maison pour regarder des séries. On se découvre un amour commun pour *Game of Thrones* et *Outlander*, puis j'en viens naturellement à me demander si elle n'a pas quelqu'un dans sa vie.

Au bout d'une heure, j'ose poser la question.

– Tu n'as pas de copain ?

Elle plisse machinalement le front, toujours sans me regarder. OK, j'y suis peut-être allé trop franchement.

– Pourquoi avoir un copain quand j'ai Mistinguette ?

– Bonne question. Pour les câlins sous la couette, peut-être ?

– Mistinguette aussi me fait des câlins au lit ! s'indigne-t-elle.

– Pas ce genre de câlin. Enfin, j'espère pour toi, plaisanté-je.

Je la sens se figer, si bien que je me demande si je suis allé trop loin.

– Ne t'en fais pas pour moi, Loan. J'ai tout ce qu'il faut de ce côté-là, dit-elle d'un ton ferme qui ne laisse aucune place à l'argumentation.

Ah. OK. Désemparé, je choisis de ne rien répondre et de commencer à monter sa bibliothèque IKEA. Elle embraye rapidement sur un nouveau sujet de conversation, ce qui me va totalement.

C'est si facile de parler avec elle que ça me surprend. Violette fait partie de ces personnes entières qui vous ouvrent leurs bras d'un regard et ne vous laissent jamais partir. Ces gens-là sont dangereux parce qu'ils vous gardent involontairement sous leur emprise. Et le pire, c'est que vous aimez ça.

Je la questionne sur ses études de stylisme, elle m'avoue en mettant son gâteau au four qu'elle souhaite faire carrière dans la lingerie féminine. Attendez, quoi ? J'ai bien entendu ? Si on se fie à l'effet que ça me fait, je dirais que oui.

– Vraiment ?

– Vraiment. Pourquoi ça a l'air de te surprendre ?

– Je ne sais pas.

Elle m'adresse un clin d'œil mystérieux qui me fait sourire. Moi qui adore la lingerie féminine, je ne peux m'empêcher de trouver ça sexy.

Automatiquement, je pense à Lucie et à ce qu'elle porte en dessous de sa blouse d'infirmière. J'espère être réveillé quand elle rentrera…

J'ai presque fini de monter son meuble lorsque l'horloge murale indique minuit et dix minutes. J'ai chaud à cause de l'effort et du chauffage qui tourne à plein régime. Par réflexe, mes mains s'accrochent au col de mon tee-shirt pour le retirer. Lorsque je me rends compte de mon geste, je m'immobilise. Hors de question que j'enlève mon tee-shirt. Je peux crever de chaud, ce n'est pas une éventualité envisageable.

– Pourquoi tu fais ça ? m'interrompt-elle.

Je fais volte-face, ne comprenant pas ce qu'elle me demande.

– Pourquoi je fais quoi ?

– Ça. Te proposer.

Je hausse les épaules. Ça me paraît évident, à moi. Aider les gens, c'est mon métier, après tout.

– Parce que j'aime donner un coup de main.

Je lui tourne le dos pour fixer les dernières vis, concentré.

– Pourtant, continue Violette, avant que je te force à me parler, dans l'ascenseur, tu avais l'air de te méfier de moi. Alors j'ai réfléchi et j'en suis arrivée à la conclusion qu'il n'y a que deux solutions possibles à ta générosité soudaine.

Je secoue la tête tout en fixant une deuxième vis, tenté de rire dans ma barbe. Elle a « réfléchi » et en est venue à une conclusion, dit-elle. Là, c'est clair, je suis curieux.

– Je t'écoute.

– Soit tu es masochiste, soit tu es dérangé et tu te sens, pour une raison précise qui remonte à ton passé douloureux, attiré comme un aimant par les foldingues dans mon genre.

Je hoche la tête, lentement, en faisant mine de considérer la question sous tous ses angles. Concrètement, si je n'ai le choix qu'entre ces deux-là, je pencherais plutôt pour la première option. Bien que la supporter ne m'apparaît pas comme un supplice.

Violette s'impatiente dans mon dos.

– Alors ? Masochisme ou passé douloureux ?

– Moi aussi, j'ai une théorie, dis-je en me redressant enfin. Tu regardes trop de séries.

Elle sourit largement, l'air espiègle.

– Allez, réponds à la question, c'est tout.

Je roule des yeux. Nom de Dieu, elle ne va pas me lâcher.

– Quelle question idiote, aussi.

– Waouh, la repartie du feu de Dieu que tu te tapes ! se moque-t-elle. Je suis jalouse.

Cette

fille

est

complètement

barrée.

– Très bien, soupiré-je. Si j'ai été distant durant nos premiers échanges dans l'ascenseur, c'est parce que je le suis toujours envers les gens que je ne connais pas. Je ne donne pas ma confiance facilement.

Elle me considère avec patience, déroutante. Je hausse les épaules en laissant tomber le tournevis sur le canapé. Je compte mes amis sur les doigts d'une main, c'est vrai, mais au moins je suis certain à cent pour cent qu'ils sont fiables.

– Dès que tu as commencé à paniquer en me racontant ta vie sans même prendre la peine de respirer entre chaque phrase, ma première pensée a été : « D'où sort cette fille ? ». La deuxième a été « Je veux la connaître ». C'est bête, je sais… et je vais très probablement conforter tes soupçons de tueur en série, mais à ce moment-là, j'ai su qu'on pourrait s'entendre.

Après coup, je me rends compte que mes paroles sonnent ridicules. Je m'en veux d'avoir dit une chose pareille, elle va sûrement me prendre pour un vieux mec. Mais au fond, je suis sûr qu'elle comprend ce que je veux dire. Qu'elle comprend qu'elle a été un coup de foudre platonique.

– Qu'est-ce qui t'a convaincu ? C'est mon anecdote sur mon oral de bac, avoue.

Je rigole sincèrement et me passe la main dans les cheveux, soulagé.

– Il y a de ça. Mais je dirais : un mélange entre ton franc-parler, ta maladresse et ton parfum de fleur. Sans oublier ton short en sequins vert, bien sûr.

Son sourire ne fait que s'élargir, tellement, que je me demande jusqu'où il va aller, mangeant la moitié de son visage. Elle repousse une mèche de cheveux derrière son oreille et croise les bras en plissant des yeux, l'air narquois.

– Loan Millet… je rêve où vous êtes en train de me déclarer votre flamme ?

Je ris une nouvelle fois, la main sur ma poitrine.

– Désolé, mon cœur est déjà pris.

CHAPITRE 4
Aujourd'hui

VIOLETTE

Nous sommes vendredi soir.

Autant dire que la semaine a défilé à une vitesse incroyable ! C'est simple, je ne l'ai pas vue passer. D'ailleurs, j'ai vu très peu de choses passer tout court ; ni Loan, ni Clément. Le premier a été beaucoup pris à la caserne après son retour de vacances, et quant au second, il a passé une semaine d'oraux. En clair, je me suis coltinée Zoé cinq jours.

Je répète : *Cinq. Jours.*

Heureusement, c'est le week-end. Comme prévu avec les autres, nous sortons en boîte ce soir. Je pousse la porte de l'ESMOD et jette un coup d'œil à ma montre, m'emmitouflant dans mon écharpe. Il est vingt heures trente. Si je me dépêche, je peux réussir à retrouver les autres dans les temps… Je roule des yeux en m'écoutant penser. De qui je crois me moquer, au juste ? On sait tous que lorsque Violette ici présente commence une phrase par « Si je me dépêche... », c'est qu'elle sera forcément en retard.

Du coup, j'envoie un texto à Loan pour lui demander où il est. Sa réponse ne tarde pas : « En route. Je viens te chercher ».

– Violette ?

Je sursaute comme si l'on m'avait prise en flagrant délit, avant de faire volte-face. Voir ces yeux gris me détend immédiatement. Je souris en m'approchant de Clément, agréablement surprise de le voir là, à m'attendre.

– Bonsoir, bel inconnu. Que faites-vous ici ?

Il me sourit à son tour, les mains fourrées dans son manteau.

– Je viens te kidnapper, bien sûr. Au programme : glace Häagen-Dazs sur les Champs et tour en grande roue. Histoire que tu te pelotonnes contre moi et que j'en profite de manière indécente.

Je suis à sa hauteur, désormais. Il me dépasse de quelques centimètres seulement, mais il m'intimide toujours autant. Clément a l'air si parfait que j'ai peur de faire tâche à côté de lui, avec ma dyspraxie et mon débit de parole illimité. Bon sang, voilà que je me mets à utiliser les termes débiles de Loan ! Quoi qu'il en soit, je me restreins encore à être totalement moi-même en sa présence. Je ne veux pas qu'il prenne peur tout de suite.

– J'aurais adoré me pelotonner contre toi... Mais je sors avec les copains, ce soir.

Il fait la moue tout en enfouissant ses mains gelées dans les poches de ma veste, son visage à quelques centimètres du mien. Ai-je déjà dit combien je l'adorais ?

– D'accord, mais en règle général, un kidnappeur ne demande pas l'avis de sa victime…

Je le contemple droit dans les yeux, amusée. Même si l'on ne s'est pas vus beaucoup, on n'a pas arrêté de parler au téléphone – quand il avait du temps. Parfois j'ai l'impression qu'on est ensemble depuis une éternité. Alors que, techniquement, nous ne sommes pas encore en couple, puisqu'il n'y a eu aucun baiser. Je me demande ce qu'il attend, d'ailleurs…

– C'est vrai. J'espère que ton coffre est assez grand.

– Je t'adore, Violette, dit-il alors, une confession qu'il n'avait manifestement pas l'intention de laisser échapper.

Je le regarde, stupéfaite. Ses yeux ne mentent pas, je le sens, je le sais. Il n'est pas un énième Émilien. Il m'aime bien. Et bon Dieu, moi aussi.

– Alors kidnappe-moi lundi soir. Je ferai semblant d'être surprise.

– Lundi soir… Parfait.

Je lui souris, le cœur battant un peu plus rapidement que d'habitude. Ses mains dans mes poches, il est tellement près de moi que je sens son souffle contre mes lèvres, tout proche. Ses yeux dérivent vers ma bouche un instant, si bien que je crois qu'il va se lancer.

Mes supporters intérieurs l'encouragent et jouent les *cheerleaders* : « Je veux un B, je veux un A, je veux un I, je veux un S, je veux un E, je veux un R ! Je veux un BAISER ! ». Alors que je me rapproche subrepticement, je le vois qui détourne les yeux et fixe un point au-dessus de mon épaule. J'attends quelques secondes. Comme ses yeux ne reviennent pas vers moi, je fronce les sourcils.

– Qu'est-ce qu'il y a ?

Il désigne quelque chose derrière moi d'un mouvement de tête.

– Il y a un gars qui nous regarde fixement.

Je me retourne, curieuse. En voyant Loan en train de nous observer, à peine descendu de sa voiture, mon cœur manque un battement. C'est un réflexe débile, mais mon corps s'éloigne légèrement de Clément. Mon meilleur ami est là, la mine fermée, mais surprise aussi.

– Oh, c'est Loan, rassuré-je Clément, en faisant signe à mon ami que j'arrive.

Clément hausse un sourcil. Gênée, je me racle la gorge et fais un pas en arrière, assez grand pour qu'il reprenne possession de ses mains.

– Je dois y aller. Il est venu me chercher.

Clément plisse le front, désarçonné.

– C'est… ton petit copain ? Je dois lui casser la gueule, sortir mon épée, ou autre ?

– Non, m'esclaffé-je. Loan est mon meilleur ami.

– Meilleur ami comme dans « je vis avec mes deux meilleurs amis » ?

Je me mords la lèvre inférieure, honteuse. Il fallait bien que ce moment arrive un jour…

– Entre autres, oui. J'habite avec Zoé et lui. Mais tu n'as pas de souci à te faire, je t'assure. Loan et moi sommes juste amis.

Pour me faire pardonner, je lui offre une moue contrite. Clément me considère un instant, l'air pensif. Puis il soupire et se rapproche à nouveau. Cette fois, malgré le regard de Loan que je sens me brûler les joues, je ne bronche pas d'un cil.

– C'est vrai ?

– Je ne mens jamais, chuchoté-je. Sauf quand je dis que je ne mens jamais, bien sûr…

– Coquine.

Avant que j'aie pu m'esquiver, il pose les paumes sur mes deux joues et m'embrasse. Je ferme les paupières, me laisse aller à la sensation de ses lèvres douces contre les miennes. J'en arrive à oublier la présence de Loan le temps d'une nanoseconde. Assez pour me dire que c'est très, très agréable. Et que j'en veux encore. Bon sang, c'est la première fois que je prie pour me faire kidnapper.

– C'était sympa… mais je dois y aller.

– À lundi ! Passe une bonne soirée.

Je lui offre un dernier sourire et rejoins Loan, qui a eu le temps de s'adosser contre la voiture. Je jette un œil à sa tenue avant de m'installer côté passager. Loan porte un jean noir, un tee-shirt long avec l’inscription « NO PANTS ARE THE BEST PANTS », et l’un de ses bonnets gris duquel s’échappent quelques mèches brunes. Je remarque qu’en une semaine sa barbe a eu le temps de repousser.

Je le préfère avec sa barbe.

– On peut repasser à l’appartement, s’il te plaît ? Il faut que je me change. Je ne serai pas longue, promis.

– Ne fais pas des promesses que tu ne pourras pas tenir, Violette.

Je lui coule un regard amusé qu’il ignore royalement, les yeux rivés sur la route. Malgré sa plaisanterie, il a l’air distant. Je crois que c’est parce que j’ai pris mon temps avec Clément alors qu’il attendait. Ou bien parce que je me suis affichée devant lui. Il n’aime pas les démonstrations d’affection en public.

Après un silence qui réussit à me mettre mal à l’aise, Loan ouvre enfin la bouche, sur le ton de la conversation :

– Qui c’était ?

– Clément.

– Son nom est censé me dire quelque chose ?

– Non, je l’ai rencontré la semaine dernière seulement.

Loan tourne à un carrefour, puis stoppe au feu rouge. Il ne me regarde toujours pas.

– Cool. Et donc vous êtes ensemble ?

– On peut dire ça, je crois.

Après, il ne me pose plus aucune question. Le trajet jusqu'à chez nous se fait dans le plus grand et le plus embarrassant des silences. Tout comme le chemin jusqu'à la boîte de nuit. Bien que j'en aie très envie, je me retiens de lui faire remarquer que je me suis habillée en moins de vingt minutes.

***

– Mamma mia ! s'écrie Jason dès qu'il me voit, passant ma tenue au peigne fin. Violette, il va falloir que Loan garde un œil sur toi ce soir, s'il ne veut pas que tu te fasses emmerder.

Mon meilleur ami et moi arrivons enfin à la hauteur de Jason, qui attend sa commande au bar. La musique me vrille les tympans, mais il parle assez fort pour que je l'entende. Je souris à son compliment déguisé.

– Qu'un seul ?

– L'autre vient de tomber, je crois.

Je m'esclaffe en regardant Loan, qui esquisse un sourire amusé. J'avoue que j'étais d'humeur festive après le baiser de Clément. J'ai voulu être belle ce soir, et voir que j'ai en partie réussi me fait très plaisir. J'ai enfilé un body noir dos nu que je n'avais encore jamais porté, sous un *slim* taille haute et des talons noirs.

Les flatteries de Jason me font plaisir, c'est pourquoi je lui dépose un baiser sur la joue. Celui-ci ramène la main à son cœur, feignant d'en mourir pétrifié. Loan lui donne une tape très virile dans le dos.

– T'emballe pas, mon pote. Je te vois venir.

– T'inquiète, je sais qu'on ne la touche pas, celle-là. Je ne suis pas suicidaire.

Jason récupère ses boissons et nous dit de le suivre. Mon meilleur ami pose la main dans mon dos pour me faire signe de passer avant lui. Je remarque rapidement Zoé assise sur la dernière banquette de la rangée, entourée d'Alexandra et Chloé, des filles de l'ESMOD. Ethan, un collègue et ami de Loan, est là aussi, en compagnie d'un homme que je ne connais pas. Lorsque nous arrivons enfin, Zoé pousse un cri survolté en guise d'accueil.

– Voici la plus belle !

Je fais la bise à tout le monde avant de m'asseoir à leurs côtés. Les filles me prennent rapidement à part pour me raconter toutes sortes de choses tandis que les garçons activent leur « radar à nanas » – petit sobriquet inventé par Jason, sans grande surprise.

Zoé se penche soudain vers moi, l'œil brillant. Je devine tout de suite qu'elle a déjà bu au moins deux verres.

– Tu te souviens de la dernière fois où l'on est venues ici ensemble ?

Oh oui, je m'en souviens… Pour la petite – mais non négligeable – info, j'ai avoué à Zoé que j'étais vierge il y a environ huit mois. Lorsqu'elle l'a su, elle s'est mis en tête de m'aider à « me faire déflorer ». Ce sont ses mots, je n'invente rien. Du coup, c'est vite devenu un petit jeu entre nous, un petit jeu parfois agaçant, quand on sait qu'elle essayait de me caser avec le premier venu. On avait appelé ça « l'opération Asperge » – pour notre défense, nous étions complètement bourrées.

Émilien et moi sommes sortis ensemble un moment, mais dès que ça n'a plus été le cas, elle me traînait dans les bars et les boîtes de nuit en me disant que je n'avais plus qu'à choisir le plus beau mec de la soirée et à le ramener à l'appartement pour conclure. Sauf que ça ne coulait pas vraiment de source, pour moi…

– Alors ? me demande Zoé en venant à ma rescousse. Qu'est-ce que t'as chopé ?

J'ouvre la bouche pour lui présenter Édouard, mais je me rends compte qu'il est parti. Je suis seule avec mes sept shots vides. Bon sang, pourquoi je fais ça déjà ? Ah oui. LE SEXE. Au bord du gouffre, je me laisse tomber dans les bras de ma meilleure amie en chouinant. Elle me caresse les cheveux comme le ferait ma maman. Non, pas ma maman. Mon papa. Rien que mon papa.

– Je n'y arrive pas, Zoé, pleurniché-je dans son épaule. Je crois que je serais plus à l'aise avec quelqu'un que je connais.

– Je te conseille pas Jason, je suis sûre qu'il en a une petite.

Une fille à la robe ultra moulante passe près de moi et me bouscule assez pour me déséquilibrer.

Je fusille son dos du regard en lâchant un « Morue... » pâteux.

Zoé reprend rapidement un air sérieux et se met à siroter son cocktail. Elle me fait penser aux enquêteurs qu'on voit à la télé.

– Laisse-moi réfléchir à notre entourage.

J'ai trop bu pour réfléchir avec elle. Tout à coup, elle s'illumine, levant des yeux radieux vers moi.

– Mais bien sûr ! La personne la plus qualifiée, c'est Loan !

Je ris encore une fois, réprimant mon envie de vomir. Je sens que l'alcool commence à remonter.

– Toi, t'as trop bu, lui dis-je.

– Arrête, je suis sûre qu'il est super bien monté. Il joue les mecs sages comme ça, il boit pas, ne ramène aucune fille, ne s'énerve jamais, blablabla... Mais c'est souvent les mecs les plus sages en apparence qui sont les plus chauds au pieu.

Je fais la moue, mes pensées dérivant vers Loan, qui n'est célibataire que depuis peu. Je n'ai pas le temps de considérer la question, Zoé poursuit :

– Les autres vantards, ils te prennent en missionnaire le temps d'une minute et finissent par t'assommer à coup de « C'était bon, hein ? ».

Je suis tellement morte de rire que je crois un instant m'être fait pipi dessus. Zoé se joint à moi, réalisant ce qu'elle vient de dire. Une fois la crise de fou rire terminée, je m'essuie les yeux et redeviens triste.

– Je vais rester vierge toute ma vie.

Alexandra se ramène à ce moment-là, rangeant un bout de papier dans son soutien-gorge. Si je n'étais pas bourrée, je dirais ça avec plus de subtilité... mais Alexandra s'est tapé tout Paris. Alors entre elle et Zoé, je me sens comme une potatoes dans un sachet de frites.

– Vous croyez que je vais finir dans la rubrique « Insolite » d'un magazine barbant avec ma photo sous le titre « Violette, 60 ans : pucelle un jour, pucelle toujours » ?

Au moment précis où ma meilleure amie s'écrie « Non ! », Alexandra hoche vivement la tête en répondant avec aplomb : « C'est sûr ». Ma lèvre inférieure tremble, je sens que je vais pleurer. Zoé grogne et se tourne vers notre troisième mousquetaire.

– Oh, tais-toi, Heidi Fleiss.

Cette dernière fronce les sourcils.

– Pourquoi tu me parles de cette paysanne d'Heidi ?

Zoé roule des yeux. Je suis toujours vierge ce soir et je suis sûre que je le serai encore demain, mais rien que le fait d'entendre ma meilleure amie mettre Alexandra au même rang que l'une des prostituées les plus populaires du monde sans même qu'elle comprenne... eh bah, ça me fait ma soirée.

J'offre un sourire complice à Zoé, qui me le retourne. Je crois que ce soir-là, j'ai pris la pire cuite de ma vie.

– … coup, je te conseille de laisser tomber, dit Jason de l'autre côté de la banquette.

Chloé se lève pour aller aux toilettes, j'en profite donc pour prendre sa place près d'Ethan. Il est en pleine discussion avec les garçons. Ethan, en plus d'être pompier (oui, ça entre dans les avantages notables selon moi), est l'homme le plus gentil que je connaisse.

– Tu as rencontré quelqu'un ? lui demandé-je avec excitation. C'est super !

– Ce n'est pas sérieux ni rien, me calme-t-il, un peu sur la réserve. Pour l'instant, on en est à se découvrir l'un l'autre. Mais elle est féministe, et selon Jason, c'est un obstacle.

Je fronce les sourcils à sa dernière réplique tout en cherchant mon verre sur la table basse.

– Où est mon verre ?

Mes yeux se posent sur celui qu'Alexandra a entre les mains. Elle me fait une moue d'excuse.

– Désolée.

Je lui souris hypocritement, patientant le temps qu'elle détourne le regard pour mimer une scène de meurtre au couteau. Je vois Loan rire dans sa barbe avant de me tendre son verre, que je prends.

– Merci. Excuse-moi, Ethan, tu disais quoi ? Ah oui, la dame est donc féministe. Féministe genre « Femen qui scande des slogans devant le ministère de la Justice nichons à l'air », ou féministe genre « elle te rabâche H24 que t'as le droit à un salaire supérieur au sien juste parce que tu as quelque chose entre les jambes » ?

J'attends sa réponse tout en buvant une gorgée du verre de Loan. De toute évidence, il n'y a pas d'alcool là-dedans – ce qui n'est pas une mauvaise chose, quand on sait à quoi je ressemble après quatre verres.

– Je ne sais pas trop. Mais je ne crois pas qu'elle est dans l'extrême.

– Alors je ne vois pas en quoi c'est une contrainte. Au contraire, tu devrais être fier de savoir qu'elle se bat pour ce qui lui tient à cœur ; c'est une forme d'intelligence. Regarde, moi aussi je suis féministe et ça ne fait pas de moi une casse-couilles pour autant. Sérieux, pourquoi les gens nous prennent-ils toujours pour des rabat-joie ?

– Pardon, qui a dit que tu n'étais pas casse-couilles ? intervient Loan.

Je lui adresse un doigt d'honneur quand Jason y va de son commentaire :

– L'écoute pas, mon pote, c'est la voix du diable. Elle va te mettre dans le pétrin.

Celui-ci roule des yeux sans savoir qu'il vient de me faire démarrer au quart de tour.

– Tu peux développer, Casanova ?

– Je connais ce ton et je n'aimerais pas être à ta place, lui glisse Loan en lui tapotant l'épaule.

Jason secoue la tête comme s'il s'agissait de conneries et bombe le torse. Un vrai coq sur pattes.

– Tout ce que je disais à Ethan avant que tu viennes te mêler d'affaires d'hommes, c'est qu'il y a bien une chose dont je suis sûr : baiser une féministe, extrême ou non, ce n'est jamais un bon coup assuré.

J'ouvre la bouche, sous le choc. Je ne peux pas m'empêcher de rire devant tant d'imbécillité. Loan aussi sourit légèrement, les yeux baissés sur ses chaussures. Il sait que je ne risque pas de lâcher l'affaire. Il me connaît.

– Pourquoi tu dis ça ? insiste Ethan, méfiant.

Je croise les bras dans l'attente de sa réponse à l'instant même où « Run The World », de Beyoncé, retentit dans la boîte. C'est quand même un signe de folie, vous ne trouvez pas ?

– Elles sont féministes, crétin, s'exclame Jason, convaincu de prêcher la bonne parole. FÉ-MI-NISTES. Ce qui veut dire que, forcément, elles refuseront de se laisser prendre en levrette. Histoire de supériorité masculine réfutée ou je sais pas quoi.

J'échange un regard consterné avec Loan, qui se retient d'exploser de rire. Je connais Jason depuis longtemps maintenant, en tout cas assez pour en avoir entendu de belles sortir de sa bouche. Croyez-moi quand je vous dis que je pensais avoir entendu le pire. Mais ça… ça, c'est la cerise sur la pièce montée.

Je me penche donc en avant, plaçant les coudes sur mes genoux, et pose la seule question qui me taraude :

– Tu as déjà couché avec une féministe, Jason ?

J'ai désormais quatre paires d'yeux focalisées sur moi. Autant dire que c'est facile d'avoir l'attention d'un homme.

– Non.

– Bon, bah alors. Tes parents ne t'ont jamais dit « On ne sait pas tant qu'on n'a pas goûté » ?

Jason plisse le front, se grattant le crâne.

– Si, mais je ne crois pas qu'ils parlaient du cul d'une belle nana. Ou alors j'ai mal compris… Merdalors. Toute mon enfance n'est qu'un mensonge ! s'écrie-t-il.

Je ris en lui donnant un coup de pied. J'avale une nouvelle gorgée de cocktail avant de rendre son verre à Loan, qui boit derrière moi sans intervenir dans notre discussion. Je décide de clore le sujet en beauté, histoire qu'il y réfléchisse à deux fois avant de recaler une fille parce qu'elle est féministe ; c'est vrai, quoi, il pourrait passer à côté de la femme de sa vie !

– Se faire dominer spirituellement ou socialement diffère complètement du système de la levrette, crétin. Là, on parle de plaisir partagé. Ce n'est pas parce qu'une fille te laissera la prendre par-derrière que tu pourras exercer une autorité particulière dans un contexte tout autre…

– OK, OK, j'ai compris ! s'empresse de m'arrêter Jason, les doigts malaxant ses tempes. Je plaisantais ! Putain, c'est épuisant de parler avec toi.

Mon regard vire vers Loan, en face de moi, qui me regarde en buvant son cocktail. Chose qui me fait rougir davantage. Parce que je sais qu'il sait. Qu'il sait que je parle de sexe alors que je suis vierge et que, par conséquent, je n'y connais pas grand-chose.

Je me dérobe à son regard et m'accroche au cou d'Ethan pour lui murmurer tout bas :

– Ne te prends pas la tête et fonce. Tu verras tout ça après, OK ?

Je me recule à temps pour le voir sourire.

– Ne t'inquiète pas pour moi, Vio. Je ne vais pas la laisser passer pour une question de levrette. Même si c'est dommage, ajoute-t-il avec un clin d'œil.

Je lui souris et lui embrasse la joue avant de sentir une main chaude me frôler le dos. Je courbe celui-ci par réflexe.

– Je crois que Zoé va venir te chercher par la peau des fesses si tu ne fais pas une apparition immédiate sur la piste de danse, crie Loan pour se faire entendre.

J'opine et suis mon meilleur ami jusqu'à la piste bondée de monde. Je crois apercevoir la robe bleue électrique de Zoé parmi la foule, au centre, mais je suis trop petite pour me faufiler entre les corps endiablés.

Loan me parle mais je n'entends pas un mot, la voix de Britney Spears voilant la sienne.

– Laisse, on est bien, ici ! braillé-je en l'arrêtant.

Il plisse le front, confus, puis se penche.

– Non mais je ne danse pas, moi.

– Pourquoi ?

– Je ne danse jamais, dit-il en haussant une épaule.

Je le sais, idiot, que tu ne danses jamais. Ce que je demande, c'est « pourquoi » ! Mais bon, il faut que je me fasse une raison, apparemment. Loan Millet n'est pas du genre à danser dans les boîtes de nuit, c'est comme ça. Je m'apprête à le laisser repartir pour rejoindre ma meilleure amie quand mes yeux se posent sur la dernière personne que je pensais croiser ce soir.

– Oh mon Dieu, soufflé-je avant de violemment rattraper le tee-shirt de Loan.

Je le ramène vers moi avec une force dont je ne me pensais pas capable et le place devant ma silhouette, priant pour qu'il me cache assez bien.

– Qu'est-ce qu'il te prend ? s'étonne-t-il.

Je n'arrive pas à croire qu'il soit ici… Enfin, non, ça ne m'étonne pas tant que ça, finalement. Mais disons que j'aurais voulu éviter la rencontre. Je me dissimule derrière la carrure musclée de Loan et lui souris angéliquement, accrochant mes bras à son cou. Ses traits s'adoucissent devant mon geste.

– Juste une danse, le supplié-je.

Je vois bien qu'il hésite. Il ne danse jamais, certes, mais je le lui ai demandé avec mes yeux de Chat Potté. Et je sais qu'il a du mal à résister à ces yeux-là. Comme tout le monde.

– Bon, OK.

Loan croise les poignets au bas de mon dos et suit le mouvement. Aussi discrètement que possible

– tout du moins, c'est ce que je crois –, je penche la tête sur le côté pour m'assurer que je ne suis pas repérée. Évidemment, pile au moment où je le localise à nouveau, ses yeux croisent les miens.

Merde ! Je me remets directement en place, les joues en feu. Émilien m'a vue, c'est certain maintenant. Et dans les bras de Loan. Pas de panique, Violette. Tu as tourné la page avec lui, tu te rappelles ? C'est un enfoiré de première. Oui, ça je le sais, je n'ai pas oublié entre-temps. En revanche, croiser un ex n'est jamais une partie de plaisir. Surtout si cet ex en question vous a jeté pour une raison plus qu'horripilante.

Prise d'une violente envie de me venger, je pense à l'éventualité de…

– Violette ?

– Mmmh ?

Loan s'est immobilisé, ses yeux dans les miens. Je ne comprends pas sur le coup. Il reste impassible, un sourcil arqué.

– Tu m'expliques ?

– De quoi ?

– Tes mains un peu trop près de mes fesses.

Je réalise en effet que mes mains y sont descendues d'elles-mêmes. Je les remonte *in extremis*, rouge comme une pivoine. Je ne suis vraiment pas nette, comme fille.

– Merde, vraiment désolée. Ça t'a gêné ?

Ses lèvres s'incurvent d'un côté, trahissant son amusement.

– Habituellement, je répondrais non, mais venant de toi je trouve ça un peu flippant. Qu'est-ce qui se passe ?

Je soupire. Je ne sais pas trop si je dois le lui dire… Ça s'est mal fini avec Émilien et Loan était là. Je n'ai aucune envie que cette soirée dérape. Toutefois, il le saura si je mens. Je cède donc, honteuse.

– Bon… Disons qu'il se pourrait… peut-être… qu'Émilien soit là.

Je sens tous les muscles de son corps se bander à la seconde. Son sourire disparaît si vite que je me demande si je ne l'ai pas inventé.

– Ce connard ? Où ?

Je me saisis de sa mâchoire lorsqu'il commence à sonder la pièce des yeux, et je l'oblige à me faire face.

– Ne regarde pas ! Excuse-moi, je sais que c'est puéril, mais vu la façon dont il m'a lâchée… je voulais lui faire comprendre qu'il a manqué quelque chose. Bref, laisse tomber.

Je vois dans ses yeux qu'il se remémore ma rupture avec Émilien car des flammes se reflètent dans ses pupilles. Il serre les dents à se les éclater.

– Si seulement je pouvais aller le voir et…

– Je sais. Mais se battre en public est à proscrire. Tu es pompier, donc tu te dois de garder un casier judiciaire vierge. Bon, tu pourrais le frapper et te barrer vite fait, je me ferais un plaisir d'endosser la responsabilité, crois-moi, une nuit en garde à vue ne me fait pas peur, mais j'ai peine à penser qu'ils croiront ces petites mains capables de ce que peuvent faire celles-ci, dis-je en m'emparant de ses doigts. Quoique un jour, en cinquième, une fille m'a giflée, du coup c'est parti tout seul, je lui ai mis une énorme claque, alors que pourtant je n'aime pas la violence, mais je l'ai fait quand même. Et juste après, elle a voulu m'en remettre une, sauf que j'ai commencé à courir. Pas que je sois une poule mouillée, mais je n'ai jamais été une grande bagarreuse.

Je reprends mon souffle, m'arrête le temps de chercher mes mots. Je ne sais plus ce que je disais… Je lève les yeux vers Loan, qui me regarde fixement.

– Pourquoi je te parle de ça, déjà ?

– Honnêtement ? Je n'en ai aucune idée.

Je fais la grimace en baissant la tête. Je suis sûre et certaine qu'Émilien me regarde à travers la foule. Quand je pense qu'il m'a reproché une chose aussi… futile !

Soudain, Loan soupire avant de fermement me serrer contre lui. Son souffle me chatouille le lobe de l'oreille lorsqu'il me murmure :

– C'est bien parce que je déteste ce mec et que tu es magnifique ce soir.

Je n'ai pas le temps de comprendre le sens entier de ses paroles qu'il me retourne doucement pour coller son torse contre mon dos nu. La musique « Partition » retentit dans les enceintes. Étonnée qu'il joue le jeu sans protester plus que ça, je reste aussi immobile qu'une statue. Je sens ses doigts familiers frôler la peau fine et sensible de mes poignets puis remonter le long de mes bras, laissant une traînée de chair de poule dans leur sillage.

Mon corps vacille automatiquement près du sien, toujours plus, tandis que l'une de ses mains arrête sa course sur mes hanches, forçant mon bassin à se plaquer contre lui.

– Loan…

Je veux lui dire que c'est ridicule, je dois lui dire que ce n'est pas nécessaire, mais mon cerveau ne partage pas mon avis et me contraint au silence. Loan non plus, visiblement.

– Chut, chuchotent ses lèvres au creux de mon oreille.

Je ferme donc les yeux, me laissant aller pour de bon. Mes cils palpitent au même titre que mon cœur galope dans ma poitrine rien qu'à l'idée de le toucher. Ces bras, je les connais par cœur, tout comme cette chaleur qui m'enveloppe chaque fois qu'on dort ensemble… et pourtant, tout me semble différent à ce moment précis. Là tout de suite, tous mes sens sont en alerte. Ça n'a rien de platonique.

Les doigts de Loan effleurent mon cou, chassant délicatement les cheveux qui le gênent, et les placent sur mon autre épaule. J'essaie de me concentrer sur ma respiration, mais il vient tout faire voler en éclats quand je sens sa bouche brûlante se poser délicatement dans le creux de mon cou.

Je frissonne, le souffle court. Je ne sais pas trop ce qui se passe dans ma tête, mais je lève machinalement les bras et les croise dans sa nuque transpirante. C'est tout mon bas-ventre qui crépite douloureusement lorsqu'il resserre étroitement sa prise sur mes reins, ondulant lentement du bassin. C'est trop. Trop pour ce que je suis prête à endurer. Nos corps suivent la musique au rythme que l'autre lui impose, indifférents au monde extérieur.

I just wanna be the girl you like... the kind of girl you like, résonnent les paroles de Beyoncé.

J'ai chaud, terriblement chaud, et je ne veux pas qu'il s'écarte. Une alchimie inexplicable s'échappe de nos corps imbriqués, me laissant totalement déphasée. Je ne sais plus ce qui est vrai et ce qui ne l'est pas. Ses mains errent sur chacune de mes courbes, aussi douces que fermes, me poussant toujours plus contre lui, même quand je ne peux pas être plus près que je ne le suis déjà.

J'agrippe la naissance de sa chevelure, contrainte de me tenir à quelque chose pour m'empêcher de céder sous mon poids. Je ne suis pas de taille face aux mouvements de son bassin. Car il a beau être mon meilleur ami, Loan est avant tout un homme. Un homme respirant la testostérone à plein nez, un homme qui a en ce moment même l'entrejambe plaquée contre mes fesses. Comment ne pas dérailler, hein ?

– Tu crois que c'est bon, là ? me souffle-t-il.

J'acquiesce et, malgré ma réponse, Loan ne me lâche pas d'un millimètre. Je laisse tomber mes bras, toujours sans rouvrir les yeux, et me retourne pour lui faire face. Ses mains sont partout.

Mon

cœur

va

exploser.

Je papillonne des paupières jusqu'à les rouvrir complètement. Son nez touche le mien, ses lèvres frôlent les miennes sans jamais les rencontrer, et je suis sur le point de déraper, je le sais, je le sens. Malheureusement ou heureusement, je ne sais pas, Émilien choisit ce moment très précis pour pousser Loan, éclatant la bulle dans laquelle j'étais depuis quelques minutes. Je reviens brutalement à la réalité, les sens encore chamboulés.

– Alors c'est ça que tu faisais dans mon dos quand que tu te proclamais vierge, salope ? mugit mon ex en me fusillant du regard, un doigt pointé dans la direction de Loan.

Ce dernier semble lui aussi se réveiller car il secoue la tête et revient m'attraper le poignet pour me faire passer derrière lui. Malgré la tempête de colère qui plane sur ses traits, il reste calme et s'avance jusqu'à Émilien.

– Tu ferais mieux de partir. *Maintenant.*

Alors là, je l'admire. Moi qui le connais, je comprends que cette phrase est une menace de mort. Pourtant il parle sans hausser le ton d'un iota. C'est à vous donner des frissons.

– Ah ouais ? Et tu vas faire quoi ? le cherche-t-il, un rictus mauvais aux lèvres.

Je regarde Loan, qui le fixe sans ciller. Il est bien plus grand qu'Émilien, ce qui lui vaut de le dominer physiquement.

– Je sais ce que tu cherches à faire. Je ne me battrai pas avec toi, assure Loan.

Je jette un œil aux gens autour de nous. Certains s'éloignent, ayant senti la bagarre. Je tire sur le bras de mon meilleur ami pour le pousser à laisser tomber. Mais Émilien rit et crache par terre avant de se retourner en lâchant : « Flipette ».

Cette fois, Loan lâche mon poignet et rattrape Émilien par la nuque, le tirant vers lui avec violence, tellement que celui-ci se cogne contre son torse. Je suis assez près d'eux pour l'entendre lui murmurer quelque chose à l'oreille.

– Parle-lui encore de cette façon et tu peux dire au revoir à tes jambes.

Je reste pétrifiée sur place, à l'affût de tout geste violent de la part d'Émilien, qui écoute mon meilleur ami sans broncher, le teint livide.

– Violette sait où tu habites, continue Loan avec intimidation. Il suffirait d'un jour où tu sors tranquillement de chez toi, l'air de rien, et *BIM*.

Il s'interrompt, laissant ses paroles faire écho dans les oreilles de son interlocuteur. Au bout d'un moment, il lui demande avec une froideur contrôlée :

– Tu m'as compris ou je dois répéter ?

Émilien ne dit rien, la mâchoire contractée. Il me jette un regard en coin, mais Loan l'intercepte et resserre sa prise autour de sa nuque. Il baisse les yeux, si bien que Loan le lâche. Émilien ne se fait pas prier et se retire, les poings serrés.

Mon cœur se remet à battre normalement, mes épaules s'affaissent tellement je suis soulagée. OK, bon, ce n'était pas le meilleur moyen de prendre sa revanche.

– Désolée, dis-je en posant ma main sur son bras.

Il contemple celle-ci un instant, puis plonge enfin ses yeux dans les miens. Il n'a pas l'air content. Du tout.

– La prochaine fois, demande à ton copain. Ce genre de mission n'est pas de mon ressort.

Aïe. Ça pique.

Mais il a raison, je n'avais pas à lui demander ça. Cela dit, il avait le choix. Or, il n'a pas refusé. Je le regarde prendre congé et revenir à notre table, indécise. Cette petite danse collé-serré semble déjà aux oubliettes. Et tant mieux, d'ailleurs.

Je hoche vigoureusement la tête pour m'en convaincre et rejoins les autres sur la banquette. J'arrive pile au moment où Loan enfile sa veste, en déclarant qu'il va rentrer.

Je me dissimule partiellement derrière une colonne en pierre, attendant qu'il soit parti pour questionner Jason.

– Je te la laisse, lui dit-il tout bas. Fais attention à elle, Émilien est là.

Son meilleur ami lui tape l'épaule, un verre à la main.

– J'en prendrai soin comme de la prunelle de mes yeux ! Ce blaireau ne s'approchera pas à moins de trois mètres.

Loan acquiesce en rabattant son bonnet sur sa tête.

– Je le sais.

Je reste collée contre la pierre froide, le ventre noué de culpabilité. Je me sens mal de l'avoir utilisé pour rendre jaloux un type dont je me fous éperdument. Mais je sais que ça ira mieux demain.

Et que tout redeviendra comme hier.

CHAPITRE 5
Aujourd'hui

LOAN

– Tu es parti tôt, vendredi, me fait remarquer Ethan tout en faisant ses abdos au sol.

Je me retiens de soupirer, de rester impassible. Je savais bien que je n'allais pas couper à ce genre d'interrogatoire. Je suis même persuadé que Jason et lui ont papoté sur la potentielle cause de mon départ précipité. Mais je m'en fiche pas mal, de leurs spéculations. Je prends donc le temps de trouver une réponse adéquate tout en continuant de soulever la barre de cent kilos au-dessus de ma tête.

Je ne travaille pas ce lundi, mais je suis tout de même venu à la salle de musculation de la caserne pour être tranquille. Ethan m'a demandé s'il pouvait se joindre à moi, je n'ai pas osé refuser.

– Ouais, dis-je de façon laconique.

La soirée de vendredi est derrière moi. Pas besoin d'y revenir. De toute manière, j'imagine que ça devait arriver un jour ou l'autre : être sexuellement attiré par Violette. D'accord, elle est ma meilleure amie, mais elle n'en reste pas moins une femme. Et quelle femme !

Cela dit, je serais un menteur éhonté si je disais que c'est la première fois que je ressens ce genre d'attraction pour elle. C'est déjà arrivé par le passé… Que mon imagination s'emballe en la voyant porter une jolie robe un peu courte, ou bien de frissonner lorsqu'elle presse innocemment sa poitrine contre mon torse. Mais je n'ai jamais vraiment fait attention à tout ça. Parce que dans ma tête il n'y avait que Lucie, et ce que voulait mon corps, je passais largement au-dessus. Aujourd'hui Lucie n'est plus là, bien qu'elle demeure encore dans mes pensées.

– Au fait, j'ai un peu discuté avec Violette, du coup. J'avais complètement oublié que son anniversaire approchait.

Je souris vaguement. Moi, je n'ai pas oublié. Ça fait des mois que j'y pense, me creusant les méninges pour lui organiser quelque chose de mémorable. J'avais pensé l'emmener à Disneyland Paris un week-end entier, même si ça coûte une blinde – je sais qu'elle n'y est jamais allée. Mais Zoé m'a rappelé que nous n'étions pas seuls.

– Oui, elle va avoir vingt ans.

Je me redresse, les muscles douloureux, au moment où Ethan m'annonce que Violette n'a apparemment rien prévu.

– Je sais. Heureusement d'ailleurs, sinon notre plan à Zoé et moi tombait à l'eau.

– Vous comptez faire quoi ?

– Une soirée à la maison avec tous ses amis. Ce n'est pas extraordinaire, mais je sais ce que Violette aime. La simplicité. Être entourée des gens qui lui sont chers.

– Elle va adorer, sourit Ethan.

Je l'espère.

Tout ce qui compte, c'est que tout soit redevenu comme avant. En tout cas avant la soirée de vendredi, quand tout a un peu dérapé. Bien que je regrette de ne pas avoir écrasé la tête de ce connard contre un mur, je suis bien content qu'Émilien nous ait interrompus. Qui sait ce que j'aurais fait sous l'influence de mes sens déloyaux. Je sais que Violette est assez mature pour comprendre que, certes, cette proximité nous a plu – *vraiment* plu –, mais ça ne va pas plus loin qu'une brusque montée de libido. Notre amitié est bien trop précieuse.

C'est pourquoi j'ai agi comme si de rien n'était, le lendemain. Je ne veux aucun malaise entre nous.

– Bon, tu as prévu un truc, ce soir ? Venez chez moi, on se fera un apéro tranquille.

Je réfléchis un instant, puis acquiesce, essuyant mon front trempé de sueur avec ma serviette.

– Pourquoi pas ? J'appelle Jason dès que je rentre.

– Et les filles ?

– Non, Zoé ne voudra jamais se retrouver à moins de trois mètres de Jason si Violette n'est pas là.

Ethan m'adresse un regard interrogateur. Je hausse une épaule évasive en me redressant. Il suit le mouvement jusqu'aux douches, nous saluons quelques-uns de nos collègues au passage. Je lui explique alors que Violette passe la soirée avec Clément, un type qu'elle voit depuis quelques semaines à peine.

J'enlève mon short et mes chaussures une fois dans les vestiaires, puis lève les yeux vers lui.

– Ça a l'air de t'enchanter, remarque-t-il d'un ton plus moqueur que suspicieux.

J'en profite pour entrer dans une cabine et retirer mon tee-shirt en toute intimité. Chaque cabine de douche n'est pas vraiment fermée, si bien qu'Ethan et moi pouvons nous voir jusqu'au cou. Heureusement, mon dos est dissimulé par le mur.

J'attends un peu, savourant la douceur des gouttes qui roulent sur ma peau nue, avant de répondre enfin :

– Je ne le sens pas.

Je repense à ce Clément de malheur, et je vois rouge à nouveau. Non, je ne le sens définitivement pas. Même si, pour le moment, je n'ai aucune preuve concrète de ce que j'avance.

– C'est un salaud ? demande Ethan en se savonnant.

– Je n'en sais rien, je ne lui ai jamais parlé.

– Alors pourquoi tu…

– Je ne le sens pas, point barre. C'est un tout : son allure, ses dents parfaites et ses bottes de meuf.

Mon ami rit dans sa barbe, en secouant le menton.

– Loan, tu ne serais pas un peu jaloux ?

Je l'attendais, celle-là. Tellement prévisible. Je tiens bon, en lavant mes cheveux avec des gestes vifs et précis. Je suis bien trop pressé de rentrer chez moi.

– Mais non. D'habitude, je ne m'immisce jamais dans ses relations amoureuses (*Jusqu'à hier...*) Sauf que Violette est tellement gentille, elle veut tellement voir le meilleur chez les gens qu'elle en devient parfois aveugle. Regarde ce salaud d'Émilien. J'avais laissé faire, je ne m'en étais pas occupé, et voilà qu'elle m'apprend pourquoi il la quitte une fois qu'il est trop loin pour que je l'attrape ! J'étais dingue.

Rien qu'au fait de repenser à la nuit où Violette m'a appris la raison de leur rupture, cela me fait regretter de ne pas l'avoir enterré vendredi. C'était l'occasion dont j'ai tant rêvé.

– Du coup, tu as peur que ce soit pareil avec lui. Elle a l'air malheureuse ?

– Non… Au contraire, elle sourit tout le temps. Dès qu'elle reçoit un texto, tout son visage s'illumine et elle part s'isoler pour être tranquille.

Je me sens con, tout à coup. Parce que c'est vrai que vu sous cet angle, il n'y a pas lieu de s'affoler. Au contraire, ils ont l'air de passer du bon temps ensemble.

En plus de cela, j'imagine que Zoé va m'obliger à l'inviter à la fête surprise de Violette. Et merde. Ethan me surprend en éclatant de rire. Je ferme le robinet et secoue la tête pour évacuer le surplus.

– Cherche pas, tu es jaloux.

Cette fois, je serre la mâchoire et le fusille du regard en attrapant ma serviette.

– Puisque je te dis que non !

– Pas jaloux dans le sens où tu l'aimes, se défend-il. Jaloux dans le sens où depuis que Lucie t'a quitté, tu réalises que Violette peut connaître quelqu'un, elle aussi. Alors que toi, tu n'as toujours pas tourné la page.

Mes gestes se suspendent et mon corps entier se fige à ses paroles. Le nom de Lucie prononcé à voix haute me fait toujours aussi mal. Avec Jason et Violette, on a tendance à éviter le sujet. Ils savent bien que je l'ai encore mauvaise. *Ça ne fait que six mois.*

Malheureusement, je me rends compte que le raisonnement d'Ethan n'est pas bête. Il a même complètement raison. Je suis jaloux, mais pas de Clément. Je suis jaloux de Violette. Tout ça parce qu'elle continue à vivre sa vie, parce qu'elle a quelqu'un qui la rend heureuse.

Contrairement à moi.

– Tu as des nouvelles d'elle ? murmure Ethan pendant que j'enfile mon tee-shirt à la hâte, troublé.

Je ne veux pas en parler. Je réponds un « Non » qui lui fait comprendre que j'aimerais changer de sujet. Je ne veux pas parler de Lucie avec lui. Avec personne, d'ailleurs.

– Tu devrais passer à autre chose, Loan. Ce n'est jamais bon de ressasser. J'ai plein de copines à te présenter si tu veux, plaisante-t-il pour détendre l'atmosphère. Des féministes, des non-féministes…

En mon for intérieur, je sais qu'il n'a pas tort. Broyer du noir n'arrangera rien, encore moins me frotter à ma meilleure amie pour calmer mes ardeurs. Mais c'est plus fort que moi. J'attends Lucie depuis qu'elle m'a quitté, je l'attends et la laisse respirer, car c'est tout ce que je peux faire. Lui prouver qu'elle se trompait sur mon compte. C'est bien pour ça que je n'ai pas approché une fille depuis six mois maintenant. Pour m'efforcer de faire les choses bien.

Alors je garde mon irritation pour moi en sortant de la cabine et décline sa proposition d'une voix posée.

– Non merci, Ethan. Elle va revenir, je le sais.

Je l'entends soupirer à côté de moi tandis que j'enfile mon jean. Il ne me croit pas, il a pitié de moi, comme Jason, comme Violette. Et ça m'énerve au plus haut point, même si je suis certain qu'ils veulent bien faire.

Je range mes affaires sales dans mon sac de sport et le jette sur mon épaule, plantant mes yeux dans ceux de mon ami, déterminé.

– Je vais tout faire pour.

***

J'appelle Jason sur le chemin du retour pour lui proposer de passer la soirée chez Ethan. Il me répond qu'il est partant et qu'il arrive à l'appart dans environ une heure, le temps de prendre sa douche et d'enfiler quelque chose de plus confortable.

Une fois rentré, je découvre un salon désert. Je me dirige vers ma chambre en retirant mon manteau, que je jette sur mon lit. Je sens Mistinguette se frotter à ma jambe.

– Viens là, ma belle.

Je me baisse pour la prendre dans mes mains en coupe, puis dépose un bisou sur ses poils blancs. Je l'adore, ce lapin. Comme Violette me l'avait dit lors de notre première rencontre, c'est une coriace. Au début, elle me fuyait comme la peste. Puis j'ai su l'apprivoiser, à ma manière, si bien qu'elle fait la tête à Violette, désormais.

– Bouge pas, je vais chercher ta grande copine, lui dis-je en la reposant sur ma couette.

Je vais toquer à la porte des filles pour voir si Violette est encore là.

– Quoi ? me répond une voix impatiente.

Zoé.

– Non, rien, c'était pour savoir si vous étiez bien vivantes. Violette est là ?

J'attends un moment, la tempe contre la porte, avant que la voix de Zoé me parvienne à nouveau.

– Sous la douche !

En effet, j'entends l'eau couler à travers la porte de la salle de bain. Je frappe deux fois, assez fort pour que Violette l'entende.

– Je peux entrer ?

– Oui !

J'actionne la poignée et j'entre, mes affaires pleines de transpiration à la main. Je ferme la porte derrière moi et jette mon linge dans la machine à laver. Le miroir au-dessus du lavabo est entièrement embué, si bien que je passe ma manche dessus pour pouvoir me voir nettement. Je me fixe quelques secondes, les pensées bercées par le bruit de la douche à ma droite. En vérité, je n'ai aucune envie d'aller chez Ethan ce soir, encore moins de faire semblant de rire aux anecdotes sexuelles de Jason. Faut dire qu'il n'innove pas beaucoup.

Mon regard est attiré par le rideau de douche. À travers, je peux entrevoir très vaguement la silhouette de Violette qui se lave les cheveux, ce qui suffit néanmoins à retenir mon attention. Je déglutis, essayant de ne pas penser au fait qu'elle est complètement nue à un mètre seulement de moi. Ce corps dont j'ai bien trop apprécié le contact il y a à peine deux jours…

– Merde ! siffle Violette derrière le rideau. Quelle gourde.

L'entendre faire tomber quelque chose, probablement son gel douche, me fait brutalement revenir à la réalité. Je secoue la tête, contrarié, en réalisant que j'ai un début d'érection.

Faut vraiment que j'arrête de fantasmer sur Violette, et vite.

Je ressors de la salle de bain et pars me réfugier dans ma chambre en attendant que mes élans physiques se calment. Au bout de dix minutes à ranger ce qui traîne, je refais surface dans le salon toujours vide. Je me pose sur le canapé, la tête en vrac. J'ai beau savoir que rien n'est envisageable avec Violette, mon corps ne veut rien entendre. Comme quoi, mes nombreux mois d'abstinence commencent à se faire ressentir.

Alors que je m'apprête à manger sur le pouce, une Violette furieuse et seulement vêtue d'une serviette bleue fait irruption. Ma serviette, en l'occurrence. Je fronce les sourcils en réalisant que son regard noir m'est destiné.

– Au fait, toi !

Aïe. Ça ne sent pas bon.

Son petit corps s'arrête en face de moi, de l'autre côté du comptoir. Sa peau brille comme si elle ruisselait de sueur, si bien que les mèches de cheveux qui s'échappent de son chignon lui collent aux joues. Je frémis bêtement.

– Tu te fous vraiment de ma gueule, Loan !

Je hausse un sourcil.

– Qu'est-ce que j'ai fait ?

Je suis réellement curieux. Je ne me rappelle pas avoir fait de bêtise. C'est plutôt moi qui devrais lui reprocher d'emprunter ma serviette, comme elle utilise ma brosse à dents certains soirs, mais je ne dis rien. Car au fond, c'est loin de me déranger.

– Tu n'as pas l'impression d'avoir mangé tous mes Schoko-Bons ?

Ah. Ça. Sur ce coup, j'avoue que j'ai légèrement craqué. Je ne suis pas un gros mangeur en général, mais c'était un soir où j'avais terriblement faim. Et malheureusement pour elle, les chocolats de Violette me faisaient de l'œil. Je ne voulais pas les décevoir.

– Désolé, dis-je simplement. Du coup c'est la peine capitale, ou j'ai le droit à un procès ?

Elle me fusille du regard, m'incitant à ne plus tenter de blague foireuse. Depuis le temps, j'ai bien fini par comprendre que le chocolat, c'est sa vie. Les lui voler ne doit pas être pris à la légère. Sérieusement, si le chocolanisme était une religion, elle en serait une fervente croyante.

– Tu fais chier, Loan. J'ai voulu en manger tout à l'heure pour me détendre et quand j'ai voulu les prendre : plus rien ! Zéro ! Nada ! Nic !

– « Nic » ?

– C'est du polonais, explique-t-elle en posant les mains sur ses hanches. Mais on s'en fout, de ça. L'important ici, c'est que tu as descendu toute la boîte alors que je me les étais achetés pour MOI ! Merde.

Je la regarde, me forçant à ne pas rire. Ça m'arrive souvent, de rigoler quand elle m'engueule, et Dieu sait qu'elle déteste ça. Mais comment faire autrement quand elle débite à la vitesse de la lumière tout en faisant de grands gestes pour montrer son exaspération ?

Je hoche la tête à certains moments, incapable de pouvoir répéter ce qu'elle est en train de me crier. Quand soudain, elle s'arrête net. Nous restons silencieux quelques secondes. Peut-être qu'elle attend une réponse… Je tente le coup, pas très sûr :

– D'accord ?

Cela sonne plus comme une question qu'autre chose. Elle se calme aussitôt, croisant les bras sur sa poitrine. Ses yeux ont une lueur de suspicion qui m'empêche de jouer au malin.

– Pourquoi est-ce que tu ne dis rien ? D'habitude, c'est la Quatrième Guerre mondiale, quand on se dispute.

Je plisse le front.

– La Quatrième ?

Elle balaie ma question idiote d'un geste flou de la main, l'air de dire « Mais oui, enfin ! ».

– Oui, la Troisième c'est la mort de Jon Snow, tu le sais bien.

Je hoche la tête. Comment ai-je pu l'oublier ?

– Ah oui, exact. Eh bien non, je n'argumente pas aujourd'hui.

– Et pourquoi ?

J'hésite à lui dire. Jason n'aurait pas cherché à savoir, il le lui aurait balancé à la figure. Mais je ne suis pas Jason, et je la connais assez pour me douter de sa réaction. Elle risque de mal le prendre… Oh et puis merde ! Si je ne trouve pas une réponse d'ici les trois prochaines secondes, elle saura que je mens. Autant être honnête.

– Bah parce que je sais qu'on est… tu vois. Dans le rouge.

Toute once d'emportement disparaît de son visage. J'attends qu'elle percute, ce qui semble prendre quelques secondes. Une fois qu'elle saisit, ses yeux s'écarquillent et son teint rosit en un rien de temps. Je manque de sourire tellement c'est mignon. Mais je me retiens, sinon je ne donne pas cher de ma peau.

– Oh mon… murmure-t-elle avec stupéfaction. Tu sais quand j'ai mes règles ?

– Bah oui.

– Mais comment ?

– Violette, je vis avec toi depuis six mois.

Elle accuse le coup, la bouche entrouverte.

– Oh mon Dieu ! gémit-elle en se prenant le visage entre les mains.

Je souris doucement avant de contourner le comptoir pour la prendre dans mes bras. Sa peau humide imbibe mon vêtement, mais je ne la lâche pas. J'aime ses cheveux. Ils sentent la pomme. Je n'avais jamais remarqué.

– Arrête, ce n'est rien.

Honnêtement, je me fiche de connaître les dates de ses menstruations. Ce n'est pas comme si je mettais des croix dans un calendrier pour compter les jours.

Violette se recule légèrement et me regarde fixement, l'air on ne peut plus sérieux.

– Loan. Il y a beaucoup de choses que je suis prête à partager avec toi. Comme la dernière Ben & Jerry's, l'aveu du premier râteau que je me suis pris ou même mes Schoko-Bons – soyons fous ! Mais sûrement pas le compte à rebours de mes menstruations.

Je me mords la joue pour ne pas éclater de rire devant le ridicule de la situation. La bonne nouvelle, c'est qu'elle ne m'en veut plus pour ses malheureux chocolats.

– Je sais. J'ai déjà oublié.

Elle m'offre un sourire angélique qui me fait oublier toutes mes ruminations mentales de la journée. Puis elle s'écarte et me frappe aussitôt la poitrine.

– Aïe !

– Et ne crois pas que je suis énervée à cause de mes règles ! Espèce d'idiot machiste !

Je la regarde tourner les talons et se diriger vers la salle de bain comme une furie. Aucun doute, nous sommes bien dans la période tant redoutée…

Je décide de me laisser tomber dans le canapé et de m'abrutir devant les clips. Zoé ne tarde pas à me rejoindre et nous débattons à propos des filles à moitié à poil qui passent à la télé.

Soudain, Violette sort en trombe de la salle de bain, apprêtée. Je me retourne et la détaille discrètement des pieds à la tête. Mon estomac tressaute. Ses épaisses boucles d'or tombent lourdement sur ses épaules, lui arrivant jusqu'à la poitrine. Elle porte une chemise blanche aux manches légèrement retroussées sur les poignets, avec un pantalon en simili cuir qui lui moule les cuisses et les fesses. Une vraie femme fatale.

J'avale ma salive en la regardant se baisser pour enfiler ses talons. Il est hors de question qu'elle sorte comme ça. Oui, sauf que je n'ai pas mon mot à dire. Je garde les yeux rivés sur la télévision, confus. Je vois Violette se dépêcher du coin de l'œil, puis répondre à l'interphone. « Je descends », dit-elle. Il aurait pu monter, quand même. Je ne sais pas, moi, question de galanterie ?

– Tu vas où ? lui demandé-je.

Je le sais très bien, où elle va. Violette se tourne vers moi et m'accorde un petit sourire qui n'atteint jamais ses yeux. Elle angoisse, je le devine facilement. Et je sais très bien ce qui se passe quand elle angoisse ; c'est MA-GIQUE !

– Je sors avec Clément.

Je n'aime pas la façon qu'elle a de dire son prénom.

– OK.

Elle reste silencieuse un moment, attendant je ne sais quoi. Je me lève alors et prends son visage entre mes mains. Je lui embrasse la tempe, ses cheveux chatouillant mes doigts.

– Tu l'aimes bien ?

Elle paraît étonnée. Ma question peut sembler étrange, mais j'ai besoin de savoir. J'ai besoin qu'elle me dise que c'est un gars bien, que je n'ai pas à me faire de soucis.

– Oui… oui, je l'aime bien.

Je hoche la tête en reboutonnant un bouton de sa chemise un peu trop décolletée. Elle sourit, roulant des yeux sous mon nez.

– Super, alors. Je suis content.

Elle dépose un baiser léger sur ma joue avant de froncer le nez.

– Tu piques !

Je souris en frottant ma barbe de quelques jours. Violette saisit sa veste sur l'un des tabourets de la cuisine et l'enfile, enroulant autour de son cou et de sa chevelure sauvage une écharpe violette en cachemire. Celle que je lui ai achetée.

– Sois sage.

Ma meilleure amie ouvre la porte et m'adresse un dernier clin d'œil par-dessus son épaule.

– Je ne promets rien.

Elle referme la porte derrière elle avant que j'aie eu le temps de réagir. Quand je pense au regard que ce type aura sur sa tenue moulante, j'en serre les poings d'avance. Car je suis un homme. Et je sais parfaitement ce que pense un autre homme en apercevant une fille comme Violette. Ce n'est pas glorieux, je vous assure. Moi-même j'en ai honte.

– C'est quoi ton problème ? me questionne tout à coup Zoé, qui a très bien interprété mon silence pesant.

– Je m'en fais pour elle.

– Pourquoi ? insiste-t-elle. Elle est heureuse !

– Elle était heureuse avec Émilien, aussi. On voit où ça l'a menée.

Zoé roule exagérément des yeux, puis soupire d'un air ironique.

– OK, papa Loan ! Alors qu'est-ce que tu comptes faire ?

Je lui jette un regard mauvais, auquel elle ne répond pas. Je n'aime pas du tout cette comparaison malsaine, mais je préfère ne pas répondre.

– Rien.

C'est un mensonge, bien entendu. Tout d'abord, je vais l'inviter à l'anniversaire de Violette. Je vais le rencontrer, observer, rien qu'observer. Déduire. Puis agir en fonction de ce que j'en conclurai. J'ai déjà ressenti cette douleur à la poitrine, comme si quelqu'un pressait mon cœur entre ses mains, la première et dernière fois que Violette a connu une rupture.

Y repenser ne fait qu'attiser mon inquiétude…

CHAPITRE 6

Huit mois plus tôt

VIOLETTE

C'est ma première vraie rupture.

Je n'ai eu qu'un seul petit copain avant Émilien, en classe de seconde, mais je ne crois pas que cette expérience ait une quelconque importance. Autrement, je n'ai jamais été la fille qui enchaîne les copains, que ce soit par plaisir ou par envie de trouver l'amour.

Émilien a donc été mon premier vrai petit ami, et par conséquent ma première rupture. La scène s'est déroulée il y a à peine deux heures, chez lui. Après ça, je me suis hâtée de revenir à l'appartement, où j'ai fondu en larmes dans les bras de ma meilleure amie. Pourtant, même si je suis actuellement en train de déprimer sur mon canapé – et accessoirement en train de prendre cinq kilos –, je ne parlerais pas de chagrin d'amour.

Je pense que si j'ai si mal, c'est surtout parce que j'ai honte de moi. Honte d'avoir choisi un homme qui a osé me reprocher ma virginité, un homme qui n'a pas su m'aimer assez, ou juste me respecter assez, pour attendre avant de me sauter. Mais honte aussi d'en arriver à me demander s'il n'a pas raison… si je n'attends pas trop pour rien, en fin de compte.

– Si tu ne bouges pas tes fesses du canapé, il va finir par prendre ta forme, me dit Zoé depuis la cuisine.

Je ne réponds pas, le visage emmitouflé dans mon plaid. J'en ai marre, marre, marre. C'est dans des cas comme celui-là où je regrette de ne plus avoir de mère. J'aurais voulu lui passer un coup de fil, pleurer sans retenue. J'aurais voulu qu'elle me donne des conseils, qu'elle me guide, comme toute bonne maman. Certes, techniquement, je *pourrais* l'appeler. Mais à quoi bon, quand elle a choisi de couper les ponts ?

Je ne vais pas courir après son amour. Je ne courrai jamais après l'amour de personne.

Jamais.

– Ainsi soit-il, marmonné-je dans ma barbe.

J'ai conscience d'être d'une désolation aberrante, mais je m'en fiche. Les paroles venimeuses d'Émilien me reviennent en tête, implacables : « Tu as dix-neuf ans, tu n'es plus une gamine, merde. Pourquoi tu ne te laisses pas aller, Vio ? Tu vas aimer, je te jure. »

Je n'ai pas attendu longtemps avant de lui jeter le premier objet qui me tombait sous la main. Un réveil, pour être précise. Et à en croire le bruit que ça a fait en le percutant, se prendre un réveil dans la face, ça fait mal.

– Bon écoute, commence Zoé, je propose qu'on…

Soudain, quelqu'un sonne à la porte. Je me redresse à la hâte, tellement que la tête m'en tourne, et je jette un œil accusateur à ma meilleure amie.

– Zoé ? Ne me dis pas que tu…

– Désolée, grimace-t-elle.

Elle ouvre alors la porte, laissant apparaître un Loan aux traits soucieux. Un Loan que j'avais bien dit ne pas vouloir voir ce soir – il était hors de question que mon meilleur ami me voie dans cet état pitoyable. Son regard se pose directement sur moi, derrière l'épaule de Zoé.

Il hésite à faire un pas à l'intérieur de l'appart, méfiant.

– Je peux entrer ? Ou tous les hommes de cette planète font l'objet d'un complot d'extermination post-rupture ?

Je souris tristement, tapotant la place libre sur le sofa. Pendant ma crise de larmes, il y a encore quelques minutes, j'ai voulu prendre Mistinguette dans mes bras pour lui faire des câlins, histoire de trouver du réconfort quelque part. Mais elle se débattait en essayant de s'échapper, manifestement pas intéressée. Il a fallu qu'elle me morde pour que je la lâche et pleure de plus belle.

Quelle ingrate, celle-là.

– Toi, tu fais partie des gentils, tu peux entrer.

– Ouf.

Il entre et se dirige vers moi, un sac en plastique en main. Je le contemple, le cœur lourd, et je sais qu'il le sent. Comme si l'on était connectés l'un à l'autre par un fil invisible. Un fil dont l'écho d'un cœur douloureux se répercute le long du deuxième tel un effet ricochet.

– Bon. Tu es sûre que ça va aller ? me demande-t-elle, légèrement inquiète.

Je n'ai pas le temps d'opiner, Loan répond déjà, son regard plongé dans le mien :

– Je prends le relais.

Zoé vient déposer un baiser sur mes cheveux et s'en va.

J'observe mon meilleur ami déposer son sac à côté de moi, puis retirer sa veste tout en éteignant son téléphone. Sa plaque militaire se balance sur son torse tandis qu'il se baisse pour retirer ses chaussures. Je lui demande pourquoi il est là, et non au travail.

– J'avais déjà terminé mon service quand Zoé m'a passé un coup de fil.

– Elle n'aurait pas dû.

Il me lance un coup d'œil éloquent, l'air de dire « Je ne suis pas dupe ». Sauf que je ne me sens pas le courage de lui raconter ce qui s'est passé avec Émilien.

– Alors, quel est le programme ?

Il ne répond pas tout de suite, pointant le sac du menton avant d'aller s'installer en face de moi, les coudes sur ses genoux écartés. Je plisse le front en ouvrant le sac, les larmes taries, puis finis par rire nerveusement en découvrant ce qu'il contient. Cet homme… *Cet homme*, Mesdames et Messieurs, est un spécimen rare.

Je vide le sac sur le canapé. Un pot de Nutella, des tablettes Milka et une boîte de Ferrero Rochers en tombent en cascade, rapidement suivis de trois DVD neufs. Je lis *Bridget Jones*, *Le Temps d'un automne* et *Love Actually*, ce qui me fait sourire davantage encore.

J'ai beau rire, Loan, lui, ne laisse rien paraître. Comme d'habitude. Je sais qu'il me regarde fixement, peut-être à la recherche de la vérité. Il se demande ce qui s'est passé avec Émilien. Pourtant, il ne pose pas de question, et c'est ce que j'aime chez lui.

Toujours impassible, il croise les bras et commence :

– Alors… Qu'est-ce que tu préfères : planter des aiguilles de couture dans les couilles d'une poupée à son effigie, ou frôler la crise de foie avec du chocolat et des films d'amour débiles qu'on peut critiquer toute la nuit ?

À cette seconde très précise, Loan a beau n'être que mon meilleur ami, je ne peux m'empêcher d'être jalouse. Jalouse de Lucie, qui a réussi à trouver un homme comme lui. Non, pas un homme comme lui. *Lui*. Elle l'a trouvé, lui.

Je le regarde encore quelques secondes, jusqu'à ce qu'un immense sourire me gagne, le premier de la soirée.

– Tu as une poupée ?

***

Je ne sais pas ce que fait Émilien en ce moment même, mais à mon avis, il doit avoir bien mal. Parce que s'il y a bien quelque chose qui est plus douloureux qu'un réveil en pleine face, ce sont des aiguilles dans les testicules. Enfin, à ce qu'on m'a dit.

Loan et moi sommes étendus dans mon canapé, en train de regarder *Bridget Jones* en silence. Je savoure ses doigts fins qui jouent avec les miens, allongée entre ses jambes, le dos contre son torse. Une poupée improvisée que Loan et moi avons fabriquée à l'aide d'une paire de chaussettes gît misérablement sur la table basse. Une photo d'Émilien est scotchée sur ce qui semble être son visage, et son corps est criblé d'aiguilles : dont une dans chaque œil, deux au niveau du cœur et trois sur son entrejambe.

Il n'y a pas à dire, ça défoule.

– Ah, Mark Darcy ! Tu sais que j'en suis amoureuse ? Regarde comme il est mignon, avec son pull de Noël.

– Effectivement… très à la mode, tout ça.

Je souris, en renversant la tête contre sa poitrine, et lève le menton assez haut pour le regarder. Au bout de quelques secondes, il cède et baisse les yeux sur moi. Ses pupilles s'accrochent aux miennes.

– Comment as-tu choisi les films ? Ne me dis pas que tu es un adorateur caché de Nicholas Sparks.

– Je me suis arrêté pour t'acheter du chocolat en rentrant, puis j'ai arrêté une fille qui travaillait là. Je lui ai demandé si elle pouvait me conseiller des films nunuches pour filles déprimées…

– Hé ! m'écrié-je en me redressant sur un coude.

Pour la deuxième fois de la soirée, il laisse paraître un petit rictus amusé. Ah non, c'était une grimace – *fausse alerte !*

– Elle a dû te prendre pour un gros macho.

– Maintenant que j'y pense, c'est très probable.

Je ris et le remercie en voulant déposer un baiser sur sa joue. Un baiser simple que je lui ai déjà donné une bonne centaine de fois.

Mais au dernier moment, Loan tourne la tête et pêche mes lèvres sans un bruit. Le contact ne dure qu'une demi-seconde, pourtant il réussit à m'électriser tout entière. Je me fige par automatisme, tentant de maîtriser les étincelles qui crépitent au bout de mes doigts. Les mêmes que j'avais aperçues dans ses pupilles lorsqu'il m'avait dit, ce soir-là : « Bonne année, Violette-qui-sent-la-violette ».

Loan se recule instantanément, stupéfait. Je le regarde sans trop savoir quoi dire, les joues roses et la bouche entrouverte. Je sens sa main se crisper dans mon dos, je vois ses yeux devenir orageux, aussi me sens-je honteuse, voire coupable. J'ai envie de mettre des mots sur ce qui vient de se passer, j'ai envie de sourire et de faire comme si de rien n'était, mais je n'y arrive pas. Je hurle à l'intérieur.

Je hurle car ma bouche en redemande, car les poils qui se hérissent sur mon bras ressentent la proximité de sa peau comme jamais auparavant, mais aussi, car je sais que tout cela est mal. Loan ouvre les lèvres pour dire quelque chose, ces mêmes lèvres qui viennent de rencontrer les miennes par inadvertance, et laisse échapper les trois mots que je priais de ne pas entendre :

– Je suis désolé.

Je hoche la tête, mal à l'aise. Seulement cinq lettres me viennent en tête, un seul visage : *Lucie*. Et je suppose que Loan culpabilise mille fois plus encore.

– Je ne sais pas ce qui m'a pris, murmure-t-il en cherchant ses mots, l'air paumé. Tu t'es approchée et… ça a été un réflexe…

– Non, je… je comprends, bredouillé-je en me raclant la gorge. Pas de malaise.

Pas de malaise ? Sérieusement ? Loan a beau ne pas avoir fait exprès, ça avait beau n'être qu'un réflexe… c'était un *baiser*. Un baiser imprévu, spontané, illogique. Évidemment que si, il y a malaise. Bon sang, je suis une fille horrible.

Loan retire sa main de mon dos, signe que je devrais m'éloigner. Je me redresse et m'assois à l'autre bout du canapé, les mains tremblotantes. Bon sang, qu'est-ce qui m'arrive ? Classique : Émilien vient de me quitter et je me jette sur le premier venu.

Très classe.

Le silence entre nous est tellement lourd qu'il me terrifie. Je suis prête à oublier que ce baiser est arrivé si c'est pour préserver notre relation. J'espère que lui aussi.

– Je devrais rentrer, lance Loan après quelques minutes. Je me lève tôt, demain…

Je hoche la tête en lui adressant un sourire forcé. Je me sens terriblement mal pour Lucie, même si ce baiser ne voulait rien dire. Elle doit probablement déjà me haïr pour tout le temps que je passe avec son copain.

Celui-ci retire le plaid et se lève souplement pour aller remettre sa veste et ses chaussures. Je le regarde faire, angoissée. Je sais que Loan aime Lucie et je ne veux pas qu'il croie devoir mettre des distances entre nous. Je ne le supporterais pas.

Il fait un pas dans ma direction, sûrement pour me souhaiter bonne nuit, puis se ravise au dernier moment. Quelques secondes plus tard, je l'entends s'arrêter sur le pas de la porte :

– Violette ?

– Oui ?

Mon cœur bat à cent à l'heure. Veut-il qu'on prenne de la distance ? Veut-il que l'on arrête totalement de se voir ? Il plonge au plus profond de mes yeux lorsqu'il me demande doucement :

– Qu'est-ce qui s'est passé avec Émilien ?

Ma poitrine se relâche sous le soulagement que sa question me procure. Finalement, je lui adresse un sourire honteux.

– Je n’étais pas prête… et lui pas patient.

C’est instantané : le visage de Loan se ferme, ses yeux s’assombrissent et ses poings se serrent furtivement. Quand j’y pense, je ne l’ai jamais vu en colère. Je ne crois pas qu’il le soit à cet instant précis, car nous savons tous que les plus calmes en apparence sont ceux qui détruisent tout sur leur passage quand ça éclate. En revanche, je devine qu’il se contient difficilement.

Il attend un peu avant de déclarer entre ses dents :

– Essaie de dormir. Je reviens te voir demain.

Je hoche la tête, mais il n’attend pas mon consentement avant de se retourner… et de disparaître.

CHAPITRE 7
Aujourd'hui

VIOLETTE

Je devrais écouter. Je sais que je le devrais, parce que ma prof parle de notre notation finale. C'est très important. Pourtant je pianote sur mon téléphone sans tendre une oreille. De toute façon, je compte sur Zoé pour me rapporter les informations primordiales. Je jette un œil en biais vers elle, à ma droite, mais je la trouve en train de ronfler.

Super. Je lui donne un coup de coude, ce qui la fait sursauter sur sa chaise.

– Quoi ?

– Tu dormais.

– Bah oui, je sais que je dormais, c'est bien pour ça que je te demande pourquoi tu me réveilles !

– Je comptais sur toi pour prendre le cours, chuchoté-je.

Elle grimace en bâillant. Je ne peux pas la blâmer, je suis exténuée moi aussi. Je rêve de rentrer et de regarder *Game of Thrones* jusqu'à ne plus être en capacité de penser.

– Et tu ne peux pas le faire toi-même ?

– Je discute avec Clément.

Nous n'avons pas arrêté de la journée, aujourd'hui. Je suis complètement sous le charme de ce garçon, ça devient grave. L'autre soir, il m'a emmenée dans un cinéma en plein air, c'était génial. D'ailleurs, il a eu du mal à se remettre de ma tenue, si bien qu'on s'est embrassés toute la soirée. J'ai honte d'avouer ne pas me souvenir du film.

En entendant ma réponse, Zoé a l'air de se réveiller d'un seul coup. Un sourire tout sauf innocent naît sur ses lèvres tandis qu'elle se rapproche, la tête dans ses mains.

– En parlant de Clément… Ça se passe comment ?

Je fronce les sourcils, la voyant venir.

– Super. Non, je dirais même : plus que super !

– Et le Petit Chaperon rouge a enfin vu le loup ?

J'en étais sûre. Je lève les yeux au ciel, exaspérée, et lui fais signe de baisser le son. Les autres élèves autour ne font pas attention à nous, mais j'aimerais autant que cette discussion s'arrête là.

– Zoé, tu m'étouffes.

– Bah quoi ? s'étonne-t-elle.

Tout à coup, je me sens gênée. Je mentirais si je disais que je n'y ai pas pensé depuis que je connais Clément. Je ne suis plus une gamine, évidemment que j'y pense. Mais…

– Disons qu'à quinze ans, on se dit qu'on couchera avec notre petit copain au bout d'un an, une fois que c'est du sérieux. Mais là, je suis adulte. Et si je faisais n'importe quoi ? dis-je dans un chuchotis à peine perceptible.

J'ai parlé tout bas, en me dissimulant derrière la chevelure rousse d'une fille au troisième rang. Zoé fait de même, la mine amusée. Elle doit me prendre pour… Oui, bon. Je *suis* une débutante.

– Tu ne peux pas faire n'importe quoi, Violette. Tu as juste à t'allonger et à te laisser faire pour la première fois. Il fera tout le travail.

Oui, enfin, faire l'étoile de mer ne m'attire pas des masses.

– Mouais. Mais tu me connais. Quand je stresse, c'est un carnage.

Elle laisse échapper un gloussement bruyant auquel une élève répond par un soupir exaspéré. Zoé, qui l'a entendue, se retourne pour s'excuser en souriant avec exagération. En se retournant vers moi, elle desserre à peine les dents pour lâcher : « Connasse ».

– Zoé, persisté-je. Un carnage, tu m'entends ?

– Bon, OK, c'est pas faux. N'essaie peut-être pas de lui faire une fellation la première nuit. On ne sait jamais…

– Zoé ! glapis-je en la frappant.

– CHUUUUUUUT ! entendons-nous à notre droite.

Ma meilleure amie rigole dans son bras. Très vite, je fais pareil, prise d'un fou rire incontrôlable.

– Écoute, reprend Zoé. Si vraiment tu angoisses… tu n'as qu'à le faire avec quelqu'un d'autre. C'est ce que je t'ai toujours proposé, d'ailleurs.

– On a déjà essayé, tu te souviens ? lui rappelé-je, pas certaine (pas du tout, même) de vouloir être infidèle. Je n'arrive pas à me laisser aller avec un mec que je viens juste de rencontrer. En fait… je ne m'imagine pas coucher avec un type en sachant qu'il ne voit en moi qu'un corps.

– Mais un corps bandant ! objecte Zoé en levant le doigt.

Je lui coule un regard blasé.

– Tu n'as qu'à demander à Ethan, il n'a pas franchement de copine en ce moment.

Je fais la moue en entendant le prénom de mon ami. Non, c'est inconcevable. Je l'adore mais je ne peux pas lui demander une chose pareille. Nous ne sommes à la fois pas assez proches, et à la fois trop proches. Loan en serait malade de fureur, qui plus est.

Loan…

Je me mords la joue en repensant à l'autre soir, en boîte de nuit. À notre danse sensuelle. Ça me rappelle d'ailleurs ce fameux soir où Loan m'a embrassée par inadvertance. Quand je repense à ce premier et seul baiser, j'ai presque envie d'en rire. Malgré le malaise des jours qui ont suivi, on a vite oublié ce léger incident.

Alors, certes, l'idée de Zoé est bonne globalement. Mais je ne me vois pas demander ça à un ami. Je n'ai pas vraiment d'ami garçon, pour tout dire. Ethan, Jason, Loan ; ce sont les seuls. Je peux de suite rayer Ethan, que je considère comme un frère. Car faire l'amour avec son frère, c'est mal. J'élimine Jason sans même me pencher sur cette possibilité – j'aurais trop peur qu'il me refile la syphilis.

Quant à Loan, c'est Loan. Je ne pense pas que la question se pose…

Ou alors…

… Au contraire.

À la fin du cours, je suis Zoé jusqu'à la sortie, m'obligeant à penser à autre chose.

Il est hors de question que je couche avec mon meilleur ami. Primo, parce que je serais infidèle et qu'il s'agit là de mon pire cauchemar. Secundo, parce que j'ai vu où ça a mené mes parents de transformer une amitié en quelque chose de « plus ».

Je ne m'aventurerai sur ce terrain pour rien au monde.

***

Je suis un peu stressée.

Normal, je vais rencontrer les amis de Clément. C'est censé être une étape importante, non ? D'ailleurs, ce dernier est très beau ce soir ; il porte un jean et un pull gris en col V. Devant la porte de son ami Benjamin, il s'apprête à sonner avant de stopper son élan.

– Tu n'as pas de quoi t'en faire, je t'assure. Ils vont t'adorer, Violette. Comment faire autrement ?

J'aurais voulu qu'il me rassure en me disant que, dans le pire des cas, il se fichait de leur approbation. Mais il m'embrasse à la place. Je me laisse aller entre ses bras, me pressant tout contre lui. Évidemment, il faut que les paroles de Zoé me reviennent en tête à un moment pareil ! Je tente de ne penser à rien tandis que je lève les bras pour fourrager dans ses cheveux. Mais Clément penche la tête de côté au dernier moment.

– Attention, ma coupe…

– Oh. Pardon.

– Tu es magnifique, au passage.

Je rougis avant qu'il sonne à la porte. Un homme nous ouvre, la mine hilare et les mains chargées de bouteilles de bière.

– Tu es venu !

– Évidemment, répond Clément en entrant. Ben, voici Violette.

Je le suis, timide, et souris à celui qui semble être Benjamin. Il me répond par un vague rictus en me tendant une bouteille à moitié pleine.

– Merci.

Clément me prend par le coude et m'entraîne vers un salon bondé. Il a l'air de connaître les lieux, alors je me laisse porter par le courant. Le sofa du salon n'a plus aucune place de libre, occupé par des garçons en train de discuter. Certaines filles sont assises sur leurs genoux, d'autres dansent ensemble sur une chanson de Kanye West.

Personne ne fait évidemment attention à nous, et quelque part, j'en suis rassurée.

– Viens, je vais te présenter aux autres.

Nous nous dirigeons vers le fond de la cuisine, d'où apparaît une porte-fenêtre menant au balcon. Là, deux filles et un garçon sont en train de fumer. En voyant Clément, ils lèvent tous leur bouteille pour le saluer.

– Enfin ! s'écrie le garçon aux cheveux roux et bouclés. Tu foutais quoi ?

– Je devais aller chercher Violette, répond Clément en lui frappant le poing.

– C'est qui, Violette ? demande la fille à qui mon petit ami fait la bise.

– C'est moi.

Je me raidis automatiquement, la première surprise. C'est sorti tout seul. Clément sourit et me prend la main, ce que j'apprécie. Il a raison, je n'ai pas à stresser.

– Violette, je te présente Arnaud, Ninon et Alice.

Je leur souris en murmurant un pathétique « Salut » qui ne les intéresse pas du tout. Ladite Ninon est grande et blonde, c'est celle qui a demandé qui j'étais. Alice, quant à elle, arbore un carré brun et des yeux bleus étonnants. Elles sont très jolies. Nous restons plusieurs minutes à nous les cailler sur le balcon, le temps que Clément et Arnaud parlent de trucs de mec.

Je patiente et fais semblant de les écouter, tentant avec difficulté d'ignorer les messes basses d'Alice et Ninon. Je sais qu'elles parlent de moi, mais j'en fais abstraction. Ça m'est bien égal. Tout du moins au début.

Sauf qu'au bout de deux bonnes heures à suivre Clément dans cet appartement et à écouter ses conversations, j'en ai un peu marre. La cerise sur la pièce montée ? Toutes ces filles qui trémoussent leurs fesses devant Clément et qui viennent s'asseoir entre lui et moi pour discuter. C'est simple, elles lui tournent toutes autour.

– Violette ?

Je lève les yeux vers lui alors qu'il se lève du canapé.

– Je vais parler avec Ben, deux minutes. Je reviens, promis.

– OK.

À un certain moment de la soirée, je me suis motivée mentalement pour les aborder. Lorsque l'un d'eux, complètement ivre, fait une blague à propos de boules de flipper (je n'ai pas très bien suivi, je l'avoue), j'ai décidé de me jeter à l'eau :

– Moi aussi j'en ai une ! Alors : Comment amuser une blonde toute une journée ?

J'ai attendu leurs réponses, les regardant un par un. J'ai compris à leur air blasé qu'ils ne comptaient pas me répondre. L'un d'eux a écourté mon supplice :

– On ne sait pas.

– Donnez-lui une feuille avec la phrase « Retournez la feuille » écrite des deux côtés, ai-je répondu en souriant, pas peu fière de moi.

Aucun d'eux n'a évidemment ri à ma blague, sauf un gars qui avait probablement huit grammes d'alcool dans le sang. Ninon, elle, me regardait de travers.

– Oh pardon ! me suis-je tout de suite excusée. Je ne voulais pas dire que les blondes sont toutes bêtes, hein, pas du tout. Enfin, il y en a des bêtes, comme partout, mais il y en a aussi des intelligentes, en vrai ça n'a rien à voir avec la couleur de cheveux des gens. Je suis pas du genre à faire des blagues douteuses sur ce type de connerie d'habitude, mais je la trouvais marrante, alors je l'ai faite, même si c'est quand même une blague très beauf sur les bords… Enfin breeeeeeef, soupiré-je avant de conclure : Je suis blonde, alors j'ai le droit.

Je me suis raclé la gorge en affichant un sourire artificiel. Finalement, c'était mieux quand je la fermais. Soudain, le souvenir de la première fois où j'ai rencontré Jason me revient en mémoire. Loan et Lucie venaient de se séparer. Un soir, il est sorti de sa chambre, habillé et rasé, et s'est planté devant moi, l'air impassible : « Tu viens ? ». Je lui ai demandé où on allait, et il m'a répondu :

« J'ai besoin de passer la soirée avec les meilleurs, ce soir ». Les meilleurs, c'était Jason et moi.

Bref, tout ça pour dire que Jason a tout de suite été adorable avec moi. Il riait à mes blagues, *lui*. Plus tard, quand je me suis retrouvée dans la voiture avec Loan, ce dernier s'est tourné vers moi à un feu rouge et m'a dit : « J'ai un restau de prévu avec Jason et Ethan, mercredi. Il m'a dit de t'amener. Ça te dit ? ». À partir de ce moment, j'ai su que j'étais acceptée dans la bande.

– Excuse-moi… Où sont les toilettes ? demandé-je au gars à côté de moi.

– Deuxième porte à gauche.

Je me lève avec toute la dignité dont je peux encore faire preuve et m'aventure dans le couloir. Quand j'ouvre la deuxième porte en question, je trouve un couple en train de se bécoter dans la baignoire. Je referme la porte, dégoûtée. C'est bien ma veine… Mon portable vibre dans ma main. C'est un message de Loan. Je soupire et m'occupe d'ouvrir toutes les autres portes à la recherche d'un coin tranquille.

La première que je trouve est miraculeusement vide. Je referme la porte et vais m'asseoir sur le lit pour lire le MMS de mon meilleur ami. J'éclate de rire en regardant le selfie qu'il a pris de Mistinguette et lui. Loan fait une moue comique, l'air infiniment triste, tandis que ma lapine détourne la tête d'une mine presque blasée, du genre : « Tu me saoules avec ta photo ». En message, Loan m'écrit : *Je connais quelqu'un à qui tu manques, ici.*

Moi : J'ai pas l'air de lui manquer, pourtant !

Loan : J'ai jamais dit que ce quelqu'un était Mistinguette.

Moi : Oooooh ! C'eeeeesst miiiiignoooooon !!!!

Loan : OK, ça va, arrête.

Moi : D'accord…

Moi : <3<3<3<3<3<3<3<3

Loan : Tu me manques beaucoup moins, tout à coup.

Je ris une nouvelle fois en lisant son dernier message. Je m'apprête à lui répondre quand la porte s'ouvre avec hésitation.

– Tu es là ! soupire Clément en refermant derrière lui. Je te cherche partout.

– Je suis là. C'était soit ça, soit le plan à trois dans la baignoire.

Mon petit ami hausse un sourcil irrésistible qui m'arrache un sourire. Il finit par s'asseoir à côté de moi, attrapant une mèche de mes cheveux entre ses doigts.

– Désolé, je t'ai un peu laissée de côté… Ce n'était pas mon intention. Tu sais, je suis vraiment content que tu sois là. Je t'assure. Surtout dans cette robe.

C'est tout ce que j'avais besoin d'entendre. Ma colère s'évanouit face au sourire qu'il m'adresse. Après tout, il n'allait pas rester collé à moi toute la soirée !

– Tu ne me l'as pas franchement fait comprendre, jusque-là, murmuré-je d'une voix suave.

– Laisse-moi me faire pardonner, alors.

Clément se penche et attrape mon visage pour m'embrasser. J'enroule mes bras autour de son cou et réponds à son baiser, caressant sa langue du bout de la mienne. Il sent l'eau de Cologne mélangée à la cigarette. Ses mains descendent jusqu'à ma taille tandis que nous nous laissons tomber sur les oreillers. Je commence à avoir plus chaud, tout à coup. À croire qu'il l'a deviné, Clément écarte mes cheveux et pose des lèvres douces sur mon cou. Je frissonne à son contact, laissant mes yeux se fermer d'eux-mêmes. Très vite, ses mains s'insinuent sous ma robe. Comme j'ai des collants, elles se contentent de monter toujours plus haut. Ses doigts touchent le bord de mon soutien-gorge, accélérant les battements de mon cœur.

Soudain, je panique. Je ne sais pas quoi faire de mes mains, de ma bouche, de mon corps tout entier. Je le laisse m'embrasser l'épaule, son corps au-dessus du mien, tandis que je me demande ce qui est en train de se passer. Bordel, ça va être une catastrophe, je le sens.

Sa main glisse alors sous mon collant et c'est le moment que je choisis pour le repousser. Pas la peine de le laisser faire si je ne me sens pas à l'aise.

– Pas encore, s'il te plaît.

Clément retombe sur ses talons, les mains sur les genoux. Il me sonde du regard quelques secondes avant de blêmir. Mon cœur tambourine dans ma poitrine à l'idée de ce qu'il va dire. Et ça ne manque pas.

– Vio… Est-ce que tu es… vierge ?

Je ne sais pas pourquoi, mais ma première réaction est de mentir.

– Non !

Pourquoi « Non » ? Si, je suis vierge. Et alors ? Ça ne m'a jamais posé de problème, à moi. Oui, sauf que quand vous tombez sur un garçon qui vous largue parce que vous n'êtes pas prête et que votre copain actuel devient livide à l'idée que vous soyez vierge… Bah vous commencez à douter. Clément, visiblement soulagé, se passe une main sur le visage.

– Ce n'est pas que ça m'aurait dérangé, je ne suis pas l'un de ces connards, ajoute-t-il avec sérieux. Mais… c'est beaucoup de responsabilités, je ne sais pas si j'aurais été à la hauteur. Désolé.

– Je comprends, murmuré-je comme un robot, encore abasourdie.

Je ne comprends pas du tout. À vrai dire, je ne comprends absolument rien de ce qui est en train de se dérouler sous mes yeux. Je me sens gênée… gênée d'être vierge. Et c'est bien la première fois de ma vie que ça arrive. Je me souviens du jour où mes amis ont su que je n'avais aucune expérience. Même Jason m'avait fait une demande en mariage après cet aveu. *Jason*, merde ! Le pénis sur pattes !

– Je ne suis pas vierge, dis-je avec fermeté. Seulement, je prends mon temps. Si ça te dérange, alors…

– Tu rigoles ? Ça ne me dérange pas du tout, au contraire. Je préfère attendre plutôt que d'aller trop vite. Même si, je ne vais pas te mentir, j'ai envie de me jeter sur toi chaque fois que je te vois, dit-il pour détendre l'atmosphère.

Je lui souris, ne pouvant m'empêcher de penser à Zoé et à son idée stupide. Là, c'est clair, je suis foutue. C'est la seule solution qui me paraît a priori faisable. Il est hors de question que Clément s'aperçoive que j'ai menti lors de notre premier rapport, et encore moins que je me ridiculise en essayant de faire les choses bien.

Clément m'embrasse à nouveau avec douceur quand un texto vient briser le moment. Clément et moi jetons un œil à l'écran au même moment, sur lequel le nom de Loan apparaît.

– Ah.

Je relève la tête, surprise.

– Quoi, « ah » ?

Il a l'air penaud. J'avale ma salive en attendant qu'il développe. Pourtant, je sais déjà ce qu'il va me dire.

– Loan et toi, vous êtes tellement proches... Tu ne t'en rends pas compte, mais c'est troublant.

– Pourquoi « troublant » ?

Il soupire, l'air on ne peut plus sérieux. La température a chuté de plusieurs degrés en moins d'une minute.

– Je ne crois pas en l'amitié fille-garçon...

Je me demande comment il considère toutes ces filles qui se sont baladées sous son nez et qui prétendent être ses « amies », dans ce cas.

– Moi, si.

– Je sais. Et c'est pour cela que je fais avec.

Un silence s'ensuit. Un terrible silence qui ne m'annonce rien de bon. Clément peut être tranquille par rapport à Loan. Si vraiment il avait dû se passer quelque chose, je pense que nous l'aurions tenté quand lui et moi étions célibataires. Or, ce n'est pas le cas.

Je me mets à genoux et encadre le visage de Clément entre mes paumes.

– Hé. C'est toi qui es là, non ?

Pour toute réponse, il écrase sa bouche contre la mienne et m'offre un baiser soulagé. C'est lui qui y met fin, le souffle court et la bouche gonflée.

– Je vais nous chercher à boire et je reviens !

J'opine, le sourire aux lèvres, et le regarde fermer la porte derrière lui. Je me retrouve à nouveau seule, plongée dans le silence.

Je ne peux plus revenir en arrière après avoir dit à Clément que je n'étais plus vierge. Ce qui signifie que je ne peux pas me pointer comme une fleur encore fraîche et immaculée. Je dois trouver quelqu'un qui acceptera de coucher avec moi, rien qu'une fois. Après, je serai débarrassée. Je saurai quoi faire. Et ma nuit avec Clément sera parfaite.

J'essaie de repousser l'idée, mais elle est déjà trop présente. Elle tourne en boucle dans mon esprit depuis que j'ai quitté les cours à dix-sept heures. Ce serait le plan parfait. Pourtant, je ne sais pas si j'en suis capable. Rien qu'à l'idée, j'en ai l'estomac retourné.

Mais à ce stade, je ne vois pas d'autre candidat possible. Il faut que je tente le coup. Après tout, il tient assez à moi pour me rendre ce petit service, non ?

Oui. Non.

Bordel. Je vais faire ce que je m'étais promis de ne pas faire.

Je vais demander à Loan d'être le premier.

CHAPITRE 8
Aujourd'hui

LOAN

C'est le jour J. Les vingt ans de Violette.

Le matin même, je me lève deux heures avant les filles pour répondre aux appels qui fusent. J'ai fouillé dans le Facebook de Violette pour pouvoir inviter tous ses amis du Jura. Rien que d'imaginer sa joie, je souris tout seul.

Enfin, je prépare le petit déjeuner. Avec supplément fleur et chocolat pour ma Violette, bien entendu, qui depuis l'incident des Schoko-Bons me fusille du regard dès que je traîne près du placard à gâteaux. Je me sens épié chaque fois que je me trouve dans la cuisine, c'est flippant.

Le plateau en main, j'ouvre la porte des filles avec le coude. Je repère tout de suite les boucles d'or de Violette étalées sur son oreiller, comme si elle était prise au piège d'une toile d'araignée. Pendant une courte seconde, je m'imagine enrouler ses cheveux autour de mon poing et tirer, image interdite qui me vaut une sensation de chute libre dans la poitrine.

Loan, pas maintenant ! Je me reprends aussitôt et déclare :

– Si vous avez vingt ans aujourd'hui, levez la main !

Violette, à moitié endormie, grogne. Sa petite main peine à se frayer un chemin par-dessus les couvertures, mais elle y arrive.

– C'est bien ce que je me disais, dis-je en évitant les vêtements de Zoé qui jonchent le sol.

Dès que son nez recouvert de taches de rousseur hume l'odeur des crêpes, ses yeux s'ouvrent. Violette se redresse sur son lit et repousse la couverture à ses pieds pour prendre le plateau sur ses genoux. Mon sang ne fait qu'un tour en découvrant le débardeur blanc très fin qu'elle porte et sous lequel je devine aisément le bout ambré de ses seins. Bordel, rien ne va plus.

– Oh, Loan ! s'extasie Violette en caressant la fleur du bout des doigts. Merci beaucoup.

Elle m'adresse un clin d'œil irrésistible avant de mordre dans un pain au chocolat. Je reste accroupi quelques secondes tandis qu'elle me raconte un cauchemar « horrible » que je n'écoute pas le moins du monde. Mon esprit semble imprimer les mots : « frigo », « voleur » et « course-poursuite », mais je me contente de la regarder.

– Bon, annoncé-je une fois qu'elle a fini. Je dois passer à la caserne aujourd'hui, mais on se commandera chinois ce soir, OK ?

Elle semble prise au dépourvu. Je crois qu'elle est un peu déçue qu'on n'ait rien préparé. Secrètement, je jubile. Zoé émerge enfin, nous intimant de parler moins fort. Violette l'ignore et hoche la tête sans me regarder, déchirant un bout de croissant. Je remarque qu'elle serre les dents.

– Ouais.

Aïe.

– Cool, alors. Bon, passe une bonne journée ! dis-je en quittant la chambre.

Je prends ma douche en attendant sagement que Violette s'en aille. Lorsque je me rends au salon, Zoé dévore ce qui reste du plateau-repas de Violette. Je lui donne une claque sur la main en passant.

– C'est ton anniversaire ?

– Gnon, répond-elle, la bouche pleine.

– Bon bah alors c'est pas pour toi.

Elle me tire la langue, mais je l'ignore.

– Elle me déteste, hein ?

– Ça c'est clair, commente Zoé. Tu aurais vu la façon dont elle plantait sa fourchette dans ses morceaux de banane… je crois qu'elle s'imaginait te crever les yeux.

Ouais, ou autre chose.

***

Tout est prêt. On est environ cinquante, sans compter Violette et Clément, qui devraient bientôt arriver. Ce dernier lui proposera de la reconduire à la porte, comme convenu avec Zoé, et alors tout le monde criera « Surprise ! ». C'est le deal. J'ai passé la matinée entière à préparer mon cadeau, ensuite j'ai fermé la chambre des filles à clef pour que Violette ne le découvre pas avant l'heure.

Je n'ai pas retenu tous les noms car la plupart ont fait le déplacement depuis le Jura. D'autres, comme Alexandra et Chloé, viennent de l'ESMOD. Ethan est là également, je remarque qu'il a proposé à la fameuse féministe de venir.

– Clément vient de m'envoyer un texto, m'annonce Zoé tandis que Jason lit le message par-dessus son épaule. Ils seront là dans cinq minutes.

Elle se retourne vers mon ami et lui dit de reculer de quelques mètres.

– Tu sais que tu es sexy quand tu fulmines ?

– Répète que je suis sexy et je te castre.

Jason fronce les sourcils. Moi-même je fais la moue à cette menace.

– Qu'est-ce que vous avez toutes, les meufs, à vouloir vous attaquer à notre engin ? Prenez autre chose !

– Forcément, c'est le seul truc dont vous vous vantez H24. On sait que vous y tenez.

J'attends sagement, les yeux rivés sur la porte d'entrée. Soudain, on entend du bruit dans la cage d'escaliers. Mon corps se raidit, tout le monde se tait. J'entends des pas devant la porte, mais le moment s'éternise. Les gens commencent à se regarder, l'air de ne pas savoir si c'est vraiment elle.

Enfin, une clef tourne dans la serrure. Dès que sa frimousse apparaît, toutes les voix éclatent en même temps : « JOYEUX ANNIVERSAIRE ! ». Je la vois s'immobiliser, les yeux écarquillés, puis fondre en larmes presque aussitôt. Mon cœur se brise. Jason perd son sourire à côté de moi et soupire, excédé :

– Ce n'est jamais une bonne idée, les fêtes surprises.

Je ne retiens pas son commentaire et me précipite sur Violette pour prendre son visage entre mes mains. Elle cache ses yeux avec les siennes mais je les éloigne pour sécher ses larmes avec mes pouces. Violette me sourit, et c'est le plus beau moment de la journée. Elle n'est plus fâchée.

– Arrête de pleurer, Violette-qui-sent-la-violette. Et profite de tes vingt ans.

Ma meilleure amie me saute tout de suite au cou. Je l'étreins aussi fort que possible et ferme les yeux, le nez dans ses cheveux soyeux. Je sens la chaleur de son corps m'envelopper, délicieux, plus délicieux encore qu'un feu de cheminée en plein hiver, et je m'enivre, je savoure ses courbes pressées contre mon torse.

Elle me chuchote le plus merveilleux des « Merci » avant de me lâcher. Violette se retourne et embrasse Clément sur la bouche. Il lui dit quelque chose que je préfère ne pas entendre. Pour être honnête, je ne sais même plus pourquoi je l'ai invité. Tandis que Violette se rue vers ses vieux amis et pleure à chaudes larmes, Clément reste planté devant la porte encore ouverte, un grand sourire sur les lèvres.

Au moins, il est heureux de son bonheur. C'est déjà ça.

Je me rappelle qu'il ne connaît personne et décide de faire un effort. Pour Violette. Je me dirige donc vers lui et referme la porte d'entrée avant de lui tendre la main.

– Merci de l'avoir occupée.

Je raffermis ma poigne pour lui faire comprendre qui je suis, je vois dans ses yeux qu'il comprend le message.

– Ce n'était pas compliqué, répond-il. On s'est bien amusés, en fait.

Tant mieux pour toi.

– J'étais sûr qu'elle allait pleurer, rit Clément en roulant des yeux. De toute façon, mon père m'a toujours dit : « Les femmes, c'est que de l'eau. Soit ça pisse, soit ça pleure ».

Je fronce les sourcils et lâche sa main, croisant les bras sur ma poitrine. C'est une blague ? *Ne gâche pas tout, laisse couler*, me murmure ma raison. *Pour Violette.*

Nous la regardons tous les deux qui passe de bras en bras, heureuse. Jason se moque de moi à l'autre bout de la pièce. Même Zoé esquisse un rictus moqueur quand il nous montre du doigt. Le silence ne me dérange pas, au contraire, même si ça a l'air de gêner Clément. D'ailleurs, il croit bon de lancer :

– C'est un sacré numéro, hein ?

– Je ne te le fais pas dire, murmuré-je dans ma barbe, repensant à tout ce qu'est Violette et à tout ce qu'on a vécu ensemble.

– Vous êtes meilleurs amis depuis longtemps ?

– Un an.

Mes yeux suivent Violette qui déambule dans l'appartement. Un moment, son regard croise le mien. Ses yeux pétillent. Son sourire s'élargit davantage encore, comme s'il voulait rencontrer la lune.

– Et donc tu n'es pas censé me mettre en garde ? plaisante-t-il. Du genre « Si tu lui fais du mal, je te retrouve et je te bute » ?

Il ne paraît pas remarquer l'échange de regards que ni Violette ni moi ne voulons briser. Je ne sais pas ce qu'elle voit dans mes yeux, je ne sais pas si elle y lit que je la trouve belle, ce soir, mais elle ne s'en détache toujours pas.

– Je n'en avais pas l'intention, réponds-je d'un ton atone, les bras toujours croisés. Je ne me mêle pas trop de ses affaires, encore moins des types qu'elle choisit.

Il ne dit rien pendant quelques secondes. Je finis par détourner le regard de celui de Violette, n'appréciant que moyennement les frissons qui me mangent l'épine dorsale, et accepte le verre que me propose Zoé en passant. Je bois une gorgée et me tourne enfin vers Clément.

– Mais si tu lui fais du mal, je te retrouve et je te bute.

J'attends sa réaction, les traits indéchiffrables. Clément ne sait pas trop si je plaisante ou si je suis sérieux. Je n'attends pas qu'il percute et lui adresse un signe de tête entendu avant de partir.

La fête commence par les retrouvailles en bonne et due forme. Tout le monde parle fort et crie sa joie, quant à moi je me pose sur un tabouret de la cuisine avec Ethan, sa nouvelle copine et Jason. Mon collègue me parle de la dernière intervention qu'on a faite il y a deux jours, mais je préfère écourter la discussion. Un accident de voiture, encore une fois, qui n'a pas épargné une famille entière. Le pire de tout a été d'entendre leur téléphone sonner dans leur poche.

– Alors ? me demande Jason avec un clin d'œil qui me fait craindre le pire.

– Alors quoi ?

– Alors t'as vu le nombre de belles nanas que Violette nous a ramenées ?

– Techniquement, c'est moi qui les ai ramenées, rectifié-je.

– C'est pas le sujet. Le sujet, c'est que tu as le choix.

La copine d'Ethan – qui apparemment s'appelle Ophélie – fronce le nez, désapprobatrice.

– Merci, mais non merci, réponds-je en avalant une gorgée de bière.

La copine d'Ethan lui murmure quelque chose et va rejoindre les filles, non sans un regard de travers en direction de Jason. Jason et les femmes, c'est comme ça : quand il ne les met pas dans son lit, il se les met à dos. Il n'y a pas de juste milieu.

– Bon, parlons peu mais parlons bien, reprend Jason en matant Zoé de loin. Depuis quand t'as pas baisé ?

Ethan rigole dans sa barbe, heureux de ne pas être à ma place. Je soupire et garde les yeux braqués au fond de mon verre. Jason et ses questions commencent vraiment à m'emmerder. La vérité, c'est que ça fait trop longtemps. Je ne suis pas un homme qui aime les coups d'un soir, tout simplement parce que je sais que ça ne m'apportera aucun réconfort.

Ne pas faire l'amour commence à me peser sérieusement, c'est vrai. Mais je fais avec.

– Depuis Lucie, je réponds tout bas, presque honteux.

Le silence est flagrant autour de moi. Je relève les yeux. Jason et Ethan me fixent avec des mines interdites, attendant la chute de ma plaisanterie. Je les fusille du regard.

– Arrêtez, grondé-je.

– Attends… Ce n'est pas une blague ?

– Non, ce n'est pas une blague. Tu as quelque chose à dire ? le défié-je, irrité.

– Tu es un saint, dit Ethan en levant sa bière.

– T'es un branleur, ouais ! s'écrie Jason. T'attends quoi, au juste ? Chope-toi une fille de suite.

Il m'énerve. Il m'énerve et je n'ai pas envie d'avoir ce genre de conversation avec lui. Pas parce que ça me gêne, mais parce que j'ai peur qu'il ne me contamine l'esprit avec ses aventures perverses. J'aime le sexe et ça me manque, je ne vais pas mentir. Mais je ne m'abaisserai pas à sauter une fille qui ne me plaît pas juste pour satisfaire des besoins primaires.

– Va te faire voir, lui lancé-je. Si tu crois que…

Soudain, des bras chauds m'entourent le cou par-derrière. Je les reconnais sans même avoir à me retourner.

– Coucou les gars, retentit joyeusement la voix de Violette. De quoi vous parlez ?

Son souffle contre ma peau autant que la façon dont elle traîne les mots me font comprendre qu'elle est déjà bien pompette. Au moins, elle n'a pas à conduire.

– Oh, tu sais… de tout et de rien, répond Jason en me faisant un clin d'œil.

Je tourne légèrement le visage vers elle, mes lèvres tellement près des siennes que je la sens respirer contre moi. Ce serait si facile de l'embrasser. Il suffirait de tendre les lèvres, comme cette première fois. Un réflexe, rien qu'un réflexe. Un réflexe du cœur ou un réflexe du corps, qu'est-ce que ça change, au fond ?

– Hé, me souffle-t-elle comme si elle voulait me chuchoter le plus précieux des secrets.

Je regarde ses iris, ils crépitent d'excitation et d'un je-ne-sais-quoi que je n'ai jamais réussi à discerner.

– Tu danses avec moi ?

Je me raidis. Non. Non, non, non, plus question de danser avec cette sorcière. J'ai déjà fait l'erreur une fois, je ne retomberai pas dans le panneau. Pourtant mon corps oscille dangereusement vers elle. Lui, il veut danser. Lui, il veut retrouver la douceur de sa nuque, l'odeur acidulée de ses cheveux, le mouvement sensuel de ses hanches.

J'aimerais être assez fort.

– OK.

Sans commentaire. C'est son anniversaire, après tout. Elle a déjà dansé trois fois avec Clément, c'est mon tour.

Violette pousse un cri victorieux et sautille jusqu'à Zoé pour lui donner le titre de sa chanson. Quand elle me retrouve au milieu des autres danseurs, l'air de « Wake me up before you go go » me vrille les oreilles. Je souris vaguement. C'est l'une de ses chansons favorites. Heureusement pour moi, ce n'est pas une musique qui nécessite d'être corps à corps.

Je la prends par la main et la fais tourner. Finalement, je m'amuse et y prends plaisir. Violette se déchaîne comme une diablesse, se déhanche, rit plus que jamais. Notre danse s'achève en un rock'n'roll fougueux. Je ne sais pas si je suis ridicule, mais je m'en fous. Je m'éclate. Encore plus quand je vois Clément parler avec d'autres gars, un œil vers nous. Malheureusement, elle finit par m'abandonner pour qu'il prenne le relais, et je m'ennuie à les regarder roucouler amoureusement. Alors je me tourne vers Zoé et lui tends la main, qu'elle accepte tout de suite.

Certains, comme Alexandra, choisissent de partir vers une heure du matin. Je les raccompagne alors et leur souhaite un bon retour. Elle me fait la bise et s'attarde à mon oreille.

– Bonne nuit, Loan.

Je la sens me glisser un bout de papier dans le creux de ma paume. Je ne bouge pas et la regarde partir. Cela ne m'étonne qu'à moitié. Elle me fait du rentre-dedans depuis la première fois que je l'ai vue. Lorsque je referme la porte derrière elle et ses amies, je n'ouvre même pas le bout de papier avant de le mettre à la poubelle.

Vers cinq heures, Violette est tellement déjantée (pour ne pas dire ivre) qu'elle finit par s'effondrer sur le dos au beau milieu de la piste improvisée. Peu de gens sont encore présents, mais on éclate tous de rire. Violette elle-même est hilare et essoufflée, la main sur le cœur. Sa robe rouge est relevée sur ses genoux, si bien qu'on voit l'intérieur de ses cuisses.

Clément s'approche d'elle et l'aide à se relever, ce dont je lui suis reconnaissant.

– Je crois qu'il est temps qu'elle aille dormir, non ? me dit-il en souriant, amusé.

– Totalement d'accord.

Finalement, ce n'est peut-être pas un connard. Il me demande où est sa chambre mais je lui dis que ses cadeaux y sont cachés.

– On va la mettre dans la mienne, je dormirai dans le canapé, mens-je pour ne pas attirer d'ennuis à Violette.

Clément acquiesce et prend le visage de ma meilleure amie entre ses mains avant de l'embrasser. C'est un réflexe, je baisse les yeux.

– Je ne suis pas fatiguée, ronchonne-t-elle.

– Crois-moi, tu l'es. Bonne nuit, ma belle.

Une fois qu'il a terminé, je la soulève pour la poser en travers de mon épaule.

– Allez, Cendrillon, c'est l'heure, lui annoncé-je. Dis au revoir.

Je me retourne pour qu'elle puisse saluer les quelques survivants. Violette redresse le buste et fait le signe de la princesse, ce qui fait rire tout le monde. Quand je lui raconterai ça demain, elle sera morte de rire.

– Je vous aime ! scande-t-elle à la foule.

Je me rends dans ma chambre et laisse la porte ouverte avant de la déposer sur mon lit. Elle rit doucement, seule elle sait pourquoi. Je lui retire ses talons avec délicatesse. Violette ferme les yeux, un sourire satisfait erre sur ses lèvres. Je m'arrête une nanoseconde, l'une de ses chaussures en main. La voir étendue sur mon lit prend, pour la première fois, une autre signification. Ça me perturbe. Ça m'énerve. Ça me plaît.

Merde.

Je crois qu'elle s'est endormie, mais quand j'en arrive à sa jupe, que je fais glisser le long de ses cuisses laiteuses, elle reprend la parole.

– Loan ?

Je stoppe à mi-chemin.

– Oui ?

– Je ne veux pas que tu voies ma culotte, dit-elle toujours sans rouvrir les yeux, la voix enfantine.

Je souris.

– Je ne l'ai pas vue, promis.

Elle est en dentelle mauve, très excitante.

– Tant mieux.

– Maintenant, dis-je en rabattant le plaid sur elle, tu dors.

Et elle dort. Du moins pendant une bonne demi-heure. Mais alors que tout le monde est parti et que je range le salon, j'entends Violette courir jusqu'à la salle de bain.

En la suivant, je la découvre échevelée et à moitié dévêtue qui rend tripes et boyaux dans la cuvette des toilettes. Je me bouche le nez et m'accroupis derrière elle pour lui soulever les cheveux avec une main. Je lui caresse le dos de l'autre, laisse l'épisode aller à son terme. Elle finit par relever la tête et s'essuie la bouche avec du papier toilette.

– C'est dégueulasse, gémit-elle.

– Très dégueulasse, renchéris-je.

À mon grand étonnement, elle rit faiblement. Elle s'écarte et je tire la chasse. Sans que je sache comment, je me retrouve adossé contre la baignoire, les jambes tendues. Violette se blottit contre moi, ses jambes nues emmêlées aux miennes. Elle est encore un peu ivre.

– Loan, tu t'rappelles quand t'as arrêté d'me parler et qu'j'étais hyper triste ?

Évidemment… Ses larmes me reviennent en mémoire, si bien que je secoue la tête pour m'en débarrasser. C'est surprenant qu'elle me parle de ça alors que c'est une période qu'on essaye de bannir.

– Oui, je m'en souviens.

– C'était méchant, murmure-t-elle.

Je lui caresse les cheveux en opinant. Je m'en veux de constater qu'elle y pense encore.

– Oui, c'était méchant. Je suis désolé.

– Du coup, j'ai réfléchi et j'ai trouvé comment tu pouvais t'faire pardonner.

Je souris faiblement. Quand j'ai voulu couper les ponts il y a six mois et que je suis revenu auprès d'elle après avoir compris que je faisais une erreur, Violette n'a pas cherché à en parler. C'est devenu tabou.

– Super. Dis-moi tout.

– J'ai… commence-t-elle d'une voix pâteuse avant qu'un hoquet l'interrompe. Faut que j'te d'mande un service hyyyyyper important.

– Ça ne peut pas attendre demain ? Quand tu te seras brossée les dents, par exemple.

– Non, dit-elle, imperturbable. Parce que sinon j'aurai pas l'courage demain. Promets-moi qu'tu diras oui.

Je souris. Je ne sais pas ce que la Violette bourrée a à me dire de si primordial, mais je sens que ça ne manquera pas de me faire rire. Et si je peux me faire pardonner en passant, pourquoi pas.

– Je dirai oui.

– Promis ?

– Promis.

Elle hoche la tête et replonge contre ma poitrine. Je sens la sienne se soulever et redescendre contre moi.

– Parce que c'est… vraiment… crucial…

– Je te promets de faire mon possible.

Je dégage quelques mèches blondes qui gênent son visage et attends qu'elle continue.

– Violette ?

Un léger ronflement me parvient. Elle s'est déjà endormie.

CHAPITRE 9

Six mois plus tôt

VIOLETTE

Je suis terriblement inquiète. Tellement que même manger du chocolat ne me rassure pas – ce n'est pas faute d'avoir essayé. Je le sens, je le sais, il se passe un truc. Un truc que personne ne me dit.

Je n'ai plus de nouvelles de Loan depuis dix jours. Est-ce une façon horrible qu'il a trouvée de couper les ponts avec moi ?

Habituellement, on se voit presque tous les jours. Soit il a le temps avant d'aller à la caserne et il me propose de m'emmener en cours en voiture, soit il vient me chercher, un croissant à la main. C'est notre rituel. Mais cette fois, j'ai un mauvais pressentiment. Même un texto, je ne l'ai pas. J'ai pourtant légèrement exagéré sur le nombre de SMS. Je crois qu'en l'espace de dix jours, je lui en ai envoyé trente-deux – je les ai comptés hier, quand je regardais le nouvel épisode d'*Outlander*.

Tous sans réponse.

– Imagine qu'il soit mort et que je ne le sache même pas ?

Zoé me rejoint sur le canapé. Elle avale l'un des chocolats que je n'arrive pas à manger et secoue la tête. Elle n'a pas l'air de trop stresser, contrairement à moi. Il faut dire que peu de choses l'angoissent, dans la vie.

– Mais non.

– Quoi, « mais non » ? On n'en sait rien !

Je plie mes jambes pour ramener mes genoux sous mon menton, pensive. Je ne sais plus quoi faire. Je ne comprends pas pourquoi Loan arrêterait de me donner des nouvelles du jour au lendemain, voilà pourquoi je m'imagine le pire. Si ça se trouve, il s'est fait kidnapper par un psychopathe et gît tout seul dans une cave.

Sauf que ça ne tient pas debout. S'il était porté disparu, Lucie serait venue me le dire. Forcément. Cela dit, je ne la vois pas souvent. La dernière fois que je l'ai aperçue, c'était le même jour que ma dernière conversation avec Loan. Sérieux, même Navarro n'aurait aucune piste sur une enquête pareille.

– C'est quand, la dernière fois que tu lui as parlé ? me demande Zoé.

– Dix jours, si je me souviens bien… Je crois que c'est quand il est venu me chercher à l'école lundi dernier et m'a ramenée. Mais on n'est pas montés tout de suite, il avait arrêté le moteur une fois en bas et on a parlé pendant une bonne heure dans la voiture.

Ma meilleure amie plisse les paupières, l'air suspicieux. Tout est calme dans l'appartement, mis à part les petits pas de Mistinguette qui vagabonde sur le plancher. À elle aussi, Loan manque. Si elle le détestait au début, elle est désormais complètement sous le charme.

– Vous avez parlé de quoi ?

– De tout et de rien. On a rigolé, on a écouté de la musique, on a grignoté des trucs qui traînaient dans sa boîte à gants… Comme d'hab.

Un grand silence se fait. Puis Zoé finit par soupirer.

– Bon, bah rappelle-le. On ne sait jamais.

J'ai déjà envahi sa boîte vocale une bonne dizaine de fois, allant d'un simple « Coucou Loan, ça fait un bout de temps qu'on s'est pas vus… J'espère que tout va bien. Rappelle-moi, bisous » à un enragé « Tu te fous de ma gueule ou quoi ?! Ça fait plus d'une semaine que j'essaie de t'appeler mais tu ne me réponds pas, tu sais ce que ça fait, Loan ? Ça fait que je m'imagine qu'un type totalement louche au tee-shirt bleu t'a drogué et kidnappé pour te violer dans une cave, car oui ça arrive aussi aux hommes de ton âge, ne te crois pas à l'abri, puis surtout aux gars beaux comme des dieux, alors tu ferais mieux de faire attention ! D'ailleurs, il pourrait aussi avoir un tee-shirt rouge, mais je sais que tu détestes le bleu, alors rien que pour ça j'espère qu'il en porte un bleu et que tu es bien triste de ne pas avoir fait gaffe ! Bon… bah… rappelle-moi, OK ? Bisous ».

Ouais, je sais…

Une fois encore, je tombe sur son répondeur. Je jure que si tout ça n'est qu'une misérable blague, je me vengerai.

– Bon, il commence à sacrément m'énerver, ton pote.

Je grimace, ne sachant pas quoi faire de plus. Cette soudaine distance n'a aucun sens ni aucune explication plausible.

– Tu es allée sonner chez lui ?

Je coule un regard blasé vers ma meilleure amie, qui a pourtant l'air sérieuse.

– Mais non, quelle conne, c'est mon voisin et je n'ai même pas pensé à sonner chez lui ! raillé-je. Zoé, enfin !

– Oui bon bah ça va, tu avais juste à me répondre « oui ».

– Oui. Et plusieurs fois. Tous les jours, en fait… S'il était là, il aurait répondu.

– Tu es sûre ? Tu n'as rien fait pour l'énerver ?

Je cherche un moment, le stress commence à m'envahir. Ne pas savoir est pire que tout. Je me remets en question sans être sûre d'avoir fait quelque chose de mal, et c'est terrible. Peut-être qu'après tout il en a eu marre de moi ? Le souvenir de notre baiser, vieux de deux semaines, me revient en tête. Comme par automatisme, je me passe la langue sur les lèvres. Je m'en veux presque immédiatement. Le lendemain de ce « réflexe » a été tendu. Mais contrairement à ce que j'avais pensé, il a continué à me sourire et à m'emmener en cours. Comme avant, en fait.

– Même si j'avais fait quelque chose, il m'aurait ouvert parce que le bruit de la sonnette l'aurait saoulé, lancé-je enfin, sûre de moi.

– Il a peut-être des problèmes avec sa famille, tente Zoé, elle-même peu convaincue. Et Lucie, tu as essayé de la joindre ?

Je grogne de frustration.

– Putain, ça me prend la tête ! Il ne m'a jamais parlé de ses parents, je ne sais même pas s'il en a. Et pour Lucie, je n'ai pas son numéro…

J'en prends doucement conscience. C'est vrai, ça. Avec Loan, on a parlé de beaucoup de choses. Je sais par exemple qu'il ne finit jamais son assiette, se sentant toujours obligé d'en laisser un peu, que sa couleur préférée est le noir et qu'il déteste le mot « slip ». Quant à lui, il sait que je regarde toujours la bande-annonce d'un film *après* l'avoir vu, que je m'endors automatiquement devant une série policière et que je fais des crises d'angoisse pour un peu n'importe quoi.

En ce qui concerne la famille, je réalise que je suis la seule à m'être un tant soit peu confiée. Je lui ai avoué que je n'ai que mon père depuis plusieurs années, même s'il ne sait pas pourquoi. Mais lui… rien. Qu'est-ce que je connais de lui, au fond ?

– C'est quand même étrange que même Lucie ne réponde pas à la porte… Retournes-y.

– Tu es sûre ?

Je crois que j'ai peur, pour tout avouer. Peur que quelqu'un réponde et que ça se passe mal. Et si j'avais vraiment fait quelque chose de mal ?

– On ne peut plus sûre. Et si personne ne répond, on se pointe à la caserne. Je suis sûre que ses collègues pourront nous aider.

J'acquiesce et enfile une paire de ballerines. Je suis habillée comme un sac et j'ai une tête à faire peur, mais je m'en fiche. De toute façon, je suis sûre que personne ne se donnera la peine de m'ouvrir. Je sors et longe le couloir pour atterrir devant sa porte. Un souvenir me heurte brutalement. Il y a un mois, j'ai oublié mes clefs et j'ai attendu que le serrurier arrive, assise dans le couloir. Jusqu'à ce que Lucie sorte de l'ascenseur, au téléphone. Elle s'est figée une fraction de seconde en me voyant, puis je lui ai gentiment souri.

– Salut !

Elle a hoché la tête dans ma direction avec un sourire forcé, puis elle s'est dirigée vers sa porte tout en continuant sa conversation :

– Oui, je suis à la maison… Rentre vite, alors… Haha, tu as tout compris… Je t'aime… À tout de suite, mon cœur.

Je me souviens avoir froncé les sourcils en comprenant qu'elle parlait à Loan au bout du fil. Je crois que je suis paranoïaque, mais j'aurais juré qu'elle avait fait exprès de parler plus fort pour que je l'entende.

Je prends une grande inspiration et frappe à la porte, déterminée. Je frappe, sonne, frappe, sonne, frappe, et sonne à nouveau. Je commence à lentement désespérer. Un énorme vide se forme dans ma poitrine, et il semble se creuser de plus en plus au fil des jours. Perdre Émilien est une chose, perdre Loan en est une autre. Au moment où je m'apprête à faire demi-tour, penaude, la porte s'ouvre. C'est tellement surprenant que je reste bouche bée quelques secondes, l'air de ne pas y croire. Et pourtant, si. Loan est bel et bien en face de moi.

Sauf que je le reconnais à peine.

Ce n'est pas Loan. Pas celui que je connais, en tout cas.

La première chose qui me frappe et qui fait écho à mon cœur qui s'affole, c'est qu'il est plus sexy que jamais. Il porte un tee-shirt Diesel qui moule chacun de ses muscles, un bas de jogging gris et une barbe d'une semaine que je n'ai pas l'habitude de voir. Elle lui mange la mâchoire mais souligne sa bouche pulpeuse. La deuxième chose, c'est qu'il a l'air au deux centième dessous. Ses yeux bleus sont inexpressifs, chose rare chez lui. J'ai l'habitude de son absence de sourire, mais ses yeux ne cessent jamais de parler, habituellement, comme s'il avait trop de choses à dire mais qu'elles étaient trop précieuses pour être prononcées à voix haute.

Il se contente de me regarder sans rien dire, les épaules affaissées. Je frissonne d'effroi. Loan s'est transformé en zombie. Sauf que la compassion que je devrais avoir pour lui se transforme en incompréhension, puis rapidement en colère. Je me fais du souci alors qu'il va bien !

– Qu'est-ce que tu veux ?

Son ton me fait presque sursauter. Il n'a pas l'air heureux de me voir. Automatiquement, ma colère s'évanouit, laissant place à de la tristesse.

– J'ai sonné un nombre incalculable de fois. Pourquoi tu ne répondais pas ?

Je sais que ma voix est emplie de reproches, mais c'est le cadet de mes soucis. Je sais désormais qu'il a écouté tous mes messages et qu'il a tout de même décidé de me laisser sans nouvelles. Et ça, j'ai du mal à le digérer.

Il attend un peu avant de répondre, choisissant ses mots avec soin. Finalement, il hausse une épaule, toujours sans détourner son regard du mien. Ne rien y apercevoir en dehors d'un vide intersidéral me fait mal. Trop mal.

– Peut-être parce que je n'avais pas envie de répondre.

C'est le premier coup de poignard qu'il m'inflige ; le plus supportable de tous. J'entrouvre les lèvres en encaissant silencieusement, à croire que sa réponse est tellement douloureuse qu'elle m'empêche de respirer.

Au moins, il est en vie. En piteux état, mais en vie. Je fronce le nez et tente discrètement de regarder par-dessus son épaule pour constater des dégâts. Est-ce que Lucie est là ? Est-ce qu'elle s'occupe de lui, quoi qu'il se passe ? Je n'ai pas le temps de voir plus qu'un salon recouvert de vêtements éparpillés sur le sol car Loan, qui a surpris mon regard, referme légèrement la porte.

– Je m'inquiétais, murmuré-je en revenant à ses yeux.

J'essaie de lui faire comprendre combien il m'a fait peur, combien il me manque, combien je désire qu'il se confie. Mais toujours aucune expression ne passe sur son visage. Il semble de glace.

Je n'ai pas l'air d'être digne d'une réponse car il ne m'en donne aucune. Il soupire simplement, fatigué, et hausse les sourcils d'un air méprisant qui ne lui ressemble pas.

– Tu as fini ?

Ce deuxième coup de poignard m'atteint dans l'estomac, cruel. J'ai peur que le troisième ne me touche en plein cœur. Pour une fois, il n'y a aucune blague entre nous, aucun sourire, aucun contact. Juste de l'incompréhension et de l'indifférence. Je me triture l'esprit pour tenter de comprendre pourquoi il me rejette. En vain. Je me déteste, je me hais d'avoir fait quelque chose qui aurait pu le blesser et dont je n'aurais plus aucun souvenir.

Je devine qu'il ne tient pas à converser, sauf que je ne peux pas retourner chez moi. Car si je le fais, je ne sais pas si je le reverrai. J'ignore donc mes jambes flageolantes et mes joues rouges de honte.

– J'ai fait quelque chose ?

L'espace d'une microseconde, rien qu'une, j'aperçois un éclair de souffrance et de culpabilité aigu dans ses yeux. Puis il redevient aussi stoïque et glacial que la Reine des neiges.

– Tu devrais rentrer chez toi.

Il veut fermer la porte une bonne fois pour toutes, mais je réagis avec précipitation et la bloque avec mon pied.

– Loan, attends ! le prié-je, les larmes aux yeux. Si tu m'en veux pour quelque chose, je suis désolée. Quoi que ce soit, je m'excuse platement. Je… je n'aime pas que tu m'en veuilles.

J'ai soufflé ma dernière phrase si bas que ma voix se brise sur la fin. Tout mon corps tremble tandis qu'il continue de me regarder, impassible. C'est de la torture. J'ai l'impression qu'on me fouille le cœur à la recherche de quelque chose. *Ne me rejette pas, ne me rejette pas, ne me rejette pas*…

– Mon meilleur ami me manque, chuchoté-je, les yeux suppliants.

Loan plisse soudain les paupières et sa mâchoire se contracte. Je panique, ne sachant pas ce que ce geste veut dire, et contemple sa pomme d'Adam qui monte et descend dans sa gorge.

– Je n'ai pas trop envie de te voir pour le moment, Violette.

Violette. Pas Violette-qui-sent-la-violette. Juste Violette.

– Va-t'en.

Je serre les lèvres, atterrée, mais je refuse encore de retirer mon pied tellement je suis perdue. Mon âme lui crie « Pourquoi ? », mais ma bouche reste close. J'ai trop peur de la réponse. Peut-être que le laisser digérer est une meilleure idée. Après tout, il a bien dit « pour le moment ». Rien n'est définitif. Pas vrai ?

Il doit prendre conscience de la violence de ses propos puisqu'il renchérit, histoire de bien enfoncer le clou :

– Ça va passer. Peut-être. Mais là dans l'immédiat, j'ai tout sauf besoin de ton amitié.

Mesdames et Messieurs, je vous présente le troisième coup de poignard. En plein cœur, comme je l'avais prévu. Et ça fait mal… tellement mal. Tellement mal que mon pied se retire de lui-même et que je recule d'un pas comme s'il m'avait brûlée. La perplexité doit se lire sur mon visage, car je le vois baisser les yeux avant de me fermer la porte au nez.

Je reste plantée là comme une idiote, contemplant le numéro de sa porte dans un état second. Une gifle aurait été plus expressive que ça. Enfin, je laisse mes larmes inonder mes joues en silence, incapable de faire le moindre geste. Je n'arrive pas tout de suite à assimiler ce qui vient juste de se passer. Pourtant, il n'y a rien de plus simple à comprendre :

C'est la première fois que Loan Millet me brise le cœur.

CHAPITRE 10
Aujourd'hui

VIOLETTE

Jamais plus je ne boirai autant. L'alcool, c'est le diable.

J'ouvre les yeux, la bouche sèche. Comment ça, la bouche sèche, alors que je me suis saoulée comme une ivrogne ? Je découvre la table de chevet à ma droite. Un verre d'eau et deux pilules blanches trônent dessus, n'attendant que moi. Je me mets sur un coude et les prends dans ma main pour les avaler. L'effort fait dangereusement tanguer la pièce, si bien que je retombe aussitôt sur mes oreillers dans un gémissement plaintif.

Je connais ces oreillers. Ce ne sont pas les miens.

Je pivote le menton sur ma gauche et mon nez rencontre celui de Loan, qui dort à poings fermés. Je ne bouge pas d'un cil, me contentant de le contempler dormir. Je sens son souffle régulier s'échapper de ses lèvres légèrement entrouvertes. Pourquoi faut-il qu'il soit si beau ?

Je lève la main, ignorant mon mal de tête qui s'aggrave malgré l'aspirine, et frôle les traits de son visage du bout des doigts. Son front, la courbe de son nez droit et fin, les contours de sa mâchoire carrée et masculine. Il est allongé sur le côté, face à moi. Il est torse nu, mais il n'a visiblement pas eu le courage d'enlever son jean avant de se plonger sous les couvertures.

Soudain, quelque chose attire mon attention. Je plisse le front en apercevant sa peau brûlée, sous son oreille. Cela fait un an que je la vois sous ses tee-shirts, je la connais par cœur. Elle traverse son cou et disparaît derrière son épaule. Jusqu'ici, je n'en ai jamais vu plus. Loan refuse de se dénuder devant les gens et je sais pertinemment que ça a un rapport avec ses cicatrices.

Au moment où je tente de me pencher, le plus discrètement possible, pour avoir accès à son dos, je jette un regard sur son visage. Il est réveillé et il m'observe. Mon estomac se recroqueville sur lui-même ; prise en flagrant délit. Je crois une seconde qu'il va se fâcher, mais il se contente de me regarder, une expression indéchiffrable sur le visage.

Je tente de sourire alors qu'il se lève pour attraper sa chemise, sans jamais me tourner le dos, bien sûr.

– Pourquoi tu ne restes jamais torse nu en ma présence ?

Je le regarde froncer les sourcils en enfilant le vêtement, visiblement fatigué. Il ne veut pas en parler, je l'ai bien compris, pourtant j'ai envie de savoir. On est meilleurs amis, on se dit tout. Pourquoi pas ça ? Je ne le jugerai jamais, il devrait le savoir.

– Ce n'est pas seulement en ta présence, rectifie-t-il en se frottant le visage. Et je pense que tu sais pourquoi.

– D'accord, j'ai quelques théories, avoué-je en le regardant marcher jusqu'à sa commode, la chemise toujours ouverte. Mais je veux que tu m'en parles de toi-même.

Il se crispe puis se retourne, debout devant le lit. Il me fait les gros yeux, c'est comme ça que je comprends que l'orage se prépare. Je ne veux pas qu'on se dispute le lendemain de mon anniversaire, mais quelque chose me dit de ne pas laisser tomber. Il ne se confie jamais sur lui, son passé ou sa famille.

Aujourd'hui, je m'apprête à lui demander quelque chose d'énorme : être le premier. Alors je crois devoir le connaître plus intimement avant d'être sûre.

– Ne te vexe pas, ajoute-t-il d'un ton radouci. Même Lucie ne l'a jamais vu…

Il a chuchoté ça d'une voix douloureuse, comme si le simple nom de son ex lui arrachait la gorge. Je lève la tête vers lui, ahurie. Comment ça, Lucie n'a jamais vu son dos ? C'est impossible, elle a bien dû le voir, en quatre ans de relation ! Loan doit deviner à quoi je pense puisqu'il détourne le regard avec gêne et agacement.

– Je ne te mens pas, insiste-t-il en haussant une épaule. Même quand nous faisions l'amour, je gardais un tee-shirt, ou une chemise ouverte. Je refusais qu'elle le voie ou le touche, et elle a toujours respecté mon choix.

Je digère la nouvelle tant bien que mal. Je n'arrive pas à croire que Loan ait toujours gardé un tee-shirt en couchant avec Lucie…

– OK.

Son corps se détend à la seconde, à croire qu'il avait retenu sa respiration tout le temps de notre conversation. Il ne veut pas m'en dire plus pour le moment, c'est sa décision. Mais viendra un jour où je le séquestrerai et où j'exigerai qu'il fasse tomber la chemise.

Je reçois soudain quelque chose en pleine figure. Je sursaute, surprise, en découvrant qu'on vient de me lancer un short de sport masculin.

– Enfile ça et ferme les yeux. J'ai quelque chose pour toi, m'informe Loan, un immense sourire aux lèvres.

Il semble avoir totalement oublié mes questions, la mine excitée. Je fais taire ma gueule de bois et enfile le short avant de repousser les couvertures.

J'obtempère et un frisson parcourt mes bras nus lorsqu'il se colle à mon dos pour me faire avancer. Je l'entends qui ouvre la porte, nous traversons le couloir. Il est tellement proche que je sens son odeur m'envelopper, virile et apaisante, ainsi que… *Oh.*

Le frisson se transforme en véritable raz de marée, crépitant dans mon bas-ventre tel un éclatant feu d'artifice. Je suis gênée de sentir contre mes fesses ce qui fait de lui un homme, mais après tout ce n'est pas sa faute… C'est le matin.

Loan semble comprendre pourquoi je me raidis car il se décolle un tout petit peu et murmure tout bas : « Pardon… ».

Je tente d'éteindre la chaleur qui inonde mes joues quand je l'entends ouvrir une deuxième porte. Sûrement celle de ma chambre.

– Tu peux les rouvrir.

Loan se détache de moi et s'éloigne légèrement, jaugeant ma réaction. J'obéis, le cœur battant. La première chose que j'aperçois est… ma chambre ; qui n'a pas changé d'un pouce. Enfin si, il semble l'avoir rangée, ce dont je le remercie étant donné l'urgence dans laquelle elle se trouvait. J'essaie de ne pas trop être déçue et affiche un petit sourire. Je comprends que j'échoue lamentablement en découvrant l'expression de Loan. Alors j'en rajoute :

– Waouh. C'est… Merci, Loan, d'avoir… rangé ma chambre.

À mon grand étonnement, il éclate d'un rire franc. Il vient se poster devant moi, plongeant ses yeux dans les miens, et me soulève délicatement le menton avec l'index.

– En haut, Violette.

Mes yeux rencontrent enfin le plafond, et là, je me liquéfie sur place. Je couvre ma bouche de la main, submergée par l'émotion, et laisse Loan me guider vers mon lit. C'est encore plus émouvant vu de près.

Tout le plafond de ma chambre est recouvert de photos de lui, moi, et nos amis. Je tournoie sur moi-même, la tête levée, et nous regarde. Lui me prenant le visage par-derrière pour me voler un bisou ; nous deux en train d'avaler de la crème Chantilly directement à la bombe ; moi sur son dos, hilare ; lui en pirate aguerri et moi en Marie-Antoinette raffinée à la soirée déguisée d'Ethan ; nous deux assoupis dans les bras l'un de l'autre dans le canapé, pris à notre insu par Zoé ; nous deux en selfie à faire des grimaces ; moi me blottissant dans ses bras au pied de la tour Eiffel ; un autoportrait de lui et moi, le sourire aux lèvres, tenant une Mistinguette désabusée sur nos deux têtes…

Des centaines de souvenirs, tous plus précieux les uns que les autres, des moments passés qui ne reviendront jamais, certains même dont j'ai oublié les détails, peut-être des détails primordiaux, mais des souvenirs immortalisés tout de même. Et désormais placardés au-dessus de ma tête. À leur place ; près des étoiles.

– Loan…

Je n'en reviens pas. Combien de temps ça lui a pris, de faire tout ça ? Je comprends que je pleure quand je sens une perle salée mourir sur mes lèvres.

Je la chasse, consciente du regard curieux de Loan sur moi. Il ne m'a pas lâchée des yeux tandis que je savourais mon cadeau.

– Je suis content que ça te plaise.

– C'est bien plus que ça, Loan… Merci.

***

J'ai passé la journée à me demander comment je comptais aborder « la chose » avec Loan. Peut-être pendant le dîner : « Salut Loan, ça va ? Au fait, je voudrais que tu me dépucèles. Tu peux me passer le pain ? » Non, ça ne fonctionne définitivement pas.

Quelle est la plus grande faiblesse des hommes (mis à part le sexe) ? Très vite, les paroles de ma grand-mère paternelle résonnent dans mon esprit. « Pour atteindre le cœur d'un homme, il faut en passer par son estomac. » Bon, je ne suis pas sûre qu'elle approuverait la définition que j'en donne, mais ça fera l'affaire.

De toute façon, je n'ai pas d'autre idée et j'ai hâte de me débarrasser de ce fardeau. Clément n'a pas arrêté d'être tactile hier, sans parler de son cadeau. Une paire de boucles d'oreilles en argent magnifique.

Loan débarque enfin dans le salon, à peine sorti de sa douche. Je saute sur mes pieds pour me poster devant lui, l'air innocent. Que le spectacle commence…

– Hey.

Il hausse un sourcil, l'air méfiant.

– Hey…

– Ça te dit qu'on sorte dîner, ce soir ? Rien que toi et moi.

Cette fois, il semble surpris. Il jette un œil à Zoé, qui hausse les épaules, et revient à moi. Loan accepte et je lui dis de s'habiller classe. Quand il me demande pourquoi, toujours sur la défensive, je lui dis que je l'emmène au 144 Faubourg. Automatiquement, il fait un pas en arrière. Même Zoé a arrêté de se peindre les ongles, la main en suspens. Les deux parlent en même temps.

– Pourquoi je n'ai jamais le droit à des sorties chicos, moi ? s'indigne ma meilleure amie tandis que Loan répond d'une voix mal assurée :

– OK, ça cache quelque chose… Attends. Ne me dis pas que tu es enceinte.

Je deviens tout de suite blême. Enceinte ? Faudrait déjà s'entraîner, pour tomber enceinte.

– N'importe quoi ! m'offusqué-je en rougissant.

– De toute façon, je n'ai pas de tenue classe.

– Faux. Allez, avance.

Je le pousse, balayant de la main les protestations de Zoé.

J'entre dans sa chambre et me dirige droit vers le dressing, où je fouille en quête de quelque chose de potable. Loan garde les yeux rivés sur moi, refermant la porte pour s'adosser dessus.

Je reviens rapidement vers lui et lui jette un jean cigarette noir ainsi qu'une chemise de la même couleur. Il ne dit rien et retire son tee-shirt devant moi, qu'il laisse tomber par terre. Son bas de jogging suit rapidement le même chemin, Loan se retrouve en caleçon blanc. Je détourne tout de suite le regard, du moins le temps qu'il enfile son jean.

Je relève les yeux au moment où il revêt la fameuse chemise. Il commence à la boutonner, toujours en silence, quand je remarque quelque chose qui ne m'est pas familier. En effet, une pointe d'encre dépasse légèrement de son jean, au niveau de son bas-ventre. C'est la première fois que je la vois, puisqu'il ne se met jamais torse nu. Un tatouage sur l'aine, très probablement, mais quoi ?

Si Loan est sexy, habillé, ce n'est rien quand il est à moitié nu. Son torse est un véritable appel aux caresses. Mon regard fasciné se heurte à la forme puissante de ses abdos dessinés, puis je rougis face au V athlétique qui descend sous sa ceinture, laissant la suite libre à mon imagination fertile.

– Qu'est-ce que tu fais ? m'interrompt la voix éraillée de Loan.

Ce n'est qu'au moment où je l'entends me poser la question que je prends conscience de mon geste ; je me suis levée et ai avancé vers lui pour l'empêcher de fermer les derniers boutons de sa chemise. Il me regarde, les sourcils froncés, une expression prudente sur le visage.

– C'est un tatouage ?

Il hoche la tête sans ouvrir la bouche.

– Qu'est-ce que c'est ?

Il me défie du regard un long instant, espérant sûrement que je lâche l'affaire. Je tiens bon, déterminée. *Tu vas me le dire, Millet, que tu le veuilles ou non*... Comme s'il lisait dans mes pensées, Loan soupire et déboutonne son jean. Le geste réussit à me faire tressaillir. Mon visage perd toutes ses couleurs quand je réalise qu'il ne va pas me le dire, mais me le montrer. Une fois que c'est fait, il baisse légèrement la bande de son boxer, dévoilant quelques poils. J'ai envie de prendre mes jambes à mon cou, soudain oppressée par notre proximité.

Pourtant, quelque chose me pousse à baisser les yeux. De toute façon, mes pieds semblent enracinés dans le sol. Je grave dans ma mémoire les mots élégamment tatoués sur sa peau chaude et blanche, les joues roses. Avant même que je m'en rende compte, mes doigts suivent la courbe de chaque lettre ; il sursaute. Je sens le souffle de Loan sur mes cheveux mais je ne relève pas la tête. J'ai trop peur de mon propre reflet dans ses pupilles.

– Quand j'étais petit, ma mère avait l'habitude de m'appeler son « vaillant guerrier », me confesse-t-il dans un murmure à peine audible.

Warrior

C'est exactement ce qui le qualifie. Je suppose que sa mère est décédée, aussi je veux m'empresser de lui adresser mes condoléances, mais je n'y arrive pas. De toute façon, je sais qu'il n'apprécierait pas.

Alors je relève le menton et plante mon regard dans le sien. Ses yeux me fixent, intenses, emplis de douleur et de… désir. Je n'hallucine pas, c'est bien du désir, j'en mettrais ma main au feu.

Soudain, c'est comme si la Terre s'arrêtait de tourner. Plus rien n'existe à part l'envie irrépressible de me fondre en lui. Mes yeux tombent sur sa bouche ; ses lèvres se sont légèrement entrouvertes et une respiration irrégulière s'en échappe. Je le regarde avaler sa salive, fascinée. Sa bouche se rapproche, dangereusement, tellement dangereusement que mes paupières s'apprêtent à se fermer. Puis…

CHAPITRE 11

Aujourd'hui

VIOLETTE

Une porte claque dans l'appartement.

Nous sursautons tous les deux, ma main quitte sa peau aussi rapidement que possible. Je le vois revenir sur Terre, tout comme moi, et se remettre à boutonner sa chemise. *Putain.* Qu'est-ce que c'était ? Un deuxième impair, voilà ce que c'était.

Je me racle la gorge, consciente du malaise, et déclare aller m'habiller. Dans ma chambre, j'ouvre ma penderie et réfléchis. Si Zoé était au courant de ma manœuvre, elle me conseillerait sûrement de faire ma « bonnasse ». Car si je suis sexy, Loan aura du mal à me dire non. Ce serait le piéger, c'est vrai, et ça me gêne. Mais d'un autre côté, il peut aussi dire non.

Je mets le grappin sur une robe grise et *preppy* à col blanc. Elle est courte, mais le style écolière ne la rend pas vulgaire. Je me maquille devant mon miroir, seulement du mascara et du rouge à lèvre *nude*, puis je relâche mes boucles d'or. Je saisis une mèche de chaque côté de ma tête pour les attacher dans une demi-queue-de-cheval au moyen d'un ruban noir. Je me regarde, nerveuse.

Je me trouve jolie malgré ma fatigue flagrante.

Mais peut-être un peu trop sage. Je farfouille sous mon lit et en sors une paire de cuissardes en daim à talons noire, élégante et sexy. Le résultat est, je l'avoue, très enthousiasmant. Sauf que bien sûr, mon esprit divague vers Clément… mon beau Clément. Je devrais nous faire confiance. *Me* faire confiance. Et pourtant, ses paroles tournent en boucle dans mon esprit. Je veux que tout soit parfait, car Clément compte beaucoup pour moi. Ça ne sera qu'une seule fois, comme un bon et loyal service entre amis.

Ce n'est pas tromper. Je ne suis pas comme ma mère. Je ne serai jamais comme ma mère.

– Je suis prête, annoncé-je avec détermination lorsque j'entre dans le salon.

Loan est au téléphone, une main dans la poche de son jean sombre. Quand il m'entend, sa tête pivote vers moi, puis il se fige et ses mots restent en suspens. Mon corps prend feu sous son regard. Il descend lentement le long de ma silhouette. *Mission accomplie*, se réjouit ma Violette intérieure.

Le trajet en voiture est silencieux. Seule la musique nous sort de l'embarras et je tapote du doigt sur ma cuisse au rythme des différentes chansons. Loan n'a pas décroché un mot depuis l'épisode de sa chambre.

Une fois que nous sommes devant le restaurant, Loan me tient la porte et me fait passer devant, une main dans mon dos. L'intérieur est tout simplement magnifique. La première chose que je vois est le grand escalier aux feuilles d'or, puis la tapisserie florale et colorée. Les sièges tirent sur le violet et la vaisselle n'a rien d'extravagant. Simple mais efficace. Après nous avoir souhaité la bienvenue, un serveur souriant nous invite à le suivre sur la mezzanine. Je m'avance, intimidée, quand un fracas épouvantable me vrille les tympans.

Des couverts, une assiette et un verre tombent à mes pieds, me faisant sursauter. Je me rends compte trop tard que ma cape s'est prise dans la fourchette d'une table, envoyant valser ce qui se trouvait à côté.

– Oh mince, je suis vraiment désolée !

Le serveur revient sur ses pas et constate les dégâts. Quelle idiote ! Pas capable de faire un pas sans renverser quoi que ce soit. Tout le monde me regarde. Je me baisse pour ramasser les couverts, les joues rouges de honte, mais Loan me redresse, les mains sur mes épaules.

– On va vous rembourser la casse, assure-t-il au serveur, qui fait signe à l'un de ses collègues.

– Ce n'est rien. Ça peut arriver.

– Avec Violette, ça arrive très souvent, plaisante Loan avec un demi-sourire.

Un homme vient me prendre les bouts de verre des mains et me dit qu'il va s'en occuper. Ça commence bien… Cette fois, je suis le serveur en faisant attention. Tandis qu'on monte l'escalier, Loan se colle à mon dos. Je m'apprête à me retourner pour comprendre pourquoi quand je sens sa main tirer sur l'arrière de ma robe, frôlant ma cuisse nue au passage.

– Évite de te rebaisser pour le reste de la soirée, tu veux ? chuchote-t-il à mon oreille.

Achevez-moi.

Le début de la soirée se passe sans encombre. Loan s'est remis à discuter et nous sommes assis à côté d'un couple de vieux friqués plutôt intéressant. Une douce musique s'échappe des enceintes du restaurant, l'ambiance est très paisible.

Nous commandons à boire et c'est moi qui lance la conversation. Tout en douceur.

– On ne se voit pas beaucoup, en ce moment.

Je bois une gorgée tandis qu'il se frotte le visage d'une main. C'est maintenant seulement que je remarque à quel point il a l'air fatigué. J'ai été tellement obnubilée par Clément que je ne m'en suis pas rendu compte. Un pincement au cœur me fait revenir à la réalité.

– Ouais, désolé, je suis crevé. Je fais beaucoup d'heures à la caserne depuis que je suis revenu de Bali.

Tout à coup, un voile de culpabilité recouvre mes yeux. Je n'ai même pas remarqué qu'il avait doublé ses heures.

Je décide de me faire pardonner et lui demande si c'est mouvementé. Il hausse une épaule avant de croiser ses doigts en face de lui, sur la table.

– Bof, pas trop. On a quelques malaises sur des lieux de travail, des inondations, des accidents de voiture.

Habituellement, je ne m'intéresse pas trop à son travail. Tout simplement parce que ça me fait peur. Je ne veux pas savoir ce qu'il fait quand il part le soir ou le matin. Je ne veux pas rester au chaud sous la couette en sachant qu'il est en plein incendie, par exemple. Je crois que je préfère ne pas demander.

– Et toi, avec Clément ? me demande-t-il avec précaution. Ça a l'air de rouler.

Le serveur arrive avec nos plats. *C'est le moment ou jamais, Violette, demande-lui.* Il a lancé le sujet « Clément », à toi de continuer ! Sauf que c'est trop dur. Je deviens tout à coup muette, incapable de prononcer le moindre mot. Je ne sais pas si j'ai peur qu'il dise non… ou, au contraire, qu'il dise oui.

– Ça se passe, réponds-je en attaquant mon pavé de saumon.

Quand je relève les yeux de mon assiette, comme déphasée, je vois que Loan me regarde en plissant les yeux. Il a les coudes sur la table, les mains croisées devant sa bouche, et il mâche lentement. Je connais ce regard. Il essaie de me percer à jour.

– À quoi tu penses ? me demande-t-il sa dernière bouchée avalée.

Je baisse les yeux pour ne plus supporter l'intensité de son regard, mais c'est peine perdue. Je le sens, et c'est presque pire. Qui plus est, je finis par apercevoir les veines de ses avant-bras, puisque les manches de sa chemise sont retroussées. Je tressaille. *Bon sang.*

– On dirait que tu t'apprêtes à me plaquer, dit-il doucement, un vague sourire errant sur sa bouche exquise.

Je m'empêche de lui répondre que ce que je m'apprête à faire est tout le contraire. À la place, j'opte pour une autre méthode. *Allez, Violette !* Ça passe ou ça casse.

– On est meilleurs amis, toi et moi, pas vrai ?

Il fronce automatiquement les sourcils, puis baisse les bras pour s'essuyer la bouche avec sa serviette.

– Jusqu'à preuve du contraire, oui, répond Loan avec méfiance. Si tu as un problème, tu peux me le dire.

Évidemment, il pense tout de suite que j'ai un problème. Superman à la rescousse.

Mon cœur me dit de foncer, mais ma raison me retient. La vérité, c'est que j'ai la frousse. La frousse que notre amitié en pâtisse s'il accepte, ou bien qu'il me croie complètement cinglée s'il refuse. Dans tous les cas, je prends un risque considérable. Mais mon cœur me rassure et me répète que Loan ne pensera jamais une chose pareille.

– Ce n'est pas vraiment un problème, je réponds en reposant mes couverts. J'appellerais plutôt ça… une contrariété…

Le couple d'à côté se tient la main par-dessus la table. Je tique. Est-ce que je fais bien de lui parler de ça ici ? Comme s'il l'avait compris, Loan se penche vers moi et baisse le ton, avant de boire une gorgée de son mojito.

– Laquelle ?

Je baisse de nouveau le regard, prenant un air désinvolte, et pose mes coudes sur la table en effectuant un geste évasif de la main.

– Oh, tu sais, ma virginité.

Loan s'étouffe dans son verre, abasourdi. Je me mords la joue pour ne pas rire. Le couple d'à côté jette un regard surpris à Loan, qui a reposé son verre pour éponger sa chemise. Ses yeux me fixent telles des lames de rasoir. Ça ne sent pas bon.

Je profite donc de son moment d'incrédulité pour me pencher vers les petits vieux.

– Tout va bien, il vient d'apprendre qu'on allait avoir un bébé. Ça ne se voit pas comme ça, mais il est super heureux !

Je me penche vers lui et lui chuchote, tandis qu'il ne desserre pas les dents :

– Maintenant, tu es obligé de sourire et de ne pas me crier dessus, sinon tu vas passer pour un gros enfoiré.

Il me fusille du regard, mais je souris innocemment. Je lui prends la serviette des mains et me redresse un peu pour pouvoir lui essuyer le col. Il se laisse faire sans rien dire. Je continue de lui tapoter le cou jusqu'à ce qu'il ait l'air calmé. Dès que mes fesses se reposent sur ma chaise, il enchaîne :

– Pourquoi est-ce que tu me parles de ta virginité ? J'étais en train de dîner, Violette. Ce n'est pas vraiment un mot que tu peux me balancer pendant que je mange des huîtres.

J'éclate de rire sans pouvoir m'en empêcher. Plusieurs regards curieux se posent sur moi, si bien que je pose ma main sur ma bouche pour ne pas faire trop de bruit.

– Bon, alors c'est quoi le problème avec ta virginité ? reprend-il. Je te préviens, si tu l'as perdue avec Clément, je ne veux rien savoir.

Tout à coup, il n'a pas l'air content. C'est le moment. Enfin. Je redeviens donc sérieuse et triture la nappe, incapable de le regarder droit dans les yeux.

– Bah justement, non… c'est bien ça le problème.

Je relève les yeux vers lui. Il reste impassible tout en fronçant les sourcils. Il est sur ses gardes, mais il attend patiemment.

– J'ai un service à te demander.

Ma voix est plus ferme qu'il y a une seconde. Je comprends que j'ai fait mon choix.

– Je t'écoute, dit-il, ses yeux d'un bleu électrique plongés dans les miens.

Mon cœur s'arrête de battre.

– J'aimerais que tu sois le premier.

DEUXIÈME PARTIE

Le compromis

CHAPITRE 12
Aujourd'hui

LOAN

Je suis rarement surpris par le comportement des gens. En général, je sais les cerner dès la première rencontre, ou en quelques jours. Ma mère disait souvent que j'étais fort à ce jeu. Je l'ai cru aussi. Jusqu'à ce que je rencontre Violette. Violette… Violette est un ovni. C'est peut-être pour cette raison qu'elle m'a tant intrigué. Parce qu'elle représentait le mystère à l'état pur.

Encore aujourd'hui, alors que je pensais tout connaître d'elle, ce soir est la preuve qu'elle ne cessera jamais de me désarçonner. Je sors du restaurant à grandes enjambées, faisant une chose que je n'aurais jamais pensé faire : laisser une femme payer la note. Tant pis, je la rembourserai plus tard, quand je serai moins en rogne.

Je n'arrive toujours pas à y croire. Je me passe la main dans les cheveux tandis que le froid du soir s'engouffre sous ma chemise. « J'aimerais que tu sois le premier ».

Sérieux ?!

Cette révélation a provoqué toute la palette des émotions. Ça a commencé avec l'incompréhension. Ma première réaction a été : j'ai mal entendu. J'ai *forcément* mal entendu. Alors je l'ai fait répéter.

– Pardon ?

– J'aimerais… que tu couches avec moi, a-t-elle dit une nouvelle fois, beaucoup moins confiante. S'il te plaît ?

J'ai plongé dans son regard en quête d'un quelconque signe de plaisanterie. Il n'y en avait pas. Alors j'ai déposé mes couverts sur la table avec une extrême lenteur, sentant une vague étrange envahir ma poitrine. C'est là que la deuxième émotion a fait son apparition : le choc.

– Tu m'expliques ?

Elle a été étonnée de mon ton abrupt, mais elle a posé ses mains sur ses genoux et m'a expliqué tout bas pour éviter que le couple de vieux ne nous entende :

– Comme tu le sais, j'ai vingt ans et je suis encore vierge. J'aimerais rectifier le tir, j'en ai marre d'attendre. Et j'aimerais le faire avec toi.

J'ai pensé que j'étais en plein rêve – un rêve agréable, malgré la situation gênante. Est alors intervenue la troisième émotion : la frustration. Quel mec ne rêverait pas qu'une fille belle et intelligente lui fasse pareille demande ? Je ne vais pas dire le contraire : je fais partie des mecs que ça ne dérange pas. Surtout quand il s'agit de Violette. Sauf que ça ne tient pas debout. D'où ma question suivante.

– Et Clément ? ai-je répondu. Il ne sert pas à ça ?

Elle s'est tortillée sur sa chaise, visiblement mal à l'aise, et a haussé une épaule.

– Bah, justement, c'est lui le problème.

Et enfin, est venue la colère. La colère parce qu'elle n'a pas eu à m'expliquer pour que je comprenne.

Je suis encore furieux quand je traverse la rue. Pour le moment, je suis bien comme ça. Je ne veux pas dépasser la colère parce que j'ai peur de ma réaction suivante.

Celle qui adorera l'idée.

– LOAN ! hurle Violette, le son de ses délicieuses cuissardes claquant contre le goudron.

Je continue tout droit. Cette fille me trouble trop, je ne peux pas réfléchir autour d'elle. Je continue donc à avancer d'un pas rapide tout en répondant :

– Je savais que tu étais barrée, comme fille, mais là ça dépasse tout ! Tu viens d'où, sérieux ?

Soudain, je n'entends plus le bruit de ses talons. Je comprends qu'elle s'est figée, alors je me retourne. Et merde. Violette se trouve au milieu de la route, frissonnant dans sa robe d'écolière bougrement courte, sa cape sur le bras. Le pire, ce sont ses grands yeux noisette qui me sondent. Je soupire en réalisant que mes paroles l'ont blessée. Ce n'était pas mon intention, et pourtant c'est moi qui passe pour le méchant !

– Il n’y avait que dans tes yeux que je ne me sentais pas « barrée », comme tu dis.

Elle se retourne à son tour et s’éloigne d’un pas rapide. Je n’attends pas une minute de plus pour la rattraper. J’ai beau être en colère, je ne veux pas lui faire de mal.

– Violette, désolé, soufflé-je en lui attrapant le poignet. Ce n’est pas ce que je voulais dire. Mais comprends-moi…

Elle croise les bras sur sa poitrine et baisse la tête sans cesser de me fixer au travers de ses longs cils.

– Je ne te demande pas de me faire un enfant, Casanova, juste de me donner un coup de main.

Je me pince les ailes du nez, les yeux fermés. Dieu, donnez-moi la force de ne pas hausser le ton. Non, finalement, donnez-moi la force de refuser un truc pareil ! Je crois que j’en ai diablement besoin, là, tout de suite.

– Si je résume bien, dis-je lentement, tu me paies le dîner dans un restaurant friqué pour que je couche avec toi ?

– Voilà ! s’exclame Violette d’une voix ravie.

Je rouvre les yeux et la regarde, qui sourit sereinement.

– Tu m’as pris pour un gigolo ?

Elle laisse échapper un rire qu’elle s’efforce de retenir en voyant mon expression sérieuse. Je suis partagé : une partie de mon ego refuse de se faire utiliser, de n’être qu’un « coup de main » physique quand cette ordure de Clément aura tous les avantages. L'autre moitié, quant à elle, flippe totalement à l'idée de prendre sa tâche trop à cœur. Et si j'adorais coucher avec elle ?

– Pas du tout, répond-elle enfin. Je ne veux pas que tu croies que je t'utilise. C'est juste… que j'ai peur. J'ai peur que ça ne se passe pas comme prévu, j'ai peur de stresser ou de me taper la honte de ma vie parce que je ne sais pas comment ça marche.

J'ai envie de lui demander comment « quoi » marche, mais elle ne m'en laisse pas le temps.

– Et je me suis dit que si je le faisais avec quelqu'un en qui j'ai pleinement confiance, ce serait plus facile.

Je garde le silence. C'est du grand n'importe quoi. Une idée totalement idiote, pour commencer. Elle a eu raison d'essayer de me graisser la patte, sauf que m'amadouer n'a pas fonctionné. Je ne ferai jamais une chose pareille.

Mon corps a beau ne réclamer que ça, je campe sur mes positions. Je ne suis pas un salaud.

– C'est non, Violette, annoncé-je d'une voix plus douce. Allez, maintenant on rentre.

J'évite de la toucher – je suis déjà assez frustré comme ça – et me dirige vers la voiture. Pour une fois, je ne m'en veux pas de lui faire de la peine. Car je sais que c'est pour son bien et qu'elle me remerciera plus tard de ne pas avoir cédé à son coup de folie. Certes, je n'ai pas envie d'imaginer Clément lui prendre sa virginité, mais je ne pourrais plus me regarder dans une glace si j'étais le genre de mec à profiter d'un deal débile pour la mettre dans mon lit.

Nous descendons de voiture une fois arrivés à l'appartement et elle me précède dans l'ascenseur. Elle refuse toujours de me regarder, impassible. J'avale ma salive tandis que mon regard dévie vers sa robe. Je secoue imperceptiblement la tête, à moitié amusé. Je suis certain qu'elle l'a mise exprès pour me tenter.

– Loan, entends-je enfin sa voix émerger lorsque nous sommes devant la porte de l'appartement.

Je me tourne vers elle, interrogatif. Elle me regarde droit dans les yeux.

– Réfléchis-y encore un peu.

***

Le lendemain, je me traîne jusqu'à la cuisine dans un état second. J'ai mal dormi, la proposition de Violette flottant encore et encore dans mon esprit, cruelle. Je fusille ma meilleure amie du regard en me servant un grand verre de lait. Elle a l'air obnubilée par la télévision. Je sais qu'elle m'a entendu, mais elle ne détourne pas les yeux de l'écran, son bol de céréales en équilibre sur ses genoux repliés.

Je prépare le petit déjeuner et le dévore assis au comptoir de la cuisine, les idées confuses. Zoé ne tarde pas à faire irruption, en traînant des pieds comme un zombie. Cette fille n'a jamais été du matin, tout du moins pas depuis que je la connais ;

en vérité, elle n'est ni du matin, ni de l'après-midi, ni du soir. Zoé est chiante vingt-quatre heures sur vingt-quatre. Mais je m'en accommode. Elle s'arrête soudain au milieu du salon, puis me fusille du regard.

– En gros, ça veut dire que je vais devoir me réveiller avec votre tronche sous les yeux tous les putains de jours de la semaine ?

Je lui souris avec arrogance, comprenant de quoi elle parle.

– C'est ça.

– Super, marmonne-t-elle en se servant des céréales.

Ce dimanche-là, tout se passe bien. On passe tous la journée à l'appartement, épuisés. C'est presque comme si Violette n'avait rien demandé. Sauf que ce n'est pas le cas, et j'en fais rapidement les frais.

Les trois premiers jours, elle semble me faire la tête. Elle ne dit pas m'en vouloir, non, elle est bien plus maligne. Elle fait juste le moins possible en ma présence. Elle évite de me regarder, de me toucher, de me parler. Et c'est une torture.

Sauf que je retire vite ce que j'ai dit. Car les quatre jours suivants sont encore plus cruels. Pire que me faire la tête… elle me cherche. Vraiment. Le pire, c'est que je ne sais pas si elle le fait exprès. Je ne suis pas sûr. Ses doigts me frôlent quand je lui tends le sel. Elle repousse la mèche de cheveux qui me tombe dans les yeux en me disant que j'aurais bien besoin d'une coupe. Elle croise les jambes sous la table, laissant sa jupe sage découvrir des porte-jarretelles.

Des choses qui ne sont ni nouvelles ni surprenantes. C'est la routine. Sauf que tout à coup, je les interprète différemment.

– Zoé va sûrement rentrer avec un mec, ce soir… me dit Violette vendredi soir, en se servant un verre d'eau.

Je sais qu'elle ne pense pas à mal en me disant ça. Après tout, c'est ce qu'on fait toujours. Pourtant, mon cœur s'emballe.

– D'accord, prends mon lit. Je dormirai sur le canapé.

Elle me lance un regard en coin, un brin vexée.

– Je ne vais pas te violer, ça va.

Je prends donc le canapé vendredi soir, après mon service à la caserne. Immanquablement, je ne dors pas de la nuit, encore moins après que Zoé rentre à trois heures du matin avec un mec trop bruyant. Je n'arrive pas à m'endormir sans penser à Violette allongée, seule et à moitié nue, sous mes couvertures.

Par conséquent, je sors pour aller courir. En pleine nuit. Et tout ce à quoi je peux penser, c'est : *Putain*, depuis quand est-ce que Violette est si canon ? Mais surtout : depuis quand est-ce qu'elle l'est sans que je sois au courant ? Cette fille est dangereuse, me souffle ma conscience. Oh oui, tu parles qu'elle l'est ! Elle l'est parce que, sous son évidente maladresse, il suffit qu'elle enfouisse son visage dans mon cou pour m'électriser. Parce que sous ses tenues parfois sages peuvent se cacher des putains de porte-jarretelles qui me supplient de les arracher.

Je préférais quand je ne voyais pas tout ça.

– On fait quoi, ce soir ? me demande Violette en déboulant dans le salon, seulement vêtue d'un tee-shirt qui lui tombe sur l'épaule et d'un short en flanelle.

Je suis assis sur un tabouret de la cuisine lorsqu'elle enroule ses bras autour de mon cou et s'installe sur mes genoux. Sauf que cette fois, je ne suis pas d'humeur. Cette semaine a été épuisante sur tous les points, et principalement à cause d'elle et de sa demande tordue. Bien qu'on n'en ait plus reparlé depuis, je sais qu'elle plane au-dessus de ma tête comme une épée de Damoclès, je sais qu'elle est toujours d'actualité et ça me tue.

– Rien, je réponds calmement. C'est soirée Xbox avec les mecs, ce soir.

Je ne supporte plus la chaleur de ses cuisses nues par-dessus mon jean. Alors je la repousse doucement pour me relever, impassible. Violette fronce les sourcils sans comprendre et me suit tandis que je traverse le couloir pour m'affairer dans ma chambre. Il faut que je résiste. Il faut que je sois fort. Il faut surtout que je l'évite tant qu'on est tous les deux seuls dans cet appartement. Jason, magne-toi, bordel !

– Qu'est-ce qui se passe ? me questionne-t-elle, suspicieuse.

Je ne réponds pas et m'apprête à poser la main sur la poignée de ma porte quand je sens la sienne sur mon dos. Je frémis, figé devant ma chambre. Je serre les dents pour ne rien dire que je pourrais regretter. Violette demeure silencieuse aussi ; je pourrais croire qu'elle est partie si seulement je ne sentais pas sa présence jusque sous ma peau. Je n'ai jamais entendu un silence plus assourdissant que celui-ci.

Mes yeux se ferment d'eux-mêmes lorsque je sens sa main glisser sous mon tee-shirt. Lentement, très lentement, ses doigts froids remontent mon épine dorsale. Je réprime les frissons qui m'assaillent, mais je suis incapable de maîtriser ma respiration qui s'emballe. Elle s'arrête entre mes deux omoplates, à quelques centimètres à peine de ma brûlure. Je n'ai pas envie qu'elle la touche ; que ça la dégoûte.

– Violette, arrête…

Il faut qu'elle arrête. Maintenant.

Je sens son front sur mon dos, et je ne tiens plus. C'est tellement léger, comme une caresse, tellement innocent et pourtant si interdit, que j'ai l'impression que mon cœur bat dans ma tête.

Alors que je suis sur le point de la laisser gagner, dans un silence seulement troublé par nos respirations sifflantes, sa main frôle dangereusement ma brûlure. Mes yeux se rouvrent presque instantanément. C'est le déclic qu'il me fallait. Je lui attrape la main et me retourne brusquement avant de la plaquer contre la porte de sa chambre.

– J’ai dit « Arrête » ! sifflé-je furieusement.

Elle se fait soudain toute petite, peinant à soutenir mon regard. Je suis conscient de sa poitrine collée à la mienne et de sa bouche qui frôle mes lèvres, mais je me contente de la fixer droit dans les yeux. Je la vois trembler de tout son corps, et je me demande si c’est parce qu’on se touche ou parce que je lui fais peur.

– Dé… Désolée, souffle-t-elle alors que ma main tient toujours son poignet et que l’autre est aplatie contre la porte près de son oreille. Merde, quelle idiote ! Je te demande tout ça alors que… C’est parce que je ne t’attire pas, c’est ça ? Oh, bordel.

Elle a relevé la tête et elle me fixe, l’air honteuse. Je suis un instant surpris par ce revirement de situation. Elle croit que je refuse parce qu’elle ne m’attire pas ? Sérieusement ? Je n’ai jamais entendu quelque chose d’aussi stupide.

– Non, ce n’est pas pour ça.

– C’est bon, j’ai compris, t’inquiète, renifle-t-elle avec une pointe de dédain. La Violette sent bon la violette, on la laisse s’asseoir sur nos genoux et on la laisse dormir dans notre lit mais non, non, non, jamais on ne la laissera coucher avec nous, mais quelle horreur, elle est tellement laide, en plus elle est blonde, ah bah oui parce qu’il ne manquait plus qu’elle soit conne, en plus de ça – d’ailleurs laisse-moi te dire que toutes les blondes ne sont pas des cruches, merci bien pour le cliché !

– Tu n'as rien compris, la coupé-je en prenant son visage entre mes mains. *Au contraire*, Violette.

Elle cille. Deux fois. Je me retiens pour ne pas avancer ma bouche de quelques centimètres, le corps traversé de fourmis délicieuses à cette idée.

– Qu'est-ce qui t'en empêche, alors ? souffle-t-elle d'une voix radoucie.

Je fais bouger ma mâchoire en espérant que ma voix ne trahira pas le désir qui monte. J'ai remarqué du coin de l'œil que son tee-shirt a entièrement glissé le long de son épaule ; je devine aisément qu'elle n'a pas mis de soutien-gorge. Encore.

Ce serait si facile… Je n'ai qu'à…

– Tu mérites le prince charmant pour ta première fois. Un homme doux qui te traite comme une princesse. Sauf que le prince charmant, ce n'est pas moi.

Mensonge. Elle hausse un sourcil et me défie du regard, chose à ne pas faire quand je suis si proche d'elle.

– C'est drôle, mais j'ai du mal à te croire.

– Peut-être, murmuré-je sans la quitter des yeux, une boule à l'estomac. Je te traiterai toujours comme une princesse le jour, mais la chambre à coucher est un tout autre environnement. Et après ce numéro que tu m'as fait pendant une semaine, j'ai tout sauf envie d'être doux.

Violette est devenue totalement livide. Chaque carré de ma peau brûle de l'embrasser et de savoir si sa bouche a la même saveur que celle que je m'évertue à imaginer. Sans le vouloir, mes yeux se portent sur celle-ci pendant quelques secondes.

– C'est ça que tu veux ?

Je reviens vers ses yeux. Elle me supplie du regard, ensorcelante, et j'essaye de toutes mes forces d'être fort.

– Il ne s'agira que d'une seule fois. Je te le jure. Rien qu'une.

La proposition est tentante. Trop tentante.

– Et après quoi ? raillé-je sans pouvoir m'en empêcher, me sentant perdre la partie. On invite Clément au prochain barbecue ? Bah tiens. J'imagine la scène d'ici : le garçon qui t'a dépucelée en secret et celui qui partage actuellement ton lit qui se serrent la main. J'en pleure d'émotion.

Elle me fusille du regard tandis que je me moque. Sortez-moi de là. Sortez-moi de là ou je vais craquer. Je vais craquer et emmener cette moue suppliante dans ma chambre et ne plus jamais la laisser partir.

– C'est non, Violette, je tranche d'un ton sans appel. Je ne franchirai pas cette limite.

Sans même attendre de réponse, je me précipite vers la porte d'entrée et la claque derrière moi. Je ne m'arrête pas une seule seconde, je dévale les escaliers en tentant de reprendre mon souffle. Soudain, mes jambes m'obligent à m'arrêter. Je prends conscience de mes mains qui tremblent et de mon désir flagrant. C'est trop difficile à expliquer… cette attirance que j'ai subitement pour elle. Ça me rappelle ce que j'ai ressenti tout au début.

Lorsque j'étais encore avec Lucie. C'était ces mêmes tremblements que j'avais ressentis la première fois que je l'ai embrassée, sans même le faire exprès. Il m'avait fallu quelques minutes avant de rentrer à la maison et de retrouver Lucie. Lucie qui n'est plus là.

Mon cerveau pèse le pour et le contre.

Contre : je risque de me prendre au jeu, je risque le bien-être de notre amitié exceptionnelle, et je risque de gâcher la magie de sa première fois.

Pour : j'en ai envie, elle en a envie.

Je sais que les « pour » sont en minorité, pourtant il ne m'en faut pas plus pour revenir sur mes pas et remonter les marches deux par deux. Une fois à notre étage, je me dirige vers notre porte et sonne. J'ai le cœur qui tambourine dans ma poitrine, les jambes douloureuses et la respiration hachée à l'idée de ce que je vais faire. Est-ce que je ne fais pas une erreur ? J'ai peur de le regretter.

Mais lorsque Violette ouvre la porte, je n'ai plus aucun doute. Ses grands yeux me regardent, étonnés. Je tente de calmer les battements frénétiques de mon cœur pour ne pas que ma voix me trahisse lorsque je dis :

– Juste une fois, c'est ça ?

Un silence pesant me répond. Nous restons hypnotisés, le regard plongé dans celui de l'autre. C'est la première fois depuis cette danse de malheur que j'ai autant envie d'elle. Ça me ronge jusqu'à en être douloureux.

– A priori, oui. Sauf si tu manques ton coup, plaisante-t-elle doucement, un petit sourire triste sur ses lèvres parfaites.

Je ne souris pas. Je m'avance dangereusement près d'elle. Son rictus s'évanouit à mesure que je me rapproche. Je la fixe avec une intensité insoutenable. Son nez touche le mien. Mon cœur s'arrête de battre.

– Tu peux me croire, je ne manquerai pas mon coup.

Elle me regarde. Je la regarde. Nos poitrines se soulèvent et s'abaissent à l'unisson.

Puis je l'embrasse.

CHAPITRE 13
Aujourd'hui

VIOLETTE

– Tu peux me croire, je ne manquerai pas mon coup.

Je n'ai pas besoin de trouver quoi répondre. Soudain, la main de Loan m'enserre la nuque tandis que sa bouche se plaque durement sur la mienne. *Enfin.*

Et mon cœur
s'arrête
de
battre.

Je me cambre automatiquement contre lui de peur que mes jambes tremblantes ne se dérobent sous mon poids. Contrairement à ce que j'aurais pu croire, c'est le baiser le plus doux du monde. Sa bouche se referme sur ma lèvre supérieure. Je sens sa langue taquiner l'entrée de mes lèvres, alors je les entrouvre et la laisse caresser la mienne avec douceur.

Je lui rends son baiser en agrippant sa chevelure brune. Il gémit dans ma bouche en me serrant plus fort, ses doigts caressant mon dos aux bords de mon tee-shirt. J'explose. Parce que c'est le meilleur baiser que j'aie jamais connu et que je crains de tomber de haut quand il s'écartera.

– Loan…

Il reprend son souffle et saisit mon visage en coupe, tel celui d'une enfant, avant de déposer des petits baisers tout autour de ma bouche gonflée, pour ensuite descendre le long de mon menton, puis de mon cou… Chaque carré de peau qu'il bénit de ses lèvres grésille sous son passage, électrise chacune de mes cellules nerveuses. J'ai tellement chaud que ça m'en fait mal au ventre. Qu'est-ce que c'est que ça ?

Le désir, ma vieille.

Oh bordel.

Je sens ses doigts coulisser le long de ma taille et s'arrêter à mes hanches, dont il s'empare avec désespoir. Je sens qu'il me veut, j'en ai la preuve qui pousse contre mon bas-ventre, et c'est trop. Trop pour que je ne puisse pas éclater en mille morceaux. Pour la première fois depuis longtemps, il redevient le Loan que j'ai rencontré, celui qui me plaisait, qui m'attirait. À croire qu'il n'a jamais disparu.

Je ferme les yeux tandis qu'il continue de déposer des baisers de feu dans mon cou, les doigts emmêlés dans ma crinière dorée. Soudain, j'ai envie qu'il me touche partout, qu'il m'embrasse des pieds à la tête, j'ai envie de sentir sa peau nue contre la mienne. Mes mains descendent alors sur sa taille et l'attirent à moi pour le conduire à ma chambre, complètement hors de contrôle, quand des voix nous interrompent brusquement. J'ai à peine le temps de sentir Loan se crisper dans mon cou qu'il s'est déjà éloigné d'un bon mètre. C'est alors que Jason et Ethan passent le pas de la porte, les bras chargés de pizza.

– Qui a faim ?

Je fais abstraction de mon cœur qui fait de la corde à sauter dans ma poitrine, tentant d'avoir l'air désinvolte. Sauf que je rougis tellement que j'en sens la brûlure me mordre les joues. Loan cache ses mains tremblantes dans ses poches et fait face à ses invités. Toujours l'air impassible.

– Salut.

Ethan et Jason nous font la bise avant d'installer la Xbox près de la télé. Seuls Loan et moi restons debout entre le salon et la cuisine, silencieux. Je tente un regard vers lui, incertaine. Mon cœur manque un battement ou deux quand je m'aperçois qu'il me contemple déjà. Il est si beau… Ses cheveux châtains ont encore la preuve du récent passage de mes doigts et ses yeux foncés semblent habités d'une étrange lueur. Je lui offre un petit sourire, plus frustrée que gênée.

Jason se retourne vers nous sur le canapé avant d'adopter un sourire faussement contrit.

– Désolé, Vio, mais c'est soirée mecs, ce soir. Xbox et pizza.

Je souris. Bon, eh bien je crois qu'on est en train de gentiment me virer. Je leur dis bonne nuit et vais m'isoler dans ma chambre. Sur mon matelas, mon téléphone m'annonce un texto. Il vient de Loan.

– Calme-toi, dis-je à mon cœur.

Loan : Tu ne crois pas qu'il y a
un problème si tu ne te sens pas
en confiance avec Clément ?

Moi : J'ai confiance en lui.
C'est juste que… j'ai des problèmes
pour gérer mon angoisse, d'accord ?

J'attends, les yeux fixés sur l'écran de mon téléphone. J'entends des rires dans le salon. Puis mon téléphone vibre.

Loan : D'accord. Mais j'ai deux
conditions. Primo : on ne le fait
qu'une fois. Deuzio :
notre amitié passe avant tout.

Je presse les paupières, aussi soulagée qu'anxieuse. Ça y est, il a dit oui. On va vraiment le faire. Bordel, dans quoi me suis-je embarquée ?

Moi : Je suis d'accord.
Merci. Violan <3

Je souris légèrement en attendant sa réponse. C'est Zoé et Jason qui nous appellent comme ça. Les Violan, comme les Brangelina. Moi, ça me fait rire, mais je sais que Loan déteste ça. Je m'attends à ce qu'il me fasse un smiley pas content, au lieu de quoi je vois les mots suivants s'afficher :

Loan : Violan.

***

Le lendemain matin, je me lève miraculeusement en avance. Ou du moins pas en retard. Bon, disons que je me lève à l'heure, pour une fois. Je me traîne jusqu'à la salle de bain pour me brosser les dents, balançant la tête de droite à gauche au rythme de la musique provenant du salon. De toute évidence, Loan est levé. J'en profite donc pour le rejoindre.

– Hello.

Mon meilleur ami se trouve dans la cuisine, assis autour d'une tasse de café, et parle au téléphone fixe. Il lève la tête vers moi lorsque je m'approche pour déposer un baiser sur sa joue et m'accorde un clin d'œil. Il est en tenue de travail ; tee-shirt et pantalon bleu marine rentré dans des bottes noires. Sa plaque militaire pend le long de son torse ; il est diablement sexy.

Arrête tout de suite, Violette.

Simple constatation !

Je me sers un verre de jus d'orange, assise face à Loan, qui écoute attentivement son interlocuteur. Je profite de son vague sourire pour tenter de lui piquer son pain au chocolat mais il tape sur le haut de ma main, si bien que je le fusille du regard.

– Oui, vous avez complètement raison, rit-il dans le combiné, terminant sa viennoiserie sous mon regard noir. Et encore, on a de la chance que ce ne soit pas tous les jours !

Loan s'esclaffe de nouveau après la réplique de son interlocuteur. Puisque je vois qu'il n'a pas fini de parler, je reviens dans la chambre pour m'habiller tout en prenant soin de ne pas réveiller Zoé.

Je n'ai pas l'habitude d'être à l'heure. J'essaie de prendre mon temps pour choisir ma tenue, mais je veux faire vite. Du coup, je suis prête en moins de dix minutes chrono. Je boutonne mon jean taille haute et enfile mon pull beige avant de relever mes cheveux en un chignon désordonné. Quand je reviens dans le salon, Loan me fait signe d'approcher avec l'index.

– Sans problème… Vous devriez venir à la maison un de ces jours, je suis sûr que ça lui ferait du bien… Je n'y manquerai pas. Tenez, elle vient de se réveiller. Je vous la passe… Moi de même, au revoir.

Loan tend le bras pour me passer le téléphone, puis se rassoit pour terminer son café en remettant le son de la télévision.

– Allô ?

– Coucou ma puce ! Je te réveille ?

Mes épaules s'affaissent étrangement au son de la voix de mon père. Je vais m'installer dans le canapé pour lui raconter mes dernières semaines, même si l'on s'est parlé pour mon anniversaire. Ça me fait tellement de bien… Loan a raison, j'adorerais qu'il vienne nous rendre visite. Ce ne sera pas la première fois, d'ailleurs. C'est justement comme ça que Loan et lui se connaissent. Au début, mon père a trouvé bizarre que je vive avec un homme qui n'est pas mon petit copain. Mais quand il l'a rencontré, il a tout de suite oublié pourquoi l'idée ne lui plaisait pas.

Depuis, quand il appelle à l'appartement et que Loan répond, ils passent quelques minutes à débattre de leur équipe de rugby préférée.

– J'aurai une semaine de vacances le… 14, je crois. Tu pourras venir !

– D'accord, je te dirai ça. Je suis content que tout aille bien pour toi, ma chérie.

– Ne t'inquiète pas, le rassuré-je en enfilant mes combat boots. Tout va parfaitement bien.

Après quelques dernières banalités, je coupe la conversation avec mon père en prétextant être en retard. Loan m'observe intensément pendant que je débarrasse mon petit déjeuner. Il a l'air sur le départ, ses clefs de voiture en main. Quand je me tourne vers lui, il me propose :

– Je t'emmène ?

Je jette un coup d'œil à ma montre. Je serai en avance, s'il m'emmène en voiture à cette heure-là. Malgré cela, j'accepte et nous descendons en ascenseur. Personne ne parle, mais le silence ne nous dérange pas. Étrangement, c'est comme si rien ne s'était passé entre nous. Ni le baiser, ni le compromis. Pourtant, je sais que le panneau « SEXE » plane au-dessus de nos deux têtes. Au rez-de-chaussée, il cale une main au creux de mes reins pour me faire avancer.

– Alors, ton père va venir ?

– Oui, c'était gentil de ta part de l'inviter. Merci.

Il m'offre un sourire en coin et mon cœur s'arrête momentanément de battre.

– J'en ai bien besoin. Il me manque tellement…

– Je le sais. Après tout, c'est normal, c'est ton père.

Je plisse le front lorsque nous poussons la porte de l'immeuble. Il est en train de prétendre que parce que mon père est mon père c'est normal qu'il me manque. Toutefois, en plus d'un an d'amitié, je ne l'ai jamais entendu parler du sien. Ni de sa mère, ni de personne.

– Et le tien, il te manque ?

Loan se crispe à mon côté, mais reste imperturbable. Un vrai travail de pro. Il répond d'une voix triste, en prenant ma main dans la sienne :

– On n'a pas le même père.

Oh… Je décide de ne rien ajouter, après tout, ce ne sont pas mes oignons. Loan m'ouvre la portière de sa voiture, mais j'aperçois soudain un visage familier sur le trottoir d'en face. Loan suit mon regard. Clément est adossé à sa voiture, souriant, deux gobelets Starbucks à la main. Mon cœur se réchauffe un instant sous son regard. Il est adorable et il m'attend.

– Vas-y, me dit Loan en refermant la portière.

Je ne sais pas pourquoi, mais je me sens un peu vexée qu'il me laisse partir si facilement.

– Tu es sûr ?

– Je faisais ça pour te rendre service, c'est tout. En plus j'ai pris du retard, donc ça vaut mieux, ajoute-t-il en faisant le tour de la voiture.

Il ouvre sa portière et pose un avant-bras sur le toit. Je me sens un peu coupable de lui faire ça alors qu'il voulait se montrer gentil.

– D'accord. Merci, Loan.

– De rien, Violette-qui-sent-la-violette.

Il fait glisser un paquet en papier sur le toit du véhicule et je le rattrape tant bien que mal.

– Tiens.

C'est un pain au chocolat. Je n'ai pas le temps de lui dire merci, il démarre déjà l'auto et je m'écarte pour le laisser s'éloigner.

– Coucou, ma belle.

Je rejoins Clément, dont l'eau de Cologne me chatouille le nez. Lorsque je suis assez proche, il m'embrasse la bouche. Je lui rends son étreinte, désireuse d'éloigner ce terrible sentiment de culpabilité qui m'étreint déjà.

– *Refresha* à l'hibiscus, comme tu les aimes, annonce-t-il en me tendant un de ses gobelets.

Je le prends et en bois une longue gorgée, tentant de dissimuler mon trouble. Je me sens terriblement mal.

– Merci, lui dis-je en prenant place côté passager.

Clément me conduit donc à l'ESMOD tandis que je chante par-dessus la radio. Je lui fais le remake d'Adele pour le faire rire, prenant mon poing pour un micro, mais il ne rit pas. Au lieu de ça, il sourit d'un air crispé. J'imagine que je suis ridicule – pour ne pas changer. Je continue alors de boire ma boisson glacée tandis qu'on parle de l'ESMOD. Je lui demande s'il a été étonné d'apprendre que je voulais être styliste, le jour de notre première rencontre. Sa réponse n'est pas exactement celle que j'attendais.

– Tu es une femme, répond-il en haussant une épaule, normal que tu aimes les fringues. J'aurais été plus surpris si tu m'avais dit être en ingénierie ! C'était soit la mode soit les Lettres. Il n'y a que des filles, là-bas.

Je reste silencieuse et tente de me convaincre qu'il n'a pas voulu dire une chose si sexiste. Au lieu de me lancer dans un débat, j'enchaîne l'air de rien :

– Je vois… J'aimerais faire une demande chez Millesia. Mais bon, on n'entre pas là-dedans d'un simple claquement de doigts. C'est pour ça que je prépare mes créations avant de postuler.

Clément s'arrête soudain à un feu rouge et plisse les yeux, l'air pensif.

– Millesia… ça me dit quelque chose. Je crois que c'est parce que mon père connaît quelqu'un là-bas. Je vais me renseigner, et si j'ai raison je glisserai un mot pour toi.

Je lui fais face, abasourdie. Attendez, quoi ? Glisser un mot pour moi ? Sur le coup, l'idée ne me paraît pas bonne. Je grimace en réfléchissant. Je souhaite y arriver seule, je n'ai aucune envie qu'on m'embauche parce qu'un homme friqué leur aura graissé la patte. Sauf que… d'un autre côté, je me rends compte que le piston est important dans cette branche. Je devrais peut-être accepter. Clément fait ça pour me faire plaisir, qui plus est.

– Ce serait super, Clément, merci…

– Ça me fait plaisir.

Il se gare près de l'entrée de l'ESMOD et se détache pour pouvoir prendre mon visage entre ses mains. Les miennes se posent sur ses épaules tandis qu'il m'embrasse tendrement, la saveur de son moka tout contre ma langue.

– Mais je ne veux pas qu'on me mâche le travail, soufflé-je entre deux baisers. Alors…

– … je n'en dirai pas trop, promis, me sourit-il chaleureusement. Juste qu'une fille canon et talentueuse cherche un entretien. Ça passera crème.

Je souris, jouant avec quelques mèches blondes au-dessus de son front. Puis mes pensées s'égarent vers Loan, à qui j'ai demandé d'être le premier. Je déteste devoir faire ça derrière le dos de Clément, bien que notre relation soit encore très récente. Mais comment revenir en arrière et lui dire que j'ai menti ?

Le baiser de Clément se fait soudain plus pressé, si bien que j'arrête de réfléchir. Je m'accroche à sa veste, enhardie, jusqu'à ce que quelqu'un toque à ma vitre. Je sursaute. Zoé est là, un sourire insolent aux lèvres.

– Y'a des hôtels pour ça, vous savez, se moque-t-elle une fois que j'ai baissé ma fenêtre. Vous devriez essayer.

Je lui coule un regard blasé auquel elle riposte par une danse des sourcils très gênante. C'est Clément qui répond avec un sourire coquin fendant son visage d'ange :

– On essayera, promis.

CHAPITRE 14

Aujourd'hui

VIOLETTE

– Tu veux venir ? me propose Zoé en enfilant ses talons. On va danser la samba comme des bombasses !

Je considère la question un instant, m'essuyant le front du dos de la main. Je suis assise en tailleur sur mon lit, en train de terminer un soutien-gorge en triangle un peu délicat. J'aurais bien besoin de m'amuser un peu… Mais d'un autre côté, si je reste, je serai seule dans l'appartement avec Loan. Mon choix est vite fait.

– Non merci. Une autre fois !

Zoé râle un peu sous prétexte que je ne sors plus, puis elle se tourne vers moi. Ses cheveux roses sont bouclés, ce soir, mettant en valeur la couleur virginale de sa robe. Un peu ironique pour une fille qui sort pour se dénicher un coup d'un soir…

– Je suis bonne, là ?

– Très bonne.

– Bonne comment ?

Je plisse les yeux, cherchant le bon ton de « bonne » sur l'échelle des « bonnes ».

– Bonne « si-j'étais-lesbienne-je-te-sauterais-dessus ».

– Parfait, dit-elle d'une voix satisfaite. Ah, au fait, je ne pense pas rentrer.

Je souris en lui conseillant de faire attention. Elle me dépose un baiser sur la joue et sort de la chambre. Je l'entends échanger quelques mots avec Loan, qui se trouve manifestement dans le salon, puis la porte de l'entrée claque. Le silence qui règne après son départ me fait frissonner. Nous sommes seuls. J'attends quelques secondes, mais rien ne se passe. Je soupire en baissant les yeux sur les sous-vêtements à moitié terminés.

Tout cela n'était qu'une mauvaise idée, de toute manière.

Je me lève et vais pour ranger ma dernière création dans ma penderie, dos à la porte, ce qui ne m'empêche pas de l'entendre s'ouvrir. Je me fige à la seconde même où la porte se referme au ralenti. Je sais qu'il est là, et je sais pourquoi. Mon cœur palpite de plus en plus fort dans ma poitrine, déclenchant des frémissements délicieux le long de mon corps. Je ne bouge pas, les yeux rivés sur le fond de mon armoire. Je suis sûre qu'il peut entendre ma respiration s'accélérer.

Je sens soudain la sienne contre mon oreille, ce qui me fait instantanément fermer les yeux. Mes lèvres s'ouvrent d'elles-mêmes, mon nez ne me suffit plus pour respirer. Il ne me touche pas, ne m'embrasse pas, mais je sens sa présence tout contre mon dos, et ça me perturbe plus que je n'aimerais l'admettre. Au bout d'un temps considérable, il brise enfin le silence :

– C'est vraiment ce que tu souhaites ?

Je suis incapable de prononcer un mot. J'ai peur que si j'ouvre la bouche ce soit pour laisser échapper un gémissement plaintif. Est-ce vraiment ce que je veux ? Là, oui… c'est tout ce que je souhaite.

Je hoche doucement la tête, les jambes flageolantes. J'espère qu'il ne réalise pas, sinon je sais qu'il pensera que j'ai des doutes. Mais je n'en ai pas, surtout lorsque ses lèvres douces effleurent ma nuque.

– Je veux te l'entendre dire, Violette, chuchote-t-il contre ma peau. Je tiens trop à toi, à nous, pour ne pas être certain que je ne fais pas une connerie.

Je m'humecte les lèvres pour éviter de me lancer dans un monologue expliquant comment et pourquoi je suis sûre de mon choix. Ce n'est pas le moment. Les doigts tremblants de Loan effleurent les quelques cheveux qui s'échappent de mon chignon dans mon cou, m'électrisant tout entière.

– Si c'est vraiment ce que tu veux… Si ça peut te permettre de te sentir plus en confiance, alors je le ferai. Mais si tu as des doutes, s'il te plaît… ne me laisse pas te faire l'amour, Violette.

Tout mon corps réagit à ces derniers mots. Bordel. L'effet de ses paroles, ajouté à la douceur de son souffle contre ma peau, finit de m'achever. Je sens quelque chose qui prend feu au creux de mon entre-jambe, si intensément que je prends presque peur. J'ai une faim, au plus profond de moi, à assouvir.

– C'est ce que je souhaite, Loan, murmuré-je enfin, les mains toujours sur la porte de mon armoire, m'y tenant avec désespoir. S'il te plaît…

Seul le silence me répond. Il hoche la tête, sa peau frottant ma joue avec douceur.

– D'accord… D'accord, répète-t-il en soupirant.

Je sens enfin ses mains me toucher, à croire qu'elles n'en avaient pas l'autorisation avant, et j'ai peur que mon cœur n'éclate avant même que je puisse en profiter. Ses doigts font glisser l'une des bretelles de mon débardeur, doucement, avant que sa bouche dépose un baiser sur mon épaule. Je tressaille devant la délicatesse de son geste. Puis c'est au tour de l'autre épaule.

– Si c'est une corvée, autant la rendre la plus agréable possible, souffle-t-il après m'avoir embrassé l'oreille.

Excitée, je décide de l'aider et tente de sortir mes bras de mon débardeur. Mais les mains de Loan stoppent mon geste.

– Laisse-moi faire.

Je ne me suis toujours pas retournée. Je garde les yeux ouverts pendant qu'il insinue ses mains brûlantes sous mon haut et le soulève doucement.

Mon ventre plat se recouvre de chair de poule tandis que mon top passe au-dessus de ma tête et tombe à nos pieds. Je frissonne en me retrouvant seins nus. Je me rends compte que tout est bien réel lorsque la main gauche de Loan s'empare d'un d'entre eux. Sa paume est chaude et réconfortante, aussi douce qu'une plume. J'en tremble.

Ses doigts experts exercent un jeu de palper-rouler sur la pointe durcie tandis que sa bouche part de ma nuque et coule le long de mon dos exposé, parcourant mon épine dorsale de baisers et de coups de langue. Mon cœur descend dans mon bas-ventre, et je me retiens de gigoter.

Soudain, Loan me lâche et me retourne face à lui. Dès que nos regards se croisent, c'est comme un coup en pleine poitrine. Le désir sombre que je vois transparaître dans ses yeux est le reflet parfait du mien, tellement que le souffle me manque. Ses pupilles dilatées et orageuses dérivent soudain des miens le temps de contempler ma poitrine. Je tressaille.

– Tu es tellement belle… murmure Loan d'un air impassible que je connais par cœur.

Il ferme les yeux et j'en profite pour l'observer. L'idée que je lui fais cet effet me satisfait au-delà de la raison.

C'est alors que Loan commence à déposer des baisers mouillés un peu partout sur mon corps. Je plonge mes mains dans ses cheveux lorsqu'il atteint ma poitrine. La sensation de sa bouche sur mes seins est tellement parfaite que je ne pense plus à rien d'autre. Je suffoque, pendant qu'il les lèche, les embrasse et les mord, avec une tendresse qui m'étreint le cœur. Je gémis encore et encore quand sa langue décide de les abandonner.

– Ta peau sent les fleurs… c'est dingue, souffle Loan.

Il s'accroupit face à moi et déboutonne mon pantalon avant de le faire glisser jusqu'à mes chevilles, qu'il prend le soin de lever une à une. Il fait de même avec ma culotte, et aussi étonnant que cela puisse paraître, je ne me sens pas gênée une seule seconde. Brûlante de désir, je fixe ses lèvres quand il revient à ma hauteur. Au moment où j'attrape le bas de son tee-shirt pour le lui retirer, ses doigts se referment sur ma main. Je lève les yeux vers lui, étonnée.

– Je le garde, susurre-t-il, l'air un peu gêné.

Je n'ai pas pensé à sa blessure et au fait qu'il ne fasse pas l'amour sans tee-shirt. Je reste sans voix quelques secondes interminables, pensive. J'ai envie qu'il soit le plus à l'aise possible avec moi et j'ai peur que si je lui demande de l'enlever, il arrête tout. Mais mon envie de sentir sa peau est plus forte encore.

– S'il te plaît.

– Violette, je ne *peux* pas.

Sa voix est douloureuse. Ses yeux me supplient de ne pas insister, et ça me tue de l'intérieur. Je suis bien obligée de le lui accorder, vu ce que, lui, m'offre. Mais au-delà de ma déception de ne pas le sentir contre moi, je n'aime pas savoir combien il a honte. Il ne devrait pas avoir honte, encore moins avec moi.

– Je comprends. Je sais que Lucie te laissait le garder, mais je ne suis pas d'accord, dis-je en explorant son torse des mains. J'ai envie de te bousculer. Je veux que tu essaies, que tu voies que ça ne change rien, tee-shirt ou pas. Tu me fais confiance ?

Il me fixe du regard, incertain. Je fais traîner mes lèvres sur sa mâchoire, son menton, son cou, jusqu'à ce que je sente ses muscles se détendre.

– D'accord, cède-t-il en tentant de dissimuler ses mains tremblantes. Mais ne regarde pas… S'il te plaît.

J'accepte, et je sais que je respecterai ma promesse au même titre que lui. Je lui retire son tee-shirt et caresse chaque courbe de son torse sculpté tandis qu'il déboutonne son jean. Je l'aide en faisant descendre sa fermeture éclair, puis je le laisse retirer son boxer une fois le jean jeté sur le sol. Mes yeux scrutent les lettres *warrior* quelques instants, fascinés. On est en train de le faire. Vraiment.

– Tu comptes m'embrasser aujourd'hui, ou demain ? soufflé-je en sentant son érection frotter contre mon pubis.

Oh, mon Dieu. Je le laisse faire, le plaisir embrasant mes os. Ça… ça, c'est… Je n'ai plus les mots. Loan prend finalement mon visage entre ses mains et répond avant de m'embrasser :

– Aujourd’hui *et* demain.

Et je

ne peux

plus

respirer.

Ce deuxième baiser est différent du premier. Toujours tendre, mais plus appuyé. Plus dur, plus fiévreux, plus urgent. J’accueille sa langue tandis qu’il continue ses ondulations contre mon entrejambe palpitant. Sa bouche a toujours le même goût, ses cheveux la même odeur… et je ne m’en lasse pas.

Je me retrouve soudain allongée sur mon lit, la lumière éteinte. Dans la pénombre, je le distingue mal. Seul le toucher et l’ouïe nous guident. Je sens ses mains envelopper mes seins, sa bouche les embrasser avec précaution, les manger, les aimer.

Mes mains étudient son corps elles aussi, de ses omoplates puissantes à la courbe de ses fesses, que je ramène toujours plus près. Je sens que je vais exploser s’il n’entre pas en moi rapidement. Ses baisers au creux de mes cuisses chassent mes dernières appréhensions et écrabouillent ce qui reste de mon cœur émietté.

– Tu as un corps de folie, Violette… Je te jure, murmure Loan au moment même où je sens ses doigts sur mon clitoris, sensation nouvelle qui suffit à me faire sursauter. Si tu savais l’effet que tu me fais… L’effet que tu m’as fait toute la semaine !

Je souris vaguement, heureuse de savoir que je ne le laisse pas indifférent. Toutefois, mon sentiment de victoire est vite balayé par les cercles qu'effectue le pouce de Loan contre mon clitoris. J'attrape la couverture et la serre entre mes poings, soulevée par une déferlante de plaisir qui monte crescendo. Son doigt me torture, alternant entre caresses lentes puis rapides. Chaque fois que la vague de chaleur est sur le point d'exploser, il ralentit.

– Loan, je t'en supplie… Arrête ça !

Je crois le sentir sourire.

– Tu vois, ça, c'est exactement l'effet que ton petit manège m'a fait cette semaine.

OK, je suis prête à reconnaître tout ce qu'il veut, même ce dont je ne suis pas coupable. Il semble me prendre en pitié parce que non seulement il accélère la cadence, mais il insère aussi deux doigts en moi.

– Oh, Loan…

– Vas-y, mon ange.

Au bout d'à peine quelques secondes, j'éclate autour de lui. Ça me submerge, m'inonde, me noie. Mon premier orgasme. Mes jambes tremblent encore un peu quand Loan se hisse jusqu'à moi et m'embrasse sur la bouche. À en croire ce qui pulse contre mon estomac, ça lui a plu autant qu'à moi. Loan s'écarte pour chercher quelque chose dans la poche de son jean, abandonné sur le sol. Je tente de reprendre mes esprits en le regardant déchirer l'emballage d'un préservatif et l'enfiler. Je suis soudain tout intimidée. Il doit le remarquer car il dépose un baiser rassurant sur mes lèvres.

– Si je te fais mal, tu m'arrêtes, d'accord ?

– Oui, soufflé-je, fin prête.

– On va y aller doucement.

Il se place sur les coudes en écartant une mèche blonde de ma joue et dépose un léger baiser sur ma tempe. Puis j'enroule mes mains autour de ses biceps en fermant les yeux au moment où il me pénètre lentement.

– Oh, bordel… jure Loan entre ses dents.

Oui, c'est le mot. Comme je m'y attendais, l'intrusion me brûle, mais j'évite de le montrer. Je ne veux pas qu'il s'arrête. C'est même la dernière chose que je veux. Loan se fige et reste immobile en moi le temps que je m'habitue à sa présence. Pendant ces quelques secondes d'inconfort, il couvre mon visage de baisers. Puis il se remet enfin à bouger, et je dois avouer que le sentir coulisser en moi est une sensation de pure folie… la plus magnifique que j'aie jamais connue. Tellement sublime que si je mourais là, sur-le-champ, je mourrais heureuse.

– Ça va ?

Je hoche la tête, l'enjoignant ainsi à continuer. Plus aucun son ne vient perturber notre étreinte brûlante, mis à part le bruit de nos respirations entrecoupées et de nos gémissements de plaisir. Je rouvre les yeux lorsque ses va-et-vient deviennent moins douloureux et plus rapides, accrochant sa nuque d'une main et sa hanche de l'autre. Le doigt de Loan me caresse le clitoris pour m'aider à jouir malgré la douleur. Et je sens que je vais exploser, j'ai envie de le lui dire, mais je n'y arrive pas.

Ses yeux me fouillent et ne me quittent à aucun moment, c'est trop.

– Loan…

Une vague nouvelle me percute de plein fouet et je sens la chaleur monter de plus en plus. Je sais qu'il la perçoit lui aussi. Loan pose son front contre le mien en gémissant, les traits déformés par un plaisir intense. Je garde mes yeux plongés dans les siens tout au long de notre danse sensuelle, la respiration haletante, mes lèvres frôlant les siennes. J'enfonce mes ongles dans la peau de sa nuque alors que la sueur coule entre mes seins.

Une fois que le feu nous engloutit et que mon cœur explose dans ma poitrine, il jouit en gémissant mon nom. Je le laisse reprendre son souffle dans mon cou en lui caressant les cheveux tandis qu'il reste en moi. Comme s'il ne voulait plus jamais partir.

– Merci, murmuré-je.

C'est ainsi que je perds ma virginité. Avec mon meilleur ami, dans le noir le plus complet et un silence uniquement perturbé par nos soupirs… Tout ça sous une centaine de photos de nous.

***

– Est-ce que c'est toujours aussi bon ? lui demandé-je nonchalamment.

Nous sommes tous les deux allongés sur le dos, perdus dans la contemplation du plafond. Presque immédiatement après notre étreinte, Loan s'est endormi comme un bébé. Je l'ai rapidement imité, jusqu'à ce que ses caresses le long de mon épine dorsale me réveillent. Je pensais que ce serait gênant, mais pas du tout. Le bras de Loan est calé sous mon crâne, sa main caresse mon épaule, ma joue posée sur son torse. C'est parfait. Bien que je ne sois pas gênée par ma nudité, Loan a rabattu la couverture sur nos jambes, ce que je trouve adorable.

Je ne peux penser qu'à une seule chose : c'était la plus belle nuit de ma vie. Et je me déteste de penser une chose pareille.

Loan réfléchit sans cesser de dessiner des cercles imaginaires le long de mon bras, puis me répond d'une voix neutre :

– Ça dépend. Du moment, de la personne… Ce n'est jamais pareil.

Après cette expérience de pur plaisir, je ne comprends pas pourquoi je ne me suis pas lancée plus tôt. Et contrairement à ce que je pensais, je n'ai pas été maladroite. En fait, je n'ai pensé à rien. Tout m'est venu très naturellement.

Soudain, une question me vient à l'esprit :

– Tu avais déjà fait l'amour avec une vierge ?

– Non.

Donc Lucie ne l'était pas. Je fronce les sourcils, heureuse qu'il ne puisse pas voir mon expression surprise.

– Et c'est comment ?

Je veux qu'il me dise : exquis, divin, explosif. Je me permets de caresser son tatouage du bout des doigts, silencieuse, tandis que je le sens hésiter.

– Différent.

Différent. Bien… je m'en contenterai. Quelques secondes passent encore avant que je le sente bouger sous moi. Il retire son bras de sous ma tête et se soulève sur un coude pour me faire face. La couverture glisse sur ses hanches dans le mouvement. Je suis encore étonnée de voir à quel point il est bien fait. Évidemment, je m'en doutais déjà, étant donné le sport qu'il pratique chaque semaine. Mais pouvoir le toucher sous ses vêtements est une autre affaire.

Le visage au-dessus de moi, les yeux dans les yeux, il caresse tendrement mes cheveux. C'est un contact doux et simple auquel je pourrais m'habituer… mais la réalité m'écrase la poitrine avec une rapidité qui me fait peur.

– Je sais que je te l'ai déjà dit tout à l'heure, chuchote-t-il comme s'il avait peur d'être entendu, mais tu es très belle, Violette.

J'ai envie de fermer les yeux pour savourer l'effet que ces paroles ont sur moi, pour les imprimer et ne jamais les oublier ; ni elles, ni le regard qu'il a en les prononçant. Mais je reste accrochée à ses pupilles magnifiques.

– Tu sais ce que j'aime le plus ? demande-t-il en enroulant une mèche autour de son index.

Non. Je ne sais pas parce que je suis toujours étonnée de savoir qu'il me trouve belle.

– Tes taches de rousseur. J'aime tes yeux à la folie, ta bouche pulpeuse et tes cheveux ensoleillés également, mais je reviens toujours à tes taches de rousseur, m'explique-t-il comme s'il cherchait toujours à comprendre pourquoi.

À vrai dire, je me le demande aussi. Je les ai longtemps détestées, principalement parce qu'elles ne sont pas correctement dispersées. J'avais l'impression d'avoir un visage divisé en deux parties, encore aujourd'hui il m'arrive de tiquer quand je m'inspecte dans le miroir. Comme si j'étais deux personnes différentes.

Et savoir qu'il préfère ce que j'aime le moins chez moi me fait un bien fou. C'était sans compter sur le retour brutal à la réalité. En une demi-seconde, Loan réussit à tout détruire sans même s'en rendre compte.

– J'ai déjà vu ton père et tu ne lui ressembles pas tant que ça. Je suis assez curieux : tu les tiens de ta mère ?

Soudain, la pièce tourne autour de moi. La nausée me noue la gorge et me vide de toutes mes couleurs. Ma mère… Tout mon corps frissonne de dégoût et de culpabilité en pensant à elle. Loan ne pouvait pas choisir plus mauvais moment pour l'évoquer.

Les faits m'éclatent en plein visage, me rappelant ce que je viens de faire à l'instant. Quelque chose d'horrible que Clément ne pourra jamais me pardonner. Il n'est pas obligé de le savoir, mais moi je le sais. Et je me dégoûte. Parce que je suis comme ma mère. À cet instant précis, je suis tout ce que je déteste et tout ce que je m'étais promis de ne pas devenir.

– Non, réussis-je à répondre.

Il doit comprendre que je ne veux pas développer car il n'insiste pas et se rallonge sur le dos à mon côté. Ce que je craignais est en train d'arriver. Les murs se resserrent sur moi, mon cœur s'accélère et l'angoisse monte en flèche. Les yeux rivés sur la porte close, je tremble comme une feuille, tellement, que j'ai peur que Loan le sente et s'inquiète. C'est le début d'une nouvelle crise de panique.

Je suis infidèle. J'ai trompé mon petit copain. Je suis un monstre.

Je presse les yeux pour tenter de reprendre mes esprits, mais c'est encore pire. Je revois ma mère ouvrir la porte de ma chambre tard dans la nuit alors que je ne dormais pas, puis m'adresser un clin d'œil en m'intimant de garder le silence. Je restais calme dans mon lit, l'écoutant sortir de la maison et revenir quelques heures plus tard. « C'est notre petit secret », disait-elle. Un secret que j'ai gardé longtemps, trop longtemps, un secret qui m'a fait du mal, à moi mais aussi à mon père.

C'est ma première crise d'angoisse depuis la panne d'ascenseur. Je sens que ça va dégénérer et je n'ai pas envie que Loan assiste à cela, alors je lui tourne le dos. J'espère qu'il ne va pas insister, sinon il verra que les larmes inondent mon visage.

– Tu veux que j'aille dans ma chambre ?

Je secoue la tête, priant pour qu'il n'entende pas mes sanglots. La crise d'angoisse semble s'atténuer, mais je me sens de plus en plus sale.

Je sais qu'il hésite à me prendre dans ses bras. C'est bête, pas vrai ? On a l'habitude de dormir ensemble, de trouver le sommeil dans les bras l'un de l'autre. Et pourtant, ça n'a plus la même signification aujourd'hui. Le voir hésiter me fait encore plus mal. Mais soudain ses bras se referment sur ma poitrine et son front se pose contre ma nuque. C'est à la fois rassurant et douloureux. Car cela me rappelle l'erreur que je viens de commettre.

– Je sais que ce n'est pas la première fois dont tu rêvais, souffle Loan au creux de mon oreille, ses pieds caressant les miens sous la couette. Mais j'espère que tu ne regrettes pas… Je me haïrais si tu regrettais, Violette.

Une nouvelle salve de larmes inonde mon visage. Je m'en veux tellement… autant envers Clément qu'envers Loan. Je ne veux pas qu'il se déteste pour quelque chose dont je suis responsable. Je ne réponds pas, je sais que, si j'ouvre la bouche, je risque de sangloter comme une enfant. Au lieu de ça, j'entremêle mes doigts aux siens posés sur mon cœur. Nous nous endormons ainsi, emboîtés l'un dans l'autre. Ou du moins, *il* s'endort ainsi.

Au bout d'une heure, à l'aube, Loan se détache de moi dans son sommeil et se retourne. Je fais de même dans l'espoir que le regarder dormir quelques instants me bercera. Je reste bouche bée devant le spectacle qu'il m'offre. Étendu sur le ventre, la couette sur les hanches, j'ai non seulement accès à son fessier de rêve… mais surtout à son dos.

J'avais raison, c'est une brûlure. Je la contemple sans vergogne, hypnotisée. La peau calcinée est rose, luisante à certains endroits. Comme je m'en doutais, elle prend naissance sous sa mâchoire et descend jusqu'à son omoplate. Ce n'est franchement pas joli à voir, je ne vais pas mentir, mais je ne suis pas dégoûtée. J'ai envie de la toucher, toutefois j'ai peur qu'il se réveille. Je caresse alors ses cheveux en l'observant dormir, puis lui murmure une seconde fois :

– Merci.

Je m'extirpe alors du lit et enfile un tee-shirt à la hâte avant de me rendre dans la salle de bain. Je fais couler l'eau dans la douche et ferme la porte à clef ; une première. Une fois que je suis sûre que personne ne peut m'entendre, je m'adosse à la porte et me laisse glisser au sol, en pleurant toutes les larmes de mon corps.

CHAPITRE 15
Aujourd'hui

LOAN

Mes paupières papillonnent au moment où je sens des doigts chatouilleux me frôler le front. Toujours amorphe, je ne bouge pas, peu pressé de me réveiller, jusqu'à ce que j'entende un « merci » chuchoté à mon oreille. Lorsque Violette sort du lit, je me force à ouvrir un œil. J'ai à peine le temps de voir son magnifique corps nu enfiler un tee-shirt qu'elle se faufile déjà dans le couloir. Me laissant seul. J'ouvre les deux yeux et m'allonge sur le dos, confus. J'entends le son de l'eau. Elle prend une douche.

Sans toi, commente ma voix intérieure. Évidemment, sans moi.

Mes yeux errent sur le plafond quelques secondes, ça ne m'aide pas à me sentir mieux. J'ai fait l'amour avec Violette. Je l'ai déflorée, et ça me déprime. Je ne regrette rien, loin de là… Comment pourrais-je regretter ce qui a probablement été la meilleure partie de jambes en l'air de toute ma vie ? Je grimace. Ça n'a pas juste été « différent ». C'était intense, puissant, exquis et flippant en tout point. J'ai cru que mon cœur allait exploser dans ma poitrine pendant que je la pénétrais en douceur. Tout en contradiction.

J'avais oublié combien c'était bon, de faire l'amour. Et je n'aurais jamais cru que ça le serait autant avec Violette. Peut-être est-ce ce qu'on ressent quand on couche avec une fille encore intacte. Quoi qu'il en soit, bien que je n'aie aucun regret, je m'en veux. J'ai peur qu'*elle*, elle regrette.

Je soupire et profite qu'elle soit dans la douche pour me rhabiller. Je vais devoir aller travailler et Zoé va rentrer d'une minute à l'autre. En reboutonnant mon jean, j'aperçois la preuve de sa virginité révolue sur les draps. J'ai un temps d'arrêt, puis je me résous à les retirer de son lit. Je refais celui-ci, proprement, et rejoins ma chambre pile poil quand l'eau s'arrête de couler.

Je suis assis au comptoir de la cuisine quand Violette apparaît, habillée d'une brassière de sport et d'un pantalon de yoga. Je me retiens de faire courir mes yeux sur sa silhouette – c'est comme si elle ne portait rien – et lui propose silencieusement un verre de jus d'orange. Elle accepte d'un hochement de tête. Elle a l'air pâle.

– Violette, à propos de cette nuit… Toujours pas de regrets, tu es sûre ?

Je veux l'entendre. Il faut que j'en sois sûr. Ma meilleure amie – l'est-elle encore ? – fuit mon regard en répondant d'une voix qui se veut désinvolte :

– Non, je ne crois pas.

– J'ai l'impression qu'on a fait une connerie, soupiré-je. Tu aurais probablement voulu faire ça avec l'homme que tu aimes.

– Non, ça va, répond-elle en enfilant ses baskets. Je suis contente de l'avoir fait avec toi. Tu es mon meilleur ami, on se connaît par cœur, et j'avais besoin de me débarrasser de ça pour ne pas être gauche le moment venu. Tu sais, avec Clément.

Aïe. Mon estomac se recroqueville sur lui-même, blessé. J'ai l'impression qu'elle fait exprès de me lancer son prénom comme ça, à froid, histoire de remettre les choses dans leur contexte. Je hoche la tête, impassible. *Ouais, je sais, Violette*. Une partie de moi se sent vexée de n'avoir servi qu'à ça, mais l'autre – bien plus grande – s'en veut d'avoir profité d'elle pour calmer mes pulsions. Bordel, je déteste ce que je ressens, là. Comment ai-je pu croire que le sexe ne brouillerait pas toutes les limites entre nous ?

– D'accord. Pas de malaise, donc.

Nous nous sourions une seconde fois, tous deux hypocrites. On sait que l'autre ment, mais on ne dit rien. Le silence s'intensifie tandis que je bois mon verre et que Violette part chercher quelque chose dans ma chambre. Elle revient dans le salon avec un iPod en main.

– Je vais faire un petit footing avant de commencer les cours.

C'est le mien, en fait, et pourtant il y a une playlist spécial Violette dessus. J'aurais pu lui offrir un iPod pour ses vingt ans, j'y ai d'ailleurs pensé, mais l'idée qu'on partage le même me plaît. Je ne veux pas changer ça.

– OK. Je serai sûrement parti à la caserne quand tu rentreras, mais on se voit ce soir.

En effet, Jason a insisté pour qu'on se refasse une soirée dans le même bar que la fois dernière.

– Euh… je ne sais pas, hasarde-t-elle en détournant les yeux. Je vais manger des sushis avec Clément après les cours. Je vous tiens au courant.

Mes sourcils se froncent tandis que Violette ouvre la porte d'entrée, un écouteur dans chaque oreille.

– Tu détestes les sushis, dis-je bêtement.

C'est à elle d'esquisser un petit sourire mystérieux.

– Il n'y a que les idiots qui ne changent pas d'avis.

Sur ces bonnes paroles, elle s'engouffre dans le couloir et referme la porte derrière elle, me laissant de nouveau seul avec mes pensées. Je ne sais pas si, tout compte fait, elle aime réellement les sushis ou si elle se force à les aimer pour plaire à Clément, mais cette dernière idée me fait bouillir de l'intérieur. Je ferme les yeux et me prends le visage entre les mains quelques instants, tentant de recentrer mes idées.

Avant que Violette ou Zoé ne reviennent, je file prendre une douche très rapide et m'habille pour me rendre à la caserne. Sur la route, j'ai la gorge nouée, je ne desserre pas les dents. Tout ce que j'espère, c'est que Violette le vit bien. J'étais sincère, hier. Si je venais à savoir que je lui ai gâché sa première fois, je m'en voudrais à mort.

J'arrive un peu avant sept heures, au même moment qu'Ethan, qui gare sa voiture.

– Tu as une tête de déterré, me lance-t-il en guise de bonjour. Mauvaise nuit ?

Je lui jette un regard en biais, à croire qu'il a deviné et qu'il se moque de moi. Mais non, il regarde droit devant lui, la tête dans les épaules à cause du froid. Le beau visage de Violette, étendue sous moi, me revient en tête. C'est presque comme si je pouvais sentir à nouveau la douceur de sa peau ainsi que son shampoing à la pomme.

– Non. Toi, si ?

– Je ne te raconte pas… Les voisins ont un nouveau-né qui se réveille à pas d'heure. Je préférerais presque être de garde.

– Parle pas trop vite, lui conseillé-je en entrant dans la caserne.

Nous saluons quelques collègues, prêts pour une nouvelle journée. Nous ne nous plaignons pas de l'heure matinale, nous sommes habitués. Être pompier, c'est faire avec. On se lève tôt, ou bien on veille toute la nuit. Sinon, il faut apprendre à être réveillé à n'importe quel moment. J'ai à peine posé mon sac de sport sur un banc que les haut-parleurs tonnent : « Rassemblement dans cinq minutes ». Heureusement, je suis déjà en tenue. Nous nous dirigeons tous face au lieutenant Martinez. Les tâches sont réparties, comme tous les jours, et j'hérite du poste de stationnaire. Ethan se moque de moi tandis que je reste stoïque, soupirant intérieurement. Pour faire court, à moins qu'il n'y ait une urgence, je vais m'ennuyer ferme.

Après une demi-heure, on prend les camions et on se dirige vers le gymnase pour un match de football. Je reste distrait les deux heures restantes, me contentant de suer en suivant la balle des yeux. J'arrive à faire quelques bons mouvements, mais Ethan me suit du regard et ça m'énerve. Je reste impénétrable, le visage de Violette imprimé sur ma rétine.

– Ça va ? me demande mon ami dans les vestiaires.

– Ouais, ouais. Je suis juste un peu crevé.

Je bois une grande goulée d'eau. Dans la douche, je repense machinalement à mon dos. Je n'arrive pas à croire que Violette ait réussi à me convaincre… C'était la première fois que je faisais l'amour torse nu et ça m'a paru très naturel. Très libérateur. Je n'oserai sûrement jamais l'avouer, mais je suis content que Violette ait insisté.

Je passe la journée à effectuer des corvées simplettes, comme nettoyer les locaux et les cuisines, jusqu'à l'heure de l'exercice. Un incendie. Tout le monde sait ce qu'il a à faire et suit le protocole mis en place. Après un petit débriefing, Ethan et moi nous retrouvons dans la salle de télévision. Nous restons toujours sur le qui-vive, nos bipeurs à la ceinture, mais nous nous détendons. Nous regardons un match de basket sans intérêt lorsque l'envie de me confier me démange.

– Bon, allez, soupire Ethan en parlant tout bas. Dis-moi ce qui te tracasse, beau brun.

– Arrête.

– Je ne rigole pas. Tu as fait la gueule toute la journée, dit-il en levant les yeux au ciel. Ce n'est pas qu'en temps normal tu souris, mais au moins tu ne fais pas la gueule. Raconte.

Je reste immobile, les bras croisés, le regard braqué sur le téléviseur. Puis je me mords la joue. Pourquoi pas, après tout ? En parler à Ethan pourrait s'avérer bénéfique. Il faut que je demande conseil à quelqu'un, et de préférence pas à Jason. Ethan est un homme responsable et sage. Il m'aidera.

Je soupire et me tourne finalement vers lui, ramenant mes mains au milieu de mes genoux écartés. Ethan fait de même, prêt à m'écouter. Après une grande inspiration, je lâche ma bombe :

– J'ai couché avec Violette.

Ce n'est pas que je m'attendais à une explosion quelconque, mais au moins à un sourcillement. Au lieu de quoi, Ethan opine une fois en continuant de me fixer. Je crois qu'il attend la suite. Sauf que je ne veux pas entrer dans les détails. Le compromis qui nous lie Violette et moi restera un secret.

– Et ? me presse Ethan en voyant que la suite ne vient pas.

– Et j'ai couché avec Violette, répété-je. C'est déjà une connerie de trop, tu ne crois pas ?

Ethan fronce les sourcils. C'est tout ce que ça lui fait ? J'aurais pensé qu'il se moquerait en me disant combien j'étais dans le pétrin, ou bien qu'il pincerait les lèvres d'un air réprobateur. Bref, je m'attendais à tout sauf à du mutisme.

– Je ne comprends pas, dit Ethan en secouant le menton.

– Enfin, Ethan ! Je ne vais pas te montrer comment on fait…

– Ce n'est pas ça que je ne comprends pas, idiot.

– Je te dis que j'ai couché avec Vio et ça ne te fait rien ?

Ethan finit par éclater de rire, me prenant de court. Quelques regards se tournent vers nous. J'aurais finalement dû m'abstenir.

– Mais ça, on le sait déjà ! m'avoue Ethan en s'essuyant les yeux. Enfin, avec Jason en tout cas.

– Attends, quoi ? bredouillé-je. C'est impossible. Comment ça, vous le savez déjà ?

Alors là, je suis complètement perdu. J'essaie de me demander si j'ai pu laisser traîner un indice, même minime, de ma décision de coucher avec Violette. Je n'en ai pourtant pas l'impression.

– Je t'en prie. C'est tellement évident !

– Mais ça s'est passé cette nuit ! Tu ne peux pas être déjà au courant !

Ce dernier me regarde, un sourcil arqué. Soudain, j'ai l'impression étrange d'avoir fait une connerie. Ethan me fixe un long moment, puis entrouvre les lèvres, sans sourire cette fois.

– Ah parce que cette nuit… c'était la première fois que ça arrivait ?

– Bah oui, je réponds comme si ça tombait sous le sens.

Ethan se gratte le cou en faisant la grimace, tout à coup moins goguenard.

– Ah. Avec Jason, on était persuadés que vous couchiez ensemble depuis un bout de temps déjà.

Je plisse le front, choqué. Ils pensaient, tout ce temps, que Violette et moi couchions ensemble et ils n'ont rien dit, pas même une petite allusion. Ça me surprend beaucoup de Jason. Mais en un sens, je ne suis pas si étonné. Je suppose que c'est normal qu'ils l'aient cru.

– Pourquoi est-ce que vous pensiez ça ?

Je pose la question juste pour la forme, évidemment.

– Vous êtes tellement proches que le contraire était inconcevable, répond Ethan.

– C'est ma meilleure amie. On n'aurait pas dû…

Je me passe la main dans les cheveux, fatigué. Je vois dans les yeux d'Ethan qu'il n'approuve pas à cent pour cent, ce qui est pire. Bien que je n'aie pas besoin de son approbation, lui et moi sommes faits du même bois. Ce n'est pas quelque chose qu'il aurait pu faire, lui.

– Ne regrette pas, ça ne t'apportera rien de bon, me conseille-t-il en me tapant l'épaule d'un geste viril mais réconfortant. Dis-toi que c'est fait, que c'était agréable – enfin j'espère – et que vous pouvez continuer à vivre comme avant. Pas de prise de tête.

Et si rien n'était déjà plus comme avant ?

– Et puis, j'ai cru comprendre qu'elle avait un copain.

Je souffle en détournant les yeux, l'estomac noué. Violette a déjà eu un petit ami. Émilien. Et pourtant, c'est la première fois que la voir en couple me fait serrer les poings. Peut-être parce que cette fois-ci, c'est sérieux. Peut-être… parce que cette fois-ci, je sens qu'elle l'aime beaucoup. Beaucoup trop.

Bordel de merde. J'ai peur qu'il ne me vole ma place.

– Ouais… *Clément*.

– Donc ça n'arrivera plus.

Oui. Sauf que j'ai sacrément envie de recommencer. Mon esprit vire clandestinement vers la chambre de Violette, là où je l'embrassais dans l'obscurité… ses jambes nues et douces enroulées autour de ma taille… ses petits seins qui tenaient pile poil dans mes paumes…

– J'espère, murmuré-je d'un air absent.

Ethan me considère attentivement, le regard sévère.

– Tu n'es pas en train de penser à recommencer, si ?

J'ai envie de répondre non, mais j'en suis incapable. Ethan soupire en regardant autour de nous. J'attends que la leçon de morale arrive, le visage impavide. Je me fiche de ce qu'il me dira, je fais toujours confiance à mon instinct. Mais je dois dire que Violette a la fâcheuse tendance à tout détraquer en moi. Un avis extérieur ne serait pas de refus.

– Loan… Je te connais. T'es un type bien. Tu ne fonces jamais tête baissée, t'es du genre réfléchi et c'est ce que j'admire chez toi. Ici, en l'occurrence, articule-t-il en pointant son doigt sur sa cuisse, on sait tous les deux que c'est une mauvaise idée. Une fois, ce n'est pas grand-chose. Deux fois, c'est une erreur.

Dans ce cas-là, je veux bien faire des erreurs comme celle-là tous les jours…

– Violette est en couple, continue-t-il. Et visiblement heureuse. Si tu l'utilises inconsciemment parce que tu te sens seul, c'est mal.

J'ai l'impression qu'il me parle comme un psy à un patient. Je bougonne un rapide « Ouais » et hoche la tête en me reconcentrant sur le match de basket. Il n'a peut-être pas tort. Est-ce que j'utilise Violette et sa naïveté pour me satisfaire sexuellement ? Dieu, je n'espère pas.

– Tu as raison, tranché-je sans détourner les yeux de la télévision. Ça n'arrivera plus.

De toute façon, c'était le deal.

***

Je sors du travail vers vingt heures, pensif. Ethan a raison, je n'ai pas l'habitude de foncer tête baissée dans quelque chose. Je suis un homme de contrôle, simplement parce que c'est tout ce que je connais. Enfant, mon quotidien tout entier n'était qu'imprévisibilité et surprise. Aujourd'hui, j'aime être en mesure de prévoir ce qui va m'arriver, et c'est bien pourquoi Violette me fait peur. Elle est tout le contraire.

Je profite d'un feu rouge pour sortir mon téléphone portable et composer le numéro que je redoute toujours. Mon cœur bat la chamade, sans que je sache pourquoi. Je voulais l'appeler ce midi déjà, mais je n'ai pas eu l'occasion de me retrouver seul. La voix masculine sur laquelle je m'attendais à tomber retentit après quatre tonalités :

– Allô.

– C'est moi.

– Ah. Pourquoi tu appelles si tard ?

Je prends une grande inspiration lorsque le feu passe au vert. Toujours aussi aimable. Ça fait tellement de bien, ce type de conversation père-fils ! Je me demande pourquoi je n'appelle pas plus souvent, tiens.

– Je n'ai pas pu le faire avant, je travaille.

– On va passer à table. Ça va, toi ?

Ça me surprend, qu'il demande de mes nouvelles. Mais ça me fait plaisir, aussi. Un peu.

– Ça va, je réponds laconiquement. Et… maman ?

Le silence à l'autre bout du fil est éloquent. Je presse les yeux une demi-seconde, agacé. Je connaissais déjà la réponse.

– Pas tellement. Ça devient difficile à gérer.

C'est ta faute, sombre crétin ! Tu devrais t'en occuper, au lieu de rester les bras croisés. Mais bien sûr, quoi que je dise, il ne veut rien entendre. Il « l'aime trop pour faire une chose pareille. » J'ai beau lui dire que c'est justement parce que je l'aime que je veux qu'il s'en occupe, il ne comprend pas. Elle n'est pas bien, à la maison.

– Je compte passer demain en journée. Je travaille de nuit.

– Je ne pense pas que ce soit une bonne idée. Vu comme elle est partie ce soir, demain ne sera probablement pas l'un de ses bons jours.

Ça me fait peur. Depuis un mois, elle n'a presque jamais de bon jour. Je lui rends de moins en moins visite. Bien sûr, je pourrais venir la voir quand même… mais je n'y arrive pas. Des mauvais jours comme ceux dont parle mon père, j'en ai bien trop mangé étant petit.

– OK. Dis-moi si ça change entre-temps.

– Ouais. Allez, je te laisse, Loan.

Je serre la mâchoire. Voilà mon père. Un paternel qui a toujours été trop occupé à veiller sur la femme qu'il aime pour construire une relation avec son fils. Mais je ne lui en veux pas tellement. J'étais un accident de parcours, alors… Forcément, je n'ai jamais été proche de lui. Nos relations ne sont ni chaleureuses, ni froides. Elles sont cordiales, et ça suffit.

Ma mère a été la seule à m'aimer inconditionnellement. Ce qui est plutôt ironique, quand on y pense.

– D'accord. Embrasse-la de ma part…

– Ouais, je le ferai. Bonne soirée, me souhaite-t-il avant de raccrocher.

Je balance mon téléphone sur le siège passager, en soupirant. Je me suis toujours demandé s'il ne me reprochait pas d'avoir accéléré l'état de ma mère. À vrai dire, il faut que j'arrête d'accorder de l'importance à ce qu'il pense. Pourquoi est-ce que ça devrait m'atteindre quand lui ne se soucie pas de moi ? Est-ce qu'il est au courant de ce que je suis devenu ? Que je n'arrive pas à me mettre torse nu en public, que je ne veux pas avoir d'enfants, que j'ai du mal à regarder les gens dans les yeux et que je parle toujours très doucement, presque par instinct de survie ?

Tout ça à cause de lui.

J'arrive devant l'appartement et fronce les sourcils en apercevant Zoé sur le trottoir, vêtue d'une robe noire moulante. Merde, j'avais oublié qu'on sortait. Comme si j'avais quelque chose à fêter !

– Putain, il caille, se plaint Zoé en montant à mon côté.

– Qu'est-ce que tu fais ?

– Eh bien je pose mon cul splendide sur le siège passager de ta voiture, et maintenant je vais monter le son de ta radio pourrie…

– Tu m'attendais ?

– Bravo, Sherlock. Ma voiture est morte.

– Où est Violette ?

– Elle est avec Clément.

Je serre les dents, hébété, et je redémarre en direction du bar en question. Cette journée a été merdique en tout point… et elle n'est pas encore terminée.

CHAPITRE 16
Aujourd'hui

VIOLETTE

J'ai mal au ventre. Sérieusement. Et j'ai eu mal au ventre toute la journée. Peut-être que je devrais rentrer à la maison et dire à Zoé que je suis malade…

Mais j'ai peur de ce que pensera Loan. Je ne veux pas qu'il s'inquiète, et encore moins qu'il culpabilise. Je le connais trop bien ! Il est du genre à s'en vouloir de quelque chose qu'il ne regrette pas juste parce que moi, je regrette. Le pire, c'est qu'on ne peut pas réellement dire que c'est le cas. C'est justement pour ça que j'ai mal au ventre.

Et si Loan comptait plus pour moi que ce que je crois ?

Zoé : T'es où ?! Jason me colle
tellement que j'ai peur qu'il me viole
sans le faire exprès.

Moi : J'arrive ! Tant qu'à faire,
essaie de kiffer.

Zoé : Waouh, une blague sur le viol…
Heureusement que je suis moi
et que je trouve ça drôle ! : P

Moi : L'humour noir, c'est le meilleur
avec le sarcasme
et les sous-entendus sexuels.

J'ai quitté Clément après qu'on est allés manger des sushis – berk, je ne comprends pas comment on peut payer une fortune pour manger une cuillerée de riz entouré d'une algue qui vous donne envie de gerber –, à la fin, il aurait pu me conduire.

Cela dit, je ne sais pas si j'aurais supporté une minute de plus en sa présence. Après ce que j'ai fait cette nuit, j'ai tout sauf envie de le regarder dans les yeux en lui disant des mots d'amour. Le visage de Loan me revient en tête dans les moments les plus inopportuns, et je ne sais pas combien de temps je vais pouvoir supporter une chose pareille. Je me sens tellement mal que j'envisage presque de tout avouer.

Après ma crise de panique dans la salle de bain, ce matin, j'ai décidé d'assumer. Je ne suis pas comme ma mère. Il faut que je me mette ça dans le crâne. Sauf que pour le moment, je ne vois pas en quoi je suis différente.

J'inspecte le bar des yeux tout en avançant, indifférente aux gens pressés à côté de moi, jusqu'à ce que mon regard se pose sur Loan. Comme un aimant. Il me regarde déjà. Je sens la chair de poule courir sur mes jambes en repensant à la sensation de son sexe à l'intérieur de moi… puis je remarque presque automatiquement la main d'Alexandra sur son genou. Je détourne les yeux, la poitrine douloureuse.

– Vio ! s'écrie ma meilleure amie, déjà pompette, avant de me prendre dans ses bras.

Je m'occupe de faire la bise à tout le monde. Mon cœur bat plus fort quand je fais face à Loan, qui me contemple patiemment sous ses longs cils. Bon Dieu. Il est à tomber… Jean noir, pull noir, barbe de trois jours, moue sexy. Et sa plaque militaire que je devine sous ses vêtements. Je me déteste de ressentir cela.

Je sens son parfum lorsque je me baisse pour lui dire bonjour, enivrant, et frissonne lorsque ses doigts attrapent délicatement les miens, qui s'enroulent machinalement, question d'habitude, et leur volent leur chaleur. Je sais ce que ça veut dire : « Ce n'est pas ce que tu crois. J'espère que tu as passé une bonne journée. Dis-moi que tout va bien entre nous ». Je lui offre un petit sourire en guise de réponse – je ne peux pas faire mieux pour le moment – et continue ma trajectoire en m'excusant du retard.

– Tu parles ! Si ton retard explique ta tenue, ça me va, me taquine Jason d'un air séducteur.

Je baisse le regard sur celle-ci, rougissante. Je porte une combi pantalon qui ne s'arrête qu'au bout de mes talons hauts, bustier et décolleté en V.

– En même temps, ça n'a pas l'air pratique à enlever, ton truc. Faudrait pas être dans l'urgence, plaisante Zoé.

Je me débarrasse de ma veste et tente de ne pas regarder en direction de Loan. Même du coin de l'œil, je vois Alexandra qui meurt d'envie de lui monter sur les genoux ! Pff. Pathétique. Je m'empare du verre qui n'attendait que mon arrivée et en avale de grandes gorgées, ce qui me vaut un sifflement de la part de Zoé.

– J'en connais une qui a passé une mauvaise journée. Ta blague sur le viol aurait dû me mettre la puce à l'oreille.

Le visage de Clément me vient soudain en tête. Cette journée a été un véritable désastre, oui. Et pourtant, la seule chose qui m'importe réellement au moment où je vous parle, c'est mon amitié avec Loan. Je donnerais tout pour que la gêne de ce matin s'évapore. J'ai envie qu'il me prenne dans ses bras rassurants, qu'il me caresse les cheveux et qu'on se goinfre de chocolat devant *Outlander*. Comme d'habitude.

J'aurais dû me douter que tout changerait.

– Pourtant tu sembles avoir passé une merveilleuse nuit, murmure Zoé d'un air mystérieux.

J'en recrache mon *Virgin Mojito* – un choix de boisson plutôt ironique, vu la situation. Bon sang, qu'est-il en train de se passer, au juste ? Est-ce qu'elle… ? Non, impossible. Personne n'est au courant. Zoé éclate de rire et se rapproche de moi pour faire en sorte que personne ne nous entende.

– Je sais.

– Comment ça, tu sais ?

– Toi et Loan. En train de jouer au papa et à la maman.

Je reste bouche bée, incapable d'articuler un mot. Je crois que c'est tout ce qui manquait à ma journée chaotique. Dieu veut me punir, à tous les coups, et ce n'est que justice !

– Je vous ai entendus, hier, me conte-t-elle à mesure que je me décompose. Je suis sortie de l'immeuble mais ma voiture refusait de démarrer, alors je suis remontée au bout de… quoi… quinze minutes ? Je voulais demander à Loan de me prêter la sienne. Sauf qu'une fois dans le salon, j'ai entendu des gémissements qui provenaient de ta chambre.

– Oh… mon Dieu… soufflé-je, les joues en feu.

Tout mais pas ça ! En plus d'être infidèle il fallait que je sois exhibitionniste ! C'est bien ma veine. J'ai envie de tenter un coup d'œil dans la direction de Loan mais je sens son regard sur moi et j'ai peur qu'il ne devine toutes mes pensées si je cède.

– Comme tu dis, glousse Zoé. Je me suis dit « Yes ! Elle a enfin conclu avec Tintin ! », sauf que j'ai réalisé qu'il n'était pas là et qu'il n'avait pas pu monter en l'espace d'un quart d'heure sans que je le croise.

Je presse les yeux et me mords la lèvre, trop honteuse pour relever la comparaison. Faites que je sois en plein rêve, je vous en supplie… Mais non, c'est bien réel. J'ai couché avec Loan et Zoé est au courant. Pire, elle nous a entendus ! Et Dieu seul sait combien de temps elle est restée à jouer les voyeuses. Je me remémore soudain le moment précis, Loan me baisant la pointe des seins pendant que je gémissais de plaisir. Un instant d'intimité profonde qui a été partagé avec ma meilleure amie.

Entre celle-ci qui ne se gêne pas pour assister à ma première fois et l'autre dinde qui continue de ronronner à l'oreille de Loan, je deviens littéralement agacée. Et le fait de l'être m'agace encore plus, car je sais que je n'en ai aucun droit.

– Après ça, je suis partie tout de suite, promis, s'esclaffe Zoé en voyant mon expression horrifiée.

– Je n'ai jamais eu autant honte de ma vie, ronchonné-je en finissant – déjà – mon verre.

– Oh allez ! Maintenant que tu as fait le grand saut, on peut enfin en parler sans que ça devienne gênant.

Je lui coule un regard blasé qui lui fait hausser un sourcil innocent.

– C'EST gênant, là, tout de suite.

– Mais non ! me rassure-t-elle en m'entourant les épaules, l'haleine chargée d'alcool. Mais alors dis-moi, qu'est-ce qui s'est passé pour que beau gosse tire la tête de quelqu'un qui prévoit de se couper les veines dans une baignoire miteuse ? Vous êtes devenus un genre de *sex friends* ? Et Clément, dans tout ça ? Oh mon Dieu, s'écrie Zoé en se couvrant la bouche, attirant l'attention de Jason quelques secondes. Ne me dis pas qu'il fait partie de vos séances de jambes en l'air ? Remarque, tu dois t'éclater…

Je bredouille des mots incompréhensibles, incrédule. Elle a le regard perdu dans le vague. Comprenant qu'elle s'imagine le plan à trois en question, je lui pince le bras et elle pousse un gémissement douloureux.

– Par pitié, Zoé, mes oreilles saignent ! Bien sûr que non, je ne couche pas avec les deux, et encore moins en même temps !

– Dommage. Et donc ?

– Donc rien. J'ai juste demandé à Loan de me rendre ce service, lui chuchoté-je à l'oreille, croisant les jambes. Entre amis, comme tu me l'avais conseillé.

Elle me considère un instant, la mine suspicieuse.

– Je ne pensais pas que tu y arriverais. C'était bon, au moins ?

Elle a l'air très sérieuse en disant cela. Surprise, je hoche instinctivement la tête. La question ne se pose pas.

– Oui, je réponds avant de jeter un œil en direction de Loan, qui me fixe avec intensité. Oui, c'était bon.

Je soutiens son regard quelques instants, me demandant à quel moment le malaise s'évaporera.

En attendant, c'est aussi affreux qu'excitant de savoir que je suis la seule à avoir vu cet homme beau comme un Dieu totalement nu. Loan est un garçon calme et discret, mais il n'y a aucun doute là-dessus, il sait s'y prendre.

Zoé gigote à mon côté, je n'ai rien entendu de ce qu'elle m'a dit.

– Quoi ?

– Je disais…

Je ne l'écoute même plus. La main d'Alexandra vient de monter d'un cran sur la cuisse de Loan. Il joue avec son portable et je le vois qui se crispe. Elle se penche vers son oreille, lui flanquant ses seins juste sous le nez, et lui chuchote quelque chose que je suis trop loin pour entendre. En revanche je suis assez concentrée sur cette peste pour lire sur ses lèvres les mots : « Tu danses ? ». Une vague de colère injustifiée s'empare de moi.

Non, il ne danse pas. Bien sûr que non ! Loan ne danse jamais. Avant même de comprendre ce que je fais, je suis plantée devant eux, un sourire froid aux lèvres et une main tendre posée sur la nuque de Loan. Il frissonne sous mes doigts tout en relevant la tête, étonné.

– Monsieur ne danse jamais, rétorqué-je à sa place. Enfin, sauf avec celle qui lui prépare ses macaronis le jeudi. Pour ça, étrangement, il est prêt à tout.

De mon pouce, je trace des cercles sur sa nuque, ce qui a le don de le détendre dans la seconde.

Il accompagne mes paroles d'un clin d'œil discret. Mon cœur s'embrase, dévasté. Il me faut quelques secondes pour m'en remettre, le temps nécessaire qu'il faut à Alexandra pour comprendre le message. Elle me fusille du regard derrière l'épaule de Loan. Je lui souris gentiment.

– Mais Monsieur a une langue, Vio. Je pense qu'il peut répondre tout seul.

Pour avoir une langue, il en a une... répond hargneusement ma conscience. Et tu n'es pas près de la connaître, ma grande !

D'accord, je n'ai pas le droit de m'immiscer dans les affaires de cœur de Loan. Si Alexandra lui plaît et qu'elle le drague, je ne devrais même pas me sentir touchée. Sauf que je sais qu'elle ne lui plaît pas. Et de toute façon, je n'ai pas envie de le voir draguer une fille moins de vingt-quatre heures après avoir pris ma virginité. Est-ce que c'est mal ?

Je m'apprête à lui transmettre ma façon de penser, quand Loan saisit ma main autour de sa nuque et la presse agréablement en la posant sur sa jambe.

– Excuse-moi, Alexandra, mais Violette a raison. J'évite de danser... Crois-moi, lui dit-il en grimaçant, toujours pragmatique, je t'épargne une honte inévitable.

Je ne suis pas d'accord avec lui. Je trouve que, au contraire, il sait parfaitement quoi faire de son corps sur une piste de danse. Mais je me tais, bien sûr. Alexandra devient rouge jusqu'à la racine des cheveux, puis nous offre un sourire de connivence.

– D'accord, tant pis. Je vais demander à Jason.

Fais donc ça. Je m'écarte légèrement pour la laisser passer, indifférente à son regard noir, et m'assois à sa place, la cuisse contre celle de Loan. Zoé nous regarde de loin, hilare. Je lui adresse un regard mauvais avant de me concentrer sur la main de Loan dans la mienne, toujours sur sa cuisse. Il dessine des petits cercles sur la naissance de mon pouce, tendre.

– Merci, me dit-il.

Je hausse une épaule, refusant de le regarder dans les yeux. Nous sommes déjà assez proches comme ça.

– J'ai vu que tu avais besoin d'aide, alors je me suis dévouée.

– Trop généreuse, commente-t-il sans cesser ses caresses, un rictus moqueur aux lèvres.

Je les fixe quelques secondes avant de me rappeler que c'est déplacé. Il semble le remarquer puisqu'il sourit davantage, railleur.

– Qu'est-ce que tu veux… Je suis comme ça.

Un silence me répond. Nos mains ne se lâchent pas, comme soudées, mais nos regards ne se croisent jamais.

– Je peux te demander un truc ?

Loan me fait face, l'air méfiant.

– La dernière fois que tu as voulu me demander un truc, je me rappelle très bien où ça nous a menés.

Je m'empourpre, roulant des yeux. Oui, moi aussi je me le rappelle.

– Promis, rien d'indécent, cette fois.

– Dommage.

– Tais-toi.

– D'accord.

Je me tais quelques secondes également, heureuse de retrouver peu à peu notre complicité.

– Est-ce qu'on est OK ?

Visiblement, il ne s'attendait pas du tout à ça.

– À toi de me répondre, me répond-il, la mine de nouveau neutre.

Je ne détourne pas les yeux, hésitante. Si je lui dis que j'ai du mal à assumer mon geste, je vais devoir lui parler de ma mère. Chose à laquelle je ne suis pas encore prête.

– Tout est OK pour moi, affirmé-je avec aplomb.

Il reste immobile quelques secondes, le temps d'accuser le coup, puis il hoche doucement le menton.

– Alors tout est OK pour moi aussi.

Je souris et pose ma tête sur son épaule. Je suis contente que nous ayons mis les choses au clair.

Même si nous sommes tous les deux des menteurs. Et que nous le savons pleinement.

***

Je suis aux anges. Après plusieurs jours à vivre hantée par la culpabilité, je reçois un message de Clément, dont le père connaît effectivement quelqu'un à Millesia et qui a réussi à me dégoter un entretien. Forcément, dès que j'apprends la bonne nouvelle, je me rue dans le salon et saute dans les bras de Loan, qui fait ses exercices de muscu. Il me réceptionne comme il le peut, mes jambes enroulées autour de sa ceinture.

– Je dois me réjouir de quelque chose ?

Une fois au courant, il me serre plus fort en me félicitant, le visage rayonnant de fierté.

– Tu vas leur en mettre plein la vue, Violette-qui-sent-la-violette.

Je passe plusieurs minutes à lui expliquer ce que je compte leur présenter, jusqu'à ce que quelqu'un sonne à la porte. Loan continue ses pompes, habillé d'un short de basket ample et d'un sweat de sport gris sans manches, tandis que je vais ouvrir. Je suis étonnée de voir Clément sur le pas de la porte, un bouquet de violettes à la main et un sourire enchanteur fendant son beau visage.

– Coucou, ma belle.

– Clément ! Qu'est-ce que tu fais ici ? lui demandé-je en m'emparant des fleurs. Elles sont superbes, merci.

Il s'approche et pose une main dans mon dos pour m'embrasser. Je le fais entrer et me mets à la recherche d'un vase, que je remplis d'eau. Je tente un coup d'œil rapide vers Loan, qui n'a pas accordé un seul regard à Clément. Il continue de faire ses pompes, en sueur, mais je peux facilement voir qu'il n'est plus concentré sur ce qu'il fait.

– Clément, tu te souviens de Loan, dis-je, la gorge serrée.

Ça me rend malade, de les voir dans la même pièce. Clément, un sourire crispé aux lèvres, s'approche de Loan en lui tendant la main. Mon meilleur ami se relève et s'essuie le front avec une serviette avant de la lui serrer, la mine indéchiffrable.

– Salut.

– Salut.

Super. Je pose le vase sur la table du salon, consciente des regards masculins braqués sur mon dos. J'essaie de gagner du temps, mais c'est peine perdue. Heureusement, c'est ma copine Mistinguette qui accourt à ma rescousse. Elle galope jusqu'aux pieds de Loan, qui la prend dans ses mains en coupe. Il dépose un baiser sur son pelage, ce qui me fait sourire.

– Je n'aime pas trop les animaux en général, mais elle est toute mignonne, commente Clément en essayant de la caresser.

Loan ne bronche pas, ce qui n'est pas le cas de ma lapine, qui se débat et tente de mordre les doigts de mon petit copain. Celui-ci reprend possession de sa main, agacé. J'ai le temps de voir Loan esquisser un sourire avant que je me racle la gorge.

– T'en fais pas, le rassuré-je. Elle n'aime que Loan, on ne peut rien y faire.

– Je vois ça.

Un silence s'ensuit. Loan continue de caresser Mistinguette, qui en profite. Soudain, je remarque

que Clément me regarde. Pleine d'angoisse, j'invente le premier truc qui me vient à l'esprit pour pouvoir fuir :

– Bon, bah nous on va aller dans ma chambre ! m'exclamé-je à l'intention de Loan. Ce n'est pas qu'on s'ennuie ou qu'on veuille te laisser seul, même si je suis sûre qu'au fond tu préférerais l'être pour faire ta muscu ! Enfin bref, je veux juste dire qu'on va te laisser tranquille pour ne pas t'embêter, puis aussi pour qu'on fasse nos trucs de notre côté, enfin quand je parle de nos trucs, je parle de discussion, hein, c'était pas une métaphore pour parler d'autre chose, et par autre chose j'entends des choses qu'on n'a d'ailleurs jam…

– Violette, stop.

Je m'arrête de parler et reprends mon souffle, morte de honte. J'ai recommencé. Les deux hommes de ma vie me contemplent, chacun d'une expression différente.

– Faites ce que vous avez à faire, Violette-qui-sent-la-violette. Je ne retiens personne.

Je hoche la tête comme un robot, les lèvres désormais scellées. Clément ouvre la marche en saluant mon meilleur ami mais celui-ci reste concentré sur moi. Je me détourne de son regard pour ne pas flancher et suis mon petit ami jusque dans ma chambre.

Je m'immobilise alors, le dos contre la porte et les yeux dans le vague, consciente du fait que Clément me parle.

– … malsain.

Je relève le menton, dévisageant Clément comme s'il s'agissait de la première fois. Soudain, je trouve ça étrange de le voir assis sur le même lit où j'ai couché avec Loan.

– Désolée, je n'ai pas écouté. Tu disais ? demandé-je en m'allongeant sur le dos.

– Je disais que je n'aime pas particulièrement ton plafond. OK, c'est ton meilleur ami, mais c'est un peu moyen, tu ne trouves pas ?

Je rouvre les paupières, tombant sur une photo de Loan et moi dos à dos, hilares, nous tenant les mains. Je souris mécaniquement. Il est si rarement aussi détendu que quand il rit, c'en est contagieux.

– Non, je ne trouve pas.

– Moi, si.

Je regarde Clément, qui s'étend à ma droite, la tête sur son coude. Il est si mignon… Je plonge mes yeux dans les siens, gênée. Peut-être qu'il a raison. Notre relation est agréable si nous sommes tous deux célibataires. Dans le cas contraire, elle devient toxique. J'imagine le plafond de la chambre de Clément, puis y ajoute des tonnes de photos de lui et une autre fille. D'accord, ça ne me plaît pas particulièrement.

– Tu veux que je les enlève ?

Je n'en ai pas envie, elles me rappellent beaucoup de merveilleux souvenirs. C'est un cadeau d'anniversaire, comment suis-je censée expliquer à Loan que je n'en veux plus ? Mais je le propose quand même. Parce que je comprends.

– Tu me détesterais si je te disais oui.

Je comprends ses craintes, surtout qu'elles sont justifiées. Je change de sujet pour éviter qu'il insiste.

– Mon père va venir nous voir la semaine prochaine.

Cette fois, je pose mes yeux sur les siens. Il a l'air agacé mais n'ajoute rien.

– Super. J'adorerais le rencontrer. Ta mère vient aussi ?

Aïe. Ça pique toujours autant.

– Non.

Clément repousse une mèche qui me chatouille le front, puis m'embrasse avec ardeur. Je lui rends son baiser, plus timidement toutefois. Je ne suis pas d'humeur à batifoler.

– Oh, ils sont séparés ?

– Oui, je réponds fermement afin de lui faire comprendre que je ne veux plus en parler.

Malheureusement, il n'a pas l'air de comprendre.

– Désolé… Du coup, elle viendra un autre jour ?

Des larmes acides me brûlent les yeux.

– Oui, voilà. Elle viendra un autre jour.

CHAPITRE 17
Aujourd'hui

LOAN

Je savais bien que c'était une mauvaise idée. Ça sentait l'arnaque à plein nez. J'ai voulu croire que j'aviserais en temps voulu, mais j'ai eu tort. J'ai goûté aux bons côtés, c'est certain, mais je trouve que les désavantages pointent le bout de leur nez un peu trop rapidement à mon goût. Par exemple, je n'aurais jamais pensé que voir Violette en compagnie de Clément m'irriterait à ce point.

Je continue de faire les cent pas, ignorant Mistinguette qui lève vers moi des yeux interrogateurs. Je souffle et m'assois au bord du canapé, lui rendant son regard.

– Ouais, je sais, lui dis-je. Ça craint.

J'ai franchi une frontière dont je n'aurais pas dû m'approcher. Puis s'ajoute à cela Lucie… Lucie, dont le souvenir hante encore mon esprit. Ça m'agace, qu'elle m'en veuille d'une chose dont elle n'a jamais eu la preuve, et surtout après plus de sept mois. Au bout d'un moment, elle pourrait entendre ce que j'ai à dire ! Mais la vraie question est : qu'ai-je à dire ? Je ne suis même pas sûr qu'elle ait tort, surtout en ce moment. La vérité, c'est que coucher avec Violette m'a ouvert les yeux sur notre relation. Tout ça n'a rien de platonique. Ça ne l'a jamais été.

Fatigué d'attendre je ne sais quoi, je prépare le dîner en silence. Jason ne devrait pas tarder à arriver, de toute manière, tout comme Zoé.

– Je pense qu'il viendra vendredi soir, retentit la voix de Violette dans le couloir, alors tu pourras venir dîner samedi.

Je ne leur accorde pas d'attention, faisant mine d'être concentré sur ce que je fais. Pourtant, je les vois du coin de l'œil qui se dirigent vers la porte d'entrée. Je me fais violence pour ne pas regarder le tendre baiser que Clément lui donne avant de partir, pendant que je casse les œufs dans la poêle.

– Ça marche. Une dernière blague avant que je parte ? propose Clément.

Je tends l'oreille, l'air de rien. Violette est la reine des blagues.

– D'accord, dit Violette, dont la voix recèle un large sourire. Alors attends… Ça y est ! C'est l'histoire de deux prêtres, commence Violette. L'un d'eux dit à l'autre : « Tu n'aurais pas un peu grossi ? », et l'autre lui répond : « Pas du tout, je rentre encore dans du douze ans » !

Je laisse échapper un rire irrépressible, avant de me reprendre en me raclant la gorge. Violette glousse à sa propre blague, mais je n'entends aucune autre réaction. Je redresse la tête pour constater les faits. Clément sourit d'un air crispé. Il n'a pas l'air à l'aise, le petit. Quant à Violette, son rire s'estompe peu à peu.

– J'ai mal compris ou c'est vraiment une blague sur la pédophilie ? grimace Clément.

– Oui ! C'est justement ça qui est drôle. Enfin, je ne me moque pas de ce genre de choses, hein, je ne suis pas un monstre, c'est juste de l'humour noir, tu sais, pour dédramatiser.

– Mmh. C'est glauque, même venant de toi.

Je reste bouche bée, guettant la réaction de ma meilleure amie. Celle-ci reste pétrifiée, bien moins sûre d'elle. Putain, l'enfoiré. Elle a honte.

– Oui, c'est clair. Enfin, d'habitude je ne fais pas ce genre de blague.

Je fronce les sourcils. C'est quoi, ce délire ? La voir si désemparée et honteuse, consciente de ma présence, me donne envie de la prendre dans mes bras. Je reporte mon attention sur mon omelette, agacé. Je ne l'aime toujours pas, ce type. Et la manière dont Violette se comporte en sa présence me met hors de moi, pour la simple et bonne raison qu'elle n'est pas elle-même.

– Bref. Je dois y aller, la belle. On se voit samedi ?

Une fois qu'il est parti, je me risque à lever le menton dans sa direction. Nos regards se heurtent.

Elle a l'air mal à l'aise. Mon estomac se tord, je lui offre donc un sourire charmeur. Elle a besoin que je désamorce la situation.

– Moi je l'ai trouvée marrante, ta blague.

Elle hausse une épaule tandis que du bruit se fait entendre dans l'escalier.

– Il a raison, c'était moyen. Je n'ai pas envie qu'on pense que je prends les viols à la légère…

Elle a à peine terminé sa phrase que Jason et Zoé déboulent dans le salon, en train de se disputer. Ni Violette ni moi ne bougeons, continuant de nous fixer avec intensité. Note pour moi-même : Violette porte un chemisier rouge qui met parfaitement sa petite poitrine en valeur. Je déglutis au même moment où la bouche de Violette s'humecte. Je me demande si elle a chaud tout à coup, elle aussi, ou si ce n'est que moi.

C'est Zoé qui interrompt notre échange silencieux.

– J'ai trouvé la poubelle devant l'immeuble, donc je l'ai fait monter.

Je tique, paumé. C'est Jason, offusqué, qui éclaircit mon trouble :

– Je rêve où elle vient de me comparer aux ordures ?

– Waouh, j'aurais pas pensé que tu comprendrais la métaphore, ironise Zoé.

J'éteins la plaque électrique et poivre mes œufs, que j'ai agrémentés de poivrons cuits. Jason enlève sa veste et vient me taper dans le dos, me murmurant sans quitter Zoé des yeux, qui est partie se déshabiller :

– Mec, je crois bien qu'elle est folle de moi.

***

La soirée risque d'être longue. Non seulement Violette est assise à côté de moi et je sens l'odeur de son parfum chatouiller tous mes sens, mais comme si cela ne suffisait pas, Zoé s'y met elle aussi.

J'imagine que Violette l'a mise dans la confidence, parce que je ne crois pas que tous les sous-entendus qu'elle me lance durant le dîner soient innocents. Je suis énervé parce que je ne voulais en aucun cas qu'une commère comme Zoé le sache, mais je n'ai pas le droit d'en vouloir à Violette ; je l'ai dit à Ethan moi aussi.

– OK, donc je récapitule : je suis une maladie…

– C'est pas tellement une maladie, plutôt une infection, rectifié-je, le bras sur le dossier de ma chaise.

Je me retiens de rire devant ce qui est écrit sur le Post-it collé au front de Jason. J'avoue que Violette a été ingénieuse. Après le dîner, que tout le monde a dévoré, Jason a proposé un « Devine Tête » personnalisé. Chacun s'est occupé du Post-it de quelqu'un. Violette a écrit « Chlamydia » sur celui de Jason, Zoé a marqué « Nutella » sur le papier de Violette (c'était tellement prévisible qu'elle est la seule à avoir trouvé ce qu'elle était pour le moment), et j'ai choisi « Vibromasseur » pour Zoé – sur les conseils de Jason, je précise. Quant au mien, dont celle-ci s'est occupée, j'ai un mauvais pressentiment.

– D'accord, donc une infection que j'ai attrapée, c'est bien ce que vous avez dit ?

– Ça on n'en sait rien, objecte Violette en fusillant sa meilleure amie du regard.

– Conneries, ajoute Zoé en souriant sournoisement. C'est bien son genre, d'attraper un truc pareil.

Jason fait mine de réfléchir, perdu, puis paraît enfin comprendre. Il coule un regard blasé vers Zoé.

– Ha-ha, je suis mort de rire. Le sida ?

– On t'a dit que c'était une IST, pas une MST, espèce d'inculte.

– La syphilis ?

– Cherche encore.

– Le papillomavirus ?

– Bon Dieu, il va toutes nous les faire ? s'exaspère Zoé, au contraire de Violette qui éclate de rire. Ça ne m'étonne pas que tu les connaisses par cœur.

– Je suis informé, moi, bougonne Jason, les joues plus rouges qu'à l'accoutumée. La chlamydia ?

– Mazel tov !

Il jure dans sa barbe et retire le Post-it de son front avant de le jeter, agacé. Il ne reste plus que Zoé et moi. Celle-ci réfléchit à son tour tandis que Violette saisit mon verre de vin. Je la regarde y tremper les lèvres avant qu'elle se blottisse contre moi, passant ses jambes par-dessus les miennes. D'abord surpris, je ne bouge pas, hésitant à l'entourer de mes bras.

Le sang afflue plus vite dans mes veines, comme chaque fois que la chaleur de son corps se mélange à la mienne. Finalement, j'enroule un bras autour de son dos et pose ma main sur sa nuque.

– OK, j'avoue que c'est drôle, concède Zoé, qui a deviné l'objet de son Post-it. À toi, beau gosse, me dit-elle, un sourire carnassier fendant son visage.

Je suis un être humain réel, un homme, blond, que je déteste. Dit comme ça, ça ne laisse aucun doute. Le regard de Zoé trahit ce que je pensais déjà : je suis certain qu'elle m'a affublé du nom de Clément. Sauf que je ne compte pas tomber dans son piège. Si je dis son nom, je révélerai à tout le monde que je ne l'aime pas, et je sais qu'une telle confession me desservirait. Hors de question.

– Je donne ma langue au chat.

Je retire le Post-it de mon front, face à quoi Zoé roule des yeux.

– Mauvais joueur.

Je regarde le nom sur le papier : « Clément ». Tellement prévisible.

– Je ne comprends pas la blague, désolé.

Après un silence pesant, c'est Violette qui brise la glace en se redressant.

– Bon, bah vous êtes tous des losers. C'est moi qui ai gagné, ce soir.

Je bois ce qu'il reste de mon verre et l'observe se lever pour débarrasser. C'est comme ça que je remarque le regard mauvais qu'elle lance à Zoé, qui hausse les épaules. Plus aucun doute : Violette lui a dit ce que nous avons fait. Je soupire intérieurement ; il ne manquait plus que ça. Jason rejoint ma meilleure amie dans la cuisine, débattant des différentes IST, si bien que j'en profite pour me pencher vers Zoé. Je garde tout mon sang-froid pour lui déclarer d'un ton déterminé :

– Je sais que tu sais, et je m'en contrefous. Par contre tu commences à me casser les bonbons avec tes sous-entendus. Violette culpabilise déjà assez sans que tu viennes en rajouter.

Contrariée, Zoé acquiesce et finit de débarrasser. Après un dernier petit café, Jason annonce son départ. Il fait la bise à tout le monde et prend la route. Presque aussitôt, Zoé nous fausse compagnie. Je devine qu'elle veut nous laisser seuls.

– Bonne nuit, répond Violette sans lever les yeux de la vaisselle qu'elle essuie.

L'appartement est calme et paisible, je n'entends que le bruit du torchon contre le verre. La hanche adossée au comptoir de la cuisine, je croise les bras sans cesser de la regarder.

– Est-ce que j'aurais le droit à une blague, pour bien terminer la soirée ?

Je m'empare du deuxième torchon et lui apporte mon aide. Je guette sa réaction, réussissant à capter un demi-sourire aux coins de sa bouche.

– Non. Plus de blague.

– Allez !

Elle soupire.

– Tu m'embêtes, Loan Millet. Je te conseille de t'arrêter là, sinon…

– Sinon ?

Elle me fait face, les joues et les lèvres roses. Je me fais violence pour ne pas les fixer. J'ai envie de les embrasser.

– Sinon je dis… le mot.

Je me retiens d'éclater de rire. Le mot. Elle sait que je le déteste. Je ne sais pas si je suis le seul malade mental à détester un mot en particulier, mais Violette use souvent de cette menace pour me faire taire.

– Ne dis pas le mot, la supplié-je tout bas.

Un sourire démoniaque éclaire sa bouche pulpeuse.

– Quel mot ?

– Tu sais quel mot.

– Le mot que tu sais que je sais ?

– C'est ça.

– Ce mot ?

– Oui.

– Je ne dirai pas ce mot, alors.

– Merci, dis-je en souriant, amusé.

Elle se détourne, non sans afficher une mine victorieuse, avant de se raviser.

– Attends ! Tu veux bien parler du mot « slip » ?

Je grogne, levant la tête vers le ciel en souhaitant oublier qu'elle l'a prononcé. Ce mot m'horripile.

– Violette, grondé-je d'un ton menaçant.

– Allez, un petit dernier pour la route.

Je me précipite vers elle avant même qu'elle ait fini sa phrase. Elle laisse échapper un cri et s'élance pour m'échapper, slalomant entre les meubles du salon.

– Viens ici !

Elle s'esclaffe de plus belle et je ne peux empêcher mon cœur de tomber amoureux de ce rire. Il ricoche contre les murs et trouve résonance au plus profond de ma poitrine.

– Slip, slip, slip, slip, slip ! hurle-t-elle à travers l'appartement comme une enfant.

Elle cavale vers le couloir et ouvre la porte de ma chambre à la volée lorsque je l'attrape enfin. Mon bras enlace sa taille et la soulève au vol, assez violemment pour la faire tournoyer autour de moi.

– SLIP !

Je nous fais tomber sur mon lit tandis qu'elle rigole toujours. Elle semble soudain prendre conscience de la posture dans laquelle nous nous trouvons car son rire s'atténue et son sourire s'efface comme neige au soleil. Je reste au-dessus d'elle, nos doigts entrelacés au-dessus de sa tête, un genou entre ses cuisses. Mes yeux sont fixés sur ses lèvres, à quelques centimètres des miennes. Sa poitrine se lève et s'abaisse, me tentant chaque fois qu'elle me frôle.

C'est en la fixant droit dans les yeux que je lui souffle sur la bouche :

– Je préfère le mot « culotte ».

Nous restons immobiles quelques secondes, jusqu'à ce que je me relève, détachant mes mains des siennes. Violette ne bouge pas ; elle tente sûrement de reprendre ses esprits. Sa jupe fluide est légèrement remontée sur son ventre, dévoilant une culotte blanche sous son collant. Je m'approche et m'assois à côté d'elle tout en réajustant sa jupe avec tendresse.

– Tu veux regarder un film ? murmuré-je.

Elle se redresse à son tour en position assise, les joues aussi rouges que son chemisier, et cale une mèche de cheveux blonds derrière son oreille.

– Pourquoi pas…

Je la laisse s'installer contre ma tête de lit et s'infiltrer sous la couette pendant que je cherche un DVD à insérer dans le lecteur. Je choisis *Le Discours d'un roi* parce que je sais qu'elle est folle amoureuse de Colin Firth (alias Darcy pour les ignorants).

J'éteins la lumière pendant que le générique commence, avant d'ouvrir ma table de chevet et de tendre à Violette une tablette de chocolat Milka. J'ai pour habitude de garder du chocolat dans mes tiroirs, je sais qu'il est inconcevable de regarder un film avec Violette sans chocolat.

Elle m'offre un sourire radieux et gourmand, heureuse.

– Je te préviens, je ne t'en donne pas.

– Je m'étais déjà fait à l'idée, t'inquiète, je réponds en entourant ses épaules d'un bras.

La première heure se déroule dans le silence. Malgré sa prévention, elle lève parfois la tête pour faire glisser un carré de chocolat entre mes lèvres.

C'est à peine si j'entends une porte claquer dans l'appartement. Je l'entends, mais je n'y fais pas attention. Sauf que moins de dix minutes plus tard, Violette et moi nous figeons tel un seul homme. Je n'ose rien dire, de peur d'affabuler, mais l'expression faciale de ma meilleure amie lorsqu'elle lève les yeux vers moi est assez claire. Je ne rêve pas.

– C'est moi ou… chuchoté-je, soucieux de l'entendre dire.

– Non, non, ou alors on est tous les deux paranos.

Violette saisit la télécommande et presse le bouton « mute ». Cette fois, la chambre est assez silencieuse pour nous permettre d'entendre les gémissements qui nous parviennent de la chambre d'en face. Zoé a de la compagnie. Bien sûr, ce n'est pas la première fois qu'elle fait venir des types ici alors que Violette et moi dormons ensemble. Nous avons même l'habitude d'en rire. Sauf que cette fois, c'est différent. Parce que Zoé fait l'amour juste à côté et qu'en plus de me rendre jaloux (moi aussi, j'aimerais bien), cela m'énerve.

Les suffocations s'enchaînent de l'autre côté du couloir, de plus en plus difficiles à ignorer.

– Je t'en prie, monte le son ! prié-je Violette.

Elle hoche la tête et s'apprête à obtempérer lorsque ce que nous entendons nous pétrifie sur place :

– Oh, Jason, oui… s'il te plaît… oh…

Violette écarquille les yeux, la main sur sa bouche. *Bordel. De. Merde.* Le salaud avait raison ! Ma meilleure amie et moi nous regardons, aussi choqués l'un que l'autre. Soudain, j'ai tellement envie de rire que je n'arrive pas à me retenir. Violette et moi éclatons au même moment, hilares.

Les gémissements continuent à battre leur plein de l'autre côté, mais j'essaie d'en faire abstraction. J'espère simplement qu'ils ne vont pas devenir un couple, auquel cas je ne pourrai pas supporter leurs élans charnels en compagnie de Violette.

– Je suppose que ça devait arriver… marmonne Violette, les yeux dans le vide.

– Qu'est-ce que tu veux dire ?

Elle hausse les épaules, l'air pensif. J'ai envie de remettre le son de la télé pour ne plus entendre Jason et Zoé se donner l'un à l'autre, mais je suis curieux de savoir à quoi pense Violette.

– Ils sont pareils, tous les deux, c'était évident qu'ils essayeraient. Qui se ressemble s'assemble, n'est-ce pas ?

C'est trop beau pour être vrai. Je n'étais pas sûr de vouloir mettre ça sur le tapis, parce qu'après tout sa relation avec Clément ne me regarde en rien, mais elle me donne l'occasion de lui en parler directement. Alors je fonce.

– Donc, si je te suis dans ton raisonnement, Clément et toi êtes les mêmes ?

Elle relève le menton vers moi, étonnée. Je n'avais pas l'intention de lui en parler au début. Néanmoins je déteste la voir jouer le rôle de quelqu'un qu'elle n'est pas. Violette plisse le front, je comprends aussitôt que la suite de la conversation ne va pas me plaire.

– Comment ça ?

– Tu trouves que Clément et toi vous ressemblez ? Tu crois que vous sortez ensemble parce que vous faites la paire ?

Elle continue de sonder mon visage, que je laisse impénétrable. Elle a deviné où je voulais en venir, si bien qu'il n'y a plus de retour en arrière possible. Et si elle a saisi le sens de ma remarque, c'est qu'elle sait pertinemment que j'ai raison. C'est déjà ça de gagné.

– C'est quoi, le problème ? contre-attaque-t-elle, en se détachant de moi.

Elle est en position défensive, à genoux et les bras croisés sur sa poitrine, le regard fulminant et la mâchoire contractée. *Dieu qu'elle est belle.* Et si je laissais tomber et embrassais chacune de ses taches de rousseur ?

– C'est une question toute bête, Violette, continué-je cependant d'une voix calme.

– Non, on ne se ressemble pas beaucoup, c'est ça que tu voulais entendre ? Et alors ? Les contraires s'attirent !

J'aurais ri si je n'avais pas été sûr de l'énerver en agissant de la sorte. Elle et ses proverbes…

– Je suis d'accord avec toi. Alors pourquoi est-ce que tu essaies de te changer en quelqu'un d'autre ?

Ma remarque fait mouche. Violette devient livide tandis que Zoé et Jason s'en donnent toujours à cœur joie. Bon sang, ils ne peuvent pas faire ça autre part, eux aussi ? Je devine que Violette ne sait pas quoi dire, alors j'insiste. Je suis réellement curieux de savoir.

– Dis-moi, s'il te plaît. Pourquoi tu te brides comme ça ?

Elle sait qu'elle ne peut pas nier l'évidence, elle sait parfaitement que je la connais trop pour pouvoir me duper. Elle soupire et décroise les bras, vaincue.

– Parce que si je le fais assez longtemps, il y a des chances pour ça devienne mécanique. Et ensuite, je deviendrai quelqu'un d'à peu près normal : calme, discrète et un peu moins bizarre.

Je reste abasourdi devant ses révélations. C'est encore plus grave que ce que je croyais. J'ouvre la bouche sans savoir quoi répondre, puis m'en vais rallumer la lumière. À ce stade, je sens qu'on ne regardera jamais la fin du film. Dommage, c'était sympa.

– Mais pourquoi ? Pourquoi tu veux devenir normale ?

Elle arque un sourcil.

– C'est une vraie question ?

– Oui, c'est une vraie question. Pourquoi tu veux devenir normale quand tu es unique ? Moi je ne veux pas que tu sois normale, je veux que tu continues d'être toi, Violette ; bizarre, spontanée, drôle et maladroite, du genre à faire des blagues sur les handicapés. C'est tellement pas marrant d'être normal, soupiré-je en secouant la tête. Crois-moi.

Incrédule, Violette me considère comme si j'étais fou, pourtant je sais que je ne le suis pas. C'est justement le fait qu'elle ne soit pas normale qui m'a attiré, ce soir de Nouvel An. J'ai envie qu'elle comprenne que si Clément ne veut pas d'un ovni tel que Violette, beaucoup d'autres la voudront à sa place. Moi, je la voudrais.

– Non mais tu t'entends, Loan ?

– C'est la vérité ! insisté-je, quasi hors de moi. Tu te caches derrière cette « normalité » rêvée, mais en vrai je sais que tu ne veux pas être cette fille à qui tu t'efforces de ressembler. Tu veux faire de l'humour noir ? Vas-y ! Tu n'aimes pas les sushis ? Et alors ! La vérité, la vraie, c'est que tu n'attends qu'une chose : qu'on t'accepte comme tu es. Anormale.

Maintenant que je suis lancé, je n'arrive plus à m'arrêter. Il faut qu'elle sache que ça me rend dingue de la voir se transformer pour un crétin pareil. Clément n'en vaut tellement pas la peine… Personne, d'ailleurs ! On peut toujours améliorer des défauts ou faire des concessions, mais se transformer en quelqu'un d'autre : jamais. Si votre prétendue moitié ne vous aime pas ainsi, alors changez de moitié, car ce n'est pas la bonne.

– Je n'ai pas envie de parler de Clément avec toi, me répond-elle en retour, la voix aussi froide que tremblante.

– Si je dis ça, c'est pour…

– Je n'ai pas besoin de ton aide ! m'interrompt-elle en haussant le ton, réellement énervée maintenant. Tu ne peux pas comprendre, alors arrête de me prendre la tête avec ça. Je me débrouille très bien sans toi !

– Tellement bien que tu me demandes de coucher avec toi au lieu de le faire avec ton petit ami, raillé-je sans pouvoir me retenir.

Et bien sûr, je le regrette aussitôt. Violette accuse le coup silencieusement, pourtant je vois dans ses magnifiques yeux que la remarque lui a fait mal. La preuve, elle se lève pour s'en aller. J'essaie de lui attraper le bras pour la retenir lorsqu'elle passe devant moi.

– Attends, ce n'est pas ce que je voulais dire. Ce que je voulais dire, c'est que je ne comprends pas pourquoi tu t'efforces d'être quelqu'un que tu n'es…

– Mais parce que celle que je suis ne suffit pas ! hurle-t-elle subitement en s'arrachant à moi, les yeux baignés de larmes. Elle ne suffit jamais ! J'ai toujours été bizarre, ça suffit comme ça. Si je ne l'avais pas été, est-ce que ma mère m'aurait choisie, hein ? Est-ce qu'elle aurait pris soin de moi ?

Oh, Violette... J'avale ma salive, planté là comme un imbécile. Elle me regarde et je sais que plus aucun rempart ne la protège. La voir sangloter me brise le cœur. J'hésite à m'avancer pour la prendre dans mes bras, pour lui dire que j'ai justement envie de l'embrasser parce qu'elle est bizarre sur les bords et que c'est ce qui manque à ma vie. De la légèreté.

Elle n'a jamais parlé de sa mère avec moi et je ne l'ai jamais forcée, parce que moi-même je ne voulais pas parler de la mienne. Néanmoins, je n'aurais jamais pensé qu'elle l'avait tant fait souffrir.

Par réflexe, je prends un ton encore plus bas que d'habitude et lève les mains devant moi pour tenter de l'apaiser. Ça, je sais faire.

– Violette… Quoi qu'ait fait ta mère, tu ne dois pas tout mélanger. Tu n'as rien à te reprocher à propos de ses actes ou de ses choix.

– J'ai gardé son secret, merde ! crie-t-elle de plus belle, prise de sanglots de plus en plus puissants. C'est ma mère, c'était mon modèle et j'aurais tout fait pour elle… J'ai gardé son secret pendant plus de dix ans et elle a quand même fini par m'abandonner. Pourquoi, à ton avis ?

Je voudrais lui dire que ce n'est pas sa faute, même si je ne comprends pas un traître mot de ce qu'elle me raconte. Au lieu de ça, je m'approche doucement, la main tendue vers elle. Je suis désormais assez près pour la prendre dans mes bras, ce que je fais. Elle se débat au début, frappant mon torse pour se libérer, mais je la serre comme un étau, mon menton sur son crâne.

– Je suis là, Violette… Je ne te lâcherai pas, tu m'entends ?

Elle se laisse aller peu à peu et sanglote sans s'arrêter, mouillant mon tee-shirt. Je m'en veux d'avoir mis ça sur la table. Manifestement, il y a une raison plus profonde pour laquelle elle tente de plaire à Clément. Pour laquelle elle souhaite tant devenir « normale ». Je ne sais pas qui est sa mère ni ce qu'elle lui a fait, mais une chose est sûre : je la déteste.

Violette pleure longtemps dans mes bras, serrant mon tee-shirt entre ses mains. Lorsque ses larmes se tarissent, elle semble exténuée. Je dépose un baiser sur ses cheveux, incapable de desserrer mon étreinte pour la ramener sur mon lit.

Alors nous nous laissons tomber sur le sol, puis nous nous endormons.

CHAPITRE 18
Aujourd'hui

VIOLETTE

Lorsque je me réveille, mercredi matin, j'ai un mal de tête d'enfer. J'ouvre les paupières et mes yeux me brûlent instantanément malgré les volets fermés. Je me rappelle tout à la seconde.

Les pleurs. Voilà pourquoi j'ai mal au crâne. J'ai pleuré la moitié de la nuit dans les bras de Loan. Et il ne m'a pas lâchée une seule fois, pas même quand, vers trois heures du matin, il nous a allongés sur le lit. Je me redresse, toujours dans l'obscurité, et jette un œil au réveil. Il est neuf heures du matin, j'ai loupé ma première heure de cours. Loan est sûrement parti travailler.

Je me frotte les yeux, exténuée, et m'empare du papier laissé sur la table de chevet à mon attention.

J'ai préféré désactiver ton réveil
pour que tu te reposes un peu…

Envoie-moi un message
quand tu es réveillée.

P.-S. : il y a des pains
au chocolat dans la cuisine.

Je soupire et un léger sourire flotte sur mon visage, même si je n'en ai pas envie. Parce que Loan est adorable. Et dire que j'ai craqué devant lui hier soir ! Mais qu'est-ce qui m'a pris ? Il faut croire qu'entendre ce que je sais déjà ne m'a pas plu du tout. Et encore moins de la bouche de mon meilleur ami – le terme est-il encore valable ?

J'ai honte de ne pas être complètement moi-même en compagnie de Clément, après tout il le mérite. Mais je ne peux pas m'empêcher de penser à ma mère et à ce que je suis. Déjà petite, elle essayait de faire bonne figure devant ses amies quand je faisais quelque chose différemment des autres petites filles. Puis il y a eu l'autre famille. Celle qu'elle a choisie.

Moi : Je viens de me réveiller.
Merci pour hier.

Je suis dans le salon en train de manger les pains au chocolat lorsque Loan me répond :

Loan : Tu rentres, ce midi ?
Jason a l'intention de passer,
on va commander indien.

Moi : D'acc.

Je m'habille rapidement et enfile un jean taille haute dans lequel je rentre un sweat blanc aux allures 90's. Pas envie de me faire coquette aujourd'hui, c'est pourquoi j'attache ma chevelure sauvage en une queue basse et ne me maquille que d'un rouge à lèvres prune.

Je prends le métro pour aller à l'ESMOD, en répondant aux messages de Clément. Il me demande si on peut manger ensemble, je lui réponds que je mange déjà avec des amis. En arrivant devant l'école, je trouve Zoé qui pianote sur son téléphone. Tout de suite, je me rappelle ses ébats avec Jason. Je sens qu'on va bien s'amuser…

– Salut, toi.

– Hey.

Je lui fais la bise, puis la regarde longuement sans rien dire, patiente. Va-t-elle me l'avouer ? Elle ne me pose aucune question, et moi non plus. D'un commun accord. Nous entrons donc dans la salle de cours. Là, je lui glisse doucement :

– Alors, cette nuit…

– Quoi, cette nuit ?

– Oh, ça va ! Tu crois être la seule qui écoute aux portes ? Chacune son tour, ma vieille !

Elle roule des yeux en souriant, puis se colle contre moi lorsqu'on s'assoit au fond de la salle. Elle a des étoiles plein les yeux.

– Espèce de commère.

– Excuse-moi mais tu n'étais pas très discrète. Jason non plus d'ailleurs.

Elle fait la moue, l'air dégoûtée. Je rigole toute seule, repoussant l'image de mes deux amis sous les draps… dans ma chambre… Erk. Je n'ai vraiment pas besoin de ça.

– Ne dis pas son nom, s'il te plaît, crache Zoé, faussement honteuse. Je n'arrive pas à croire que je suis tombée si bas. Qu'est-ce qui m'arrive, Vio ?

– Jason est un gars bien. Il t'arrive que tu fais enfin les bons choix ! Bravo.

– T'emballe pas, la gazelle. Je ne recherche rien de sérieux, et lui non plus. Je veux dire, c'est Jason. Il est toujours aussi exaspérant, con et macho, rien n'a changé. Mais il est plutôt bon sous la couette, concède-t-elle, alors je ne me prive pas. Ça fait de moi une traînée ?

Je la regarde en souriant avec tristesse. Et une fille qui couche avec son meilleur ami tout en étant avec un autre, qu'est-ce que c'est ?

– Pas du tout, murmuré-je finalement.

Je me désintéresse de la conversation, perdue dans mes pensées. Je pense au week-end qui arrive et cela me déprime. Mon père et Clément dans la même pièce, ça ne peut qu'être mauvais. Que dirait mon père, s'il le savait ? Il serait bien déçu de constater que je me comporte comme ma mère. Je me déteste pour ce que j'ai fait. Voilà pourquoi je pense de plus en plus à avouer ma connerie. Toutefois, ça ne m'aide pas à savoir ce que je ressens exactement pour Loan ni si ça mérite que je gâche tout avec Clément.

Je pensais que c'était platonique, mais j'avais tort. Je pense trop souvent à lui pour que ça le soit.

Peu avant midi, je remarque que Zoé reste bloquée devant l'écran de son téléphone pendant au moins trois minutes. Elle a l'air livide, si bien que je m'inquiète.

– Qu'est-ce qui se passe ?

Ma meilleure amie relève les yeux vers moi, et soudain je comprends. Je connais ce visage blême. Je connais ces narines frétillantes et ces immenses yeux à la limite de l'effroi qui me prennent toujours aux tripes. J'ai rarement l'occasion de voir Zoé aussi apeurée. Quand c'est le cas, je sais instinctivement de quoi il s'agit. Ça arrive à peu près tous les trois mois.

– Rien, ne t'en fais pas.

– C'est ton frère ? chuchoté-je pour ne pas me faire entendre des autres élèves.

Elle soupire et détourne les yeux, jetant son téléphone au fond de son sac.

– Qu'est-ce qu'il veut encore ?

Elle ricane à m'en faire froid dans le dos. J'ai déjà ma petite idée, mais je me dois de le lui demander.

– À part sa dose, tu veux dire ? Eh bien l'argent pour se la payer, par exemple. Sauf que cette fois, j'ai pas de thune. Je ne peux rien pour lui.

C'est toujours la même chose. Le grand frère de Zoé la prend pour sa banque personnelle, et ça a le don de me gonfler. Je serre les poings pour tenter de me calmer. Je ne sais pas trop ce qui s'est passé entre eux dans le passé, tout comme elle ne connaît pas mes aventures mère-fille, mais je connais l'essentiel : Zoé s'est tirée de chez elle parce qu'elle rêvait de mieux, mieux que cette famille dans laquelle elle est née. Elle n'a pas de père et sa mère a toujours préféré son frère, celui-là même qui vient quémander de l'argent à Zoé chaque trimestre sous prétexte qu'ils ne peuvent plus payer le loyer. Elle a essayé de l'aider, à de nombreuses reprises, pour qu'il se soigne. En vain.

Mais Zoé sait qu'il s'achète sa drogue avec ce qu'elle lui donne. Oh, chaque fois elle dit qu'elle ne lui donnera « que dalle ». Mais elle le fait toujours. Parce que les liens du sang, c'est sacré, paraît-il.

– Alors tu lui donneras zéro euro. Tu n'es pas sa mère, ni sa banquière.

– Je sais.

***

– Coucou tout le monde, m'exclamé-je joyeusement en entrant dans l'appartement, Zoé sur mes talons.

Les garçons se défient à la Xbox, Jason assis sur le fauteuil du salon et Loan installé par terre contre le canapé, ses longues jambes étendues devant lui.

Je pose mon sac sur le comptoir de la cuisine tandis que ma meilleure amie fait réchauffer nos plats indiens.

– Au fait ! Je repense à un truc… Du coup, ça veut dire que vous êtes ensemble ? demandé-je à Jason et Zoé, en me débarrassant de mon manteau.

– Tut-tut, ne mets pas le carrosse avant les poneys ! s'insurge Zoé, qui se pose dans le canapé.

Je la rejoins, mon assiette à la main. Les garçons ne nous ont pas attendues, à ce que je vois.

– C'est que physique, confirme Jason.

Pour la première fois depuis que je suis rentrée, Loan se tourne vers moi et me regarde. Mon meilleur ami fait semblant de vomir, ce qui me fait éclater de rire.

– C'est dégueulasse.

– Grave, ça me dégoûte, renchérit impassiblement Loan.

Jason lui donne un coup de pied dans les jambes, le narguant de sa victoire. En effet, il vient de perdre lamentablement.

– Espèce de lopette ! s'esclaffe Jason.

Loan accepte sa défaite comme un prince, la mine tranquille. Puis il hausse une épaule.

– C'est parce que mon porte-bonheur est occupé à se nourrir.

Je ne me fais pas prier et lâche mon assiette pour sautiller jusqu'à Loan. Je m'allonge sur lui sans hésiter tandis qu'il prend sa revanche auprès de Jason. Il continue donc de jouer, tenant la manette au-dessus de mes fesses, alors que mon visage est enfoui dans son cou. C'est le moment que je choisis pour m'excuser.

– Désolée pour hier.

En dire plus n'est pas nécessaire. Je sais qu'il comprend. Justement, il ne cesse pas de concentrer ses efforts sur sa partie de Xbox tout en m'embrassant la tempe. Je frissonne, apaisée.

– Ne le sois pas, c'est moi qui ai dépassé les bornes. La prochaine fois, fous-m'en une, OK ?

Je hoche la tête avant de sourire contre la peau de son cou. Il sent bon le mâle… Je me souviens soudain de ses bras qui m'ont tenue toute la nuit durant. J'ai encore son odeur sur moi, sur ma peau et mes cheveux. Est-ce que les autres le sentent aussi ?

– Tu m'aimes trop, hein ? le taquiné-je. C'est tellement flagrant que ça m'aveugle.

Je le sens rire doucement sous moi, mettant sa pâtée à Jason, qui grogne de mécontentement.

– Vraiment pas, répond Loan d'un air détaché. En fait, je suis juste ton ami par intérêt. Tu cuisines mal, tu as un gros cul et tu parles autant que tu respires. Vraiment pas sexy.

J'éclate de rire en secouant des fesses sous ses mains, avant de lui mordre délicatement le cou.

– Aïe ! Et visiblement, tu es un peu cannibale. Pourquoi est-ce que ça ne m'étonne pas ?

Je m'écarte de quelques centimètres, de sorte qu'il puisse voir ma moue boudeuse. Mais il m'ignore royalement, concentré sur l'écran de la télévision.

À côté, Jason vocifère tandis qu'il perd du terrain. Je porte vraiment bonheur, on dirait.

– Ah, donc tu ne m'aimes pas ?

– Non, répond-il tout naturellement, toujours sans me regarder.

– Pas grave. Ce n'est pas ta faute si tu as des goûts de merde.

Cette fois, il rigole franchement. Et c'est un rire si sincère, si spontané, qu'il me laisse coite le temps d'une nanoseconde. J'observe l'une de ses fossettes se creuser au même moment, comme un puits infini d'où jailliraient mille et un secrets. Car force est de constater que Loan ne sourit pas souvent, mais que lorsque ça arrive, c'est toujours magique. Alors je ne peux m'empêcher de me pencher et d'embrasser cette fossette qui me nargue, le cœur battant. Il frissonne mais ne dit rien.

Soudain, Jason envoie valdinguer sa manette et Loan lève le poing en l'air tout en rejetant sa tête en arrière. J'en déduis qu'il a gagné. Je souris et Zoé roule des yeux, la bouche pleine. Jason se plaint, s'approche de Zoé pour réclamer le bisou de la défaite, mais elle le repousse en râlant :

– Dégage, loser !

Quant à Loan, il félicite son porte-bonheur en se redressant, me gardant toujours plaquée contre lui. Je ris et il me serre dans ses bras.

– Non, je ne t'aime pas, me susurre-t-il finalement à l'oreille. Je t'adore, Violette-qui-sent-la-violette. Et tu connais les synonymes du mot « adorer » ?

– Non, Larousse, dis-moi.

– Goûter, raffoler, estimer, se passionner, diviniser, respecter, aimer quelqu'un comme ses yeux.

J'arrête de respirer tandis qu'il me repose à terre, sans pour autant s'écarter de moi, me surplombant de toute sa hauteur. Loan m'offre un clin d'œil qui finit de m'achever, écartant une mèche de cheveux collée à mes lèvres humides.

– Mais ne prends pas trop la grosse tête, hein.

Sa voix est douce, chaude et onctueuse comme du miel. Je rougis tout à coup jusqu'aux oreilles, pinçant les lèvres avec gêne. Je dois mettre un terme à cette pagaille.

– Si tu m'adores tant, murmuré-je, tu ne verras donc aucune objection à me lâcher ?

Il hausse un sourcil, étonné. Je baisse les yeux vers sa ceinture, où son érection pousse contre mon ventre. Quand il comprend, ses yeux s'écarquillent légèrement et il se recule tout de suite. C'est presque si je regrette de le lui avoir dit.

– Merde, je… désolé, lâche-t-il en souriant légèrement.

– C'est rien.

Je souris à mon tour dans le silence pesant, observe Zoé prendre la place de Loan près de la télé.

– Au fait, reprend-il d'une voix rauque. Tu veux que j'aille chercher ton père, samedi matin ?

– Loan, c'est adorable, mais tu n'as pas à faire ça.

– Je serai déjà debout de toute façon, dit-il en haussant les épaules. Si je te le propose, c'est parce que ça ne me dérange pas. Puis tu m'as dit que tu avais cours, samedi matin.

– Ah oui, c'est vrai ! me souviens-je tout à coup. Bon… tu es sûr ?

– Sûr. Je le ramènerai à l'appartement et vous vous retrouverez à midi.

J'opine doucement, l'angoisse pointant le bout de son nez.

– Ça roule.

CHAPITRE 19
Aujourd'hui

LOAN

C'est vendredi que ça arrive, la veille de la venue du père de Violette.

Je termine ma journée à la caserne aux alentours de vingt-deux heures, n'étant pas de garde. Je lace mes chaussures dans les vestiaires, les cheveux encore humides de la douche que je viens de prendre. Ethan me tient compagnie, se plaignant de devoir passer la nuit ici.

– Et sinon, avec Vio, ça se passe comment ?

Je hausse une épaule, impassible. Tout ce que je sais, c'est que depuis qu'on a couché ensemble, je ressens des choses pour elle que j'avais jusqu'à présent ignorées.

– Bien. On est amis avant tout, expliqué-je comme si je récitais un texte. On le restera coûte que coûte.

Il veut insister mais je fais dévier la conversation sur sa petite amie, du nom de laquelle je ne me souviens toujours pas. Il me raconte qu'il pense à lui proposer d'emménager, ce qui m'étonne sur le moment. Ça ne fait que quelques semaines qu'ils sortent ensemble. C'est très rapide… Je le lui dis, mais il me sourit.

– À quoi bon attendre si je suis tombé amoureux d'elle dès la première seconde où je l'ai vue ?

– Je me rappelle d'un Ethan, il y a peu, qui hésitait à l'inviter à sortir parce qu'elle était féministe.

– Faux ! Cette facette d'elle me faisait flipper, mais j'ai vite compris que féministe n'était pas un mot pour dire « je déteste les hommes ». Ophélie est incroyable, mec.

Ah oui, Ophélie. Je hoche la tête, sincèrement heureux pour lui. Les couples se forment peu à peu autour de moi. Et mon tour, alors ? Toujours à attendre une femme qui ne veut plus de moi. Sauf que j'en ai marre d'attendre.

Une fois habillé, je salue Ethan et les autres, puis je prends la voiture pour rentrer. Je suis exténué. Penser à l'issue de ce week-end ne m'aide pas. J'ai déjà rencontré le père de Violette, un homme charmant et très compréhensif, mais savoir qu'il va rencontrer Clément me fait grincer des dents.

En parlant de Violette, je suis désormais sûr de quatre choses :

1) J'ai envie de coucher avec elle. Encore. Et encore.

2) Clément et ses remarques sexistes ne la méritent pas.

3) J'aimerais trouver un moyen de la faire parler à propos de son passé.

4) Il n'y a pas de quatre, mais j'y réfléchis encore.

Si j'ai bien compris, sa mère l'a abandonnée. Mais je suis persuadé qu'il y a plus derrière tout ça, ce qui m'amène à penser qu'elle est avec Clément pour une raison totalement autre que l'amour.

J'ouvre la porte de l'appartement, mon sac de sport sur l'épaule…

– Hello tout le m…

… et me fige sur place. Le feu court dans mes veines à toute vitesse, m'enflamme les intestins, me consume tout entier. Je suis soudain témoin du spectacle le plus fabuleux qui soit en cette fin de soirée. Violette est debout devant la porte ouverte du frigo, vêtue d'un pantalon de yoga aussi moulant qu'une seconde peau et d'une brassière rose. Ses cheveux blonds ondulent autour de son visage diaphane, qui se tourne vers moi dans une expression de « prise en flag' ». En effet, Violette a une cuillère à soupe enfournée dans la bouche. Je hausse un sourcil tandis qu'elle se rembrunit. Il ne me faut pas longtemps avant de tomber sur les vestiges du pot de Nutella, abandonné sur la table du salon.

– Je refais mon entrée et on efface ce que je viens de voir, ou ce n'est pas nécessaire ?

Elle retire la cuillère de sa bouche avec une sensualité qui me fait frémir, puis lâche d'une voix neutre :

– Tu peux toujours entrer. Mais dans ce cas, je serai obligée de te tuer. Regarde Nut', comment il a fini. Tu ne veux pas terminer comme lui, pas vrai ?

Peut-être bien que si. Je retiens un sourire et capitule, faisant demi-tour. Je claque la porte, attends quelques instants le temps de rire dans ma barbe en l'imaginant remettre la cuisine en ordre. Trente secondes plus tard, j'entre ma clef dans la serrure et refais mon entrée. Il n'y a plus aucune trace dudit Nut' dans le salon, le frigo est fermé et la cuillère est probablement lavée. Dommage.

Violette, quant à elle, est adossée contre le comptoir de la cuisine, levant sa jambe dans un mouvement faussement aguicheur.

– Bienvenue, beau brun.

Je souris avec amusement. Je ne crois pas que je saurai un jour d'où vient cette fille complètement tarée, mais ce n'est pas important. L'important, c'est qu'elle existe.

– Pas mal, pas mal, commenté-je.

– Tu préfères cette entrée, hein ?

– Bizarrement, je préférais l'autre.

Ce pantalon est définitivement celui que je préfère, tous confondus, bien que j'aie un faible pour ses jupes également. C'est comme si elle ne portait rien, et je sais de quoi je parle puisque je l'ai déjà vue lorsqu'elle ne portait rien.

– Quelle autre ? me questionne-t-elle avec innocence. Il n'y en a pas eu d'autres, voyons.

Elle croit probablement qu'on plaisante, qu'on joue comme on le fait tous les jours. Mais ce jeu-là, tandis qu'elle est habillée si indécemment, en est un très différent pour moi. C'est un jeu dangereux, mais qui me plaît. Et c'est justement parce qu'il me plaît outre mesure qu'il est dangereux. Je m'avance, plongeant mon regard dans le sien, et lorsque je suis assez près pour pouvoir, si l'envie m'en prend, l'embrasser à pleine bouche, je m'arrête. Elle lève le menton pour soutenir mon regard, beaucoup moins audacieuse tout à coup.

Je souris et essuie le Nutella qui réside toujours au coin de ses lèvres.

– Bien sûr… aucune autre, murmuré-je.

Je suce mon pouce sans la quitter du regard. Violette me regarde en déglutissant, les bras recouverts de chair de poule. Moi-même je palpite à des endroits que je préfère ne pas citer. Il vaut mieux tout arrêter, et tout de suite.

– Où est Zoé ?

– Av… avec Jason. Elle dort chez lui ce soir.

Il ne fait pas les choses à moitié, lui. D'un côté, je suis content pour eux. De l'autre, j'espère que Zoé ne joue pas avec Jason. Je sais, dit comme ça, c'est le monde à l'envers. Mais aussi étrange que cela puisse paraître, je crois qu'il l'aime vraiment bien.

– Je voudrais qu'on parle.

Cette fois, je suis déterminé, elle ne réussira pas à détourner mon attention. Si elle pleure, j'ai déjà prévu le coup. Je ne flancherai pas. J'ai des mouchoirs dans ma poche, juste au cas où.

– Parler ?

Violette se renferme comme une coquille sur sa perle, croisant les bras sur sa poitrine. Je m'en étais douté, c'est pourquoi je ne cille pas. *Je tiens bon.*

– Oui, parler. – De quoi ?

– De ce que tu m'as avoué l'autre nuit, que tu as passée à pleurer dans mes bras. Par exemple.

Elle me fusille du regard, je devine que ça ne sera pas facile. Elle est têtue. Sauf que je le suis aussi, au moins autant qu'elle.

– Je ne veux pas en reparler, Loan. S'il te plaît.

Elle essaie de se dégager, probablement pour se réfugier dans sa chambre, mais je la bloque contre le comptoir avec mon bras. Elle n'ira nulle part tant qu'on n'aura pas mis les choses au clair.

– Et moi j'ai envie de comprendre. De t'aider.

– C'est du passé, murmure-t-elle, les yeux baissés. Ça va, je t'assure. Pourquoi est-ce que tu insistes tant ?

– Parce que je tiens à toi. Et que manifestement, tu utilises Clément pour combler une faille que ta mère a créée en toi.

– Ne me psychanalyse pas, on a déjà parlé de ça, s'énerve-t-elle en me poussant violemment, ce qui ne me fait pas bouger d'un pouce. Bon sang, tu es qui ? Hulk ?!

– Tu l'aimes ?

Je n'avais pas l'intention de poser cette question. Mais je ne la retire pas, car force est de constater que la réponse m'intéresse grandement. Violette cille, prise de court. Elle n'a même pas besoin de répondre, je sais que la réponse est non. Je m'en sens tout de suite soulagé.

– Je pourrais l'aimer, répond-elle enfin, honteuse.

Je reste ébahi devant son entêtement, choqué de cette mauvaise foi qui la pousse à me contredire tout en sachant la vérité.

– Tu te trompes tellement…

– Pas aujourd'hui, Loan, s'il te plaît.

– Tu sais que j'ai raison, dis-je en haussant le ton, agacé au plus haut point. Chaque fois que je te regarde en sa présence, tu es différente. Tu joues un rôle qui ne te va pas du tout, Violette. Mais tu n'en as pas besoin, putain ! Tu es une fleur qui a besoin de s'ouvrir, de s'épanouir, et non de se replier sur ses pétales. Tu veux rester opprimée toute ta vie ? Dis-moi la vérité : tu te vois vivre à ses côtés, tous les jours, en faisant attention à chaque geste spontané que tu pourrais avoir, ou chaque parole qui te passerait mécaniquement sur les lèvres ? Moi, je te connais. Je te connais peut-être mieux que tu ne te connais toi-même. Et j'accepte tout ce que tu es, sans concession, parce que j'adore le fait que tu ne te réprimes pas à mes côtés, parce que j'adore le fait que tu me jettes tes défauts en pleine face, sans aucune retenue.

Elle reste silencieuse, en me considérant avec abasourdissement. J'espère qu'elle comprend, parce que je sature. Ses grands yeux me sondent, deux billes chocolat surmontées d'une rangée de cils aussi longs et bombés que ceux d'une biche, et je sais d'avance que je vais flancher. Que je ne suis plus assez fort pour tenir bon. Mon cœur dégringole au creux de mon ventre, aveuglé par le désir impétueux qui émane de nos deux êtres en perdition.

– Merci, semblent souffler ses lèvres.

Elle est trop proche, trop accessible. Je vais faire une connerie ! Je me retourne pour échapper à l'emprise de son regard, soufflant un bon coup. Je me rends compte que j'ai retenu ma respiration depuis un moment déjà. Je m'apprête à repartir vers ma chambre, frustré, lorsque je sens ses mains soulever mon tee-shirt. Je me crispe sur place. Ma première pensée est absurde : « Mon dos ! ». J'ai envie de l'arrêter, mais je reste immobile tandis qu'elle le soulève jusqu'à ma nuque dans une lenteur démesurée. Elle me laisse le temps de l'interrompre si j'en ai envie.

Je ne le fais pas.

J'avale douloureusement ma salive, le cœur au bord des lèvres. Je sais qu'elle peut la voir, maintenant. Ma brûlure est exposée à son regard et je ne peux pas deviner quelle est sa réaction. Est-elle dégoûtée ? Je suis sûr qu'elle l'est. Je le suis tous les jours devant le miroir. Je sens sa main remonter et je devine qu'elle la caresse. Évidemment, je ne sens rien lorsqu'elle passe ses doigts sur ma peau calcinée, pourtant je frissonne violemment, le souffle court. Jamais un toucher ne m'a fait autant d'effet ; un toucher que je ne sens même pas.

– Ça te dégoûte ? chuchoté-je.

Cette fois, c'est son front qui m'effleure la nuque. Je presse violemment les yeux tandis que Violette embrasse la source de mon plus grand complexe. C'est trop… trop… J'ai l'impression que tout explose dans ma tête et dans mon corps. Je suis un champ de mines et Violette est ma perte. Violette qui me contraint à lui refaire face. Je garde les yeux clos, tentant de calmer les palpitations de mon cœur, lorsque je l'entends dire :

– Rien chez toi ne me dégoûte, Loan. N'aie pas honte… s'il te plaît.

Ses doigts effleurent mes paupières, me poussant à la contempler, avant de se poser sur mon pectoral gauche. J'obéis doucement, rencontrant son regard de nouveau. Elle me fixe comme si j'étais le seul homme sur Terre. Et putain, j'aime ça.

– Violette…

Je n'ai pas besoin d'en dire plus, elle attrape ma chaîne militaire et la tire fermement pour plaquer ses délicieuses lèvres contre les miennes. Un râle guttural m'échappe tandis que je déguste de nouveau le goût humide de sa bouche. Je force celle-ci à s'ouvrir à l'aide de ma langue et viens cueillir la sienne, pris d'une fièvre que je n'arrive plus à maîtriser. Les mains de Violette s'insinuent dans mes cheveux et tirent à la racine. C'est un baiser différent de ceux que nous avons eus jusqu'à maintenant. Plus bestial, plus fiévreux, plus sauvage.

Je me consume. J'entreprends rapidement de saisir ses cuisses et de la soulever pour l'asseoir sur le comptoir. Je me glisse entre elles, là où est ma place, et continue de l'embrasser sauvagement. C'est tellement bon que je comprends pourquoi c'est interdit.

J'agrippe violemment ses hanches tout en déviant ma bouche vers le creux de son cou. Je l'embrasse, le suce, le mords. J'ai tellement envie d'elle que ma queue me fait mal, bon sang. La voir haleter et s'arc-bouter contre moi n'arrange rien. Au diable Clément, au diable le souvenir de sa mère. *Je dois être en elle. Tout de suite.*

– Je peux ? soufflé-je entre deux baisers urgents.

Violette hoche fébrilement la tête, passant les mains sous mon tee-shirt afin de caresser mes abdos.

– Dieu merci.

Plus de temps à perdre, je la laisse me retirer mon tee-shirt, qui tombe au sol en moins de deux, et entreprends de lui retirer sa brassière. J'essaie de la lui passer par-dessus la tête mais elle me mordille la lèvre en murmurant :

– La fermeture de devant…

En effet, je suis chanceux. Je saisis la fermeture et l'abaisse, dévoilant sa poitrine. Ses seins sont petits et parfaitement ronds, magnifiques. Elle frémit, probablement de honte, si bien que j'encadre son visage des mains et lui chuchote :

– Tu es parfaite, Violette-qui-sent-la-violette. Une magnifique fleur des champs.

Elle sourit et je repars à la recherche de sa peau. On dirait que l'écart de ses seins se creuse avec une perfection telle qu'il n'est fait que pour le passage de ma langue. Je laisse flâner celle-ci le long de ses tétons, près d'exploser.

– Tu n'auras pas besoin de ça, lui susurré-je.

Je saisis chaque côté de son pantalon, et c'est avec un certain chagrin que je le fais glisser le long de ses jambes, la culotte avec. Elle est désormais totalement nue, et la contempler me fait me demander comment j'ai pu dormir avec elle des centaines de nuits sans rien tenter. Je prends le temps de la contempler des pieds à la tête, excité, avant de reprendre sa bouche. Je lèche la commissure de ses lèvres, ce qui la fait soupirer de plaisir.

– S'il te plaît, Loan…

– Pose tes mains derrière toi et ne bouge pas.

Savoir que tout ce que je lui fais est une première fois flatte considérablement mon ego, même si le contraire n'aurait rien changé. Elle fait ce que je dis tandis que je dessine une traînée de baisers mouillés de son cou à son nombril, dans lequel je fais tournoyer ma langue. Les petits bruits sexy qu'elle fait en réaction me font bander encore plus. Là, je place ses jambes sur mes épaules et entreprends le même manège de l'intérieur de son genou à son entrejambe. Lorsque j'embrasse son intimité, elle se crispe tout entière. Je lui dis de se détendre tout en lui caressant les cuisses. Je suis sûr qu'elle va adorer. J'ai envie qu'elle adore.

– Oh mon Dieu… souffle-t-elle au moment où ma langue s'introduit en elle.

Je tente de l'amadouer en y allant doucement. Bon sang, ce que c'est bon. Je passe ma langue à des endroits stratégiques, taquinant son clitoris à mesure qu'elle gémit de plus en plus fort. La prochaine fois, je me promets de le lui faire sur mon lit.

– Loan… oh, bon Dieu…

Je la mordille légèrement et elle se contracte davantage encore. Je continue de donner des coups de langue jusqu'à ce qu'elle se mette à trembler. Je relève la tête pile à temps pour voir ses yeux se révulser. Elle jouit en un mot : mon prénom. Et c'est la chose la plus sexy que j'aie jamais vue. Je lâche ses jambes et lui enlace la taille pour la ramener à moi. Ses seins se plaquent contre mon torse nu.

– C'était… chuchote-t-elle, les yeux toujours fermés.

– Je sais.

Je l'embrasse avec toute la tendresse dont je suis capable, la laissant découvrir le goût qu'elle a sur ma langue. Le baiser s'intensifie brusquement lorsqu'elle décide de serrer mes fesses entre ses mains.

Je la lâche alors à contrecœur afin de défaire ma ceinture. Violette me regarde faire, les pupilles dilatées.

Manifestement, ce geste l'excite. J'ai à peine déboutonné mon jean que je sens ses mains me le baisser sur les cuisses. Je le retire sans la quitter des yeux, sur le point d'imploser, et je la laisse m'enlever mon caleçon. Plus rien ne nous sépare.

Je la colle à moi et elle enroule ses jambes autour de ma taille, ses pieds froids chatouillant mes fesses nues. Nous nous embrassons de longues secondes, appréciant ce moment, ce moment fatidique où nous sommes tous les deux nus et consentants. Ce moment, Mesdames et Messieurs… *où la première règle saute.*

« On ne le fait qu'une fois. »

– Tu n'as aucune idée de l'effet que tu me fais, pas vrai ? lui murmuré-je à l'oreille.

Violette est là, simplement habillée de ses taches de rousseur, et je la soulève avec aisance. Nous glissons par terre contre le mur de la cuisine. Elle est sur moi, plus belle que le soleil et toutes les étoiles de la Voie lactée réunis, ses boucles d'or caressant la pointe de ses seins.

Je veux absolument la prendre de cette façon, la regarder me faire l'amour avec assurance et sensualité.

– Viens là.

Je l'installe confortablement, à califourchon, et lui caresse la joue.

– Souviens-toi que je t'adore, Violette-qui-sent-la-violette.

– Toujours.

Elle se penche et m'embrasse chastement sur les lèvres, et je jure devant Dieu que c'est le meilleur de tous les baisers à jamais échangés. J'en profite alors et prends mon sexe dans ma main, la tenant par la hanche de l'autre, puis l'empale tout doucement. Sa bouche s'entrouvre tandis que je me sens entrer en elle. Je retiens un soupir de bonheur parfait. Je ne crois pas que les femmes puissent comprendre ce que ça fait, d'être en elles. Je ne saurais même pas l'expliquer. C'est tout simplement la sensation la plus jouissive au monde.

– Oh la la, soupire-t-elle. C'est… bordel.

Je lui tiens le dos alors qu'elle rougit, immobile autour de moi.

– Loan, je… je ne sais pas ce que je dois faire.

Cet aveu est bel et bien la chose la plus adorable du monde. Je lui souris et lui prends les hanches pour la rassurer.

– Fais comme tu le sens… je vais t'aider.

Violette acquiesce et s'abaisse lentement sur moi, ne me lâchant pas du regard. Je presse les paupières avec extase, au centre d'elle. Là, je suis bien. À ma place. Comme dans un cocon, protégé, enveloppé.

Puis soudain, quelque chose d'incroyable se passe ; elle prend les commandes. Violette pose ses paumes sur mon torse et entreprend une danse hypnotique autour de mon sexe, de haut en bas. Mon souffle s'accélère à mesure que je la sens glisser contre ma virilité. Je décide alors de venir à sa rencontre et l'accompagne dans ses va-et-vient, sentant le plaisir monter en flèche dans ma poitrine. Nous gémissons de concert, en parfaite symbiose. Nos corps et nos âmes ne font plus qu'un lorsque je me sens sur le point de jouir. J'accélère le rythme en tentant de l'attendre, complètement déphasé.

Je ne sais pas ce qui m'arrive. Violette est là, la même que depuis l'ascenseur, mais c'est comme si je la voyais pour la première fois. Sur moi, prenant le contrôle, les yeux fermés. Je les fixe, fasciné. Là, les paupières closes et la bouche en O, la magie opère.

Je tombe irrémédiablement amoureux de cette femme.

– Bordel, soufflé-je sans pouvoir m'en empêcher.

C'est quoi, ça ? Je ne me laisse pas le temps de répondre. J'arrête de me contenir lorsque je sens Violette se resserrer autour de mon sexe, et je la supplie, paniqué à l'idée de manquer ça :

– S'il te plaît, Violette, regarde-moi. Regarde-moi !

Ma meilleure amie obtempère à la seconde même où nous jouissons dans un orgasme déflagrant, plus liés que nous ne l'avons jamais été. Je soupire d'aise, profitant de cet instant de pleine satisfaction, pendant que Violette appuie son front contre mon cou.

C'était… Elle m'a… Je n'ai jamais connu ça avant. Une telle perfection des corps et des esprits. J'en viens même à me convaincre que je prendrai ce qu'elle me donnera, même si elle décide de rester avec Clément. Parce que mettre fin à ça serait un sacrilège.

Nous restons ainsi quelques secondes, le corps transpirant et la respiration saccadée. La mienne se calme alors que celle de Violette semble étrangement s'accélérer. Je lui caresse la nuque et l'embrasse derrière l'oreille en la laissant reprendre ses esprits. Sauf que plus les secondes s'écoulent, plus son cœur contre mon torse s'emballe.

– Violette… ?

Elle ne réagit pas. Je commence à m'inquiéter, si bien que je la force à se reculer. Lorsqu'elle émerge de mon cou, je retrouve une Violette prise de sanglots imaginaires. Je reste ahuri un instant, pensant qu'elle pleure. Mais je ne vois aucune larme.

Cette fois, je prends peur en voyant qu'elle peine à respirer. Elle porte la main à sa gorge, cherchant de l'air à inspirer. Je comprends tout de suite. Violette fait une crise d'angoisse. Mes réflexes de pompier prennent le dessus et je me redresse précipitamment. Elle se lève avec difficulté, des larmes embuant ses magnifiques yeux.

– Inspire et expire, Violette. Rappelle-toi : compte jusqu'à dix, et respire calmement.

Je lui caresse les cheveux, démuni, et attends qu'elle obéisse. Je ne l'ai vue faire une crise de panique qu'une seule fois : le jour de notre rencontre. Mais celle-ci est bien plus violente que celle de l'ascenseur. Et elle l'a eue après que je lui ai fait l'amour.

Pas besoin d'être un génie pour comprendre que ce n'est pas une bonne nouvelle.

– Violette… Qu'est-ce que tu as ?

Elle secoue frénétiquement la tête, balbutiant des choses inintelligibles. Je fronce les sourcils, n'y comprenant rien, et vais chercher le plaid qui gît sur le canapé pour l'enrouler autour de Violette. Je finis par comprendre qu'elle s'excuse.

– Ne sois pas désolée, dis-je d'une voix douce.

Elle reste silencieuse, soufflant pour se contraindre à rester calme. Elle ne m'a toujours pas regardé dans les yeux. Je place donc mon pouce sous son menton et l'oblige à me faire face. Son regard alarmé réussit à faire chavirer mon cœur. Mais dans le mauvais sens du terme, cette fois.

– J'ai besoin de savoir, Violette… Qu'est-ce qui se passe ? C'est à cause… de Clément ?

Elle secoue violemment la tête. Je soupire et enfile mon boxer avant de la faire asseoir sur le canapé.

– Tu peux tout me dire.

Elle se roule en boule et pose son menton sur ses genoux. Je devine tout de suite qu'elle va enfin me parler sans barrière. Je pose mes fesses sur le bord de la table basse et prends ses mains entre les miennes pour la rassurer. Après une séance de jambes en l'air pareille, j'avoue que c'est un peu la douche froide. Mais que voulez-vous ? C'est Violette. Elle ne fait rien comme les autres.

– Parle-moi. Je t'en prie.

Cette fois, elle ne se fait pas prier. Elle sait que c'est trop tard, que j'ai assisté à des choses qui ne lui permettent plus de me cacher ses secrets. Elle soupire, puis fixe son regard sur nos mains entrelacées tout en parlant :

– J'ai grandi avec ma mère et mon père. Je me souviens d'une enfance heureuse, ou en tout cas jusqu'à mes six ans. Mes parents s'aimaient, nous étions heureux, du moins c'est ce que je croyais. Ma mère était… une très belle femme. Une femme au foyer avec beaucoup d'activités extérieures et beaucoup d'amies. Je l'admirais tellement !

Elle marque une pause et je scrute chaque détail de son visage ; sa lèvre tremblante, ses cils majestueux et cette veine qui palpite à sa tempe. Je sens que je ne vais pas aimer ce qui suit.

– Là où nous habitions à cette époque, ma chambre était la pièce le plus près de l'entrée. On devait passer devant pour sortir. Une nuit, un bruit m'a réveillée. Je suis sortie de mon lit pour voir ce que c'était… et quand j'ai ouvert la porte de ma chambre, j'ai vu ma mère à l'entrée, en train d'ouvrir à un homme que je ne connaissais pas. Ils se sont embrassés sans me voir, murmure-t-elle avec désolation tandis que je baisse les yeux. Je n'ai pas tout de suite compris, je savais juste que ce n'était pas mon père. Puis ma mère m'a vue. Elle lui a dit de l'attendre dehors et s'est approchée de moi pour me porter et me remettre au lit.

J'écoute attentivement, un goût de bile dans la bouche. Je m'imagine une petite fille aux joues rondes et aux cheveux blonds et épais, une petite fille adorable qui aperçoit sa mère tromper son père sans réellement comprendre ce que cela implique. Elle sait juste que ce n'est pas normal.

– Je lui ai demandé qui c'était, alors elle m'a souri en me caressant les cheveux… et m'a chuchoté : « C'est notre petit secret ».

Je frissonne violemment à ces mots, puis serre les poings. Violette continue sans faire un geste quelconque pour chasser les larmes qui coulent sur ses joues.

– C'est comme ça que ça a commencé. Elle a trompé mon père pendant dix ans, Loan. Pendant dix ans, j'ai entendu ses pas dans le couloir au milieu de la nuit. Et je l'ai couverte tout ce temps, sans jamais rien dire à mon père, qui continuait à l'aimer et à la chérir. Comment le pouvais-je, hein ? rit-elle sans joie, reniflant dans le plaid. Les premières années, elle venait me voir dans ma chambre chaque fois qu'elle s'éclipsait, sachant que je ne dormais pas, pour venir me répéter que c'était « notre petit secret ». Et ça l'était. Sauf que pour moi, c'était un énorme secret, le secret de ma vie. Et il me bouffait de l'intérieur.

Je n'arrive pas à croire qu'il existe réellement des gens aussi cruels. Pas nécessairement envers leur mari (même si c'est déjà franchement horrible), car manifestement beaucoup de gens sont infidèles, mais envers sa fille. Comment peut-on déglinguer le cerveau de son enfant pour couvrir ses fautes ? C'est une chose que je ne tolérerai jamais.

– Je suis désolé, ma belle…

– Quand j'ai grandi, j'ai voulu tout avouer à mon père. Je n'arrivais plus à garder ça pour moi. Sauf que ma mère m'en a dissuadée. Elle me disait que si je le disais à mon père, il saurait que je lui mentais depuis des années moi aussi. Je ne voulais pas qu'il me déteste.

Je passe mes doigts sur son visage pour chasser les traces humides de son passé.

– Qu'est-ce qui s'est passé ensuite ?

– À mes seize ans, elle nous a appris de but en blanc qu'elle nous quittait. La vérité était bien plus grosse que ce que je pensais. Non seulement elle trompait mon père depuis dix ans, mais elle avait une autre famille. Lorsqu'elle s'absentait, c'était chaque fois pour les retrouver. Et maintenant, elle les choisissait, eux, plutôt que nous. Ça a été un énorme choc pour mon père quand il a appris la vérité. Je me suis sentie tellement mal… et tellement abandonnée par cette mère à qui j'avais donné dix ans de silence aveugle.

Soudain, je comprends tout. Sa peur de l'abandon, ses crises d'angoisse, sa relation très protectrice avec son père, et bien sûr sa volonté de devenir normale. Je regarde Violette et c'est comme si je voyais la petite fille en elle. Sa mère lui a préféré une autre famille, peut-être même une autre fille. Et elle croit que c'est sa faute, que c'est parce qu'elle est légèrement différente…

– Alors ton père a su que tu étais au courant ?

– Oui… Je crois que ça été difficile pour lui, reprend-elle en plissant le front, plongée dans des souvenirs dont je ne peux qu'être exclu. Mais il n'a rien laissé paraître devant moi, et je suis persuadée que c'est parce qu'il ne voulait pas que je culpabilise davantage.

– Ce n'était pas ta faute, Violette. C'était des histoires d'adultes, des histoires dans lesquelles on t'a embarquée alors que tu n'y avais pas ta place. Ne t'en veux pas pour ça.

Je tire gentiment sur ses mains pour la faire venir vers moi. Elle se laisse faire et s'assoit sur mes genoux, un bras autour de mon cou. La chaleur de son corps m'étreint et ne me lâche plus.

– Après ça, on a reconstruit notre vie de famille, une famille à deux, et tout est allé parfaitement bien. Il m'arrivait de penser à ma mère, comme encore aujourd'hui, mais je suppose que ce sera ainsi toute ma vie.

– Tu ne l'as jamais revue ?

– Seulement une fois, six mois plus tard. Elle nous a annoncé qu'elle montait vivre sur Paris avec sa nouvelle famille, et que j'allais lui manquer – tu parles, si j'allais vraiment lui manquer, elle serait restée ! Depuis, zéro nouvelle. Je sais simplement où elle habite.

– Attends, tu es en train de me dire que ta mère, que tu n'as pas vue depuis quatre ans, vit ici à Paris et que tu n'as jamais cherché à la recontacter ?

– Non, dit-elle comme une évidence. Quand elle est partie, je me suis toujours dit que jamais plus je ne courrais après l'amour de quelqu'un.

J'acquiesce. Elle a raison, bien sûr, mais je crois qu'elle a tout de même besoin de régler certaines choses. Elle n'a pas l'esprit tranquille, et c'est elle que ça bouffera si elle ne fait rien pour y remédier.

– Je suis d'accord avec toi, Violette, mais ce serait peut-être bien de la voir. Pas pour renouer, sauf si tu en as envie, mais juste pour t'aider à tourner la page. Tu dois clore cette partie de ta vie… Non ?

Elle réfléchit, caressant mes doigts entre les siens. Je lui propose ça sans réellement savoir si c'est une bonne solution. Je veux juste qu'elle soit en paix. Mais d'un autre côté, elle a le droit d'être en colère contre sa mère. Je ne lui retirerai pas ça. Elle a été trompée au même titre que son père.

– Peut-être. Je ne sais pas, je n'ai pas envie d'y penser.

– D'accord, on n'en parle plus.

Je dépose un baiser sur son front. Elle a l'air toute petite, toute fragile dans mes bras. Je suis vraiment touché qu'elle se soit confiée. J'ai l'impression qu'on passe un stade dans notre relation. On n'a jamais été aussi proches, et pas seulement physiquement parlant. Je veux dire… C'est Violette.

J'ai aimé ce qu'elle est depuis le premier soir. Mais ça n'était jamais allé plus loin.

Parce qu'il y avait Lucie.

Sauf qu'elle n'est plus là, que Clément débarque et que Violette s'avère avoir la peau la plus douce que j'aie jamais touchée. Quand elle me chevauchait, j'ai vraiment senti le déclic se faire en moi. Comme si c'était là depuis toujours mais que ça ne me frappait que maintenant. J'aime Violette. Et je ne sais pas si j'ai le droit de lui demander de me choisir, je ne sais pas si je dois abandonner tout espoir auprès de Lucie, parce que j'ai peur de ce qui se passera si je le fais.

Je ne sais pas pourquoi, mais j'ai soudain envie que Violette me connaisse mieux. C'est pourquoi je lance :

– Tu sais, j'ai moi aussi un passif compliqué avec ma mère… Alors je comprends.

– Tu n'en parles jamais, s'étonne-t-elle.

– Pour la même raison que toi. C'est dur d'en parler.

Finalement, elle me demande si je vois encore mes parents ou si nous ne sommes plus en contact, alors je lui avoue que je passe parfois les voir. Elle est surprise de n'avoir rien remarqué, me demande si elle peut venir avec moi la prochaine fois. Je plisse le front.

– Je ne préfère pas.

Elle semble déçue. Elle ne comprend pas que je fais ça parce que si nous y allons durant un mauvais jour, cela pourrait dégénérer. Nous restons un moment silencieux, plus forts des confidences que nous nous sommes faites. Mais notre moment interdit contre le mur de la cuisine revient nous hanter avec virulence.

Je lui jette un œil en biais pour tenter de savoir à quoi elle pense. Vu sa mine défaite, je dirais qu'elle pense à la même chose que moi. Après cinq bonnes minutes, nous sommes toujours là, assis sur la table basse du salon, moi en boxer et elle toute nue sous son plaid.

– Qu'est-ce qu'on va faire, Loan ?

Je n'en sais foutre rien.

CHAPITRE 20
Aujourd'hui

VIOLETTE

J'ai longtemps culpabilisé lorsque Loan et moi avons couché ensemble la première fois. Mais hier… hier, c'était différent. Hier, ça ne faisait pas partie du compromis.

À aucun moment je n'ai pensé à Clément et je me rends compte que c'est très mauvais signe… Quand Loan m'a demandé si je l'aimais, je n'ai pas pu mentir. Non, je ne suis pas amoureuse de Clément. En revanche, je suis quasi certaine d'aimer quelqu'un d'autre. OK, je le suis. J'aime Loan. Je ne sais pas depuis quand, peut-être depuis notre danse sensuelle, ou peut-être depuis que je suis allée lui réclamer un paquet de farine il y a un an, peu importe. Tout ce que je sais, c'est que je m'en suis rendu compte après notre première fois. Je ne pouvais plus me le cacher.

En sachant cela et après cette deuxième partie de jambes en l'air, j'ai bien l'intention de tout dire à

Clément. Il ne mérite pas ce que je lui fais subir à son insu. Ma décision est prise. Il ne me reste plus qu'à trouver le bon moment.

– C'était bien, hier ?

Je lève brusquement les yeux vers Zoé, qui marche à côté de moi jusqu'à la voiture. Nous sortons de l'ESMOD pour rentrer à l'appartement et accueillir mon père, que Loan est allé chercher à la gare. Je prends une expression aussi innocente que possible – je ne veux pas que Zoé sache que Loan et moi avons recommencé.

– Quoi, hier ? Qu'est-ce qui serait bien, on n'a rien fait de plus que d'habitude.

OK, pour la discrétion, on repassera.

– Relax, je demande ça comme ça. Moi, si tu veux savoir, c'était…

– Non, je ne veux pas savoir, grimacé-je en m'installant sur le siège passager. Merci quand même.

Elle ronchonne et démarre. Les voir ensemble, Jason et elle, me fait plaisir, certes, mais je n'ai aucune envie d'entendre les détails. Je regrette déjà d'avoir autant d'imagination.

– D'accord, je ne dirai rien. En revanche, si ça peut te rassurer, on s'est bien protégés. Tu es fière de moi, dis ?

Je m'apprête à lui hurler dessus pour m'avoir imposé des images que je vais mettre plusieurs heures à oublier, jusqu'à ce que le sang se fige dans mes veines.

Attendez. *Stop.* Monde, arrête-toi deux minutes.

Est-ce que… ? Oui. Loan et moi avons oublié de nous protéger. Je n'arrive pas à croire que je ne m'en suis pas rendu compte. Bon sang, mais quelle idiote ! Comment n'ai-je pas pu remarquer la différence entre « avec » et « sans » préservatif ?

Je frissonne violemment, autant de peur que du souvenir que cette pensée me procure. Je réfléchis à plein régime, ne sachant pas quoi faire. Est-ce que Loan s'en est rendu compte, lui ?

J'hésite encore un peu avant d'envoyer mon message :

Moi : Loan…

Loan : ??

Moi : Hier, on s'est pas protégés.

Autant ne pas prendre de gants. D'ailleurs, il met deux minutes interminables à me répondre. Je me demande ce qu'il est en train de se dire. Je culpabilise un peu, même si je n'ai pas à m'en vouloir. Enfin, mon portable vibre.

Loan : Je suis clean.
Tu prends la pilule ?

Moi : Oui.

Loan : Tant mieux. Vio, je suis
désolé… J'ai complètement oublié.

Je souris légèrement devant mon téléphone. J'aurais dû m'en douter, qu'il s'excuserait.

Moi : Arrête, c'est aussi ma faute.
On était trop… pressés.

Loan : C'était mon rôle. Je n'aurais pas
dû oublier.

Je ne réponds rien tandis que nous roulons jusqu'à l'appart. En effet, heureusement que je prends la pilule. Non seulement Loan et moi ne sommes pas ensemble, mais je connais son avis sur la question…

***

Lorsque j'ouvre la porte de l'appartement, mon père est assis sur l'un des tabourets de la cuisine, en pleine conversation avec Loan.

– Papa ! crié-je joyeusement. Bienvenue à l'appart !

Mon paternel se lève et vient me prendre dans ses bras, toujours avec cette même fragrance de pin qui le caractérise ; l'odeur du grand frais.

– Coucou, ma puce. Tu m'as manqué, sourit-il, comme à son habitude.

Je ferme les yeux en me laissant aller à son étreinte, tout à coup soulagée. J'ai envie de pleurer tellement ça fait du bien. Je n'avais pas compris à quel point il me manquait.

– Je suis contente que tu sois là. Tu as mangé ? le questionné-je en retirant mon manteau.

Puis je vais saluer Loan. Celui-ci se redresse et pose une main sur mes reins qui m'électrise. Il répond à la place de mon père :

– Non, on t'attendait.

Je demande des nouvelles de la famille, comment se passe son travail, la routine. Zoé et Loan déjeunent avec nous, l'ambiance est gaie et pas prise de tête. Mon père pose beaucoup de questions à Loan à propos de son métier qu'il admire. Pendant ce temps-là, Zoé et moi parlons de nos devoirs pour l'ESMOD. Heureusement, nous sommes depuis ce matin en vacances pour deux semaines.

– Alors dis-moi, sourit mon père après son café. Comment as-tu prévu de profiter de ton vieux grincheux de père pendant ces deux jours ?

– Vous n'êtes pas grincheux du tout, objecte Zoé.

– Fayote, lâché-je.

– On m'a dit que tu voulais me présenter quelqu'un… ?

Je me pince les lèvres avant de répondre. J'avais complètement oublié que Clément venait dîner ce soir… Est-ce Loan qui le lui a dit ? Je n'ose pas le regarder pour le découvrir. L'idée me semble complètement grotesque après l'incident d'hier, néanmoins je ne peux plus reculer.

– Euh, oui… Mais ne prends pas ça trop à cœur, d'accord ?

Il hoche la tête tandis que je souris d'un air crispé. Je n'ai plus qu'à me motiver et à me convaincre que nous passerons tous une bonne soirée ! Mon optimisme flanche toutefois lorsque je surprends un regard en coin entre mon père et Loan. Cela ne dure qu'une infime seconde… Une seconde tellement courte que je suis à la fin convaincue de l'avoir imaginée.

***

Je me contemple une nouvelle fois dans le miroir, stressée. Bon sang, il faut que je me calme avant que ma langue se délie et que j'annonce avoir couché avec Loan (deux fois !) avant le dessert.

– Tu es très belle.

Je lève les yeux vers le reflet de Loan dans le miroir. Il est adossé au chambranle de la porte, les bras croisés. Je me jauge un instant de plus, tentant désespérément de comprendre ce qui peut lui faire penser ça. Je porte pour l'occasion un col roulé noir sans manches qui m'arrive sous la poitrine, accompagné d'une jupe haute grise descendant jusqu'au genou. Classique mais sexy à la fois.

– Merci.

– Allez, viens. Tintin ne va pas tarder.

Je le rejoins en le fusillant du regard.

– Qu'est-ce que vous avez tous avec ce surnom débile ?

Loan retient un rire avant de me tirer les cheveux d'un geste taquin.

– C'est Zoé qui l'appelle comme ça. Fais pas attention.

Je débarque dans le salon, talonnée par Loan, et découvre mon père dans le canapé. Celui-ci se tourne vers nous tandis que Loan enfile sa veste, sur le départ.

– Bon, eh bien je vous laisse en famille, ce soir.

Je reste le dos tourné, évitant de montrer mon désarroi. Compte tenu de la situation, cela me gêne de mettre Loan à la porte pour pouvoir inviter Clément, sans oublier que c'est chez lui aussi…

– Quoi ? s'indigne mon père. Enfin, tu ne vas pas rester dehors toute la soirée ! Je ne veux surtout pas te virer de chez toi. Allez, reste dîner avec nous. Plus on est de fous, plus on rit !

Pardon ? Je me tourne lentement vers eux, pétrifiée. Loan ouvre la bouche pour refuser, mais s'arrête en plein élan. Il me jette un regard furtif, le temps que je lui fasse les gros yeux, avant de hausser les épaules. *Oh, le traître.*

– Si vous insistez ! accepte Loan en retirant finalement ses chaussures.

Les deux se tournent vers moi pour chercher mon approbation. Je lève les mains, vaincue, et me force à feindre l'enthousiasme :

– Plus on est de fous, plus on rit.

Tuez-moi.

Comme si ce n'était pas assez, Clément choisit ce moment pour sonner à la porte. Nous nous figeons comme un seul homme. On dirait que j'ai stressé tout le monde – ce serait comique si je n'étais pas près d'en avoir la nausée. J'avale un verre de champagne pour me donner du courage, cul sec. Je chuchote à mon père de ne pas me faire honte et lance un dernier regard à Loan. Je sais qu'il comprend car il roule des yeux. Je me tourne vers la porte d'entrée et ouvre.

Clément est là, très beau et bien habillé, un bouquet de fleurs dans une main. Pendant quelques secondes, j'en oublie mon angoisse.

– Coucou.

– Je ne suis pas en retard ? me demande-t-il après m'avoir embrassé la joue.

– Non, pile à l'heure. Merci.

Il me tend les fleurs, que je prends, et je m'empare de son bras pour le conduire vers le canapé. C'est le moment.

– Papa, je te présente Clément. Clément, voici mon père, André.

– Ravi de vous connaître, André, sourit Clément, manifestement très à l'aise. Violette n'arrête pas de parler de vous.

– Ça, ça m'étonnerait, plaisante-t-il.

Je débarrasse Clément de son manteau tandis que Loan le salue à son tour, la mâchoire crispée. Je m'aperçois que Clément est agacé de le voir là, mais je fais comme si tout était normal. Une fois les amabilités terminées, je rajoute un couvert de plus à table et fais asseoir tout le monde. Je suis installée près de Clément en face de Loan, mon père ayant choisi de se mettre en bout de table. La place très imposante de chef.

– Alors, Clément, commence mon père. Comment vous êtes-vous connus, avec Violette ?

Je laisse Clément raconter l'histoire du restaurant, hochant la tête à certains passages, mais toujours trop occupée à siroter mon verre de champagne pour intervenir. Loan a l'air très intéressé par l'affaire et pose des questions ici et là. Il ne me quitte jamais du regard.

Le dîner se passe à peu près bien, mon père et Clément échangent des banalités, parlant études, boulot et famille. Loan, lui, reste silencieux. Il observe, comme à son habitude. Moi, eh bien je fais en sorte de m'insérer dans la conversation tout en buvant, en faisant des allers-retours entre le salon et la cuisine. Clément profite d'un moment d'inattention de la part de mon père pour me chuchoter à l'oreille :

– Qu'est-ce qu'il fait là, Loan ?

– Il n'avait nulle part où aller.

Il me lance un regard de travers, l'air de dire : « Qu'il ne me prenne pas pour un con ! ». Je le prends tout de suite mal. Il n'a pas bien choisi son moment, pour le coup.

– Il habite ici, Clément. S'il veut rester, il reste.

Il soupire mais ne renchérit pas, irrité. Jusqu'ici, tout allait encore comme sur des roulettes. Ce n'est qu'une fois le moment du dessert arrivé que la situation se dégrade…

Je reviens de la cuisine avec le gâteau, mes réflexes diminués par l'alcool. Je manque d'ailleurs de le faire tomber quand Loan me stabilise à l'aide d'une main sur mon coude.

– Miam, un framboisier ! s'extasie mon père.

– Oui, je suis allée l'acheter hier après-midi.

– À la boulangerie ? demande Clément.

Je m'apprête à répondre quand je remarque le coup d'œil moqueur qu'échangent Loan et mon père. Je fusille Loan du regard mais il ne fait plus attention à moi. C'est alors que mon père me devance et répond à Clément en rigolant :

– Non, chez le teinturier.

Loan s'esclaffe, baissant les yeux pour ne pas rencontrer mon regard noir. Clément, qui ne sait plus où se mettre, les regarde tour à tour.

– Je voulais dire : dans une boulangerie, ou une pâtisserie ?

Je lui presse l'épaule pour le rassurer.

– Oui, à la boulangerie.

À partir de ce moment-là, les réjouissances commencent. Loan et mon père se connaissent depuis un moment maintenant, et nul doute qu'ils s'entendent très bien. C'est donc tout naturellement que les blagues subtiles se multiplient. Parfois Clément s'en rend compte, parfois non. Au bout d'un moment, agacée, je lance mon pied dans le tibia de Loan pour le faire taire.

– Aïe ! s'écrie mon père à ma droite, en me regardant avec des yeux ronds.

– Oh, pardon ! Ce n'était pas pour toi, m'excusé-je rapidement. Enfin non, ce n'était pour personne, j'étais juste là en train de balancer les pieds et ça t'a touché, vraiment désolée, papa, je n'avais pas vu qu'on avait si peu de place sous la table ; d'ailleurs comment aurais-je pu le savoir, hein ? Je ne passe pas ma vie sous la…

– Vio, je crois qu'on a compris, m'interrompt Loan, amusé.

J'acquiesce, heureuse qu'on m'ait coupée dans mon élan, tandis qu'il me confisque mon verre et le finit à ma place. C'est ça, d'avoir des secrets… On boit, on boit, et on ne s'en rend même pas compte. Soudain, le hoquet me prend. Les trois garçons me regardent, médusés.

Ce dîner est un désastre.

– Tout va… HIPS !… bien. Loan : dans la… HIPS ! cuisine. Tout de suite.

– La « HIPS ! cuisine » ? Connais pas.

Le regard que je lui jette le décide rapidement. Il s'excuse auprès de nos invités et quitte la table pour me rejoindre derrière le comptoir de la cuisine. Mon hoquet ne se calme pas, pourtant je croise les bras sur ma poitrine pour lui montrer mon mécontentement. Loan arque un sourcil, adoptant la même posture que moi.

– Il y a un problème ?

– Un problème ? Tu vas arrêter de te moquer… HIPS !… de lui, d'accord ? Toi et mon père, en plus ! C'est vraiment… HIPS !… pas gentil de votre part.

– C'est bon, Violette, on ne fait que rigoler.

– Je sais, Loan. Sauf que là c'est trop. Tu t'imagines ? Il arrive… HIPS !… il te trouve toi, mon meilleur ami, à dîner avec nous. Puis il réalise que papa et toi… HIPS !… êtes copains comme cochons ! C'est stressant et pas sympa.

Soudain, j'ai l'impression que Loan prend la mouche. Il fronce les sourcils et serre les dents, me jetant un regard noir qui m'intimide à la seconde.

– Tu veux que je sois gentil ? gronde-t-il.

– Oui. Tu es mon meilleur ami, je reprends d'une voix radoucie. Même si, après tout ce qui s'est passé, j'ai l'int…

– Ouais, j'ai compris, me coupe-t-il d'un ton sec qui me surprend. Sauf qu'avant de vouloir que je sois gentil avec ton « petit… HIPS !… copain », tu devrais peut-être arrêter de le tromper.

C'est comme ça que je me prends une immense gifle en pleine face. Je fixe Loan sans ciller, ahurie qu'il ait osé dire une chose pareille. Même mon hoquet s'est fait la malle devant tant de cruauté. Je sais que je le mérite pour ce que je fais subir à Clément, mais autant de froideur dans le ton de Loan me laisse coite. Je m'apprêtais à lui dire que j'avais décidé de plaquer Clément, sauf que maintenant j'ai l'air idiote.

– C'est vrai, soufflé-je en me retenant de pleurer.

Il a raison. Ça me tue de l'admettre, mais il a raison. Et je ressens soudain une telle volonté de me défendre, de lui expliquer, que mon cœur s'emballe. Je devrais le lui demander une bonne fois pour toutes : m'aime-t-il ? Est-ce qu'il veut que je le choisisse ? Je sais qu'il pense encore à Lucie. D'autant que si nous essayions et échouions, que se passerait-il ? Où en serait notre superbe amitié ? C'est tout ce qui compte dans ma vie ; notre complicité, son soutien, sa présence. Et pourtant, je brûle de savoir.

Je crois qu'il comprend ce que je m'apprête à dire car son regard devient torride et impatient.

– Loan, murmuré-je en prenant mon courage à deux mains. Est-ce que tu crois que… ?

Je suis soudain interrompue par une sonnerie de téléphone. Formidable. Super timing, les gars ! Je me reprends maladroitement et me racle la gorge. Loan s'excuse et jette un œil à son portable posé sur le comptoir, ce que je fais également. Et là, c'est la douche froide.

LUCIE.

Je reste plantée là, les bras ballants, à faire une fixette sur le prénom affiché sur l'écran. Lucie l'appelle, bordel. Je m'attends à ce qu'il raccroche, au moins par politesse, mais c'est d'une mine effarée qu'il s'en empare. Les mots meurent sur mes lèvres.

– Euh… Désolé, Vio, je dois répondre. On en reparle plus tard, OK ? me lance-t-il en marchant vers la porte, l'air pressé.

Je ne bouge pas, sous le choc de ce qui vient de se passer. J'étais sur le point de lui demander s'il m'aimait, et j'ai eu ma réponse. Oui, il lui a fallu une seule seconde devant le prénom de Lucie pour que je cesse d'exister.

CHAPITRE 21
Aujourd'hui

LOAN

Je suis troublé par le regard intense que me lance Violette lorsqu'elle est sur le point de formuler sa question. Mais dès que mon portable sonne et que mes yeux se heurtent au prénom de Lucie, une montée d'adrénaline me pince le cœur. J'hésite un instant, comme si j'attendais cela depuis trop longtemps pour que ce soit vrai. C'est la curiosité qui finit par l'emporter.

– Euh… Désolé, Vio, je dois répondre. On en reparle plus tard, OK ?

Je décroche, encore incrédule devant ce qui est en train de se passer. Lucie m'appelle. Lucie, la fille avec qui je pensais passer ma vie il y a encore un an, celle qui s'est tirée sans jamais plus donner de nouvelles.

– Allô ?

Je referme la porte d'entrée derrière moi et commence à dévaler les escaliers. La voix de Lucie, douce et hésitante, me parvient pile au moment où je croise un homme qui patiente devant l'ascenseur.

– Loan ? C'est moi… Lucie.

Comme si je ne le savais pas ! Comme si je n'attendais pas qu'elle m'appelle depuis qu'elle m'a quitté comme un minable !

– Oui, j'ai vu ton nom, dis-je d'un ton laconique.

Je fronce les sourcils, intrigué, quand l'inconnu jure devant la lenteur de l'ascenseur. Il semble s'apercevoir de ma présence. Il me fusille du regard, renifle, puis lance un nouveau juron avant de choisir les escaliers.

– Tu es toujours là ? me demande Lucie à l'autre bout du fil.

Je confirme par un « oui », focalisé sur l'homme qui disparaît rapidement. Je suis sûr à cent pour cent que ce n'est pas un voisin. Il a l'air jeune, peut-être mon âge, assez mal en point. Encore un mec venu zoner…

– Excuse-moi, je ne t'ai pas écoutée.

– Je te dérange ? me demande Lucie, manifestement peu sûre d'elle. Je regardais la télé et je pensais à toi, alors je me suis permis d'appeler.

Un peu, oui. Violette s'apprêtait à me dire quelque chose, et j'étais très curieux de savoir de quoi il retournait. Pourtant, je mens.

– Non. J'étais en train de dîner.

– Oh.

J'ai envie de lui demander pourquoi elle a décidé d'appuyer sur le bouton appel, mais je me retiens.

Je ne veux pas la brusquer. Elle l'a fait, c'est le principal, je suppose. Pourtant, tandis qu'elle me demande comment je vais, je bredouille des banalités mortelles. En réalité, j'ai la tête ailleurs. Il y a comme… comme quelque chose d'étrange qui retient mon esprit autre part… et je n'arrive pas à mettre le doigt dessus. Je ne presse pas cette idée, je la laisse venir à moi, doucement, sûrement, et elle me pénètre avec douceur.

Avec évidence.

Soudain, je sais de quoi il s'agit. C'est *son* regard. Le regard de Violette, d'un ambre triste, témoin de ma fuite. Je l'ai laissée seule alors que nous étions en pleine conversation, tout ça pour aller répondre à une fille que j'ai aimée, une fille qui m'a pourtant oublié depuis de nombreux mois. Quel con.

– Comment ça se fait que tu manges à cette heure-là ?

Je hausse les épaules avant de me souvenir qu'elle ne me voit pas.

– Je mange avec Violette.

Je ne sais pas pourquoi j'ai dit ça. Ça ne répond pas à sa question… J'avais juste besoin de me rattraper auprès de ma meilleure amie, même si elle ne m'entend pas. La laisser tomber pour Lucie, c'est d'un mauvais goût impardonnable.

Je remonte les escaliers, craignant de retrouver la déception noyée dans le chocolat de ses yeux, quand Lucie reprend, la voix sèche :

– Je vois. En fait, je t'appelais pour…

Un bruit de verre cassé la coupe net. Je relève brusquement le menton, tous les sens en alerte. Un mauvais pressentiment, ajouté à mes réflexes de pompier, me pousse à escalader les marches à toute allure, en raccrochant au nez de Lucie. Je ne sais pas comment, mais je devine instantanément ce qui se passe. Toutefois, je garde mon sang-froid malgré mon cœur qui bat à mes tempes. Une seule pensée rythme mes pas : *pas chez nous, pas chez nous*...

Quand j'arrive sur le palier du deuxième étage, notre porte d'entrée est grande ouverte. J'ai une hésitation qui ne dure qu'une microseconde, puis j'avance.

La première chose que je vois est la source de mon empressement : le vase dans lequel ont été déposées les fleurs de Clément a été balancé par terre, brisé en mille morceaux aux pieds de ma meilleure amie. Celle-ci reste pétrifiée de peur, la mine hagarde, tandis qu'un coup d'œil circulaire m'apprend que Clément s'est levé de sa chaise, immobile, tout comme André. J'ai à peine le temps de comprendre ce qui se passe, l'inconnu de l'escalier s'avance vers Violette d'un air menaçant.

– Dis-moi où elle est, putain ! C'est ma sœur !

Je m'apprête à lui sauter dessus, la poitrine gonflée de colère, quand le père de Violette me devance et attrape l'homme par le col. D'abord surpris, il se laisse plaquer au mur. Je n'ai jamais vu André dans un état pareil, les joues rouges et les traits rageurs.

– Écoute-moi bien, mon garçon ! Je ne sais pas qui tu es ni ce que tu veux, mais si tu ne pars pas d'ici dans la seconde, j'appelle la police. Et je suis sûr qu'ils trouveront ton état de camé très intéressant.

Un silence plombant nous tombe dessus. Je suis dans un état second, incapable de savoir quoi faire. Je devine que l'homme n'est autre que le frère de Zoé… et qu'il réclame l'argent que celle-ci a refusé de lui donner.

– Vous savez pas à qui vous parlez ! crache Bryan, les mains tremblantes.

Il est en manque. André, qui a compris, raffermit sa prise sur son gilet et le fixe droit dans les yeux pour être certain de se faire comprendre.

– C'est drôle, j'allais te dire la même chose. Allez, dégage d'ici, gamin.

Il le pousse violemment vers la porte d'entrée, à quelques centimètres de moi. Bryan lance des coups d'œil frénétiques autour de lui, réfléchissant aux solutions qui lui restent. André lui a peut-être fichu les jetons pour ce soir, mais je sais que s'il est en manque, il reviendra. Il se fiche de la menace que représentent les flics. Il reviendra pour son argent. Et même si j'ai énormément de peine pour Zoé, je refuse qu'elle embarque Violette dans ses emmerdes. Il connaît notre adresse, merde ! Et si ni André ni moi n'avions été là, ce soir ?

Je n'ai même pas formulé l'idée en pensée que je fonce déjà dans ma chambre. Très calme, je m'accroupis et ressors une vieille boîte cachée de laquelle je prends plusieurs billets de cent euros. Je les fourre dans ma poche de jean et reviens au salon, la mâchoire contractée. Je n'arrive pas à croire que je suis en train de faire ça, putain.

– Allez, tire-toi.

– Dites à Zoé que j'attends mon argent, lance Bryan en reculant, les yeux braqués sur Violette.

Mon sang ne fait qu'un tour.

– Regarde ailleurs.

Je le bouscule vers l'avant et referme la porte derrière nos deux corps. Là, dans l'intimité de la cage d'escalier, je lui attrape brutalement le tee-shirt et le tire vers moi jusqu'à ce que son nez touche le mien.

– Je sais qui tu es. Et je sais que tu ne lâcheras pas l'affaire tant que tu n'auras pas ton fric. Alors tiens, ajouté-je en sortant les billets de ma poche. Prends ça et barre-toi loin d'ici. Oublie cette adresse.

Bryan ne rechigne pas un seul instant et s'empare de l'argent. Pas un merci ne franchit ses lèvres, mais je m'en doutais. Lui donner ces billets me rend malade. Après toutes les interventions que j'ai faites auprès de camés, je sais qu'en faisant une telle chose, je le tue. Mais je choisis Violette. Il n'y a pas photo.

Je resserre donc ma poigne autour de son tee-shirt miteux, le dominant de plusieurs centimètres.

– Si tu remets les pieds ici, dans *mon* appartement, ou même si tu t'approches ne serait-ce que de dix mètres de Violette n'importe où ailleurs… je te retrouve et je te défonce la gueule.

Je le lâche et n'attends aucune réponse avant de retourner dans l'appartement. Ce n'est qu'à l'intérieur que j'entends mon cœur battre la chamade. Je l'ignore et cherche Violette du regard. Elle est là, la seule à être restée au même endroit, l'air encore stupéfaite. André balaie les débris de verre tandis que Clément débarrasse la table.

Je marche vers ma meilleure amie à grandes enjambées, sans hésitation aucune. Elle ne réagit pas à mon approche, si bien que je prends son visage en coupe et plonge mon regard dans le sien.

– Hé… ma puce, ça va ?

Elle me contemple en retour, encore sonnée. Je sais que les autres m'ont entendu, mais je m'en fiche. Là tout de suite, faire semblant est bien la dernière de mes préoccupations. Mes pouces caressent ses joues mais elle bouge enfin, saisissant mes mains pour les retirer.

– Lâche-moi.

Elle semble revenir à elle à une vitesse surhumaine, l'œil animé d'une rancune nouvelle. Je la laisse s'éloigner, ce n'est pas le bon moment pour lui présenter des excuses.

Pour finir, ce dîner aura été un véritable fiasco. André finit de nettoyer le sol pendant que Clément rentre chez lui, embrassant Violette sur le pas de la porte. Elle ne semble plus des nôtres et s'occupe d'appeler Zoé afin de lui expliquer la situation.

Au bout d'un moment, je lui demande de me la passer. Violette plisse les paupières mais ne pose aucune question.

Je m'éloigne de quelques pas et explique à Zoé que j'ai donné de l'argent à son frère.

– Tu as… Pourquoi tu as fait ça ? souffle-t-elle, ahurie.

– Il serait revenu, sinon.

Zoé ne répond rien mais je sens qu'elle est émue. Automatiquement, je me sens coupable de l'avoir accablée. Ce n'est pas sa faute, après tout. On ne choisit pas sa famille, j'en sais moi-même quelque chose.

– Il est probablement allé s'acheter quelque chose, à l'heure qu'il est.

– Oui. Je sais où il se la procure, dit-elle honteusement.

Je sais qu'elle n'a aucune envie d'entendre ça, mais Zoé doit comprendre que son frère est dangereux. Il n'en a pas l'air pour l'instant, seulement la drogue pousse toutes ses victimes à des crimes atroces. Un jour, il pétera un plomb. Et quand ce jour arrivera, je ne veux absolument pas qu'il se souvienne de l'endroit où nous habitons.

– Zoé, il ne faut pas qu'il revienne.

– Je sais, me répond-elle avec amertume. J'ai essayé de l'aider, tu sais… je l'aime… mais peut-être qu'il est temps de le faire réagir… Dès que je raccroche, j'appelle les flics en leur refilant son adresse.

Savoir qu'elle compte dénoncer son frère me fait de la peine. Pas pour lui, mais pour elle, parce que je sais que ce sera dur de vivre avec. Mais elle comme moi savons qu'il s'agit de la meilleure solution.

– OK, tant mieux. Bonne soirée, Zoé.

– Loan ?

Elle semble hésiter.

– Merci.

Je lui dis qu'il n'y a pas de quoi, puis je raccroche. C'est bête de dire ça, mais je me sens plus proche de Zoé ce soir. Elle a beau être casse-couilles, elle n'en a pas connu que des belles. En fin de compte, Jason est le plus normal du groupe – quelle ironie.

J'envoie un message à Lucie en lui disant que je suis désolé, que j'ai eu une urgence. Elle ne répond pas. Tant pis.

Une demi-heure plus tard, je suis allongé en caleçon dans le canapé, les yeux au plafond. Violette s'est rapidement réfugiée dans sa chambre et j'ai laissé la mienne à André. Je me demande si elle dort déjà… Je m'en veux d'avoir été si abominable. Je couche avec elle, puis je lui dis de ne pas culpabiliser, après quoi je recouche avec elle avant de lui reprocher son infidélité.

– Loan, Loan, Loan… soupiré-je. Tu es désespérant. Et en plus tu parles tout seul.

Je saisis mon portable sur la table basse et envoie un message à Violette. J'ai besoin qu'on se réconcilie, et vite.

Moi : Tu dors... ?

Violette : Non.

Moi : J'ai besoin de te parler. S'il te
plaît... Rejoins-moi...

De nouveau, elle met quelques minutes à me répondre. J'espère qu'elle ne croit pas que je lui demande de faire l'amour, car ce n'est pas le cas. Je veux juste la retrouver.

Violette : Je reste dans mon lit, Loan.

Moi : Moi, je peux venir ?

Violette : Non.

Je me mords la lèvre, préoccupé. Pourquoi, nous les hommes, sommes-nous aussi bêtes ?

Moi : Pourquoi ?

Violette : Tu l'as dit toi-même.
Je devrais peut-être penser à arrêter
de coucher avec toi.

Aïe. Bien fait, Loan. Tu n'es qu'un crétin de haut vol.

Alors c'est là qu'on en est ? Je repose mon portable et fixe de nouveau le plafond. Notre amitié devient de plus en plus étouffante. Je ne sais pas quelle direction nous prenons, je sais simplement que, sans que je m'en rende compte, du jour au lendemain, je me suis réveillé… et j'étais amoureux de ma meilleure amie.

La vérité, la voilà : j'ai peur d'aimer Violette pour la simple et bonne raison que je suis terrifié à l'idée de laisser partir Lucie. Certains trouveraient cela ridicule, mais pour moi, c'est tout naturel. Lucie représente ma jeunesse, mon passé, quatre ans difficiles de ma vie. C'est dur de lâcher prise. Encore plus quand il n'y a pas eu une vraie rupture. Je me demande sans cesse ce qui se serait passé si je m'étais battu pour elle. Peut-être serions-nous de nouveau ensemble. Peut-être pas.

Je grogne de frustration et me lève pour enfiler mon jogging et mes baskets. J'attrape mes clefs et mon iPod, puis je quitte l'appartement. Une fois dans la nuit noire, je rabats ma capuche sur ma tête. Il pleut à verse. Ça me rappelle un soir où Violette et moi étions sortis dîner dans Paris, sur une péniche. En rentrant, il pleuvait à grosses gouttes. J'ai commencé à sortir mon parapluie quand je l'ai vue tournoyer sous l'averse, tellement naturelle qu'on aurait dit qu'elle contrôlait les éléments. J'ai rangé mon parapluie sans la quitter des yeux, subjugué par tant de fougue, et j'ai laissé l'eau aplatir mes cheveux en la regardant danser et rire pour moi. Je n'ai jamais autant désiré rester dehors en plein déluge.

Je sors mon iPod de ma poche et commence à courir, les idées embrumées.

Playlist Vio (parce que Loan a des goûts de chiotte).

Je m'autorise un léger rictus en l'imaginant renommer la playlist, puis je décide de cliquer dessus. Et de me laisser aller… le temps d'un footing.

CHAPITRE 22
Aujourd'hui

VIOLETTE

C'est de mauvaise humeur que je me réveille le dimanche matin, ce qui ne me surprend pas le moins du monde. Tout le monde semble encore dormir, c'est pourquoi je sors de ma chambre le plus discrètement possible. Dans le canapé, Loan est allongé sur le dos, un bras sous sa nuque et la couette ne couvrant que ses cuisses. Il ne dort pas.

J'ignore ses yeux et me dirige vers la cuisine l'air de rien, encore déçue de son comportement. Je suis consciente de ne pas être un exemple, mais j'ai encore le droit de lui en vouloir. J'étais tout de même sur le point de me dévoiler, merde ! Je ne me suis jamais sentie aussi humiliée.

Je sors le beurre et la confiture, sentant son regard qui guette tous mes mouvements. Je continue ce que je fais, encore vêtue de mon pyjama, même quand je l'entends se lever. Loan s'approche, la couette sur le dos, et m'enlace par-derrière pour me recouvrir avec lui. Son ventre irradiant de chaleur se colle à moi tandis que son visage se niche dans le creux de mon cou.

J'essaie de me dégager mais je l'entends chuchoter contre ma peau, ses bras me serrant :

– Je suis désolé.

C'est plus fort que moi, je n'arrive pas à le repousser. Je ne réponds rien. Je tiens encore à faire la tête jusqu'à demain. Loan s'en contente et ne bouge pas, respirant l'odeur de mon cou. Je frissonne sans pouvoir me retenir. Je reste immobile, je me laisse faire, mais je ne lui rends aucun câlin ni aucun baiser. Loan ne se démonte pas et m'embrasse la nuque, le cou, la mâchoire. Je reste les yeux fermés. Je suis complètement sous son emprise et ça me tue de le savoir.

– J'espère juste que ton appel valait le coup.

– On ne s'est pas beaucoup parlé. Elle m'a demandé comment j'allais, je lui ai renvoyé la question. Point.

Quelque part, je suis soulagée qu'ils n'aient pas discuté longtemps. Loan n'attend pas de réponse de ma part, il sait qu'il n'en aura pas.

Je me retourne soudain contre lui, si proche que nos nez se frôlent. Il paraît surpris mais il ne dit rien. Mes yeux tombent alors sur la lumière qui joue sur les muscles de son torse. Son tatouage, « warrior », me fait de l'œil.

Mon vaillant guerrier.

– Comment c'est arrivé ? je demande de but en blanc.

Un voile s'abat sur son regard et il serre les dents tellement fort que sa joue se creuse. Il sait de quoi je parle, même si sa brûlure n'est pas exposée à mon regard à ce moment précis.

– Ce n'est pas une histoire pour aujourd'hui, répond-il.

– Si tu me le disais, ça m'aiderait peut-être à arrêter de bouder, tenté-je sans aucun scrupule.

Il n'a pas l'air de rigoler. Et tout ce que je remarque, c'est sa bouche, belle et tentatrice, à peine à deux centimètres de la mienne. Après ce qu'il m'a fait subir hier soir, j'ai autant envie de l'embrasser que de lui coudre les lèvres au fil de pêche. Malheureusement, mes plans sont déjoués par l'arrivée de mon père.

Celui-ci rentre dans le salon l'air de rien, faisant comme s'il ne nous avait pas vus. Je m'écarte aussitôt tandis que Loan s'éloigne de plusieurs mètres, l'air frustré.

– Bien dormi, Loan ?

Je me frotte le bras, gênée. Je sais que mon père nous a vus. Bon Dieu, que va-t-il croire, maintenant ?

– Très bien, merci.

J'évite le regard de Loan, pourtant il me semble parfaitement calme. Mon père se verse du café dans une tasse tout en continuant :

– Dans le canapé, bien sûr.

Cela sonne plutôt comme une question. Je comprends tout de suite, si bien que je rougis jusqu'à la racine des cheveux.

– Bien sûr, Monsieur.

Mon père hoche la tête et se penche pour attraper une cuillère laissée sur l'évier. Loan en profite pour se tourner vers moi et m'adresser un clin d'œil complice.

Je passe le petit déjeuner seule en compagnie de mon père pendant que Loan se douche et se prépare. Nous parlons un peu d'hier, de Bryan, et je lui explique de quoi il s'agit. Mon père est compréhensif, mais très papa poule, c'est pourquoi je ne suis pas surprise lorsqu'il me dit de garder mes sprays au poivre dans mon sac.

Nous sommes toujours à table quand on frappe à la porte. Je me lève pour ouvrir pendant que mon père va ranger ses affaires.

– Salut ma poule.

– Jason, dis-je en souriant ironiquement. Et Ethan. Salut les gars.

En effet, j'aperçois Ethan derrière Jason, mais aucune trace de Zoé. Je leur demande où ils l'ont laissée, Jason fait un geste faussement désinvolte :

– Sur le trottoir d'en face. On a besoin de thunes et il paraît que ça paye bien.

Je lui donne un coup dans l'épaule en l'insultant.

– Abruti !

– Quoi ? s'offusque-t-il. C'est la crise !

J'insiste, si bien qu'il me répond gravement que Zoé avait besoin d'être seule, alors il lui a proposé de rester chez lui. Je lui souris avec malice.

– Tu tiens à elle, pas vrai ?

Ethan le considère à son tour, curieux de savoir ce qu'il va répondre. Jason fuit notre regard. Il nous laisse patienter quelques secondes avant de hausser une épaule. On dirait un gosse.

– Peut-être.

– Mais ?

– Mais elle ne veut que du sexe, ajoute-t-il en roulant des yeux.

Ethan et moi éclatons de rire en même temps, ce que notre ami ne semble pas apprécier. Il nous fusille du regard et je me reprends aussitôt, ce qui n'est pas le cas d'Ethan.

– Et depuis quand ça te dérange, Chlamydia ? me moqué-je.

– Chlamydia ? répète Ethan, perdu.

– Ta gueule, ronchonne Jason tandis que je me tourne vers Ethan pour lui expliquer :

– C'est son surnom.

– Bien trouvé, me félicite-t-il en m'en tapant cinq.

Nous nous tournons finalement vers Jason, qui n'a pas l'air de trouver ça aussi marrant que nous. Je me rappelle qu'il est en pleine confession, alors je le ménage.

– Pardon. Tu disais ?

– Je disais : ça ne me dérange pas, et si c'est ce qu'elle veut, je le lui donnerai. Mais j'avoue que je commence… à vouloir plus. C'est Zoé, quoi. J'adore quand elle m'envoie chier.

Je sais que je devrais être heureuse pour eux. Mais la première chose qui me vient en tête à cet instant précis, c'est la jalousie. Je les envie d'avoir une relation simple.

– Waouh, commente Ethan. T'es masochiste, en fait.

– Je crois bien. Tiens, dit-il à mon intention, claque-moi le cul pour voir, je suis sûr que je vais adorer ça.

Il se tourne pour m'exposer ses fesses, j'en profite pour les lui taper. Il secoue la tête d'un air grave.

– J'en étais sûr.

Ethan et moi nous esclaffons de concert lorsque Loan fait enfin irruption, vêtu d'un jogging sarouel noir et d'un tee-shirt kaki. Il salue les garçons et pose une main dans mon dos, chuchotant au creux de mon oreille :

– On est OK ? S'il te plaît, dis-moi qu'on est OK.

Je soupire et acquiesce avant de réaliser qu'Ethan me fixe du regard. Je lui jette un coup d'œil, mal à l'aise, mais il me sourit. On dirait qu'il me voit pour la première fois. Étrange. Je lui offre un sourire à mon tour, jusqu'à ce que Jason nous interrompe.

– Allez, on décolle ! À plus, ma belle.

– À plus.

Loan fronce les sourcils en lui disant de regarder droit devant lui. Une fois que j'ai refermé la porte, je prends conscience de mon père près du couloir. Je lui souris, il me demande doucement comment ça va.

– Ça va.

– Clément est un garçon très gentil, lance-t-il de but en blanc.

Je presse les paupières. Ça sent le « mais ».

– Mais ?

– Mais je suis un peu surpris.

Je lui demande de quoi, curieuse. Mon père hausse lentement une épaule, comme s'il cherchait ses mots. Il choisit d'arborer un rictus mi-gêné mi-amusé.

– Pour tout te dire, j'ai toujours cru que tu sortais avec Loan en secret.

J'écarquille légèrement les yeux, abasourdie. Alors ça, c'est la meilleure.

– Sérieusement ?

– Oui. Je veux dire, vous vivez ensemble.

– D'accord, mais… Enfin, pas du tout, Loan est mon meilleur ami !

Oh, arrête ce baratin, raille ma conscience. Je lui donne une gifle mentale pour la faire déguerpir, mais elle campe sur ses pieds et me regarde d'un air de défi. Saloperie.

– Loan est un type bien.

Je baisse les yeux et repense à tout ce qui constitue Loan. C'est l'homme qui me laisse des pains au chocolat sur le comptoir de la cuisine le matin, l'homme qui m'emmène à l'ESMOD quand il pleut, l'homme qui va chercher mon père à la gare, l'homme qui me laisse du paracétamol sur la table de chevet un lendemain de soirée…

L'homme qui m'accepte comme je suis.

L'homme dont je suis tombée amoureuse un soir de Nouvel An.

– Je sais.

CHAPITRE 23
Aujourd'hui

LOAN

Après ce week-end désastreux, la vie reprend étrangement son cours. Zoé et Violette font la grasse matinée tous les jours en profitant des vacances, quant à moi j'enchaîne les journées à la caserne en compagnie d'Ethan. Ma relation avec Violette n'est plus la même ; elle répond à mes questions, mais je sens qu'elle m'en veut encore pour le coup de samedi soir. Je ne peux pas la blâmer.

Au début, je me persuade que c'est l'occasion de prendre mes distances. Puis au bout de deux jours, je me rends à l'évidence : ce n'est pas ce que je veux, et puis de toute façon je n'y arrive pas. À quoi bon persister ?

Aujourd'hui, je vais rendre visite à mes parents. L'idée d'y emmener Violette m'a pris par surprise. Je trouve ça de bonne guerre : elle m'a parlé de sa mère, alors à moi de lui présenter la mienne, non ? Après ça, j'espère qu'elle me fera moins la tête.

Je décide de lui en faire part pendant qu'elle déjeune au comptoir de la cuisine, Zoé regardant la télévision. Parler à Violette pendant ses tartines de Nutella est une idée ingénieuse : elle est toujours de bonne humeur.

– Dis, j'ai quelque chose à te proposer.

– On ne t'a jamais appris à ne jamais déranger un chien pendant qu'il a le nez dans sa gamelle ? m'interrompt Zoé.

Vio s'arrête et lui coule un regard noir, vexée. Règle numéro 1 : ne jamais commenter la consommation de chocolat d'une femme. Sinon vous vous exposez à de graves conséquences ; surtout si vous êtes un homme. Dans ces cas-là, elles pensent toutes que vous les traitez de grosses. Véridique.

– Va te faire foutre, Zo. Tu veux quoi, Loan ?

Ça commence bien…

– Je vais chez mes parents. J'allais te proposer de venir.

Tout son visage s'illumine soudain. J'ai touché dans le mille. Je résiste à l'envie de sourire en la voyant écarquiller les yeux de surprise, un résidu de Nutella sur le menton.

– Tu veux m'emmener voir ta mère ? répète-t-elle.

Je grimace.

– Pas dans cet état.

Elle saute de son tabouret et plaque le pot de Nutella contre mon torse, le regard déterminé.

– Donne-moi cinq minutes.

Elle sautille déjà jusqu'à sa chambre tandis que je la suis du regard, la mine blasée.

– Violette…

– OK, peut-être trente ! s'écrie-t-elle en disparaissant de ma vue.

Je me tourne vers Zoé, qui hausse les épaules, et range le Nutella avant de la suivre. Je savais bien que cette proposition la réjouirait, bien que la perspective qu'elle rencontre mes parents me noue la gorge. Une fois dans sa chambre, je claque la porte derrière moi et m'y adosse. Je la regarde farfouiller dans la pile de vêtements qui noie son matelas, heureux de voir qu'elle est redevenue elle-même. Elle n'arrête pas de me parler, surexcitée, sans même penser à reprendre sa respiration entre chaque phrase.

Je continue de l'observer, un sourire flottant sur mes lèvres. Elle me demande soudain de l'aider à zipper sa robe, continuant de babiller sans interruption. Je ris intérieurement en m'exécutant et me prends vite au jeu, trop soulagé de retrouver cette complicité qui nous lie.

– Oh Violette, continue de monologuer, ça m'excite.

Elle rit en changeant de chemisier. J'ai le temps de remarquer qu'elle porte un soutien-gorge couleur saumon agrémenté d'un nœud en tulle gris entre les seins.

– C'est vrai, tu aimes ?

– Oh oui… acquiescé-je théâtralement. Il ne manque plus que « le mot » et je te fais tout ce que tu veux.

Cette fois, Violette éclate de rire. C'est tellement contagieux que je souris en retour. Elle finit par me regarder en arquant un sourcil, joueuse.

– Tu veux vraiment que je dise « le mot » ?

Elle me teste. Je ne détourne pas le regard, déterminé, et me prépare psychologiquement.

– Essaie un peu pour voir.

Je fixe ses lèvres lorsque le mot « slip » les franchit. Je contiens les frissons qui me parcourent tout entier et plaisante :

– C'est bien ce que je me disais. Quand c'est toi qui le dis, je suis prêt à toutes les folies.

Ma meilleure amie lève les yeux au ciel et prend soudain une expression coquine et charmeuse, s'avançant d'une démarche exagérément féline.

– Oh… slip… slip…

Je ris tellement que je dois me tenir le ventre, surpris de constater que je n'ai pas eu un tel fou rire depuis longtemps. La porte s'ouvre au moment où Violette ronronne le mot « slip » avec un accent russe hilarant. Zoé stoppe, pas le moins du monde étonnée. Elle a l'habitude, je suppose.

– C'est un scénario de mauvais film porno ou je dois m'inquiéter ?

Violette rougit fortement avant de m'accompagner dans mon fou rire. Finalement, Zoé secoue la tête en nous traitant de « déséquilibrés mentaux » et attrape le chargeur d'ordinateur qui gît sur son lit avant de nous laisser seuls. C'est moi qui reprends mon sérieux le premier, essuyant le coin de mes yeux.

– Violette, on avait dit trente minutes, si je me souviens bien.

– Je suis prête !

Je la reluque des pieds à la tête et tente de ne pas montrer l'effet que sa petite robe noire a sur moi.

– Alors c'est parti.

***

Comme si cette journée ne commençait pas assez mal comme ça, mon père m'appelle pendant que nous sommes dans la voiture. Je me gare sur le côté pour répondre tandis que Violette garde le regard figé sur les passants, toujours silencieuse. Il me conseille de revenir plus tard sous prétexte que ma mère s'est endormie. Je soupire, fatigué de ses mauvais plans à répétition.

– Elle a usé beaucoup d'énergie ces derniers temps… Il y a plus de mauvais jours que de bons.

Je serre les dents. Violette ne fait pas attention à moi, je sais qu'elle me laisse de l'intimité.

– J'attendrai la fin de sa sieste, persisté-je.

J'ai envie de lui hurler dessus, de lui dire que c'est sa faute, qu'il devrait m'écouter et penser à demander de l'aide auprès de spécialistes. Mais il refuse encore et toujours. « Parce qu'il n'a qu'elle », soi-disant.

– Laisse tomber, Loan. Reviens un autre jour, c'est tout.

Il raccroche avant que j'aie le temps de lui dire au revoir. Je reste bouche bée un moment, le téléphone contre la joue. Puis je le jette sur le tableau de bord et serre le volant tellement fort que mes jointures en deviennent blanches. *Calme-toi, calme-toi, calme-toi.*

Ça a toujours été comme ça entre mon père et moi, je ne vois pas pourquoi je m'en étonne encore. J'expire une longue bouffée d'air comme pour chasser tout mon stress et annonce à Violette que ça ne sera pas pour aujourd'hui.

– Je suis désolée, dit-elle tout bas en pressant gentiment mon bras.

– Ouais… Bon, tu veux faire quoi, du coup ? l'interrogé-je pour changer de sujet. Qu'on ne soit pas sortis pour rien.

Ma meilleure amie ne me répond pas pendant de longues secondes. Puis elle me dit soudain de redémarrer. J'obtempère, méfiant, et suis ses indications. Elle a le visage tellement neutre que je n'arrive pas à deviner ce qu'elle manigance.

– Où est-ce qu'on va ?

– C'est probablement une très mauvaise idée…

Ça ne répond pas à ma question, mais je me tais. Je roule là où elle me demande d'aller, jusqu'à ce nous tombions dans la rue principale d'une banlieue chic. Elle m'intime de me garer en face d'une aire de jeux. Plusieurs familles surveillent leurs enfants. Ma meilleure amie ne semble pas y faire attention. Une minute silencieuse après, je ne tiens plus.

– Violette ?

Je tourne la tête vers elle. Je ne suis même pas sûr qu'elle m'ait entendu. Elle a les yeux perdus dans le vide à travers le pare-brise, aussi raide qu'un piquet sur son siège. Je comprends alors qu'elle fixe une maison du regard, la bâtisse jaune au bout de la rue. Je la contemple un moment aussi, dévoré par la curiosité. La pelouse est bien verte et le garage est ouvert.

– C'était une mauvaise idée, on ferait mieux de partir.

Je m'apprête à obéir sans poser de questions quand j'entends soudain des éclats de rire à travers la fenêtre ouverte. Violette se crispe à mon côté. En effet, une femme vient de sortir du garage, en riant à gorge déployée. Elle ouvre le coffre de sa voiture garée dans l'allée, puis jette un œil à son portable. Violette ne la lâche pas des yeux, comme absente.

– Qui est-ce ? soufflé-je.

Je le sais déjà au fond de moi, mais j'ai besoin de l'entendre. Elle est livide lorsqu'elle me répond tout bas :

– Ma mère.

L'entendre me fait l'effet d'un coup dans l'estomac. Je reporte mon attention sur la femme en question et la reluque quelques secondes ; elle a les mêmes cheveux blonds que Violette, bien que ternis par l'âge. Je lui demande si elle veut qu'on fasse demi-tour, elle acquiesce lentement avant que quelque chose ne la fasse soudain changer d'avis. *Et merde...*

Avant même que j'aie pu ouvrir la bouche, Violette est déjà sortie de la voiture. Je jure dans ma barbe et me détache avant de suivre le mouvement pour la rejoindre sur le trottoir. La mère de Violette vient tout juste d'être rejointe par une petite fille qui lui ressemble en tout point. Elle porte une petite robe bleue par-dessus des collants blancs, adorable. J'aimerais pouvoir rassurer Violette sur ce qu'elle voit, mais il n'y a aucun doute possible : c'est sa fille. La demi-sœur de Violette.

– Vio…

– Je voudrais lui demander pourquoi, dit-elle d'une voix sur le point de craquer. Je veux simplement savoir ce que cette gamine a de plus que moi…

Oh, ma Violette. Je la prends par les épaules et lui caresse la joue avec tendresse. Toute la tension qui régnait entre nous il y a encore dix minutes a disparu.

– Elle n'a rien de plus que toi, Violette-qui-sent-la-violette. Ta mère a fait ce choix mais ça ne veut pas dire qu'il est bon. Tu n'as rien à te reprocher.

Violette plonge ses yeux dans les miens, indécise. Je sens qu'elle en a besoin, qu'elle a envie d'y aller mais qu'elle est morte de trouille. Alors je lui prends la main et la serre dans la mienne, lui communiquant tout ce que je n'arrive pas à dire tout haut. Que je suis avec elle. Toujours. Quoi qu'elle choisisse de faire. Elle semble comprendre car elle prend une grande inspiration et traverse la route pour avancer dans leur direction. Je la laisse me broyer la main, la gorge nouée.

Avant même qu'on atteigne le trottoir opposé, sa mère lève le menton dans notre direction. Son visage blêmit instantanément lorsqu'elle la reconnaît. La petite, quant à elle, me dévisage avec timidité. Elle est mignonne, trop mignonne pour qu'on puisse lui en vouloir ; ce n'est qu'une enfant. Elle doit avoir environ cinq ans, et son visage radieux est encore candide.

Violette comme moi comprenons tout de suite de quoi il s'agit. Sa mère était enceinte lorsqu'elle a quitté son père. Cette dernière s'avance tout à coup et prend sa fille par la main.

– Viens, Léna. Il faut qu'on aille faire des courses.

Violette et moi en restons stupéfaits. Je ne sais pas à quoi pense ma meilleure amie, mais je peux presque ressentir sa douleur me heurter de plein fouet. Le plus terrible, selon moi, ce n'est pas de penser à ce terrible et honteux secret qui les a liées toutes ces années. Le pire, c'est de la regarder reconnaître sa fille… et faire comme si elle était une inconnue. Une inconnue à qui elle a donné naissance. Une inconnue à qui elle lisait des histoires le soir. Une inconnue dont elle pansait les blessures aux genoux.

Je devine tout de même que ça la touche car elle tremble de toute part et fuit le regard de Violette. Elle s'apprête à tourner les talons sans que nous ne bougions lorsque la voix claire et contenue de Violette nous surprend tous les deux :

– Je suis sortie de cette voiture pour te dire que je te pardonnais.

Elle se retourne lentement, la mine honteuse et… triste ?

– Violette, s'il te plaît…

– Je croyais être prête.

Le silence nous engloutit tandis que le monde continue de tourner. Mère et fille se regardent. Je réalise enfin que c'est une mauvaise idée, que ça va mal finir et que je n'ai pas envie que Violette replonge dans cette horreur. Je suis sur le point de l'emmener loin d'ici quand elle secoue enfin la tête.

– Mais je n'y arrive pas. Je n'y arrive pas, c'est plus fort que moi. En fait… réfléchit-elle en fronçant les sourcils. En fait, je te déteste.

Sa mère reste de glace un long moment, pourtant je devine que ça l'atteint. Violette a lâché ma main, signe qu'elle se sent assez forte pour continuer toute seule. Je ne peux m'empêcher d'être fier d'elle à cet instant.

La femme ouvre enfin la bouche, l'air fatiguée.

– Bonjour à toi aussi, Violette. J'ai entendu dire que tu vivais sur Paris pour tes études. Je suis fière de toi…

Bon sang, elle le fait exprès ? L'espace d'un instant, un voile d'infinie culpabilité passe sur son visage, et j'ai de la peine.

– Je suis triste d'apprendre que tu me détestes. Ce n'est pas ce que j'ai voulu…

– Ce n'est pas l'impression que tu donnes, rétorque Violette avec une pointe d'amertume.

– Tu comprendras quand tu seras plus grande, ma puce. Tu me hais maintenant, mais tu réaliseras vite que, parfois, une femme ne vit pas la vie qu'elle aimerait vivre. Celle que je menais avec ton père et toi, ce n'était pas pour moi, tu comprends ? J'aurais dû faire les choses autrement, je l'admets. Mais… je ne peux pas revenir en arrière.

Je reste sans voix. Certes, elle était malheureuse. Mais était-ce une raison pour quitter sa fille et la laisser trinquer à sa place ?

– Je suis sûre que ton père s'en est remis, Violette. Toi aussi, tu t'en remettras. Je te le promets.

– Non ! s'écrie soudain Violette, en la faisant sursauter.

Elle a l'air sous le choc. C'est la bouche entrouverte et les larmes qui dégoulinent le long de ses joues roses qu'elle éclate :

– Non, non et non, putain ! Tu ne peux pas gâcher mon enfance et m'abandonner pour ensuite me dire que je m'en remettrai ! Je ne vais PAS m'en remettre. Un jour, peut-être, ça ira un peu mieux, mais ce que tu m'as fait restera à jamais dans mon cœur, tu peux le comprendre, ça, maman ?! Parce que c'est ce que tu étais, tu étais ma maman et tout ce que tu avais à faire, c'était m'aider à grandir. Or tu m'as utilisée avec égoïsme et ensuite tu m'as jetée comme si je ne représentais rien. Alors tu peux dire ce que tu veux, que tu n'étais pas heureuse, que tu n'aimais pas papa, que je te faisais honte, je m'en fiche ! Parce que tu étais une mère avant tout. Tu avais mille et une façons de t'échapper de ce quotidien et tu as choisi la plus ignoble.

– Violette… murmuré-je doucement en lui prenant le poignet.

Cette femme ne mérite pas tout ce que Violette se fait subir. Je réfléchis à l'idée de la soulever et de l'emmener de force dans la voiture tandis qu'elle continue :

– Et je suis bien contente d'être venue aujourd'hui, d'avoir une réponse à cette question que je me pose depuis quatre ans. Je pensais que c'était parce que je n'avais pas été comme il le fallait, je pensais qu'il y avait une raison, une *vraie* raison… Mais non. Tu es simplement très égoïste. Et dans ces conditions, je suis finalement bien contente que tu te sois barrée. J'espère juste qu'un jour tu regretteras, j'espère que cette petite fille, pleure-t-elle en pointant Léna du doigt, aura l'enfance que tu ne m'as pas donnée.

Sa voix se brise dans un sanglot à fendre le cœur. Je lui enlace la taille d'un bras et essuie ses larmes avec mes pouces.

– Viens, mon cœur, on s'en va.

Sa mère, dont les yeux se sont embués malgré elle, me reluque de haut en bas en entendant ces mots.

– Écoute ton petit copain, Violette… Tu es ma fille et je t'aime. Mais ma vie était ailleurs.

– Ce n'est pas comme ça qu'on traite ceux qu'on aime.

Je n'ai pas pu m'empêcher d'intervenir. C'est trop. Elle ne peut pas réagir si platement à tout ce que lui dit sa fille. Violette me presse la main et tourne les talons pour retrouver la sécurité de la voiture, lançant un dernier regard vers Léna, qui est partie jouer plus loin.

À peine s'est-elle engouffrée côté passager que je refais face à sa mère, les dents serrées.

– Tu dois sûrement penser que je suis un monstre, dit-elle en grimaçant. Mais j'aime Violette. Je lui ai caressé les cheveux avant de dormir, je lui chantais des…

– Vous auriez dû l'aimer mieux.

Je ne m'arrête pas en si bon chemin et m'approche d'un pas, mes yeux plantés dans les siens :

– Vous ne méritez pas ce que Dieu vous a donné. Et vous devriez avoir honte d'avoir imposé un secret si honteux à votre fille d'à peine six ans. Alors j'espère que vous êtes heureuse dans votre petite famille parfaite, parce que ça ne durera pas, désolé. Dieu est très rancunier. J'ai confiance. Je sais qu'il vous tombera dessus en temps et en heure pour avoir déglingué la magnifique tête de cette fille qui m'attend dans la voiture.

Je suis furieux. Et « furieux » est encore un doux euphémisme pour expliquer ce que je ressens. C'est plutôt un immense et très fort sentiment d'injustice qui bout dans mes veines. Je ne comprends pas qu'on n'ait pas tout donné à une fille comme Violette alors que des personnes comme cette femme s'en sortent bien dans la vie. Mais comme je le lui ai dit, rien ne sert de se venger soi-même. Il s'en charge tout seul, et toujours très bien. Il suffit simplement d'être patient.

Je lui tourne le dos pour la planter là, en me dirigeant vers la voiture.

– Tu ne sais rien ! s'exclame-t-elle soudain, m'obligeant à m'arrêter. Tu ne me connais pas, jeune homme. Tu n'es encore qu'un enfant. Tu ne sais rien de la vie.

Je lui souris ironiquement, heureux d'avoir appuyé sur ce qui semble un point faible.

– Je sais que Violette sera une meilleure mère que vous, c'est tout ce que j'ai à savoir. Et si après l'avoir cassée, vous ne voulez pas la réparer… je m'en chargerai.

Je n'attends pas sa réponse et la quitte au milieu du trottoir pour rejoindre mon véhicule. Mes mains tremblent, mon sang fourmille dans mes veines, mon cœur pleure. Je m'installe derrière le volant, dans le silence, quand la main de Violette trouve machinalement la mienne. Elle fixe Léna du regard. Quelques minutes passent.

– Tu crois qu'elle sera heureuse ? souffle Violette.

– Oui, je pense… J'espère.

– Moi aussi.

Je tourne les yeux vers elle, cette fille que je connais depuis un an mais que mon âme semble aimer depuis des décennies, cette fille que j'ai acceptée comme elle est dès la première minute. Les larmes continuent de rouler sur son visage, de belles perles qui dégoulinent dans son cou. Je ne les essuie pas. Je la laisse pleurer parce qu'elle en a besoin, parce qu'elle est belle quand elle pleure, mais surtout parce que je veux me rappeler de ce moment.

Ce moment où je comprends que je ne veux pas la laisser filer.

TROISIÈME PARTIE
La chute

CHAPITRE 24
Aujourd'hui

VIOLETTE

– Ça va ? s'assure Loan pour la deuxième fois depuis qu'on a redémarré.

Je hausse les épaules. Non. J'ai envie de lui dire que non, ça ne va pas. Mais j'ai peur de fondre en larmes si je le fais. Depuis que j'ai tout dit à Loan à propos de ma mère, l'idée de lui rendre visite ne m'a jamais quittée. Alors quand il a trouvé le courage de me présenter à la sienne, j'ai pensé : pourquoi pas ? Je voulais être fixée et désormais je le suis.

Non seulement j'ai tort de m'accrocher à ma mère, mais Loan avait raison sur toute la ligne. Je sors avec Clément dans la recherche d'un idéal. Un idéal qui, grâce à ces retrouvailles, a volé en éclats. Je le savais déjà mais c'est très clair maintenant. Clément n'est pas fait pour moi.

Il ne sait même pas qui je suis.

Voyant que je ne réponds pas, Loan se tourne vers moi. C'est lorsque son visage se décompose que je comprends que je pleure.

– Oh, Violette…

Il stoppe à un feu rouge et me prend dans ses bras, où je me réfugie pour sangloter sans pudeur.

– Je m'énerve, sangloté-je dans l'antre de son cou. Après ce que j'ai vu et entendu aujourd'hui, je ne devrais même plus lui donner d'importance. Et pourtant je continue à lui en vouloir ! C'est n'importe quoi. Le pire, c'est que même en la détestant, je continue de l'aimer quelque part. Mais je ne veux pas l'aimer ! Je veux juste… m'en foutre.

Je m'écarte pour saisir le mouchoir qu'il me tend et me moucher. Ses doigts repoussent une mèche de cheveux derrière mon oreille. Puis il encadre mon visage de ses grandes mains et m'embrasse le nez. Je retiens mon souffle en le considérant à travers le voile de larmes qui me gâche la vue.

– Tu peux être en colère, c'est légitime, dit-il enfin. Tu ne dois pas culpabiliser de lui en vouloir pour ce qu'elle t'a imposé alors que tu n'étais qu'une enfant. Et ne te sens pas coupable de continuer à l'aimer non plus, après tout elle est ta mère. Et tu as de bons souvenirs en tête, elle a été une bonne maman avant que tout dérape. Elle prenait soin de toi.

Je l'écoute avec attention. Il me dit tout ce que j'ai envie d'entendre, c'est dingue. Loan hausse une épaule en me prenant la main. Je me calme à la seconde.

– Elle a fait des erreurs, reprend-il. De terribles erreurs. Mais dis-toi que rien ne sert de la détester ou de te détester toi-même, parce que ça ne fera que te bouffer de l'intérieur. Tu dois tourner la page, ne pas oublier mais avancer sans te torturer. Tu vois ?

Il laisse ses paroles me pénétrer doucement avant de terminer, impassible :

– Tu sais, on ne choisit pas sa famille. Mais ses amis, si. Et nous – Zoé, Jason, Ethan… et moi –, on est ta famille. Nous, on sera toujours là pour toi, Violette. Parce qu'on t'aime.

Mon cœur palpite rapidement dans ma poitrine à ces mots. « Parce qu'on t'aime ». Ce n'est pas un « parce que je t'aime » mais ça me suffit. Alors je le prends. Loan a prononcé à voix haute tout ce que je mourais d'envie d'entendre. Je lui offre un sourire avant d'enrouler mes bras à son cou et d'enfouir mon visage contre son épaule. Ses bras me serrent fortement, son parfum me chatouille les narines.

Là, dans ses bras, je suis chez moi.

À ma place.

CHAPITRE 25
Aujourd'hui

LOAN

Ce soir-là je décide d'inviter la bande à dîner, en espérant que ça fera plaisir à Violette.

Je la regarde furtivement quand nous entrons dans le restaurant, ses doigts toujours entremêlés aux miens. Ils sont froids, trop froids comparés à la température de mon corps. Comme si on se complétait. On voit qu'elle a pleuré, ses yeux sont rougis, mais j'ai déjà briefé les autres : on ne pose aucune question et on rigole.

– Salut les Violan ! s'écrie Zoé, que je fusille des yeux.

Je remarque alors que Jason hausse le ton contre un homme aux cheveux roux. Si j'ai bien compris, mon ami demande la table près de la fenêtre, ce que le serveur lui refuse.

– Puisque je vous dis qu'elle est réservée ! s'énerve celui-ci.

Jason plisse le front, surpris et agacé.

– Hé oh, on se calme, Ron Weasley.

– On prendra ce que vous aurez, interviens-je.

Jason grommelle quelque chose dans sa barbe mais suit le serveur comme tout le monde avant de s'asseoir à côté de Zoé. En nous voyant enfin, Violette et moi, il commente :

– Putain, vous avez des têtes de déterrés.

Bordel mais il le fait exprès, ce crétin. Quel mot n'a-t-il pas compris dans « Ne parlez pas d'aujourd'hui ! » ? Zoé me lance un regard découragé, pinçant le bras de son copain.

– Quoi de neuf, Ethan ? demandé-je à mon ami, désireux de changer de sujet.

Celui-ci comprend la manœuvre et saute sur l'occasion. Il parle de ses parents, à qui il voudrait rendre visite bientôt. Il me raconte que ça fait presque un an qu'ils ne se sont pas vus, faute de temps.

– Ils habitent à Poitiers, m'explique-t-il tandis que Zoé et Violette discutent entre elles.

La soirée commence bien. Nous parlons de tout et de rien, heureux de nous retrouver le temps d'un dîner sans prise de tête. Violette a l'air de se détendre au fil des minutes, affichant même quelques sourires ici et là. C'est une quasi-victoire.

Elle hésite longuement entre des pâtes à l'huile de truffe et une pomme au four, si bien que je lui propose de prendre l'un et moi l'autre pour qu'on puisse partager. En détournant les yeux de mon menu, je remarque qu'elle me fixe avec intérêt.

Je hausse un sourcil et lui demande si tout va bien. Elle sourit sincèrement.

– Oui. Je me disais juste que j'étais déçue de ne pas avoir vu tes parents.

Je garde le silence quelques secondes, pensif. Elle a raison. Peu importe ce que dit mon père, que ce soit un bon jour ou non, j'irai voir ma mère en compagnie de Violette. Cela fait bien trop longtemps que je n'y suis pas allé, je devrais avoir honte. Mais parfois, c'est trop dur.

– On ira, murmuré-je.

Violette et moi sursautons quand la voix de Jason nous interrompt avec force :

– Vous arrêtez de faire des messes basses, ou merde ? On dirait que vous avez tué quelqu'un, depuis plusieurs semaines, c'est pénible.

Je n'ai même pas le temps de répondre à sa raillerie que la langue de Zoé fourche déjà :

– Ça, c'est depuis qu'ils ont couché ensemble.

Je me statufie. C'est comme si nous avions tous retenu notre souffle en même temps. *Et merde.* Violette fait de même à mon côté, le visage blême et les yeux écarquillés. La table reste silencieuse, accusant le coup. Tous les regards sont braqués sur nous. Zoé se pince les lèvres, consciente d'avoir gaffé.

– Chiottes…

Personne n'ose dire quoi que ce soit. On dirait qu'une bombe a décimé le restaurant. C'est Ethan, plus étonné que mal à l'aise, qui brise le silence :

– Tu le savais ?

Tuez-moi. C'est au tour de Zoé de regarder Ethan, littéralement sous le choc. Je n'ose pas faire un mouvement de peur de déclencher quelque chose sans le faire exprès.

– Oui ! Toi aussi ?

– Ouais, répond Ethan avec nonchalance, on me l'a dit dès le lendemain matin.

Zoé entrouvre la bouche, vexée, avant de se tourner vers sa meilleure amie. Je suis des yeux le mouvement que la nouvelle suscite auprès de nos amis, en attendant avec crainte le moment où elle me retombera dessus. – Vous l'avez dit à Ethan avant moi ?!

Violette ne sait pas quoi répondre. Alors elle lève les yeux vers moi, la mine mi-énervée mi-abasourdie.

– Tu l'as avoué à Ethan ?? me reproche-t-elle.

– Et toi à Zoé, visiblement !

– Non, je ne l'ai pas dit à Zoé ! Elle nous a entendus, nuance.

– Quoi ?!

Je digère la nouvelle, interdit et quelque peu gêné, tandis qu'Ethan se marre à ma droite. On dirait une scène loufoque tirée de la série *Friends*, c'est poilant. Sauf pour moi, qui découvre que notre première fois ne nous appartient plus exclusivement. Je me tourne vers Zoé, qui balaie l'incident d'un mouvement désinvolte de la main.

– T'inquiète, j'ai rien vu.

Je reviens sur Violette, qui ne sait visiblement plus où se mettre. C'est un cauchemar.

– Elle nous a entendus faire l'amour et tu ne m'as rien dit ?

Ethan pouffe dans sa barbe, incapable de se retenir. Ma meilleure amie, morte de honte, ouvre la bouche pour me répondre quand Jason s'écrie, totalement perdu :

– Et personne n'a pensé à me le dire ? À MOI ?!

Toutes les têtes pivotent vers lui, surprises. Il a les bras ouverts et le visage ahuri, réellement blessé d'avoir été mis sur la touche. La situation a quelque chose de si drôle qu'on finit tous par éclater de rire – tous sauf Jason, qui nous fusille du regard.

– C'est quoi, ce délire ? Depuis quand vous vous entraînez à faire des bébés, tous les deux ?

– Arrête ton baratin. Ethan m'a dit que lui et toi pensiez qu'on couchait déjà ensemble.

– Olala… bougonne Violette en se cachant le visage entre les mains.

Je rigole doucement et lui presse affectueusement la nuque.

– Justement, parlons-en ! persiste Jason, visiblement remonté contre moi. Pourquoi tu l'as dit à cette lopette d'Ethan et pas à moi, ton meilleur pote ?

– Tu te sens vraiment obligé de poser la question ?

– Peut-être parce que je suis plus discret, intervient Ethan.

Le visage de Violette n'a toujours pas émergé de ses paumes, aussi Jason tente de blaguer pour la rassurer en lui affirmant qu'ils ne la jugent pas.

– Je suis sérieux, Vio, on a tous nos travers. Nous les premiers ! Regarde Zoé : c'était une vraie traînée, avant de tomber amoureuse de moi.

Cette dernière lui balance une gifle royale pour toute réponse, bruit qui fait relever la tête de Violette. Ethan siffle, admiratif, tandis que je reste bouche bée devant son audace. Jason ne bouge pas, il s'y était manifestement attendu. Il grimace enfin, sans se détourner de Violette :

– C'est parce que j'ai dit que tu étais une traînée ou que tu étais amoureuse de moi ?

– Connard.

– Je plaisante, ma belle, s'excuse-t-il en posant un bras sur ses épaules, qu'elle repousse.

Heureusement pour lui, Zoé n'est pas facile à vexer. Elle sait que Jason est fou d'elle et qu'il a juste un humour *très* douteux. Elle fait semblant de l'ignorer, si bien qu'il continue :

– Je disais donc…

– Arrête-toi là, je pense que c'est mieux, lui conseillé-je.

Après ça, Ethan trouve judicieux – et je l'en remercie – de parler d'autre chose. Nos plats arrivent et nous oublions toute cette histoire le temps d'un dîner. Quand Zoé et Ethan commandent un café, Jason me fait signe de le suivre dehors.

– On va fumer, on revient, annonce-t-il aux autres.

Je me lève et le suis sur le trottoir.

– Tu es au courant qu'on ne fume pas et que, par conséquent, ton excuse est bidon ?

– On s'en fout.

Il s'adosse au mur du restaurant, rentrant ses épaules à cause du froid. Jason me fixe sans rien dire, c'est presque inquiétant. Je lui demande ce qu'il y a, il prend son temps pour me répondre.

– J'arrive pas à croire que tu aies couché avec Violette alors qu'elle est avec Clément. C'est pas ton genre.

Je vois. Je hoche la tête en cherchant quoi répondre. Finalement, c'est lui qui me devance en me demandant si on pense à se mettre en couple. Je soupire, ces mots m'arrachent la bouche :

– Elle est avec Clément. Puis tu crois que ce serait une bonne idée, toi ?

– Pourquoi pas ? T'es THE mec aux relations de couple. Loan n'est pas trop dans la coucherie d'un soir, voire pas du tout. Non, Loan est plutôt dans l'amour Bisounours et les pétales de roses sur le lit. *Oh putain...* reprend-il, tout à coup pris d'une illumination. Pitié, dis-moi que tu ne lui as pas mis des pétales de roses sur le lit pour sa première fois !

– Rassure-toi... Et arrête de parler de moi à la troisième personne.

– Donc tu dis ne pas être prêt à être en couple avec Violette, c'est ça ?

– En couple tout court.

– Sauf que tu l'es.

Je me tourne vers lui, perdu.

– Comment ça ?

– Je t'en prie ! Toi et Violette, Loan, réveille-toi… Vous dites « chez nous » pour parler de l'appart, vous dormez ensemble, elle t'emprunte ta brosse à dents – ce que je trouve franchement dégueu, au passage – et tu l'emmènes à l'école avant d'aller bosser. Sérieux, ça n'a jamais fait tilt dans ton cerveau ? Vous avez même un gosse qui s'appelle Mistinguette.

Je l'écoute, pétrifié sur place. *Bordel.*

– Il ne vous manquait plus que le sexe pour que vous en soyez vraiment un. Maintenant c'est fait. Vous êtes en couple, félicitations ! s'écrie Jason, tout sourire, avant de reprendre son sérieux à une vitesse qui m'effraie. Bon, maintenant si on parlait des choses sérieuses : je te donne dix balles – OK, vingt balles –, pour que tu vires Zoé de l'appart. Comme ça, elle vient me voir en pleurant, genre « Oh, je déteste Loan, je me demande où je vais pouvoir dormir » et là BIM ! je l'héberge et on fait plein de…

– Je t'en prie, tais-toi.

– … muffins à la myrtille ! termine-t-il en secouant la tête, l'air scandalisé. Bordel, t'es un obsédé, toi. Elle adore les muffins à la myrtille, sombre crétin, arrête de penser qu'au sexe. Tu ne vois plus que ça partout, c'est dingue…

Je ne fais déjà plus attention à ce qu'il raconte, car une seule pensée tournoie dans mon esprit : *et s'il avait raison ?*

CHAPITRE 26
Aujourd'hui

VIOLETTE

Aujourd'hui est le jour où je romps avec Clément.

Ce n'est pas un coup de tête, mais un acte mûrement réfléchi. J'ai su que je nourrissais des sentiments pour Loan dès notre première fois, et pourtant je me suis accrochée. Car j'avais peur.

C'est fini. Je veux être avec lui, rien qu'avec lui.

Une chose est sûre : les sushis aux noms imprononçables ne vont pas me manquer.

Nous sommes samedi aujourd'hui, et j'ai déjà appelé Clément pour lui demander si on pouvait se voir. Il m'a répondu être chez des copains, mais j'ai insisté. Voilà pourquoi je me trouve actuellement devant la porte d'un appartement parisien, nerveuse. Bien sûr, il était hors de question de faire ça par téléphone, je ne suis pas une garce – tu entends ça, Joe Jonas ?!

Je sonne et c'est la blonde de l'autre fois qui m'ouvre, la mine subtilement – croit-elle – dédaigneuse.

– Clément est dans le salon, m'indique-t-elle en guise de bonjour.

Je la suis dans ledit salon et découvre une petite bande de cinq personnes qui fument en jouant aux cartes. La plupart ne réagissent pas quand j'entre.

Super, l'ambiance. Ravie de vous revoir, les gars…

– Vio ! m'accueille Clément en me voyant, le sourire aux lèvres. Ça va, ma belle ?

Il m'embrasse sur la bouche et je lui offre un sourire de connivence avant de lui demander si on peut parler ailleurs. Il hoche la tête et annonce à tout le monde qu'on a besoin d'intimité. Mmh. Ça sonne un peu comme une annonce officielle.

Clément me prend la main et m'entraîne dans un couloir éclairé. Il ouvre enfin une porte et nous nous retrouvons à l'intérieur d'une chambre de fille. Les draps sont défaits. Je me racle la gorge, prise d'un mauvais pressentiment. Pressentiment justifié lorsque la bouche de Clément se plaque sur la mienne, ses mains sur mes hanches. Surprise, je reste un instant figée entre ses bras. Jusqu'à ce qu'il me fasse basculer sur le lit.

– Clément !

Il se recule et m'embrasse doucement pour se faire pardonner, un sourire goguenard aux lèvres.

– Il faut… Il faut que je te parle.

– Ça fait une semaine que je ne t'ai pas vue et tu m'as manqué. On ne peut pas parler après ?

Je me retiens de lui rétorquer que ça fait une semaine qu'il ne m'a pas vue, mais que c'est moi qui ai demandé à ce qu'on se voie. De toute façon, je n'en ai plus rien à faire. Je le repousse gentiment et m'assois sur le matelas.

– Non, il faut que je le fasse maintenant.

– OK, soupire-t-il en s'installant à côté de moi, la mine sérieuse. Je t'écoute, alors.

C'est le moment, Violette. Tu n'es pas dans un film, il n'y a aucune sonnerie de téléphone pour t'interrompre. Bah oui, parce que ces traîtresses ne retentissent que quand le moment est fun, évidemment ! Sinon, ce n'est pas drôle.

Je prends une grande inspiration et me lance tête la première :

– Clément, tu es quelqu'un d'adorable, vraiment. Tu es beau, mignon, gentil et intelligent – et je ne dis pas ça parce que c'est ce qu'on dit dans ces cas-là, je jure que je le pense, je ne mens jamais, demande à Loan ! –, bref tu es tout ça et plus encore, et j'ai beaucoup aimé passer tous ces moments avec toi – enfin, sauf quand on mangeait des sushis, là je t'avoue que j'avais souvent envie de te vomir dessus –, mais voilà, le truc c'est que toi et moi on n'est pas faits l'un pour l'autre. Donc… dis-je sans savoir comment conclure. Bah, c'est fini. Entre nous. Toi et moi, je veux dire. Pardon.

Bon sang, voilà un domaine dans lequel je n'excelle pas du tout.

Clément reste muet en face de moi, manifestement abasourdi. Il n'a pas l'air de saisir l'ampleur de mes paroles… Mon cœur se serre devant sa stupéfaction. Le pauvre. Et dire que je l'ai trompé avec Loan ! Il ne méritait pas ça.

– Attends… Tu es sérieuse, là ?

J'entrouvre les lèvres pour répondre, mais rien n'en sort. C'est comme si l'on m'avait giflée. Son ton est brusque et hautain, une voix que je n'ai pas l'habitude d'entendre dans sa bouche, et encore moins envers moi. Légèrement décontenancée par son changement d'attitude, je me mets à bredouiller :

– Bah… je… enfin, oui. Je suis désolée. Pour tout.

Je fais la moue, ce qui ne l'attendrit pas le moins du monde. Au contraire, il paraît prendre conscience de ce qui est en train de se passer. Il passe une main dans ses cheveux et se lève en ricanant.

– Bordel, je rêve. Tu es vraiment en train de me quitter ?

– Clément…

– Oui ou non ? Je te préviens, Violette, si tu me quittes, ce n'est pas la peine de revenir.

Je hausse un sourcil, ahurie. Mais pour qui il se prend ? Je suis tellement choquée que je ne sais pas quoi dire. Si je te quitte, ce n'est pas pour revenir, espèce d'idiot ! Je me racle la gorge et répète d'un ton ferme, décidée à en finir :

– Je suis désolée que ça se passe comme ça, je t'assure… Je t'aime beaucoup, mais je ne suis pas amoureuse de toi.

– Tu me mènes en bateau depuis le début, en fait, rit-il jaune.

– Pas du tout !

– Si, persiste-t-il en secouant la tête, l'air dégoûté. Tu minaudais, mais tu jouais les effarouchées quand fallait passer aux choses sérieuses. Bordel, et moi qui t'aimais bien ! Et maintenant, tu me quittes ? Tu sais comment on appelle les filles comme toi, Vio ? Des chaudasses.

Je reste pétrifiée sur place, sentant la vague de colère et d'injustice monter en moi. Pourtant, j'ai honte aussi. Parce que c'est exactement ce que m'a dit Émilien en me quittant ; que j'étais une chaudasse.

– Je t'interdis de dire ça. Je pensais qu'on était des adultes et que tu réagirais comme un adulte ! Tu me jettes ça à la figure juste parce que j'ai refusé de coucher avec toi… C'est ridicule, Clément. Et franchement pathétique.

Je tente d'attraper la poignée de la porte pour pouvoir m'en aller, remontée à bloc, quand il s'empare de ma main et m'oblige à lui faire face.

– Parce que tu crois que je t'ai attendue ?

Il éclate d'un rire sans joie. Je ne parviens pas à croire que ça arrive vraiment… Tout ce temps, il sautait donc d'autres filles. Je le regarde longuement et comprends que je ne mérite pas un type comme ça. D'accord, je l'ai trompé aussi. Mais moi, je suis amoureuse. J'estime qu'il y a une différence. Et une grande.

– Tu sais quoi, Clément ? On va en rester là. Manifestement, on fait bien de se séparer.

Une fois encore, il s'empare de mon bras et me tire vers lui, m'arrachant une moue de douleur.

– Attends, s'il te plaît ! Vio, je suis désolé…

– Laisse-moi partir, Clément.

– Non, on n'a pas fini de discuter. Dis-moi pourquoi tu me quittes, me supplie-t-il avec méfiance. La vraie raison.

– Pourquoi, j'ai blessé ton ego surdimensionné ? raillé-je en me débattant.

Je sais qu'il ne me fera pas de mal, ce n'est pas un connard à ce point-là. Et pourtant.

– Mon ego ? Évidemment, putain, t'es en train de me jeter comme une merde !

Il essaie de me secouer pour que j'arrête de me débattre, m'intimant de l'écouter plaider sa cause, mais j'étouffe de plus en plus. J'ai besoin de sortir, et vite.

– Lâche-moi ou je hurle !

– Tu m'as vraiment pris pour un con, à jouer les saintes nitouches… marmonne-t-il en secouant la tête. Et dire que je te respectais.

Je sens la crise d'angoisse arriver, et ça me fait peur. Je suis toute seule avec un homme qui me traite de traînée. Alors dans la panique et la frustration, je fais la première chose qui me vient à l'esprit – et la seule chose que j'ai besoin d'apprendre, selon mon père.

Je lui mets un coup de genou dans l'entrejambe.

Clément geint de douleur et tombe à terre, me lâchant enfin. Il se tient les bijoux de famille en fermant les yeux.

– Putain, mes couilles…

Je retrouve mon équilibre et expire doucement afin de me calmer. Respire, respire, respire. J'obéis à ma voix intérieure et regarde Clément de haut, écœurée. Comment ai-je pu me tromper à ce point-là ?

– Tu crois que t'es qui, au juste ? maugrée Clément en se tordant sur lui-même. Tu ne sais pas ce que tu manques, crois-moi.

Je stoppe sur le pas de la porte, un sourcil arqué. Sérieusement ? Je me retourne et l'observe, petit Clément vulnérable qui se tient l'entrejambe dans une grimace de douleur.

– Tu veux que je te dise, Clément ?

Il attend, agonisant. Je lui parle d'un ton neutre et complètement posé.

– Tu te souviens de Loan ?

Mon ex-petit ami fronce les sourcils, sans comprendre où je veux en venir. C'est alors que je souris tout en utilisant chaque index de mes mains, que j'espace d'une distance pour le moins importante. Soudain, il semble comprendre à quelle longueur je fais référence car ses yeux s'écarquillent sous la surprise. Je ne bouge pas, fière de mon coup.

Le pire, c'est que je n'exagère même pas.

– Sale pute ! vocifère-t-il. Je le savais !

– Tu devrais mettre des glaçons, lui conseillé-je avant d'ouvrir la porte et de le laisser seul.

Je traverse le couloir que nous avons pris pour arriver à cette chambre, repassant par le salon.

– Les gars ! lancé-je à l'assemblée, qui se tourne vers moi avec étonnement. Clément demande si vous pouvez l'aider avec son pénis. Il pleure, je crois qu'il s'est pété le frein en essayant de bien faire.

Le choc se peint sur tous les visages, me laissant savourer cette petite victoire. Je roule des yeux tout en haussant une épaule, sarcastique.

– Je sais, ça craint.

Je n'attends pas de réponse de leur part et sors de l'appartement, le cœur prêt à bondir de ma poitrine. Je dévale les escaliers et pousse la porte du hall avant d'inspirer une profonde bouffée d'air. Une fois sur le trottoir, je n'arrive pas à me retenir plus longtemps, et je fonds en larmes. Je sais que je devrais sauter de joie, mais le stress redescend et tout remonte à la surface.

J'essuie mes larmes en tentant de me calmer. Je me sens libre et apaisée, comme si je savais que, désormais, tout se passerait bien. Je veux tenter le coup avec Loan. Notre amitié sera mise à rude épreuve, certes, mais n'est-ce pas ainsi que va la vie ? Je *veux* prendre des risques, pour une fois. Je m'en voudrais toute ma vie si je n'essayais pas.

Je suis en train de rentrer à l'appartement lorsque je sens mon téléphone vibrer, comme un signe du destin. C'est Loan. Un sourire idiot éclaire mon visage… sourire qui s'évanouit aussitôt lorsque je prends connaissance du texto.

Loan : Je viens de déjeuner avec
Lucie. Je crois qu'il faut qu'on parle.

Il sait.

CHAPITRE 27
Aujourd'hui

LOAN

Le moins que l'on puisse dire, c'est que je ne m'y attendais pas. Tout allait bien, vraiment. La situation avec Violette s'était arrangée, elle m'avait même étreint avant de partir ce matin, un sourire chaleureux sur ses lèvres délicates.

C'est donc heureux que je me rends au travail. Jusqu'à ce moment dans les vestiaires où mon téléphone sonne. Je décroche sans prendre la peine de jeter un œil à l'identité de mon interlocuteur.

– Allô ?

– Allô Loan… C'est Lucie. Encore.

Je fronce les sourcils. Évidemment que c'est Lucie. J'ai reconnu sa voix dès le premier mot. Évidemment, je suis heureux de l'entendre. Je le serai toujours. Mais deux appels en moins d'une semaine, cela relève du miracle.

– Tiens, salut. Comment tu vas depuis l'autre jour ?

– Ça va, dit-elle en se raclant la gorge. Tu travailles, aujourd'hui ?

– Oui, je suis déjà à la caserne. Tu voulais me demander quelque chose ? l'interrogé-je en laçant mes chaussures.

Un silence me répond. Puis enfin, comme si elle hésitait :

– En fait, je voulais te proposer que nous mangions ensemble ce midi.

Je m'immobilise à la seconde, stupéfait. Manger ensemble ? Elle ne me parle pas pendant sept mois et du jour au lendemain elle se dit qu'elle aimerait bien déjeuner avec moi ? Sur le coup, je le prends mal. Parce que j'ai l'impression que c'est vraiment me prendre pour un con. Mais surtout : parce que je n'en ai plus envie.

– Manger ensemble ? En quel honneur ?

Je la sens désarçonnée au bout du fil. Visiblement, elle ne s'attendait pas à ça.

– Je… Enfin, je ne sais pas. Je veux te voir.

– Et moi, ça fait sept mois que je veux te voir. Comme quoi…

Je me pince les lèvres, regrettant déjà d'avoir dit ça. Lucie ne dit plus rien au bout du fil. Je l'ai blessée et je m'en veux. Ce n'est pas mon genre, d'appuyer sur les faiblesses des autres.

– Je ne comprends pas pourquoi tu m'en veux, Loan, soupire-t-elle. Je n'ai pas voulu ça.

– Pardon ?

Alors là, c'est la meilleure. Mais je suppose que la rencontrer ne peut pas être une mauvaise chose. J'ai besoin de mettre les points sur les i, de comprendre pourquoi, de mettre un terme à toute cette histoire restée en suspens.

– D'accord, va pour ce midi. On se retrouve au chinois.

– Celui où on avait l'habitude d'aller ?

– Oui.

– D'accord. Je suis contente que tu acceptes, me dit-elle. On en a besoin.

J'acquiesce et finis par raccrocher. Après tout ce temps, nous allons enfin nous revoir. Je n'ai fait que penser à elle pendant sept mois à cause de ce goût d'inachevé, et voilà qu'elle revient l'air de rien. J'ai besoin de lui parler, de savoir.

Pour peut-être tourner la page.

J'espère.

***

Lucie n'a pas changé. Je reste dans ma voiture encore quelques secondes pour la regarder m'attendre au loin, le regard rivé sur son portable. Elle est très belle. D'une beauté brune et classique que tout le monde est obligé d'aimer. Elle est de celles qui sont belles universellement, comme Natalie Portman.

Ses cheveux noirs sont lissés sur ses minces épaules, elle porte une chemise blanche sous un *duffle coat* et un jean qui moule ses courbes. Ses courbes que j'ai longuement connues. J'arrête de me torturer l'esprit et sors la rejoindre. Lorsqu'elle m'aperçoit, ses joues rosissent.

– Salut.

– Bonjour Loan, dit-elle en se penchant pour me faire la bise.

D'abord étonné, je me laisse faire et lui embrasse les deux joues. Elle porte le même parfum qu'avant, un soupçon d'Eau des Merveilles. En effet, il n'y a rien de plus bizarre que faire la bise à la femme avec qui vous êtes resté quatre ans. Je fourre mes mains dans les poches de ma veste, puis l'invite à entrer. Le serveur nous installe à une table près de la baie vitrée, ce qui fait sourire Lucie. C'est notre place fétiche, ou en tout cas ça l'était.

– Ça me fait plaisir d'être là avec toi… après tout ce temps, murmure-t-elle en souriant.

Sa main vient se poser sur la mienne par-dessus la table. Je la retire doucement, ce qui semble la blesser. Ça ne m'empêche pas de demander, curieux :

– Pourquoi ce revirement ?

Lucie perd son sourire, fuyant mon regard. Elle a l'air nerveuse, elle aussi.

– Tu ne prends pas de gants, à ce que je vois…

– Je devrais ?

– Je suppose que non. Ce n'est pas un revirement, me répond-elle sans ciller. Tu me manques. Tu me manques depuis longtemps, mais je n'osais pas te rappeler. Et je dois avouer que je t'en voulais aussi.

Je plisse le front tandis que mon estomac se retourne sur lui-même. M'en vouloir, à moi ? C'est drôle, de la part d'une fille qui m'a brisé le cœur. Déjà à dix-sept ans, Lucie était de nature jalouse. Mais lorsque j'ai commencé à passer du temps avec Violette, c'était devenu infernal. Je ne comprenais pas avant, même si aujourd'hui je sais qu'elle avait raison de se méfier. Violette m'attirait, toutefois, je n'aurais jamais été infidèle à Lucie.

Un soir où je ramenais mon amie de l'ESMOD, comme souvent, Lucie a pété un câble. Elle m'a accusé de la tromper, ce que j'ai démenti bec et ongles. Je lui ai juré que je l'aimais, elle et pas une autre, ce qu'elle a fini par croire… jusqu'à ce qu'elle ouvre le placard de la cuisine et remarque les paquets de farine manquants.

Quand je lui ai dit que je les avais donnés à Violette, elle a compris. Elle a pleuré, crié, puis du jour au lendemain elle n'était plus là. Plus de son, plus d'image.

– Tu peux m'expliquer pourquoi tu m'en voulais, au juste ? Je te l'ai dit et je te le redis : il ne se passait rien entre Violette et moi.

Elle m'offre un sourire radieux qui enveloppe mon cœur d'une douce caresse. Le même que dans le passé. Elle s'apprête à me répondre lorsque le serveur nous apporte nos plats. Lorsque ce dernier s'éloigne, un léger silence s'installe tandis que je commence à déguster mes brochettes de saumon.

Lucie avale quelques bouchées de nouilles chinoises avant de reposer sa fourchette, sérieuse.

– Je te crois, Loan. Tu n'es pas du genre à mentir et à tromper, j'aurais dû le savoir. Mais… j'avais cette peur constante. Je voyais du « Violette » partout, c'était plus fort que moi. Je crois que j'avais peur que tu ne me quittes pour elle. Alors je l'ai fait avant que tu me brises le cœur.

Je hoche la tête, comprenant ses raisons. Aujourd'hui je sais que ma relation avec Violette n'a rien de platonique. Je n'en veux plus à Lucie, même si j'aurais préféré qu'elle fasse les choses plus proprement. Je le lui fais comprendre, espérant une excuse plausible de sa part :

– D'accord. Je comprends, même si tu ne m'as même pas appelé une seule misérable fois pour qu'on s'explique. Et ce n'est pas ce que je peux appeler un comportement adulte…

Son sourire disparaît peu à peu. Elle me sonde du regard avant de me dire que je suis injuste.

– Injuste ? répété-je en riant. C'est toi qui m'as quitté, Lucie, tu t'en souviens ?

Je suis interdit. De quel droit peut-elle me lancer une chose pareille ? Elle ne semble pas atteinte par mes paroles. Au contraire, elle garde son calme pour me répondre :

– Oui, et ensuite j'ai regretté. Tu t'en souviens, toi, de ça ?

– Non, désolé, ça ne me dit rien.

Je secoue le menton, en m'appuyant sur le dossier de ma chaise. J'ai tant de fois eu envie de lui reprocher sa lâcheté ! J'en ai enfin l'occasion. Malheureusement, elle n'a pas l'air de regretter. Pire, j'ai l'étrange impression qu'elle me rend responsable.

– Moi, je m'en souviens. Je suis restée deux semaines chez ma tante à broyer du noir, à regretter mon choix. Alors je t'ai appelé. Tu étais chez Violette.

Je plisse le front, perdu. Je n'ai pas le temps de lui demander des précisions, elle continue :

– Je m'en souviens très bien parce que c'était la Saint-Patrick. Je savais que j'avais fait une erreur, alors je t'ai appelé pour m'excuser…

– Tu ne m'as pas appelé, la contredis-je, sûr de moi.

– Si.

– Non, je t'assure.

Si elle avait appelé, je le saurais. J'aurais sauté sur le téléphone, à coup sûr, et l'aurais suppliée de revenir à la maison. Ce n'est pas ce qui s'est passé.

– Je t'ai appelé, Loan.

Je regarde Lucie devant moi, de retour à la réalité. J'ai beau me repasser le film des semaines qui ont suivi notre rupture, je ne me rappelle pas avoir raté un appel de Lucie. Sinon, tout aurait été différent. Mon ex-petite amie semble soudain comprendre la source du quiproquo. En effet, elle entrouvre la bouche et s'esclaffe sans joie.

– Je crois avoir compris, ça y est. Plus la peine de chercher.

– C'est-à-dire ?

– Violette, lâche-t-elle durement. C'est elle que j'ai eue au téléphone. Je lui ai dit que je souhaitais te parler, m'excuser. Mais elle m'a répondu… que tu ne voulais plus me voir. Que je t'avais rendu assez malheureux comme ça. Que j'avais pris ma décision et qu'il était trop tard pour te reprendre.

La première chose que j'ai envie de faire, c'est la traiter de menteuse. Parce que c'est ce qu'elle est, non ? Je veux dire, elle ne peut pas dire vrai. Violette n'aurait jamais fait une chose pareille. Elle ne m'aurait pas fait ça. Pas à moi.

Je reste paralysé, les idées sens dessus dessous. Je ne peux pas y croire. Je ne le *veux* pas.

– Alors j'en ai déduit que j'avais eu raison… que tu t'étais mis avec elle.

Je ne l'écoute plus. Je repense à Violette, à ses magnifiques yeux noisette et à ses mains caressant mon corps pendant l'amour. Lucie ment, je le sais, je connais ma meilleure amie. Parce que si ce que Lucie dit est vrai, cela signifie que mes sept mois entiers à me reprocher cette rupture… n'étaient que du vent. En vérité, Lucie voulait me reprendre depuis le début. Si elle ne m'a pas appelé, c'est parce qu'elle pensait que je l'avais délaissée pour Violette.

Bordel.

– Loan ?

Je relève les yeux vers Lucie, abasourdi. Non seulement c'est à cause de Violette que Lucie m'a plaqué, mais c'est aussi à cause d'elle que j'ai attendu son retour éventuel. Tout ce temps, elle n'a rien dit. Rien. Sur le moment, je ressens l'envie violente de jeter quelque chose contre le mur. Le mot « trahison » me percute le cœur brutalement.

– Tu n'as jamais eu vent de cet appel, n'est-ce pas ?

Je ne peux qu'avouer.

– Non.

– Je vois.

Elle hausse un sourcil et plante sa fourchette dans ses nouilles, laissant son silence parler pour elle. Pas besoin de lire dans les pensées pour comprendre ce qu'elle en pense, chose qui m'agace plus qu'autre chose.

– Tu comptes faire quoi ? m'interroge-t-elle.

J'enfile mon manteau sous son regard surpris et laisse un billet de cinquante euros avant de me lever.

– Rien.

Je n'ai pas envie de lui en dire davantage ; ce ne sont pas ses affaires et de toute façon, je ne le sais pas moi-même. Elle plisse le front et m'attrape le poignet en dernier recours. Je m'arrête pour la regarder.

– Et nous ?

– On sait pourquoi ça n'a pas marché entre nous.

– Mais tout ça n'était qu'un immense malentendu ! se défend-elle. On aurait pu se donner une seconde chance. J'ai changé, Loan.

– Écoute, soupiré-je, j'ai besoin de réfléchir un peu à tout ça.

Elle accepte et me libère avant de me sourire, et de lâcher timidement :

– Je t'aime, Loan. Je t'ai toujours aimé.

Ce sont des mots fantasmés, désirés, tant projetés. Lorsque je les entends, mon cœur tressaille. J'opine sans rien dire et lui embrasse la joue avant de sortir du restaurant. Je marche à grandes enjambées jusqu'à ma voiture, prêt à repartir pour la caserne. Avant de mettre le contact, je prends une grande inspiration, sur les nerfs, et envoie un message à Violette :

Moi : Je viens de déjeuner avec Lucie.
Je crois qu'il faut qu'on parle.

CHAPITRE 28

Aujourd'hui

VIOLETTE

Après avoir réfléchi à un plan qui consiste à passer le reste de la semaine chez Jason tout en faisant croire à Loan que je rends visite à mon père, je me résigne. Je dois faire face. Ça ne peut pas être si désastreux que je le pense, de toute manière. Nous sommes des adultes.

Sur cette sage décision, je passe l'après-midi à redouter le moment fatidique où Loan rentrera. Je ne réponds rien au message, je suppose qu'il n'y a rien à dire de plus. C'est assez clair. J'ai compris. Je ne sais pas pourquoi ni comment cela se fait qu'il ait déjeuné avec Lucie, mais c'est sûrement quelque chose dont j'aurais dû me douter.

Aux alentours de dix-neuf heures, Zoé passe enfin le pas de la porte. Elle sursaute lorsque je me rue vers elle, apeurée.

– Zoé !

– Qu'est-ce qui se passe ? s'inquiète-t-elle. Quelqu'un est mort ?

– Pas encore, mais je ne donne pas cher de ma peau. Loan m'a envoyé un horrible message ce midi, genre « Faut qu'on parle », et on sait tous ce que cette phrase veut dire, enfin surtout pour les couples, et bien qu'on ne soit pas un couple – fais pas cette tête, on a *juste* couché ensemble ! –, ça veut quand même tout dire. Alors imagine comment j'ai stressé tout l'après-midi ! Heureusement que tu es là, il est censé arriver d'une seconde à l'autre et je ne sais toujours pas comment m'en sortir vivante ; il m'a dit qu'il était allé déjeuner avec Lucie et j'ai peur qu'elle ne lui ait dit quelque chose à mon propos, le genre bien, bien, bien vilain. Tu vois ?

Je reprends mon souffle, au bord de la tachycardie. Zoé me regarde, un sourcil arqué. Plusieurs secondes plus tard, elle lance :

– Je n'ai absolument rien compris.

Je pousse un gémissement plaintif tout en me cachant dans mes mains. J'ai peur car je sais combien Loan peut être intimidant. Lui et moi ne nous sommes jamais disputés. Jamais. Les seules tensions qui ont jamais existé entre nous ont été celles des dernières semaines.

– Loan a envoyé un message, résumé-je calmement. Il a déjeuné avec Lucie. Il veut qu'on parle.

– Oh merde, réagit-elle enfin.

– Exactement.

Nous nous fixons en silence, complices. Zoé sait ce que cela veut dire autant que moi. Elle seule est au courant de ce que j'ai fait. À vrai dire, c'est Zoé qui en a eu l'idée – ce style de choses n'est pas mon genre. C'est elle qui a décroché le téléphone. C'est elle qui me l'a passé en me disant que c'était Lucie et que je devais la faire dégager. Je n'ai pas hésité longtemps, que Dieu me pardonne.

Plongée dans mes souvenirs, c'est presque si je n'entends pas la clef tourner dans la serrure. Mon cœur s'arrête. Zoé tourne la tête vers la porte avant de m'adresser un clin d'œil encourageant. Loan apparaît, son sac sur l'épaule et l'air préoccupé.

– Rebonjour, chantonne joyeusement Zoé.

Je devine qu'elle feint l'enthousiasme pour faire descendre la tension. Malheureusement, Loan laisse tomber son sac de sport sur le sol sans refermer la porte d'entrée. Il ne m'a toujours pas jeté un œil lorsqu'il s'adresse à ma meilleure amie :

– Zoé, tu peux nous laisser seuls pour la soirée ? Merci.

Je déglutis. Zoé me regarde, cherchant mon approbation. Je devine qu'elle est prête à reconnaître la part de responsabilité qui lui revient dans cette histoire. Je secoue furtivement le menton. Ça ne sert à rien, je n'aurais jamais dû m'en mêler.

– OK… Tu m'appelles.

Elle se lève, me fait la bise et reprend ses affaires avant de refermer la porte derrière elle. Je reste figée près du canapé, quasi recroquevillée sur moi-même.

Loan saisit la télécommande et éteint la télévision, nous plongeant dans le silence le plus complet. Soudain, je n'ai plus envie de rire. Ni de relativiser. Je comprends à son expression fermée que c'est sérieux. Qu'il est en colère contre moi. Et bon sang, je n'ai pas l'habitude.

– Salut, dis-je d'une petite voix.

Enfin, il pose son regard sur moi. Je tressaille de tout mon corps en découvrant la lueur de rage qui brille dans ses pupilles. Le pire, c'est qu'il est sexy en diable. Ses cheveux sont plus ébouriffés que d'habitude, sa mâchoire carrée est tendue au possible et ses yeux bleu nuit sont aussi sombres qu'une nuit orageuse. Ça ne présage rien de bon.

– Salut.

Il ne retire pas sa veste. Il reste planté devant moi, me fixant du regard avec incompréhension. Il se demande comment aborder la chose, par où commencer. Je décide de prendre les choses en main. De toute façon, je vais y passer, alors…

– Comment était ton déjeuner ?

Seul le bruit des aiguilles tournant dans la grande horloge du salon me répond. Je ne me suis jamais sentie aussi mal à l'aise de ma vie. Loan se décide à ouvrir la bouche.

– Mauvais.

J'attends qu'il développe. Au lieu de quoi il lance :

– Je peux te poser une question ?

– Tout ce que tu veux, soufflé-je instantanément.

Je lui dois bien ça. Loan avale sa salive, sa pomme d'Adam lui remontant dans la gorge. Je n'arrive pas à dire si je me fais des idées ou si la colère monte progressivement en lui.

Sa question sonne comme un coup de tonnerre en plein ciel gris :

– Est-ce que tu as dit à Lucie que je ne voulais plus la voir, il y a sept mois ?

Voilà. Nous y sommes. Je savais bien qu'un jour la vérité éclaterait. Parfois, je l'oubliais, et je culpabilisais moins. Maintenant, tout est terminé. Loan sait, Lucie sait. Il me déteste. Comment suis-je censée lui dire que oui, c'est vrai ? Que oui, j'ai menti. Je préfère mourir foudroyée sur place plutôt que de voir la confiance aveugle qu'il m'accorde se briser dans son regard.

Malheureusement, mon trop long silence parle pour moi. Loan presse les yeux dans une grimace douloureuse qui fait chavirer mon cœur. Je m'empresse de répondre, la voix tremblante :

– Laisse-moi t'expliquer, je t'en supplie.

– Putain…

– C'est plus compliqué que ça en a l'air.

– Tais-toi, me coupe-t-il d'un ton sec.

Il rouvre les yeux, les traits durs et accusateurs. Ceux-ci me fusillent et m'assaillent, je peux presque apercevoir la fumée de notre amitié, noire et menaçante, les inonder.

Tout finit toujours par se savoir. J'aurais dû m'en douter. J'aurais dû tout lui dire dès le début.

– Et dire que je prenais Lucie pour une menteuse…

Il se prend les cheveux, la tête rejetée en arrière, et fait les cent pas entre le salon et la cuisine. Je le regarde faire, la bouche entrouverte, sans savoir quoi faire ni quoi dire. Soudain, sa main vient brutalement heurter le mixeur qui se trouve sur le comptoir de la cuisine, lequel va s'écraser contre le sol, à quelques mètres de moi. Je sursaute de peur lorsque je l'entends se briser en plusieurs morceaux.

– Comment t'as pu faire ça ? siffle-t-il en haussant le ton, énervé comme jamais.

Il revient vers moi, le regard fou. Il se contient et ça me fait mal.

– Elle t'a jeté, et…

– Mais ce n'était pas tes affaires, bordel !

Je frémis, interdite devant le ton qu'il emploie avec moi. Cette fois, je comprends que je ne m'en tirerai pas avec de simples excuses. Mon cœur se replie sur lui-même, et ma conscience s'enfuit à reculons. Je suis seule, désormais. J'ignore l'envie irrépressible qui me crie de m'enfuir et d'aller pleurer au fond de mon lit, difficilement toutefois.

Il est temps de m'expliquer. Et de laisser Zoé en dehors de ça.

– Je sais. Mais j'étais énervée, d'accord ? Elle te jette comme une merde puis rappelle pour dire que « finalement, elle regrette » alors que tu as passé tout ce temps à broyer du noir. Autant te dire que je ne faisais pas particulièrement partie de son fan club.

Il serre les poings pour contenir ses sentiments, muet. Je continue alors, sentant un frisson désagréable le long de mon épine dorsale :

– Alors oui, j'ai parlé à ta place. Sur le coup, j'étais hors de moi, je voulais qu'elle comprenne qu'elle ne pouvait pas tout décider sans penser à ce que toi, tu ressentais. Puis j'ai regretté. Mais c'était déjà fait.

Je me tais quelques instants, le laissant digérer la nouvelle. J'ai toutefois envie qu'il comprenne mes motivations, c'est pourquoi j'ajoute :

– Cela dit, elle n'a jamais rappelé, pas même une seule fois, depuis sept longs mois… Si elle t'aimait vraiment, tu ne crois pas qu'elle se serait battue ? Personnellement, je ne me serais pas arrêtée à un simple appel. Elle a choisi la facilité…

– Je t'interdis, me menace-t-il du doigt, les pupilles enragées. Ce qui se passe avec Lucie, je le réglerai avec *Lucie*. Tu n'es pas Lucie. Te concernant, il se trouve que tu as passé plusieurs mois à me mentir et à me prendre pour un énorme con !

Je ne sais plus quoi dire pour me justifier. Pourquoi ne comprend-il pas mes raisons ? Est-ce que je suis dans le faux depuis le début ? Est-ce que j'ai tort de croire avoir bien agi ? Loan me contourne et se dirige droit vers sa chambre. Je reste pétrifiée devant tant d'indifférence. Je décide presque automatiquement de le suivre.

– Pardonne-moi, s'il te plaît.

Il m'ignore, retire sa veste et son tee-shirt. Mes yeux ne peuvent s'empêcher de contempler sa brûlure.

– Et comment je fais ça, hein ? riposte-t-il d'une voix venimeuse.

– Essaie de comprendre, au moins. Ose me dire que tu n'aurais pas fait la même chose !

– Faut dire que tu ne peux pas vraiment comparer tes ex aux miens.

Je me fige aussi brutalement que s'il m'avait giflée. Cette fois, je ne culpabilise plus. Je veux qu'il me pardonne, mais je refuse d'avouer avoir mal fait. Lucie ne mérite pas Loan. Ils sont sortis quatre ans ensemble, cela ne veut pas dire qu'ils doivent le rester toute leur vie. Elle n'est pas méchante, elle n'est simplement pas faite pour lui. Toutes ces fois où elle faisait exprès de me balancer sa relation avec Loan à la figure, en retirant son courrier ou en me croisant dans le hall. Elle ne m'aimait pas. Dès la première seconde, elle n'a pas essayé de m'apprécier. Pourquoi devrais-je faire un effort ?

– Je ne regrette pas.

Loan ricane à m'en faire froid dans le dos.

– Tant mieux pour toi, Violette. Je suis content que tu dormes correctement la nuit.

– Arrête.

– Tout ça, c'est ta faute. Depuis le tout début.

Il parle calmement, tellement calmement que mon cœur tente de se cacher quelque part dans ma poitrine. Je n'aime pas ce ton. Je n'aime pas ces reproches. Ni la tournure que prend cette conversation. On était censés s'engueuler un bon coup, puis passer à autre chose. Alors pourquoi est-ce que mes jambes tremblent sous son regard morne ?

– Ne dis pas ça, le supplié-je tandis que les larmes emplissent mes yeux.

– C'est la vérité, insiste-t-il. C'est à cause de toi si Lucie m'a quitté.

Je tombe des nues.

– Quoi… ?

– Pourquoi est-ce que tu as eu besoin de venir me demander de la farine, hein ? Pourquoi est-ce que tu as sonné à ma porte à moi ?!

Je ne le distingue pas assez clairement pour dire quelle est l'expression de son visage. Mes larmes brouillent ma vue et noient mes joues. Je ne fais pas un geste pour les essuyer, trop interdite pour réagir. Loan, quant à lui, se détourne de moi pour marcher dans la chambre comme un lion en cage.

– J'ai su que tu étais dangereuse dès le début, mais j'ai laissé faire parce que je me croyais au-dessus de ça… Alors oui, conclut-il en me refaisant face, la mine durcie. C'est ta faute si j'ai acheté de la farine, si je t'ai trouvée si attirante alors que j'en avais pas le droit, c'est ta faute si j'ai eu envie de tabasser Émilien et c'est aussi ta faute si je t'ai embrassée et que Lucie m'a quitté !

Alors là… je ne sais pas quoi dire. Est-ce qu'il le pense vraiment, ou parle-t-il sous l'influence de la colère ? J'essuie enfin mes larmes, sous le choc. Je renifle tandis que Loan soupire, probablement conscient d'être allé trop loin.

– Tu es cruel.

– Je sais…

Alors quoi, c'est tout ? J'ai fait des erreurs, je suis le centre de tous ses problèmes sentimentaux, et verdict ? Je ne veux pas perdre ce qu'on a. J'ai mis longtemps à m'apercevoir que je l'aimais, certes. Il me déteste probablement pour avoir ruiné sa relation avec Lucie, certes. Mais je n'ai aucune envie de le laisser partir. Je veux qu'il reste avec moi. Mon meilleur ami et plus encore.

– Depuis que tu m'as demandé de te rendre ce service débile, tout va mal entre nous, lance-t-il en continuant de secouer la tête.

– Tu n'étais pas obligé d'accepter…

– Bien sûr que si, j'étais obligé d'accepter ! s'époumone-t-il soudain, provoquant une nouvelle salve de larmes. J'étais obligé parce que c'est toi, Violette !

Je ne trouve rien à répondre à cela. J'étais partie pour lui dire que je l'aimais, que j'étais de nouveau célibataire, que je voulais plus… Et voilà que tout part en flammes.

– Je suis désolée.

Sa respiration se calme, de même que la fureur qui étincelle dans ses yeux. Cependant, la brèche qu'il laisse dans mon pauvre cœur ne se referme pas. Au contraire, il m'achève enfin :

– C'est fini.

J'arrête de respirer, blanche comme un linge.

– Quoi… ?

Non. Non, non. Ce n'est pas possible.

– Toi, moi, ça. Les baisers, les caresses, les conversations ambiguës, *Violan*… Tu sais que je t'adore. Mais ça, j'ai du mal à le digérer. Je ne peux pas, là. J'ai besoin de prendre de la distance. Laisse-moi tranquille, conclut-il en détournant le regard.

Je reste immobile, le ciel me tombe sur la tête. Alors c'est tout ? C'est vraiment fini ? Il ne veut plus me parler parce que j'ai voulu le protéger ? Parce qu'inconsciemment, sans même le vouloir, j'ai causé sa rupture avec Lucie ? Loan me tourne le dos tandis que je secoue la tête avec incrédulité.

– Tu es injuste.

Il ne répond rien. Je continue à fixer son dos, déconfite. Finalement, je m'essuie les yeux sans craindre la tête que j'ai, puis me dirige vers la porte pour le laisser seul. Je ne sais pas s'il s'agit de la fin de notre amitié. Je ne sais pas de qui c'est la faute. Mais une chose est sûre :

– Depuis ce premier jour dans cet ascenseur, toi et moi sommes plus que des amis, dis-je sans même lui faire face. Nous ne sommes pas en couple… mais nous sommes plus que des amis. Ne me blâme pas *moi* pour cela.

CHAPITRE 29
Aujourd'hui

LOAN

Je ne me suis que rarement senti aussi mal de ma vie. Aussi misérable et coupable.

C'est simple, je n'ai pas dormi de la nuit. J'étais trop énervé mais aussi trop dégoûté de moi-même pour ce que je venais de jeter à la figure de ma meilleure amie.

Mais est-elle encore ma meilleure amie ?

« Depuis ce premier jour dans cet ascenseur, toi et moi sommes plus que des amis ». Je sais qu'elle a raison et que c'est pour cela que Lucie m'a quitté. Après tout, je suis celui qui a acheté cette fichue farine, je suis celui qui l'a embrassée. Je suis le plus fautif dans cette histoire. Mais j'étais tellement en colère que j'ai voulu me dédouaner en lui jetant tout à la figure.

J'ai dit des choses que je ne pensais pas, comme lorsqu'on est en colère. Les mots ont dépassé ma pensée et je m'en veux pour cela dès qu'elle referme la porte de ma chambre. Pourtant je suis encore trop furieux contre le monde entier – Violette pour m'avoir menti, Lucie pour ne pas avoir essayé davantage, moi-même pour ne pas être capable de savoir quoi faire – pour la suivre et m'excuser.

Le lendemain soir, Zoé et elle sont dans le salon quand je rentre du boulot. Aucune des deux ne relève les yeux à mon entrée. Je comprends vite que je suis en terrain miné ; majorité féminine oblige. Je tente quand même un « Salut » poli. Seule Zoé me répond d'un geste de la main. Elle me suit jusque dans ma chambre, où elle nous enferme. Je me retourne vers elle en plissant le front. Elle a l'air anxieuse – une première !

– Loan, il faut que je te dise quelque chose.

Je comprends qu'il s'agit de Violette. C'est plus fort que moi, je m'inquiète.

– Qu'est-ce qu'il se passe ?

Zoé grimace et croise les bras sur sa poitrine dans un geste défensif.

– Bon… j'ai peut-être beaucoup à voir avec cette histoire de Lucie.

Cette fois, je plisse le front, intéressé. Pourquoi ne m'en suis-je pas douté avant ?

– Comment ça ?

– C'est moi qui ai décroché, ce jour-là, avoue-t-elle. Ce n'est pas le genre de Violette, elle n'aurait rien fait si je ne lui avais pas fourré le téléphone dans les mains en lui disant de l'envoyer chier. Ne lui en veux pas pour ça, s'te plaît.

J'aurais dû m'en douter. Évidemment que Zoé était derrière tout ça ! Mais est-ce que ça change beaucoup de choses ? Violette n'est plus une enfant. Et elle m'a caché la vérité pendant sept mois. J'estime avoir le droit de lui en vouloir un moment.

Rien qu'un moment.

– OK. Merci, Zoé.

Elle semble surprise. Elle hoche la tête, satisfaite, et s'arrête devant la porte comme si elle avait oublié quelque chose.

– Loan, je suis sérieuse, me dit-elle, la mine suppliante. Fais pas le con.

Je résiste à l'envie de lui dire que c'est trop tard pour cela.

***

Je suis déjà épuisé de la situation au bout de quatre jours.

Je l'évite, elle m'évite. On ne se fait pas la guerre, personne ne se fusille du regard ou ne s'insulte. Ce n'est pas comme ça entre elle et moi. On fait simplement comme si l'autre n'existait pas. Ce qui est, à mon sens, probablement pire. Les seules fois où j'entends sa voix, c'est lorsqu'elle discute avec Zoé pendant le dîner. Je semble ne pas faire partie de cette étrange cohabitation, et c'est bien la première fois.

Néanmoins, en restant silencieux, j'en apprends beaucoup… Comme le fait qu'elle a rompu avec Clément.

Lorsque j'apprends la nouvelle, je me retiens de ne pas tourner la tête vers elle. Mon cœur s'affole et un soulagement sans nom m'étreint la poitrine. Elle l'a enfin quitté ! *Quand est-ce arrivé ? Pourquoi n'étais-je pas au courant ? Comment prend-elle la chose ?*

Toutefois, je suis bien trop en colère pour le lui demander. À la place, mille et un scénarios m'emplissent la tête : si j'avais décroché ce téléphone il y a sept mois, si Lucie s'était excusée et qu'on s'était retrouvés… quelle serait ma vie aujourd'hui ? Serais-je quand même tombé amoureux de Violette ? Lucie dit avoir changé, d'ailleurs cela fait plusieurs jours qu'elle m'appelle sans relâche. Je ne réponds pas, car je me rends compte que je ne sais pas quoi lui dire.

Le jeudi, je rejoins Ethan au gymnase de la caserne pour m'entraîner. Mon ami est déjà là, en train de monter à la corde. J'hésite quelques secondes avant de souffler un bon coup et de retirer mon tee-shirt. Torse nu, la boule au ventre, j'attrape la corde la plus proche et monte avec facilité. Ethan est trop concentré sur la sienne pour me regarder, ce qui me met en confiance. Rapidement, je ne fais plus attention à son regard sur moi.

Nous enchaînons sur les exercices de musculation habituels avant de nous prêter à une partie de basket. Il retire lui aussi son tee-shirt avant d'enfin briser le silence :

– Tu fais tomber la chemise, Millet ?

Je souris légèrement, soulagé de le voir plaisanter. J'aime mes amis, putain. Je lui prends le ballon des mains en répondant sur le même ton :

– Tu aimes ?

– Grave. T'es trop sexy.

Je secoue la tête et nous commençons à jouer plus sérieusement. Au bout d'une heure, nous sommes en sueur. J'attrape mon tee-shirt pour m'essuyer le front, vérifiant mes messages. Un de Lucie qui me demande pourquoi je l'évite. Je soupire et lui réponds que ce n'est pas ce qu'elle croit, que j'ai des choses importantes à faire en ce moment. J'espère que ça me laissera le temps de savoir quoi faire.

– Au fait, je ne t'ai pas dit ? me lance Ethan, qui s'assoit sur les gradins. J'ai pris mes billets de train pour Poitiers. Je vais rendre visite à mes parents le week-end prochain.

Je le regarde avec une envie à peine dissimulée. J'aimerais être aussi heureux de voir mes parents. Passer un week-end normal avec eux, parler du travail, de ma petite copine, de mon loyer trop cher, des prochaines vacances… Je suppose que ça ne sera jamais comme ça.

– C'est super, je réponds. Tu pars seul ?

– Non, avec Ophélie. J'aimerais qu'elle rencontre mes parents, admet-il avec un rictus gêné.

Je hoche la tête, impassible.

– Je suis content pour toi, mon pote.

Et c'est sincère. Ethan sourit vaguement et effectue un léger mouvement du menton dans ma direction. Je sais déjà ce qu'il va me dire – Ethan est bien trop observateur.

– Toi, en revanche, tu as la tête d'un mec complètement paumé.

– Parce que je le suis…

– Dis tout à tonton Ethan.

Je soupire. Je ne sais même pas par où commencer. Alors je ne lui dis qu'une seule chose. Le plus important. Ce qui a déclenché la guerre.

– Lucie est revenue.

Ethan me fixe avec incrédulité, puis émet un sifflement. Il ne la connaît pas beaucoup, mais il sait qui elle est.

– Ah ouais.

– Ouais.

– Ne me dis rien. Tu ne sais plus quoi faire parce qu'entre-temps Violette s'est pointée, c'est ça ?

– Bingo…

Ethan ne dit rien pendant un long moment, comme s'il réfléchissait. Bien sûr, il ne sait pas tout. Il ne sait pas que Lucie représente la sécurité au sein d'un passé tumultueux, il ne sait pas que Violette et moi sommes liés dans la douleur d'une enfance misérable. Que tout s'emmêle et se démêle dans ma tête.

– Je ne peux pas choisir à ta place, reprend Ethan en haussant une épaule. En revanche, je peux te dire un truc : si tu veux être sûr de ton choix, il n'y a pas trente-six questions à se poser. En vrai, il n'y en a que trois.

Cette fois, je le regarde attentivement. Je sais qu'Ethan est de bon conseil. C'est pourquoi je prends garde à ce qu'il va me dire. Il compte sur ses doigts, son regard planté dans le mien.

– 1) À laquelle penses-tu quand tu te réveilles ? 2) Laquelle te pousse à être toi-même ? Et 3) La plus importante : quelle est celle sans qui tu ne peux pas vivre ?

Je continue de regarder Ethan, qui finit par sourire mystérieusement et boire dans sa bouteille d'eau. Je reste muet. Il suffit de trois questions. Trois questions que j'ai peur de me poser.

Et si la réponse ne me plaisait pas ?

CHAPITRE 30
Aujourd'hui

VIOLETTE

La semaine qui suit notre dispute est à peine supportable. Je l'ignore lorsqu'il entre dans la même pièce que moi, je me mords la joue jusqu'au sang pour m'empêcher de lui dire que son nouveau jean lui va bien… Les seules fois où mon regard croise malencontreusement le sien, je suis la première à m'en détourner. Pourtant, je ne regrette pas ce que je lui ai dit l'autre soir. Il m'a blessée.

Alors j'attends qu'il fasse le premier pas. Sauf qu'il ne le fait pas.

J'ai peur qu'il ne le fasse jamais.

CHAPITRE 31
Aujourd'hui

LOAN

Le soir où ça arrive, Zoé dort chez Jason.

Je dîne seul à la table du salon tandis que Violette regarde des clips. Je profite qu'elle ne puisse pas me voir pour l'observer. Elle s'est blottie contre le boudin droit du canapé, seulement habillée d'un débardeur blanc et d'un short en coton rouge. Encore une fois, elle ne porte aucun soutien-gorge. Je détourne le regard à regret et me concentre sur mes pâtes, frustré.

Combien de temps cela va-t-il durer, au juste ?

Après avoir fait la vaisselle, je viens m'asseoir à l'autre extrémité du canapé. Nos yeux sont braqués sur l'écran de la télévision, pourtant je mettrais ma main à couper qu'elle n'est pas du tout concentrée sur ce qu'elle regarde. Tout comme moi. Je sens sa présence à mon côté, chaleureuse et imposante. Elle m'appelle, comme une sirène. Tentatrice et dangereuse.

Et merde.

Mon esprit continue de divaguer tandis que Violette fait défiler les chaînes. Rien ne semble lui convenir. Je réfléchis à Lucie lorsque la voix inquiétante d'une journaliste télé attire mon attention.

– … la zone industrielle de Paris, à Gennevilliers, et qui selon nos sources aurait débuté il y a déjà dix minutes.

Je fronce les sourcils devant BFMTV. Je suis sur le point de demander à Violette de monter le son quand elle le fait d'elle-même, se redressant, en alerte. L'atmosphère s'est tout à coup refroidie.

– Il semblerait que ce soit l'œuvre accidentelle d'un groupe de jeunes venus brûler une voiture. Pour le moment, l'enquête reste suspendue jusqu'à ce que le feu soit maîtrisé.

L'image de la journaliste laisse soudain place à des flammes ravageuses. Un vidéaste amateur filme la zone industrielle de Paris en train de brûler, un spectacle spectaculairement glauque. Violette se raidit à mon côté, la main sur la bouche. Elle sait tout comme moi ce que cela signifie. Un immeuble, ce n'est rien. La zone industrielle de Paris, c'est bien la dernière chose qui doit brûler dans cette ville.

– On me confirme à l'instant que toutes les casernes de pompiers de Paris sont sur place.

Une seconde interminable s'écoule dans le silence quasi religieux. Quand soudain, comme sonne l'heure de la mort, mon téléphone portable vibre sur la table basse.

CHAPITRE 32
Aujourd'hui

VIOLETTE

Je crois que j'ai arrêté de respirer dès l'instant où la journaliste a dit que tous les pompiers étaient appelés à s'y rendre. Mais quand j'entends le portable de Loan vibrer sur la table basse, c'est mon cœur qui s'arrête de battre. Pour la première fois de la semaine, Loan et moi nous regardons mutuellement. Et nous comprenons.

Je reste pétrifiée, l'estomac au bord des lèvres, tandis qu'il réagit au quart de tour et se redresse d'un bond. En deux temps trois mouvements, il a son téléphone à l'oreille et se dirige déjà vers sa chambre.

– Oui ? Non, j'ai laissé mon bipeur dans mon sac…

Je lâche la télécommande et suis Loan à grandes enjambées, le cœur réveillé et cognant à tout rompre. Je prie intérieurement avant même de le voir s'habiller en vitesse. Faites qu'il n'y aille pas, faites qu'il n'y aille pas…

– Qu’est-ce qui se passe ? demandé-je d’une voix pressée.

Soudain, plus rien ne compte. Ni notre dispute, ni Lucie, rien. Il ne reste que lui et moi.

– C’était mon chef. Je dois partir, tout de suite.

Je le regarde se dépêcher, allant et revenant dans la chambre comme une tornade. Je suis immobile, sous le choc. Ce n’est pas la première fois que je le vois quitter l’appartement pour une intervention du genre. Mais cette fois, j’ai un mauvais pressentiment. Ce regard qu’il m’a lancé avant de décrocher… Je le déteste.

– Loan, c’est trop dangereux. Ils ne peuvent pas envoyer quelqu’un d’autre ? le supplié-je, tandis qu’il enfile ses chaussures.

Il plisse le front avant de lever les yeux sur moi.

– Quelqu’un d’autre ? C’est mon travail, Violette.

– Je ne veux pas que tu y ailles, lâché-je dans un murmure à peine audible.

Soudain, il plante ses yeux dans les miens. Il comprend que j’ai besoin d’être rassurée, que j’ai besoin d’une promesse. Celle qu’il reviendra. Peu importe pour qui, je veux juste qu’il revienne. Il pourra continuer à m’en vouloir après, peu importe.

Son visage se radoucit. Sa voix est rauque quand il me dit :

– Ça ira, Violette-qui-sent-la-violette.

Je ferme les yeux instinctivement, savourant ce surnom que je n’ai pas entendu depuis un moment.

Trop longtemps. Je hoche la tête en rouvrant les paupières. Il est prêt à partir.

Loan range son portable dans sa poche et part en me laissant plantée au milieu du salon. Démunie. Sauf qu'au moment de refermer la porte d'entrée, il jure et revient sur ses pas. Il s'approche de moi, l'air préoccupé. Une fois qu'il est assez près pour mêler son souffle au mien, il retire sa chaîne militaire pour me la passer autour du cou. Je me retiens de ne pas laisser échapper un sanglot, serrant la plaque entre mes mains. Il ne la lâche pas tout de suite, s'accrochant à elle comme on s'accrocherait à la vie.

– Garde ça pour moi ce soir, d'accord ?

Je n'ai aucune idée de ce qui se passe. Je garde les yeux plongés dans le bleu ravageur des siens, et j'acquiesce. Il reste de marbre, comme d'habitude, pourtant je sens que son masque est sur le point de se fissurer. J'aimerais qu'il se déchire, j'aimerais voir son vrai visage. Juste au cas où. Au cas où je ne le reverrais plus.

– J'y vais.

Tout à coup, sa main se place derrière ma nuque et ses lèvres s'écrasent durement contre ma bouche. Son baiser est ferme, aux antipodes de la douceur à laquelle il m'a toujours habituée. Cela ne dure que quelques secondes éphémères, toutefois, j'ai le temps de ressentir toutes les émotions qu'il ne réussit pas à faire passer au travers de ses traits. L'urgence et la peur.

Je n'ai presque pas le temps d'apprécier le contact de ses lèvres pleines, car il se détache déjà et disparaît sans pouvoir me regarder une dernière fois. Mes jambes sont comme du coton et mes lèvres me brûlent. Je porte les doigts à celles-ci dans l'espoir d'en garder toute leur chaleur. Mais le souvenir de sa bouche disparaît lui aussi, de la même façon que lui. Vite et sans prévenir. Un peu comme on tombe amoureux. Un peu comme on meurt.

Je force mon corps à bouger et reviens sur le canapé pour monter le son de la télévision. Ils ressassent les informations qu'on a déjà, néanmoins ça ne m'empêche pas d'écouter avec attention. Pourquoi ne me suis-je pas attachée à sa jambe, bordel ?!

J'entends vibrer mon téléphone. Je me précipite dessus.

– Violette ! s'écrie Zoé dans mon oreille. Zappe sur BFM !

– Je sais, je suis dessus depuis plusieurs minutes. Loan vient de partir.

– Bordel, jure-t-elle, visiblement choquée. Ça a l'air d'être un gros truc.

Je ne veux pas l'entendre me dire ce que je sais déjà. Je sais ce qu'il en est. Loan n'a pas voulu me dire « Garde ça pour moi ce soir », mais « Je veux que tu l'aies si je ne reviens pas ». Je ravale mes larmes et me rends compte que je n'ai toujours pas lâché la plaque. Mes mains la serrent tellement fort que mes phalanges en deviennent blanches.

Zoé met la conversation sur haut-parleur, si bien que j'entends Jason en arrière-plan.

– Ça va aller, Vio, me rassure-t-il. C'est un dur à cuire.

Au fond, je sais qu'ils ont raison. Loan a fait ça des dizaines de fois, voire davantage. Il est courageux, fort et raisonnable. Il ne fera pas l'idiot. C'est un excellent pompier. Je calme les palpitations de mon cœur et respire doucement.

– On m'informe que plusieurs équipes essayent actuellement de stopper le feu, qui a pris une proportion impressionnante en l'espace de quelques minutes seulement, explique la journaliste au carré blond. Selon le lieutenant Martins des Pompiers de Paris, l'intervention se révélerait délicate, notamment à cause de liquides combustibles disposés à l'intérieur de l'entrepôt.

J'entends Jason jurer dans sa barbe, puis Zoé qui lui dit de se taire. Elle ne veut pas que je panique. Sauf que c'est trop tard.

À la télévision, les images de la zone en danger montrent des pompiers qui courent avec sang-froid. Mes yeux observent chaque détail que la télévision leur présente. Les flammes qui lèchent la toiture, la fumée noire et épaisse qui s'en échappe, le bruit crépitant de la mort qui me comprime la poitrine. Plus les minutes passent et plus les camions rouges se succèdent.

La journaliste nous annonce avec un calme olympien qu'aucune personne n'était présente dans la zone en question quand l'incendie a commencé, ce qui est une bonne nouvelle. En revanche, les flammes montent à plus de trente mètres, ce qui n'est pas négligeable.

– Le secteur a été bouclé et d'importants moyens sont déployés pour éteindre les flammes. Bonjour Monsieur, vous êtes celui qui a donné l'alerte. Pouvez-vous nous en dire plus ?

Je décroche rapidement en écoutant le discours du témoin. Je pense soudain au fait qu'il soit parti sans que je lui dise « Je t'aime », et je panique. Car je ne l'ai jamais dit. Jamais. Pas même à Émilien, ni à Clément. Je prévoyais de le faire lorsque je serais sûre, je voulais le dire *pour de vrai.*

Et j'aime Loan. Sauf que non. Il est parti risquer sa vie en pensant que je le détestais.

– Zoé… Zoé, il faut qu'il revienne, chuchoté-je en refoulant mes larmes coûte que coûte.

– Je sais, Vio. Il va revenir, j'en suis sûre.

– Non, tu ne comprends pas. Il *doit* revenir. Je ne lui ai pas dit que je l'aimais ! avoué-je dans un silence éberlué, avant d'enchaîner : il doit savoir que je l'aime avant de mourir, il ne peut pas se barrer comme ça pour jouer les héros à collants en pensant que je lui en veux, que je le déteste, ce n'est pas possible, ce n'est pas possible parce que je suis amoureuse de lui et qu'il ne le sait même pas ! Et s'il mourait ? Oh mon Dieu, et s'il mourait ! Je ne veux pas qu'il meure en pensant que je ne suis qu'une blondasse égoïste, que je ne suis que la fille qui lui a bousillé sa relation avec Lucie, tu comprends ? Je ne veux pas que sa dernière image de moi soit celle d'une gamine écervelée qui ne fait que bouffer pour deux et parler sans réflé…

– Violette, m'interrompt Jason d'un ton posé que je ne lui connais pas.

J'augmente la pression de mes doigts autour de la chaîne qui orne mon cou, reprenant mon souffle. Le silence au bout du fil est éloquent. Cela dit, je suis bien trop angoissée pour réaliser que je viens de me trahir. De toute façon, je n'en suis plus à ça près.

– Il sait tout ça, me rassure-t-il. Tout du moins, il sait que tu n'es pas la blondasse égoïste qui lui a bousillé sa relation avec Lucie. Non seulement je peux te dire que leur couple était déjà mort avant que tu débarques, mais je peux également t'assurer que Loan reviendra. Il revient toujours.

Je ne réponds rien, m'accrochant à ses paroles rassurantes. J'aimerais le remercier mais j'ai peur de fondre en larmes si j'ouvre la bouche à nouveau. La journaliste continue de radoter tandis que je tapote nerveusement du pied.

– … ressemble de près au précédent incendie de Cergy, en effet, comme…

Soudain, la journaliste est brutalement coupée par une énorme déflagration. Je sursaute tandis que les flammes se déploient en un rond parfait, plus éclatantes et plus hautes que jamais. Mes yeux s'écarquillent lentement, tout comme ma main se porte à mes lèvres.

– Oh putain, lâche Zoé au bout du fil.

La journaliste s'est abaissée par réflexe, lors du choc, mais se redresse aussitôt, la main à son oreillette.

– Ce que vous venez d'entendre est apparemment la conséquence d'une cuve d'essence qui aurait explosé.

J'assiste à la scène, frappée de terreur. De nouveaux pompiers se précipitent vers la source du feu, lances à eau en main.

– On m'apprend également que des pompiers se trouvaient à l'intérieur lorsque la cuve a éclaté. Nous n'en savons pas plus pour l'instant.

Je ne me rends pas compte tout de suite que je pleure. Ce n'est que lorsque les larmes noient ma vue que j'en prends conscience. La plaque militaire de Loan me fait mal tellement je la serre fort. J'aimerais la lâcher. Mais ça serait abandonner Loan. Je ne peux pas faire ça.

– Il semblerait qu'il y ait des victimes à déplorer, annonce la journaliste d'une voix neutre.

Mon corps se fige, ma respiration se bloque et mon cœur s'immobilise en plein battement. Même Zoé et Jason n'osent pas commenter cette nouvelle information. Je pleure toujours lorsque j'entends Zoé qui tente de me parler.

– Vio… ?

Je n'arrive pas à lui répondre convenablement.

– J'ai besoin d'être seule, bredouillé-je d'un ton misérable.

C'est pourquoi je raccroche sans même détourner le regard de la télévision. Je reste immobile et silencieuse, les larmes roulant le long de mon cou. Pour la première fois de ma vie, je prie. Je prie pour qu'à aucun moment le nom de mon meilleur ami ne soit prononcé.

Il se passe moins d'une heure lorsque la sentence tombe enfin.

– C'est officiel, le feu a été entièrement maîtrisé. Il n'aurait manifestement pas atteint les complexes contigus, empêchant…

En effet, les images montrent un feu complètement sous contrôle. La fumée noire continue de s'élever dans le ciel mais plus aucune trace rougeâtre ne subsiste.

– … qu'une seule explosion, au prix de six blessés dont un en état d'urgence vitale ainsi que deux morts.

…

…

…

Et je

meurs

intérieurement.

Mon téléphone se met à sonner une nanoseconde plus tard. Automatiquement, je cache mon visage dans mes mains pour étouffer un sanglot. Je sais que la journaliste n'a pas donné de nom, ce n'est peut-être pas Loan, pourtant je ne peux m'empêcher de penser au pire. J'ai un mauvais pressentiment. Je sens qu'il n'est pas sain et sauf. Je le sens dans mes tripes. Zoé essaye encore de m'appeler mais je ne réagis pas, trop occupée à tenter d'apaiser les sanglots qui me secouent.

J'attrape finalement mon téléphone d'une main tremblante et lui envoie un message pour lui dire que ça va. Juste après, j'appelle Loan. Je fais le tour de la pièce, les genoux menaçant de plier à chaque seconde. Les tonalités s'enchaînent, je m'enfonce.

– RÉPONDS-MOI, BORDEL !! m'époumoné-je en l'appelant pour la sixième fois.

Il y a encore tant de choses que je ne t'ai pas dites... Que tu devrais sourire plus souvent, par exemple ; que j'aime la douceur de tes doigts dans mes cheveux ; que je m'endors toujours en nous contemplant au plafond ; que tu m'as fait tomber amoureuse de toi dès le moment où tu m'as raconté ta pire intervention, dans l'ascenseur.

Sauf que voilà, je tombe chaque fois sur sa messagerie. Inlassablement.

Une heure passe. Je continue à pleurer et à parler toute seule en appelant Loan.

Une deuxième heure passe. J'ai demandé à Zoé et Jason d'appeler la caserne pour en savoir davantage. Je *dois* savoir.

Au bout de la troisième heure, j'en suis à un point où j'espère presque qu'on m'annonce sa mort pour que la torture prenne fin.

– La caserne ne répond pas, Violette, je ne sais pas quoi faire d'autre ! me répond Zoé avec impuissance.

Soudain, alors que je ne m'y attendais plus, j'entends une clef dans la serrure. Je tourne vivement la tête, mon cœur effectuant un raté. Lorsque j'aperçois la silhouette de Loan entrer telle une apparition divine, je me sens revivre.

– Oh putain, soufflé-je.

Je ne sais pas si c'est le stress qui redescend ou le sang qui suinte de son arcade, mais je pleure à nouveau.

– Il est là, il est rentré ! annoncé-je à Zoé.

Je raccroche aussitôt et me précipite vers Loan pour lui sauter au cou. Je me heurte à son torse dur, le visage enfoui dans son épaule. Je trempe son tee-shirt à force de sangloter, mais je m'en fiche. Il est là. Il est rentré, il n'est pas mort. Il a tenu sa promesse.

Cependant, mon meilleur ami ne réagit pas. Il ne me rattrape pas, ne m'étreint pas. Il reste pétrifié sur place. Et maintenant que je sais qu'il est vivant, la rancune refait surface. Je m'écarte et le fusille du regard tout en lui frappant la poitrine.

– Espèce de salaud ! J'essaie de t'appeler depuis trois heures, bordel ! Est-ce que tu sais ce que j'ai enduré pendant que tu te faisais désirer ? J'AI CRU QUE TU ÉTAIS MORT !

Je lui hurle dessus, mais il se contente de me fixer droit dans les yeux.

– Je suis désolé, dit-il d'un ton morne, presque inaudible.

Je l'observe plus attentivement ; il est blessé à l'arcade, le visage recouvert de sueur mêlée à de la suie. Mais pire encore, ses yeux sont emplis d'une immense douleur. Ma colère redescend à la seconde.

– Loan… ? soufflé-je, interdite.

Des larmes noient ses yeux et coulent le long de ses joues, silencieuses. Je les regarde, presque avec fascination, former des stries claires dans la suie qui noircit son visage. Il pleure. Loan pleure.

Il continue de me regarder droit dans les yeux, ne tentant aucun geste pour essuyer la preuve de son chagrin. Et puis enfin, d'une voix transpercée de mille poignards, il me dit :

– Ethan est mort.

Il ne me laisse pas le temps de réagir. Il presse les paupières, à croire que le simple fait de le dire à voix haute le détruit, et replonge la tête dans mon cou pour se cacher. Je reste aussi paralysée qu'une statue, sous le choc.

J'étais tellement focalisée sur Loan que pas une seule seconde je n'ai pensé à Ethan.

– Non…

– Il est mort, répète Loan, ses larmes noyant mon décolleté. Ethan est mort et pas moi…

Les larmes me montent aux yeux, si bien que je ne les retiens pas. Mon ami est décédé, ce soir. Ethan. Ethan qui devait aller rendre visite à ses parents la semaine prochaine, Ethan qui devait emménager avec Ophélie, dont il est récemment tombé amoureux, Ethan, l'homme le plus sage et le plus posé d'entre nous.

J'entoure Loan de mes bras et le serre contre moi, mes mains dans sa chevelure brune. Il tremble de tout son corps. Je réalise que je tremble moi aussi. Je suis en état de choc. Je ne ressens rien. Rien excepté une tristesse telle qu'elle m'entrave la trachée. Mon ventre se recroqueville et me fait mal, mon cœur se vide et m'étreint la gorge dans un étau puissant.

C'est la première fois que je perds quelqu'un. Oh, bon sang.

– Je suis désolée… Si désolée…

Je ne sais pas à qui je m'adresse. À Loan pour avoir perdu l'un de ses meilleurs amis, ou à Ethan parce que je n'ai pas pensé à l'éventualité qu'il puisse être l'une des victimes. Je suis désolée, c'est tout. Loan redresse la tête, son nez frôlant ma joue, et dépose un baiser aussi léger qu'une plume sur ma bouche. Il pêche une nouvelle larme sur mes lèvres, plus longtemps cette fois. Je relève le menton vers lui, effondrée.

– Violette… susurre Loan d'une voix chargée de souffrance.

Je sens peu à peu ses mains qui font glisser les manches de mon débardeur le long de mes bras. Je presse les paupières pour m'empêcher de fondre en larmes en repensant au visage souriant d'Ethan. Quand je les rouvre, les yeux rouges et embués de mon meilleur ami me supplient tandis que mon haut tombe à mes pieds.

– Je t'en prie… Je… J'ai besoin de toi…

Mon cœur se déchire toujours plus. Alors je prends son visage entre mes doigts et hoche la tête, en lui caressant les joues. Il chuchote un « merci » étouffé qui se perd dans le baiser qu'il me donne. Ses mains se saisissent de mes hanches avec avidité. Je me laisse faire, mes seins nus plaqués contre son torse. Je sais qu'il en a besoin, je sais que c'est tout ce que je peux lui donner pour le moment.

Tout comme j'en ai besoin également. Pour m'assurer qu'il est réel, qu'il n'est pas mort. Mais aussi pour oublier ceux qui le sont, au moins le temps de quelques minutes.

On ne parle plus. Nos soupirs et nos cœurs trépidants communiquent pour nous. Je lui retire son tee-shirt pendant qu'il m'embrasse le cou avec empressement, le mordant, le léchant, le malmenant sans scrupules. Je sais que j'en aurai la marque demain. Loan ne s'interrompt à aucun moment et me mange rapidement la bouche avec une faim telle que j'en ai mal. Je sais qu'à cet instant il met toute sa colère et son désarroi dans cette étreinte. Alors je me prends au jeu. Debout au milieu du salon, ma langue continue de s'enrouler autour de la sienne dans une danse fiévreuse pendant que mes mains saisissent sa ceinture. Je la détache et la lui retire, elle tombe sur le sol dans un bruit sourd.

– Tu es réelle, murmure Loan en me caressant la poitrine. Si réelle…

Je frissonne et gémis lorsqu'il amène l'un de mes seins à sa bouche. Ses dents se referment sur lui et le mordillent, provoquant une vague de désir explosif dans mon bas-ventre. Il continue de m'embrasser la poitrine avant de me retirer mon short et ma culotte sans plus de cérémonie. Je devine tout de suite qu'il ne compte pas s'attarder. Il a juste besoin de se décharger. De se délester de sa colère, de sa tristesse, de toutes ces émotions qui font qu'il n'en peut plus aujourd'hui.

– Je serai toujours là pour toi, Loan… Toujours, lui promets-je.

Je déboutonne son jean et le descends sur ses chevilles, tout comme son caleçon. Il les écarte d'un geste du pied et se presse contre mon corps. Mes mains le touchent, son corps parfait est tout en muscles saillants. Ma peau s'électrise sous la sienne, mon cœur s'emballe sous le contact du sien, à quelques centimètres. Je pose la paume sur son pectoral gauche pour le sentir battre.

Il court sous mes doigts à une vitesse folle.

Au moment même où je sens son érection frotter contre mon entrejambe, Loan m'attrape les cuisses et m'enroule autour de lui sans effort aucun. Je le laisse m'emporter dans sa chambre, où seul le clair de lune éclaire la pièce. Mon meilleur ami me dépose sur les draps et ouvre le tiroir de la table de chevet pour en ressortir un préservatif. Pantelante, je le regarde l'enfiler autour de son sexe. Mon cœur saigne, mais mon corps brûle d'envie que Loan me fasse l'amour. Et je sais, à cette seconde précise, que c'est glauque. Je sais que c'est bizarre, qu'on devrait pleurer et c'est tout, juste pleurer. Et pourtant.

Loan revient se placer au-dessus de moi, me prenant la bouche avec rudesse. Il n'a jamais été aussi sauvage… mais il n'a jamais été aussi dévasté non plus.

– Vas-y, lui dis-je.

Il ne se fait pas prier longtemps. Il pose un coude à côté de mon visage et plante son regard torturé dans le mien avant d'écarter mes cuisses et de caler une jambe par-dessus son épaule. Je poste une main sur sa hanche et l'autre sur sa joue. Je veux qu'il voie que je l'aime. Je veux qu'il le *ressente*.

Enfin, il s'enfonce brutalement en moi. Sans préliminaires, d'un coup profond et calculé qui me fait gémir. Je garde ma main sur son visage, grimaçant de douleur et de plaisir mêlés. C'est douloureux et bon à la fois. Loan m'embrasse la paume tout en se retirant, avant de revenir plus profondément encore. Ses muscles se tendent, ses fesses se contractent. Il est sublime. Plus beau que jamais. Il me pénètre de plus en plus loin, de plus en plus fort, si bien que je ne peux me retenir de crier de plaisir.

Je m'embrase de seconde en seconde, le laissant me posséder sur ce lit où nous avons maintes fois dormi dans les bras l'un de l'autre.

– Mon cœur va exploser… chuchoté-je, à bout de souffle.

Bientôt, je transpire autant que lui. Nous ne formons qu'un. Deux corps, deux cœurs et deux âmes unis par la même peine. Son sexe va et vient en moi, inépuisable, jusqu'à ce que je sente le mien se contracter autour de lui. Ses doigts se plantent dans ma chair, ses yeux s'embuent de larmes et ses jambes tremblent si fort que j'ai peine à y croire.

J'attrape précipitamment son cou et l'embrasse tandis qu'un orgasme déflagrant nous consume au milieu des larmes, les siennes et les miennes, qui nous lient. Loan se fige en moi et laisse le plaisir l'envahir tandis que j'articule un « je t'aime » silencieux au creux de son oreille. Comme un aveu incontrôlable qu'il n'a pas entendu, je le sais.

Sauf qu'à mesure que la jouissance disparaît, le chagrin refait surface. Loan pèse sur moi, une main sur ma taille et le front contre mon épaule. Je sais qu'il pleure. Je l'entends. Alors je lui caresse les cheveux d'un geste tendre et pleure à mon tour. En silence.

Nous restons longtemps immobiles, enchevêtrés. Pleurant la perte d'un ami commun, le silence de la nuit seulement perturbé par les « je suis désolé » déchirants et ininterrompus de mon meilleur ami.

CHAPITRE 33
Aujourd'hui

LOAN

C'est la première fois que l'un de mes proches meurt. Pour de vrai. La première fois qu'une minime partie de moi s'éteint pour toujours. Celle qui était consacrée à l'un de mes meilleurs amis, une partie de moi que je m'étais permis de partager tout en sachant qu'un jour elle me ferait souffrir. J'aimais Ethan. Je le respectais. J'espère qu'il le savait.

Ce matin, je m'habille devant mon miroir en me posant cette seule et même question qui m'a empêché de dormir pendant près de quatre jours : pourquoi s'ouvrir à des gens pour qu'à la fin ils nous détruisent ?

Parce que ça vaut le coup, me souffle mon cœur.

Je me regarde en silence dans le miroir, comme déphasé de la réalité. Je ne ressemble à rien. Les traces presque violettes de mes dernières nuits blanches marquent mes yeux, éloquentes. J'essaie pour la troisième fois de faire mon nœud de cravate, avant de souffler d'exaspération et d'abandonner.

– Tu veux que je t'aide ?

Je ne me tourne pas vers la porte, qui s'est ouverte sans que je l'entende. J'ai reconnu la voix morne de Zoé. Elle se poste en face de moi avant même que je réponde, dissimulant mon reflet dans le miroir. Je la laisse faire mon nœud de cravate avec minutie, la mine triste. Je ne l'ai jamais vue aussi décomposée. Ce qui ne fait que me rappeler pourquoi nous sommes en train de nous vêtir de noir en ce jour pourtant si ensoleillé.

Bordel.

J'ai peur de ne pas tenir. Ça fait quatre jours qu'il est parti. Depuis, je vis dans le silence le plus sacré. Le plus dur a été de l'annoncer aux autres. À Jason et Zoé, principalement. C'est Violette qui les a appelés, vers une heure du matin, pour leur annoncer la tragique nouvelle. Je n'étais pas en état de le faire.

Quant aux parents d'Ethan et à Ophélie, la caserne s'en est chargée. Je préfère ne pas imaginer leur réaction. Je suis toujours en train de gérer la mienne, à vrai dire. Ce qui n'est pas toujours simple.

– Merci, murmuré-je à Zoé, qui hoche la tête avec circonstance.

– On est tous prêts.

Elle me presse l'épaule et nous rejoignons les autres dans le salon. Je suis conscient du regard de Violette sur moi mais je l'ignore. Je n'ai pas la force d'affronter l'épisode « Violette » pour le moment, aussi belle soit-elle dans sa robe sombre. Parce que chaque fois que mon regard croise le sien par hasard, je repense à cette nuit-là. Et Dieu sait que je fais tout pour l'oublier. Aujourd'hui, je commence tout juste à accepter ce qu'il en est ; avec difficulté.

Je suis détruit à l'intérieur, pourtant je survis. Parce que c'est ce qu'on nous apprend, ici. À survivre. Ethan et moi savions dans quoi nous nous embarquions. La mort, on n'en avait pas vraiment peur. On la redoutait un peu, mais sans plus. On a été conditionnés pour cela.

– C'est à quelle heure, déjà ? demande Jason.

Zoé lui répond tandis que nous montons en voiture. Je m'installe derrière, aux côtés de Violette. L'ambiance est des plus sinistres. Nous nous taisons tous. Soudain, je sens la peau froide de ma meilleure amie. Ses doigts fins s'enroulent autour des miens sur ma cuisse, rassurants. J'hésite quelques secondes avant de les presser aussi fort que je le peux.

Devant l'église, il y a beaucoup trop de voitures pour que je puisse les compter. Deux corbillards luisants sont garés tout près, autour desquels je crois reconnaître les parents d'Ethan ainsi qu'Ophélie. Je m'arrête à quelques pas, la gorge nouée. Je dois me rappeler que mon ami n'est pas le seul à avoir perdu la vie, ce soir-là. Maxime aussi. Je l'aimais bien. Il était discret, mais très compétent. Mes collègues sont déjà là, me saluant à distance.

– On va aller s'asseoir, m'apprend Jason. Bonne chance.

J'acquiesce doucement en serrant la mâchoire. Zoé et lui ouvrent la marche tandis que Violette me fixe tristement quelques secondes encore. Je lui accorde une pauvre grimace, en espérant que ça fera l'affaire. Finalement, elle tourne les talons et suit les autres.

Elle a bien vu que je l'évitais, elle n'est pas idiote. Et évidemment, elle essaie de trouver un moyen pour me consoler. Il faudrait que je le lui dise. Que pour le moment, je suis malheureux. Mais que demain, je le serai un peu moins. Et après-demain, un peu moins encore.

– C'est à nous, annonce David.

Je reviens sur Terre au bout de ce qui paraît plusieurs minutes, droit comme un piquet. Les gars ouvrent le véhicule, découvrant le cercueil de mon ami. Un très beau cercueil, d'un bois brillant recouvert d'un drapeau français. J'aide trois de mes collègues à le porter tandis que quatre autres soulèvent le deuxième cercueil. Les personnes qui se tiennent dehors, par manque de place, nous regardent avec des mines attristées.

C'est la chose la plus dure que j'aie jamais faite.

Et pourtant j'avance.

Parce que, contrairement à Ethan, j'ai la chance d'être encore en vie.

***

L'enterrement est triste à mourir.

Le discours des proches est le plus difficile à entendre. La mère d'Ethan ne finit jamais son texte, laissant Ophélie terminer à sa place. Celle-ci se montre plus forte que je ne l'aurais pensé. Elle raconte leur première rencontre, quelques sourires attendris se formant dans l'assistance. La conversation que j'ai eue avec lui quelques semaines plus tôt me revient alors en tête.

« À quoi bon attendre si je suis tombé amoureux d'elle dès la première seconde où je l'ai vue ? », m'avait-il dit en souriant. Et mon cœur se brise.

Je garde les yeux rivés au sol jusqu'à la fin de la cérémonie. Très vite, c'est l'heure du dernier au revoir. Plusieurs personnes s'avancent pour poser une main sur les cercueils. Je ne bouge pas pendant quelques secondes, hésitant. Je vois tout à coup Violette qui s'approche, une rose à la main. Je marche jusqu'à elle, qui pleure en silence.

– Tu seras à jamais dans mon cœur, Ethan, murmure-t-elle en déposant la rose.

Elle essuie ses larmes avant même que je le fasse. Je pose la main à mon tour, conscient des gens qui attendent. Mes yeux se braquent une dernière fois sur la photo de lui postée à ma gauche. Un vague sourire flotte sur mes lèvres.

– Merci pour tout. Tu vas nous manquer.

Nous nous détournons de lui malgré nous, laissant la place aux autres. Violette veut m'entraîner vers la sortie mais je reste planté.

– Je dois encore le porter.

– Ah oui… C'est vrai…

Une fois que tout le monde a dit adieu aux défunts, j'aide mes camarades à porter les deux cercueils. Nous les remettons dans les corbillards tandis que la plupart des gens se mettent déjà en route vers le cimetière. Mes amis m'attendent près de la voiture, sur le trottoir d'en face. Je profite de ce moment pour me diriger vers les parents d'Ethan et leur exprimer mes plus sincères condoléances.

– Si tu as besoin de quoi que ce soit, dis-je à Ophélie au passage, tu sais où on habite. Tu viens quand tu veux.

– Merci, Loan, me remercie-t-elle.

On ne se connaît pas bien, mais elle comptait pour mon ami. Elle n'est pas obligée de traverser toute seule ce fait de vie tragique. Je lui demande si elle compte se joindre à nous à l'appartement après le cimetière ; nous avons organisé une petite réception car ses parents préféraient faire ça en petit comité.

– Peut-être une autre fois, me répond-elle.

Je sais que je devrais rejoindre mes amis pour nous rendre au cimetière. Mais ce que je viens d'apercevoir me surprend tellement que j'en reste figé plusieurs secondes. Pour le coup, je ne m'attendais pas à ce qu'elle soit là aujourd'hui. Sur le trottoir de droite, à me regarder de loin. Entièrement vêtue de noir. Comme si elle était en deuil, elle aussi.

Soudain, Jason se place devant moi, la mine grave. Je devine à ses yeux rouges qu'il a pleuré pendant la cérémonie.

– Tu viens ?

Je repose mes yeux sur le trottoir de droite. Puis sur Jason.

– Prenez de l'avance, je vous rejoins là-bas.

***

Le salon et la cuisine sont envahis. La plupart sont des amis d'Ethan, que je connais ou pas, ainsi que des collègues. Même notre chef est resté. L'ambiance est plus chaleureuse qu'au cimetière. Et pourtant, je trouve le moyen de me réfugier dans ma chambre.

J'allume la lumière et m'assois sur le bord du matelas, les jambes écartées. Je savoure le silence. Je ne veux surtout pas repenser à cette nuit-là… mais notre dernier échange me hante encore et encore.

Le chef m'avait dit d'y aller avec eux. Mais au dernier moment, on a changé nos plans. Je me rappelle lui avoir attrapé l'épaule avant qu'il parte. Je lui ai dit de faire attention… Le pire, c'est qu'au moment même où j'ai dit à Violette que ça irait, avant de partir, je savais que ça n'irait pas. Mais je ne voulais pas qu'elle ait peur.

Tout à coup, une paire d'escarpins entre dans mon champ de vision. Violette a entrouvert la porte avec délicatesse, de peur de me déranger. Elle hésite un instant avant de faire doucement claquer ses talons jusqu'à moi. Elle s'assoit à ma droite et me prend le bras en blottissant sa tête contre mon épaule. Sa chaleur me réchauffe, et je me sens tout de suite mieux.

Nous restons ainsi quelques minutes encore, jusqu'au moment où elle saisit ma main et l'ouvre pour y déposer quelque chose. Je baisse le regard, étonné. Il s'agit de ma plaque militaire. À dire vrai, j'avais oublié qu'elle l'avait.

– Tiens… Elle est à toi.

Dans un réflexe, je rattrape sa main et y remets la chaîne. Elle m'interroge du regard. Je tiens beaucoup à cette plaque, elle me vient de mon grand-père. Elle me rappelle chaque jour ce que c'est que d'être un héros. Mon grand-père en était un, même si je n'approuve pas les raisons qui les ont poussés à cette guerre d'Algérie.

– Garde-la, chuchoté-je en refermant ses doigts. S'il te plaît.

Je porte sa main à mes lèvres et lui embrasse les phalanges. Violette me fixe un instant, comme si elle s'apprêtait à me demander quelque chose, mais nous sommes interrompus. Jason et Zoé entrent à leur tour, refermant la porte derrière eux. Le brouhaha au bout du couloir se tait immédiatement.

– Alors c'est ici que se passe la vraie fête ? plaisante Jason.

Zoé reste debout devant nous les bras croisés, pendant que Jason s'assoit sur le sol en tailleur.

Je souris mais ne réponds rien, trop fatigué. Au bout de quelques interminables secondes de silence, c'est mon meilleur ami qui brise la glace :

– Croyez-le ou non, mais c'est Ethan qui m'a convaincu d'inviter Zoé à sortir.

Toutes les têtes se tournent vers lui, stupéfaites. Il arbore un sourire canaille avant d'ajouter :

– Bon, en fait j'ai couché avec elle plutôt que de lui demander un *date*, mais ça revient au même. Je me la suis tapée.

Zoé lui donne un coup de pied qui le fait gémir de douleur. Mon meilleur ami se reprend rapidement, les mains devant lui en guise de bouclier.

– Et je suis tombé amoureux d'elle, bien sûr !

La principale intéressée semble satisfaite puisqu'elle s'accroupit et l'embrasse en souriant.

– Moi, il m'a appris qu'il y avait encore des mecs mignons sur Terre, dit-elle.

Jason hoche la tête avant de s'arrêter en plissant le front. Il tourne la tête vers elle, l'air de réfléchir à ce que ça veut dire, mais Zoé abat une main manucurée sur sa bouche quand il commence à l'ouvrir.

– Ton tour est passé.

Je suppose que c'est au tour de Violette et moi de dire quelque chose de gentil sur Ethan. Je réfléchis un instant, cherchant quoi dire. C'est ma meilleure amie qui commence :

– Un jour, je me suis pointée à la caserne. C'était après ma rupture avec Émilien. Je cherchais Loan, mais c'est sur lui que je suis tombée. J'étais en pleurs, alors il m'a offert un chocolat chaud. Il savait comment me faire plaisir, plaisante-t-elle.

Je tourne les yeux vers elle mais elle m'ignore et continue, le regard lointain.

– Il m'a demandé ce qui se passait, alors je lui ai raconté qu'Émilien avait rompu avec moi, et surtout pourquoi… Puis Ethan m'a souri et m'a dit : « Tu veux que je te dise ? Pour être irremplaçable, il faut être différente. Si ce gars ne le voit pas, c'est une bonne chose qu'il se soit barré. » Aujourd'hui, je me rends compte qu'il avait entièrement raison. Il y a des gens qui m'aiment pour ce que je suis. Différente.

Je la serre plus fort entre mes bras et Zoé sourit sereinement. Jason, lui, se gratte le menton d'un air pensif.

– Je ne savais pas que c'était un poète.

– Roh, putain, ronchonne Zoé, qui a perdu son sourire. Tu ne peux pas fermer ta bouche cinq petites minutes, en fait. On est en plein moment émouvant, là !

C'est Violette qui détend l'atmosphère en éclatant de rire.

– Ce n'est pas de lui, mais de Gabrielle Chanel. Il me l'a avoué plusieurs mois plus tard, quand j'ai remis ça sur le tapis.

– J'en étais sûr, affirme Jason en secouant la tête. Quel baratineur.

– Par pitié, tais-toi, le supplie Zoé, qui ferme les yeux en se massant les tempes.

Mes amis me regardent tous ; c'est mon tour. Je ne sais absolument pas quoi dire. Ethan m'a conseillé dans beaucoup de domaines, spécialement ces derniers temps. Mais je n'ai pas envie de parler de ça. Alors je soupire et souris en repensant à notre première rencontre.

– C'était mon premier jour à la caserne. Je n'avais sympathisé avec personne encore… Je n'avais pas l'intention de me faire des amis, à dire vrai. Puis à la fin de la journée, je suis allé dans les vestiaires pour prendre ma douche, avec les autres mecs.

Les petits cercles que dessine Violette sur le dos de ma main m'apaisent et me mettent en confiance. Je revis la scène dans ma tête avec nostalgie tandis qu'ils attendent tous la suite.

– Je suis entré dans la cabine avec mon tee-shirt, avoué-je sans réfléchir. Ça n'a pas échappé aux autres. Alors quand je l'ai retiré et posé sur le haut de la porte, l'un d'eux l'a pris en se marrant. Ce n'était pas méchant, mais j'ai vu rouge. Oh oui, j'ai eu envie de tuer tout le monde… Sauf que je ne pouvais pas me permettre de sortir. Pas torse nu. Donc j'ai posé ma serviette sur mon dos et je suis sorti pour lui faire face. Il a moins fait le malin…

Je souris en repensant à la suite.

– C'est Ethan qui lui a arraché le tee-shirt des mains avant que je le fasse. Il me l'a lancé en m'adressant un hochement du menton, puis il s'est tourné vers l'autre en lui disant avec nonchalance :

« Si j'avais un pénis de la taille du tien, j'éviterais de me moquer des autres dans les douches. »

Violette et Zoé rient tandis que Jason embrasse son poing et le pointe en l'air.

– *Big up*, mon pote.

– Tout ça pour dire qu'après ce jour-là, plus personne n'a moufté. Ethan m'a parlé comme si le fait que je ne retire jamais mon tee-shirt était normal. Il n'a jamais demandé *« tu fais tomber la chemise, Millet ? »* Je presse les paupières en me remémorant cette dernière vraie conversation. Ça me semble si récent, et en même temps si loin. Rien ne sera jamais plus pareil.

– Ethan était un véritable ami, lâché-je finalement. Il était loyal, à l'écoute, drôle et de bon conseil. Il aura toujours sa place dans notre bande.

– Je suis bien d'accord, confirme Violette, à qui j'embrasse tendrement la tempe.

– Complètement, acquiesce Jason d'un ton solennel.

– Aucun doute là-dessus, conclut Zoé en posant la tête sur l'épaule de Jason.

Je serre la main de Violette dans la mienne pour me convaincre qu'elle est bien là. Aujourd'hui restera à jamais une date triste dans nos cœurs.

Mais demain est un autre jour.

CHAPITRE 34
Aujourd'hui

VIOLETTE

Ça va. Ça pourrait aller mieux, mais ça va.

Cela fait maintenant une semaine qu'Ethan nous a quittés. Si les premiers jours ont été très difficiles, Loan a désormais l'air d'accepter sa mort. Et ça me rassure… Car le voir dans l'état où il était il y a encore plusieurs jours me faisait mal au cœur.

Ce matin, je décide de mettre du baume au cœur à tout le monde, c'est pourquoi Loan me trouve dans la cuisine en train de me déhancher sur du Rita Ora.

Il fronce les sourcils en sentant l'odeur délicieuse des pancakes spécial Violette. Soit la seule chose que je sache cuisiner correctement – si on met de côté la première fois, où mes crêpes ressemblaient plutôt à des fantômes agonisants. Depuis, ils ont même leur nom à eux.

– Des pancktômes ? s'étonne mon meilleur ami. Trop bien !

Je lui souris en lui tendant une assiette. Il ne porte qu'un jogging gris, à ma plus grande satisfaction.

– C'est le petit déjeuner des champions.

– C'est surtout le seul que tu saches faire, non ?

Je lui lance le torchon à la figure, le regard noir. Ses lèvres s'incurvent dans un léger rictus moqueur avant de croquer dans un pancake. Je le regarde manger en catimini. Depuis l'incendie, nous n'avons pas reparlé de ce qui s'est passé avec Lucie. Je sais qu'il m'a pardonné mon erreur comme je lui ai pardonné les paroles blessantes qu'il a pu avoir, toutefois nous avons évité le sujet au possible.

J'ai voulu jouer cartes sur table, maintes fois. Mais Zoé m'a dit que ce n'était pas le moment.

– Quoi de prévu, aujourd'hui ? me demande-t-il tout à coup.

Je hausse une épaule devant son air sérieux. Loan fuit mon regard le temps de finir son pancake, puis soupire.

– Je pense aller voir ma mère.

Oh. Je reste de marbre, même si je sautille intérieurement. Il m'avait promis de m'y emmener, mais les semaines ont passé et ça m'était sorti de la tête.

– C'est super, commenté-je sans savoir quoi dire.

– Ouais. Avec tout ce qui vient de se passer, je crois que j'ai besoin de la voir. Même si c'est compliqué… elle est encore là, elle. Je n'ai pas envie de gâcher ma chance.

Je ne comprends pas tout, mais j'acquiesce quand même. Finalement, il relève les yeux et me demande si je veux l'accompagner. Je me retiens de paraître trop empressée.

– Avec plaisir.

Il paraît moins enthousiaste que moi, voire un peu anxieux, mais je m'en fiche.

Pour moi, ça signifie beaucoup.

***

– C'est là.

Je contemple la maison dans laquelle Loan a grandi, curieuse. Elle est blanche avec des volets rouges et un Velux sur la toiture. Elle est tellement mignonne que je n'imagine pas une seule seconde qu'il puisse se passer des choses sombres à l'intérieur. Comme quoi.

– Tu… Tu veux qu'on fasse demi-tour ? le questionné-je, incertaine.

Il secoue la tête et ouvre enfin sa portière. Je fais de même, lui prenant la main en le rejoignant. Je ne sais pas quelle relation il entretient avec ses parents mais je veux être là pour lui comme il l'a été pour moi. Nous traversons la rue, le bruit de mes talons claquant contre le goudron. Tout est calme.

À la porte, il prend une grande inspiration et se tourne vers moi, l'air on ne peut plus sérieux.

– Écoute… je ne sais pas comment ça va se passer. Mais quoi qu'il arrive, ne réagis pas.

Je scrute son visage, tout à coup méfiante. Ne pas réagir ? Cela risque d'être un peu difficile dans la mesure où tout ce que je pense se lit sur mon visage.

– C'est important, Violette, insiste-t-il.

– D'accord… Je ne réagis pas.

Il hoche la tête pour confirmer mes propos. Nous restons silencieux quelques secondes encore. Puis il appuie sur la sonnette, sa main dans la mienne. Elle est chaude, comme toujours, néanmoins peu rassurante. Pour une fois, c'est mon rôle. Et je l'accepte avec plaisir.

Mon cœur s'emballe lorsque la porte s'ouvre, laissant place à un homme d'une cinquantaine d'années. Celui-ci semble étonné de nous voir, je comprends tout de suite que Loan ne lui a pas fait part de notre venue. Ça commence bien…

– Loan, le salue-t-il.

– Salut, papa.

Il me regarde, intrigué, si bien que je lui offre mon sourire le plus cordial possible. Ça fait drôle. Loan lui ressemble beaucoup ; ils ont le même regard pénétrant et indéchiffrable qui intimide les gens comme moi, ainsi que la même carrure.

– Je te présente Violette. Mon amie.

– Bonjour.

– Je t'avais dit de ne pas venir, le sermonne doucement son père.

Bon, eh bien j'imagine qu'on se passera des présentations.

– Oh, c'est bon, s'agace Loan. Je suis censé venir quand, dans ce cas ?

Je me fais toute petite à côté des deux hommes Millet. J'essaie d'assimiler ce que j'entends, mais je n'en comprends pas la moitié.

– C'est ton choix. Entrez.

Loan pousse un profond soupir, puis me serre la main sans pour autant me regarder.

Nous entrons enfin, et le père de Loan referme la porte derrière nous. Le vestibule est assez simple, avec un grand miroir au-dessus d'un meuble ancien sur lequel trônent quelques photos de famille. Il y a beaucoup de clichés où je reconnais le père de Loan au bras d'une magnifique jeune femme. Il y en a beaucoup… et une seulement qui représente Loan enfant, une photo de classe.

Je ne peux m'empêcher de constater que sa mère ressemble à un ange.

– Roseline ! appelle le père de Loan, qui s'est avancé dans le salon. Ton fils est là, chérie.

Je tique un moment aux mots « ton fils », tout comme Loan. Mais celui-ci fuit mon regard et garde son masque neutre. Soudain, j'entends des bruits de pas qui approchent.

Une femme aux cheveux noir corbeau, aussi belle que sur les photos, apparaît dans l'encadrement de la porte. Aussi belle, mais plus fatiguée. Plus marquée. Je me dis tout de suite : c'est la femme qui a donné naissance à Loan. C'est la femme qu'il aime le plus au monde. C’est la femme qui l’a élevé, qui l’a aidé à devenir un homme.

Sauf que…

Lorsqu’elle aperçoit son fils, elle s’approche d’un pas mesuré et le gifle de toutes ses forces. Quelqu’un sursaute en poussant un petit cri de surprise ; je crois que c’est moi. Le père reste dans un coin de la pièce, les bras croisés, pendant que Loan ne bouge pas d’un cil. Au contraire, il fixe cette femme qui vient de le frapper dans un mélange de peine et de honte : celui que j’assiste à cela.

– Bonjour, maman.

Je reste en retrait comme il me l’a dit, malheureusement je n’arrive pas à m’empêcher de réagir. Je suis consciente d’avoir les yeux écarquillés et la bouche grande ouverte. Ça a l’air d’être normal, pourtant je meurs d’envie d’intervenir, de faire quelque chose. Mais Loan m’a prévenue. Alors je me force à adopter une expression indifférente, ce qui m’est difficile.

– Je ne suis pas ta mère, dit-elle en le détaillant des pieds à la tête. Pourquoi il est là ?

Elle se tourne vers son mari en quête de réponse, toute la bonté que j’avais cru apercevoir au travers des clichés s’évapore.

– Il vient te rendre visite, mon amour.

– Arrête, arrête, arrête de dire ça ! s’énerve-t-elle. Vous croyez que je suis idiote ? Vous êtes des menteurs. Arrêtez d’entrer dans ma tête !

Elle s'interrompt soudain et arbore un sourire qui me retourne l'estomac, avant de reprendre une mine agacée. Je n'en ai pas besoin de plus pour comprendre. J'ai déjà vu un reportage sur cette maladie. Présence de sentiments contraires, délires absurdes… Mon Dieu.

Elle pointe alors Loan du doigt et lui lance :

– Sors de ma tête, je te l'ai déjà dit !

Celui-ci presse les yeux en se détournant, à croire qu'il a l'habitude. Mais je devine que ça lui fait mal, très mal. Et je ne sais absolument pas comment réagir.

– Calme-toi, maman. Tu te rappelles de ce qu'on a dit, l'autre jour ? lui dit-il d'une voix claire et sereine. C'est moi, Loan. Rien que Loan. Je ne te veux aucun mal, et papa non plus.

Elle le regarde avec prudence, une lueur de doute dans le regard. Elle s'apprête à lui répondre quand ses yeux se posent enfin sur moi. Tout mon corps frissonne en voyant ses immenses pupilles me fixer telle une proie. Loan se raidit lui aussi, son corps vacillant vers moi instinctivement.

– Et elle, c'est qui ?

– C'est une amie. Violette. Elle ne te fera rien non plus.

Elle me reluque avant de plisser le front et de murmurer dans sa barbe :

– Elle est jolie… Oui, mais si ça se trouve c'est fait exprès pour t'amadouer… Je sais… Fais attention, ne les crois pas…

Je mets quelques secondes avant de comprendre qu'elle se parle à elle-même. Soliloque, un cas classique. Elle me détaille de la tête aux pieds, soupçonneuse. J'ai beau n'avoir rien à me reprocher, je me sens étrangement coupable sous le poids de son regard.

Loan a la voix douloureuse quand il reprend :

– Je veux juste parler avec toi, maman. Je ne te toucherai même pas.

Il essaye de la tranquilliser en levant les mains. Il nous fait reculer d'un bon mètre pour la rassurer. Elle semble se calmer presque aussitôt, pourtant elle me reluque toujours avec obstination. La mère de mon meilleur ami hoche la tête à plusieurs reprises, je ne sais pas à qui, et murmure entre ses dents. Finalement, Loan me conseille tout bas de m'asseoir. Je prends le fauteuil qui est à côté de moi, Loan reste debout.

– Ça me fait plaisir de te voir, dit-il en se tripotant les mains. Je voulais venir l'autre jour, mais papa m'a dit que tu faisais la sieste. Ça va mieux ?

– Oui. J'avais besoin de dormir, dit-elle calmement sans se détourner de moi. Je ne peux pas la nuit.

– Comment ça ? Pourquoi tu ne dors pas la nuit ? s'inquiète Loan.

– Parce qu'on me surveille. Si je m'endors, ils vont en profiter. Tu le sais.

Loan ne demande pas de qui elle parle, ni pourquoi elle pense qu'on la surveille. J'imagine qu'il a posé la question trop de fois. Je reste immobile sur mon siège, toujours sous le choc. Je ne m'attendais pas à ça… Pourquoi n'est-elle pas sous traitement, si sa paranoïa est si importante ?

– Il n'y a personne qui t'espionne, maman. Ce sont des peurs invisibles, tout ça. On en a déjà parlé. Tu es malade.

– Je les ai vus, je te dis ! s'exclame-t-elle, de nouveau sur le point de pleurer. Et je suis sûre que tu en fais partie, c'est pour ça que tu veux me faire croire le contraire ! Tu es avec eux. Tu n'es pas qui tu prétends être. On m'a enlevé mon fils quand j'avais vingt-cinq ans… ils me l'ont enlevé, je le sais parce que du jour au lendemain c'était plus le même. Du jour au lendemain, c'était toi qui étais là à jouer le rôle de mon enfant ! Je te déteste…

Son mari tente de la calmer d'une voix douce et suppliante, mais elle le repousse lui aussi. Loan ne réagit pas, tout du moins il essaie.

– Ils ont échangé mon fils avec toi ! répète-t-elle en le pointant du doigt. Tu ressembles pas à mon fils ! Mon tout petit…

– Je suis le même, maman, tu vois bien.

Je sais qu'argumenter ne sert à rien. Si elle est bien schizophrène, il est impossible de la convaincre de son erreur. Elle croira à son délire dur comme fer, même s'il n'a aucun sens.

– Alors ils t'ont mis quelque chose dans la tête ! Et ils t'ont demandé de faire pareil avec moi. Je les ai vus, je te dis ! Et elle, elle est là pour m'amadouer…

ajoute-t-elle en crachant dans ma direction. Je suis sûre qu'elle devine à quoi je pense, je le sens.

Loan soupire en se prenant le visage entre ses mains. Je me sens soudain très coupable. Qu'est-ce qui m'a pris de le pousser à venir ici, et à m'emmener de surcroît ? Il me fait tellement de peine… Je veux me redresser pour pouvoir lui prendre la main dans un geste rassurant, mais à peine ai-je eu le temps de m'avancer que sa mère se rue sur moi.

– Non ! crie Loan.

Je sens des ongles m'attraper le bras et me tirer vers l'avant, tellement fort que j'en trébuche, tandis qu'elle s'époumone : « Rendez-moi mon fils, bande de salauds ! ». Le père de Loan s'élance vers elle et tente de la soulever du sol mais ses ongles se plantent dans ma chair, m'arrachant une plainte de douleur. À ce moment, je vois dans ses yeux qu'elle me hait. Qu'elle veut me faire mal. Qu'elle pourrait me tuer, là, tout de suite. Et j'en suis tellement convaincue que je reste pétrifiée sur place, terrifiée, à genoux sur le sol.

– Ça suffit !

Soudain, Loan me pousse de toutes ses forces vers l'arrière. Sa mère lâche mon bras et je m'étale par terre dans un bruit sourd. Bordel… Je porte la main à ma tête, qui a tapé le sol, et ignore mon bras qui me brûle. Je suis complètement assommée. Loan est au-dessus de moi en deux temps trois mouvements, le visage apeuré.

– Relève-toi, m'ordonne-t-il, livide.

J'attrape sa main, le bras douloureux, et me redresse docilement. J'ai les jambes qui tremblent, je ne sais plus comment réagir. La mère de Loan se débat dans les bras de son mari, le couvrant d'injures parmi des larmoyants : « Rendez-moi mon fils ! » La scène est tellement déchirante que je ne sais plus si je dois la craindre ou la plaindre.

– Allez, va-t'en, grince le père de Loan. C'est pas un bon jour, je te dis.

Loan reste quelques secondes immobile, le regard incrédule. Il fixe sa mère encore quelques instants, murmure un « désolé » que je suis probablement la seule à entendre, puis se tourne vers moi et m'entraîne vers la porte :

– On s'en va.

Nous sortons précipitamment sous les pleurs de sa mère. Loan marche rapidement, tellement que je dois trotter derrière lui, encore sous le choc de ce qui vient de se dérouler sous mes yeux. Mon bras me pique mais je m'interdis de regarder ce qu'il en est. Une fois à la voiture, Loan tourne sur lui-même avant de donner un coup de pied dans la carrosserie. Je sursaute, à un mètre de lui. Enfin, il s'adosse à la portière côté conducteur, accroupi, et se cache le visage dans ses mains.

Cette image me tue, tellement, que je sens mon cœur se serrer, se flétrir jusqu'à ce que je n'en puisse plus. Après Ethan, il n'avait vraiment pas besoin de ça. Son corps tremble de toute part. J'aimerais le soutenir autant que possible mais je ne sais pas quoi faire. Alors je m'approche, pose mes genoux nus sur le goudron et l'entoure de mes bras. Je le serre fort, ma tête dans son épaule, et ce même s'il ne me rend pas mon étreinte. Mes doigts se fondent dans sa chevelure, tentant de calmer les spasmes de son corps.

– Ça va aller…

Je lui embrasse le cou, l'oreille, la mâchoire. J'attends qu'il retire ses mains. Je ne veux pas qu'il ait honte de ce que je viens de voir, jamais. Soudain, je me sens misérable. J'imagine toutes les fois où il a dû lui rendre visite en cachette et où il a dû s'en remettre. Seul. Sans moi.

– Regarde-moi… s'il te plaît.

Après hésitation, ses yeux se rouvrent et ses pupilles se plongent dans les miennes. À ce moment précis, c'est comme si l'on partageait toutes les peines de l'univers. En parfaite symbiose. Une perfection triste, à la limite du glauque, mais qui nous rapproche indubitablement. Il reste dans sa position, vulnérable au possible, tandis que je garde mes mains de part et d'autre de son visage.

– Tu n'es pas obligé, soufflé-je.

– Je sais, répond-il tout bas.

Il continue de trembler légèrement, néanmoins il ne pleure pas, comme s'il avait déjà tout usé la semaine dernière.

– Elle avait vingt-cinq ans quand on lui a diagnostiqué une schizophrénie paranoïde. J'en avais cinq.

Oh, Loan… J'avais donc raison. L'impression d'entendre des voix qui n'existent pas, avoir des hallucinations, être convaincu que son entourage lui veut du mal, adopter un comportement imprévisible, et j'en passe.

– Mes parents étaient jeunes quand ils m'ont eu, me dit-il. J'étais un accident. Ma mère m'adorait jusqu'à ce qu'elle tombe malade, quant à mon père il était trop occupé à adorer sa femme pour m'aimer moi. Plus je grandissais et plus la maladie prenait de l'ampleur. À mes cinq ans, elle avait déjà des psychoses importantes. Elle pensait que des gens avaient échangé son fils avec moi. Mais d'autres fois… d'autres fois, elle était elle-même. Pendant ses périodes de rémission, je retrouvais la mère aimante qui m'avait bercé les cinq premières années de ma vie, murmure-t-il avant de plisser le front de douleur. Elle m'aime, je le sais. C'est juste que des fois, elle ne s'en souviens plus.

Cette phrase achève de me tuer.

– Elle est allée à hôpital et s'est fait soigner. Tout revenait à la normale. Jusqu'à ce que mon père perde son travail. Elle a arrêté de prendre son traitement et voilà où elle en est désormais.

Soudain, il semble avoir du mal à continuer. Il presse les yeux quelques secondes, inspirant et expirant, tandis que je patiente. Sa main trouve naturellement la mienne entre nos deux corps toujours dissimulés par la voiture. Je la porte à mes lèvres et lui embrasse la paume avec douceur.

– Tu peux me dire tout ce que tu veux, Loan.

Il rouvre les paupières. Il a l'air plus serein malgré l'appréhension qui semble lui tordre l'estomac. Pour la première fois, il m'avoue ses plus sombres secrets.

– J'avais onze ans, commence-t-il. D'habitude, elle se contentait de me fusiller du regard et de se tenir loin de moi. C'était déjà dur, mais j'encaissais.

J'acquiesce, le poussant à continuer.

– Puis un soir, je sortais de la douche. Je suis entré dans la cuisine pour lui demander ce qu'on mangeait quand elle m'a jeté une casserole remplie d'huile bouillante sur le dos.

Cette fois, je ne peux m'empêcher d'afficher une expression horrifiée. Je sais très bien qu'elle est malade et qu'elle n'est par conséquent pas dans son état normal… mais elle a failli tuer son fils ! Pire : c'était le but.

– Mon Dieu, Loan…

– J'ai hurlé en sentant ma peau crépiter comme du papier bulle. Mon père a accouru et a forcé ma mère à s'enfermer dans la salle de bain pendant qu'il m'emmenait à l'hôpital. Il a fait croire que j'avais été étourdi. C'est passé.

– Et après ça, ton père n'a pas compris qu'il était dangereux de continuer à vivre sans rien faire ? demandé-je doucement, interdite.

Loan hausse les épaules en ricanant méchamment. Je n'arrive pas à croire que sa mère ait essayé de lui faire une chose pareille. Je l'imagine de nouveau à onze ans, peinant à s'endormir la nuit de peur qu'on vienne l'étouffer par surprise. C'est atroce.

– Oh si, il l'a compris. Il m'a obligé à rester sur mes gardes, il m'enfermait dans ma chambre en cachant la clef, etc. Ça a été atroce. Je passais mes journées à me battre à l'école parce qu'il n'y avait que comme ça que je pouvais extérioriser. Je ne dormais pas la nuit parce que je savais que ma propre mère pouvait se transformer d'une minute à l'autre, sans prévenir, et décider de m'étrangler sans que personne ne s'en rende compte. Je pleurais sous la douche parce que je me détestais de lui en vouloir. Je courais me cacher dans mon placard quand elle criait après moi pour ne pas qu'elle m'atteigne. Et le lendemain, quand elle redevenait à peu près elle-même, je devais faire semblant de me sentir en sécurité dans ses bras… Je mentais à mes copains, aussi. Je m'inventais une autre famille, et ensuite je me donnais des coups de poing pour avoir osé faire ça. Encore aujourd'hui, j'ai honte. Tellement honte que je ne peux même pas retirer mon tee-shirt en public. Pas même devant ma petite amie, putain.

Mon cœur saigne, pourtant je me retiens de pleurer devant lui.

– Pourquoi ton père refuse-t-il de la faire interner ?

– Il était – et est toujours – catégorique sur le sujet. Il ne veut pas la savoir dans un hôpital psychiatrique, loin de lui, pas une nouvelle fois.

C'est n'importe quoi, mais il ne m'écoute pas. Je crois… je crois qu'il ne veut pas avouer qu'elle a un problème, même s'il le sait. Il pense que ça reviendrait à la juger, à l'abandonner.

J'avale toutes ces nouvelles informations avec une infinie tristesse. Avec honte, aussi. Parce que je me plains de ma mère depuis des jours alors qu'il vit bien plus dur au quotidien ! En conclusion, on a tous les deux une mère foireuse ; sauf que la sienne ne l'a pas choisi.

– Je suis tellement désolée, Loan… Tu ne dois pas t'en vouloir pour l'état de ta mère. Et surtout, tu dois te rappeler qu'elle t'aime. Qu'elle est simplement malade, qu'elle se bat chaque jour contre ses démons, mais qu'au fond, tout au fond, son amour pour toi perdure. La preuve : même si elle pense que tu n'es plus son fils, elle se rappelle de toi étant petit.

Il acquiesce, les yeux baissés. Je me sens si impuissante ! J'ai honte de ne pas savoir quoi lui dire alors qu'il réussit toujours à me réconforter quand je vais mal.

– Je sais, soupire-t-il. C'est à mon père que j'en veux de ne rien faire.

Je me blottis contre lui tandis qu'il se laisse aller sur le sol, m'entourant de ses bras. Je pose ma joue sur son tee-shirt, entremêlant mes jambes nues aux siennes. Ma robe est légèrement remontée sur mes hanches, dévoilant l'élastique de ma culotte, mais Loan la réajuste pour me couvrir. Nous restons silencieux quelques minutes, jusqu'à ce qu'il semble se rappeler de quelque chose.

– Désolé de t'avoir poussée, tout à l'heure. Il fallait qu'elle te lâche… Je t'ai fait mal ?

– Non, t'inquiète.

Évidemment, il s'empare déjà de mon bras pour l'examiner. Je fais de même et grimace. Il est tout rouge et des traces d'ongles rayent ma peau. Les yeux de Loan s'assombrissent mais je le force à me lâcher. Je ne veux pas qu'il culpabilise, surtout pas.

Nous restons de longues minutes allongés sur le sol, silencieux.

Ce n'est qu'à ce moment précis que je comprends pourquoi il ne veut pas avoir d'enfant. Pourquoi il évite toujours le regard des autres. Pourquoi il parle toujours d'une voix calme et posée, comme s'il avait peur de déclencher une mauvaise réaction.

Et alors même que je pensais cela impossible, mon cœur se brise à nouveau.

CHAPITRE 35
Aujourd'hui

VIOLETTE

Demain matin, je passe mon entretien pour Millesia.

La date est entourée au feutre rouge sur le calendrier du frigo depuis déjà deux mois. Je suis tellement nerveuse que j'ai tout préparé à l'avance : mon sac, mes créations, ma tenue… Je ne veux rien laisser au hasard. Ce soir, Zoé et Jason ont proposé de dîner japonais à l'appartement, c'est pourquoi je suis en train de rentrer, les sacs à la main.

Je marche le long du trottoir lorsque j'aperçois justement Loan qui revient de la caserne, claquant la portière de sa voiture. Je lui souris au moment où il m'aperçoit, frissonnant bêtement. Il est tellement beau que ça m'aveugle.

J'ai beaucoup réfléchi ces derniers jours. À propos de nous. Après Lucie, la mort d'Ethan et l'entrevue avec ses parents, on n'a eu ni le temps ni la force d'en parler. Jusqu'à ce que je n'en puisse plus.

Jusqu'à ce que je décide que c'en est trop, que j'ai assez patienté, que j'ai envie de tout lui dire.

Nous arrivons devant la porte du hall au même moment. Il l'ouvre en grand et me fait signe d'entrer, sa main dans le bas de mon dos.

– Les femmes d'abord.

– Je n'en vois qu'une ici, je réponds en entrant, le menton haut.

– Et quelle femme.

Je secoue la tête en levant les yeux au ciel, mon cœur s'enveloppant d'une lave de chocolat fondu. Comment fait-il pour toujours avoir les mots qui me touchent en pleine poitrine ? J'aimerais avoir ce don. Pouvoir lui dire « J'aime le fromage » et que BIM, il tombe raide dingue de moi.

Loan appuie sur le bouton de l'ascenseur, qui tarde à descendre. Nous ne disons mot. L'air est chargé d'une électricité familière et un poil gênante. Je tente un coup d'œil dans sa direction. Il me fixe déjà.

« Rez-de-chaussée », annonce l'ascenseur. Je prends une grande respiration, les lèvres entrouvertes. Aucun de nous ne bouge d'un cil alors que les portes s'ouvrent devant nous. L'air a changé, mais mes hormones essaient d'en faire abstraction. Je sais qu'il sait. Il sait que je m'apprête à faire la chose la plus dangereuse qui soit.

Me donner tout entière.

Parce que lui donner mon corps, c'était encore facile. Mais tout donner, mon corps, mon cœur, mon esprit et mon âme, c'est autre chose. Ça peut me détruire. Littéralement.

Je suis la première à entrer dans l'habitacle, tendue de partout. Il se poste à mon côté, en appuyant sur le numéro de notre étage. Les portes se ferment et nous attendons. Et nous attendons. Et nous attendons encore. Au bout d'une bonne minute, j'ose un regard vers Loan. Il a la mine confuse, ce qui n'est pas bon signe. Il appuie encore sur le bouton d'ouverture des portes… qui ne fonctionne pas. Je décroise les bras au ralenti.

Dites-moi que c'est une blague.

– Essaye d'ouvrir les portes.

Loan obtempère en y mettant toutes ses forces. Elles bougent un peu, mais finissent par gagner la partie. Il jure dans sa barbe, s'essuyant les mains sur son jean. Je l'interroge du regard, interdite. Je ne veux pas qu'il me confirme ce que je sais déjà. Malheureusement, il soupire et m'accorde une moue désolée.

– Ça va aller, Violette-qui-sent-la-violette. On l'a fait une fois, on y survivra une deuxième.

J'attends la crise d'angoisse qui risque de me prendre à chaque seconde, presque impatiente. Mais aussi surprenant que cela puisse paraître, je n'en fais aucune. Au contraire, je semble plutôt sereine. Et si c'était un signe ?

– Au moins, ça nous donne l'occasion de parler sans être interrompus…

– Ah… dit Loan, la voix légèrement sceptique. Je ne savais pas qu'on devait parler.

Oh que si. Et je devine à son regard qu'il sait très bien ce que j'ai en tête. On a beau avoir repoussé ce moment, je dois crever l'abcès une bonne fois pour toutes.

J'ai envie d'être là pour lui à la perte d'un ami, j'ai envie de pouvoir le soutenir quand il se décidera enfin à tenir tête à son père. C'est pourquoi, avant même d'avoir le temps de me dégonfler, je lance :

– Je suis une idiote.

OK, ce n'est pas tout à fait comme ça que commençait le texte que j'ai écrit.

Loan hausse un sourcil. Je grimace et il finit par croiser les bras, méfiant. Le stress m'ayant fait tout oublier de ce monologue parfait, j'improvise. Sauf que dans la vie, il y a les gens qui savent improviser, et il y a moi.

– Je suis une idiote, mais bon, ça tu devais déjà t'en douter puisque je suis blonde ; l'important ici, c'est ce que je m'en sois rendu compte et que je m'excuse, même si je déteste m'excuser, surtout m'excuser pour le fait d'être blonde, ce qui n'est vraiment pas ma faute. Je mange trop, aussi, surtout du chocolat, et je sais que je devrais ralentir sur la cadence si je ne souhaite pas me transformer en une boule de Nutella géante que tu pousserais dans les escaliers et que tu forcerais à avancer en l'appâtant avec des miettes de cookies pralinés, ajouté-je en levant les yeux au ciel avant d'enchaîner :

mais ça me rend heureuse, tu vois ? Manger me rend heureuse, le chocolat me rend heureuse, être avec toi me rend heureuse.

Je le regarde, je le regarde vraiment, tandis qu'il reste là à m'écouter en fronçant les sourcils. La couleur sombre de ses iris me bouleverse, pourtant je continue coûte que coûte.

– Je parle trop, je ne prends pas grand-chose au sérieux et il m'arrive d'être égoïste, même carrément gaffeuse… Je suis tout ça, et plus encore, j'ai tellement de défauts que je n'ai pas assez de doigts pour les compter, mais je t'aime ! avoué-je dans la précipitation, confession qui m'arrache un frisson le long de la colonne vertébrale. Je t'aime autant que le premier flocon de neige en hiver, autant que la cuillerée de Nutella en plein régime, autant que la douceur d'une plume sur la peau ou que les rayons du soleil qui percent la nuit chaque matin… Je t'aime, Loan.

Je sais que je devrais m'arrêter, que je l'ai dit et que ça suffit, mais je n'y arrive pas.

– Le plan, c'était qu'on couche ensemble et basta, sauf qu'au milieu de tout ça je suis tombée amoureuse de la personne que tu es, et c'est ma plus grande qualité jusqu'ici, parce que ce que j'aime le plus chez moi, c'est mon amour pour toi ; et j'espère que ça suffira parce que même si je risque de te ruiner à coup de Maltesers, je peux te promettre que je t'aime. Je t'ai aimé dès que tu m'as souri pour la première fois dans ce même ascenseur. Je t'ai aimé dès que tu m'as tendu ces paquets de farine comme si tu me tendais le ciel et les étoiles, je t'ai aimé dès que tu as eu ce réflexe bizarre auquel je n'ai jamais cru, je t'ai aimé dès que tes lèvres ont prononcé mon prénom pour la première fois… Alors je suis une idiote pour ne pas te l'avoir dit plus tôt mais aujourd'hui je le fais. Et tu es la seule personne dans ma vie qui me fasse sentir si humaine, belle, vivante et incroyable.

Je reprends mon souffle, ne détournant pas une seule seconde le regard. Je veux qu'il voie l'amour débordant dans mes yeux. J'ai tellement de choses à avouer, à lui dire, mais j'ai l'impression qu'il n'existe pas assez de mots dans la langue française pour toutes les exprimer.

Je sais qu'il a pressé les yeux dès l'instant où les mots « je t'aime » ont franchi ma bouche, et je me demande si c'est pour les oublier ou les savourer, les prendre au vol pour ne pas les laisser filer. J'aimerais qu'il s'approche, sans plus attendre, et qu'il goûte l'écho que ces mots ont sur mes lèvres, j'aimerais transposer mes « je t'aime » directement sur sa bouche, qu'il me les vole, qu'il s'en imprègne.

Mais il reste là, les yeux fermés, un rictus indéchiffrable flottant sur son visage. Maintenant que je suis lancée, maintenant que je sens la libération m'envelopper la poitrine, je n'arrive plus à m'arrêter.

– Je sais que j'ai sûrement choisi le pire moment pour faire ma déclaration parce qu'Ethan est mort, parce que tu m'en veux encore pour ce que j'ai fait il y a sept mois, parce que j'avais appris un petit texte par cœur pour te balancer tout ça et que je n'ai rien dit de tout ce que j'avais prévu, mais je n'arrive plus à garder ça pour moi, ça déborde, mon cœur déborde. Alors voilà… Je l'ai dit. Les plus beaux moments de ma vie, je les ai passés avec toi. Et je ne veux pas que ça s'arrête, soufflé-je, consciente d'avoir trop parlé.

Je sens les larmes me monter aux yeux, pas des larmes de tristesse, mais au contraire, des larmes de joie. D'émotion pure. Parce que je réalise que je me voilais la face depuis le début. La seule chose qui me manquait dans la vie, c'était m'assumer et accepter qu'on puisse m'aimer en retour. C'est exactement ce que Loan m'a apporté.

– Tout ce que tu dois retenir, terminé-je, c'est que tu es le meilleur ami que j'aie jamais eu au monde. Et que j'ai envie de plus, bien plus. Je veux tout.

Cette fois, Loan rouvre les paupières. Ses billes saphir croisent les miennes et je meurs une première fois devant leur intensité. Elles me jaugent et me fouillent sans scrupules. Je reste plantée les bras ballants, la respiration courte et les tempes battantes.

Loan ne réagit toujours pas. Jusqu'à ce qu'il lâche, la voix basse et rauque :

– Je ne t'en veux plus pour Lucie… Rien n'était ta faute. C'est moi qui ai eu tort.

Le silence nous enveloppe tragiquement, à croire que je n'ai pas étalé mon cœur sur le sol de la cabine trente secondes plus tôt. Quoi, c'est tout ce qu'il a à dire ? D'accord je suis contente qu'il ne me fasse plus la tête, mais je m'en fous, de tout ça !

– Je sais que j'ai dit beaucoup de choses, mais tu as entendu le moment où je disais que j'étais tombée amoureuse de toi ? Je peux répéter, sinon.

Loan sourit comme s'il avait voulu se retenir mais que ça lui avait échappé. Il secoue doucement la tête sans cesser de me regarder. À cette seconde précise, j'ai l'impression qu'il me dit « je t'aime » lui aussi.

– J'ai entendu… Je n'ai entendu que ça.

J'ignore mon cœur, qui semble vouloir bondir hors de ma poitrine, et acquiesce. J'ai l'impression d'être une crétine, à attendre qu'il me réponde. Est-ce qu'il connaît son rôle, au fait ? J'aurais dû lui donner le script, qu'il sache au moins ses répliques. Non parce que là, c'est à chier.

– Et… ? l'encouragé-je, de moins en moins confiante. C'est normalement le moment où tu me prends dans tes bras et m'embrasse en me disant que je suis merveilleuse…

Un éclair passe au travers de ses yeux sombres. Je le regarde pincer les lèvres, puis s'approcher dangereusement. Tout à coup, le ding ! de l'ascenseur retentit et les portes s'ouvrent sur une Zoé impatiente.

Loan et moi la regardons, pris en flagrant délit. On dirait que les dieux sont contre moi.

– Pardon, il y avait une soirée pyjama dans l'ascenseur à laquelle je n'ai pas été invitée ? demande ma meilleure amie, un sourcil arqué.

– Comment tu as fait pour ouvrir la porte ? m'étonné-je, les joues brûlantes.

Loan, quant à lui, s'emmure dans le silence. Zoé me regarde comme si j'étais folle.

– J'ai appuyé sur le bouton, Einstein.

– Ah. C'était coincé…

Elle hoche la tête avec une lenteur extrême et je comprends qu'elle ne me croit pas. À quoi bon lui expliquer ? Je lui tends alors les sacs en plastique, qu'elle s'empresse de prendre.

– T'as mis le temps. Au fait, tu ne m'as pas dit ce que tu comptais porter, demain ?

Nous montons les escaliers tous ensemble, Zoé faisant la conversation pour nous trois. Loan et moi faisons comme si de rien n'était, comme si je ne venais pas de lui déclarer mon amour. Je réponds à Zoé de façon laconique, consciente du regard de Loan dans mon dos. La scène ne s'est pas forcément déroulée comme je l'avais prévu…

Il ne m'a toujours pas dit ce qu'il pensait de tout ça, s'il m'aimait ou s'il préférait qu'on reste amis. Et je dois avouer que la panique me submerge à cette dernière éventualité.

– Devine quoi ! s'écrie Zoé à Jason lorsqu'on passe le seuil de la porte. Ils étaient tranquillement dans l'ascenseur à se regarder dans le blanc des yeux.

– Affligeant, commente Jason en nous fusillant du regard.

Je profite que Zoé mette la table pour m'approcher furtivement de Loan, qui retire son manteau. Il se tend lorsque je pose la main sur son bras.

– Dis… Tu sais, tu… tu n'es pas obligé de me répondre maintenant.

– Violette…

– Je suis sérieuse, mens-je. Ce soir, on passe la soirée entre amis et demain matin je me lève tôt pour mon entretien. Tu auras tout le temps de me répondre après. OK ?

Il me regarde, l'air indéchiffrable, et l'espace d'un instant j'ai peur d'avoir pris son affection pour de l'amour. Si c'est le cas, je ne veux pas qu'il détruise tous mes espoirs avant l'entretien le plus important de ma vie.

– OK, confirme-t-il en m'embrassant le front.

J'acquiesce et me rends au salon, où nous dînons dans la bonne humeur. Toutefois je ne peux m'empêcher de le regarder… et de constater que quelque chose cloche.

Comme s'il réfléchissait à la meilleure manière de se sortir du pétrin.

CHAPITRE 36
Aujourd'hui

VIOLETTE

C'est le jour J. Le jour de mon entretien, celui que j'attends depuis des mois, voire depuis toujours. Je sais que ce n'est pas grand-chose, mais ça compte énormément pour moi. S'ils me prennent en stage et que je fais bonne impression, ils pourront me garder.

Hier, Jason et Zoé sont restés dormir. Puisque Loan est parti travailler pendant que je dormais encore, c'est eux qui ont proposé de m'emmener.

Les paroles lointaines de Loan me trottent dans la tête tandis que je me maquille : « Je suis sûr que tu vas tout déchirer ». C'était à son retour de Bali, alors qu'on s'endormait dans les bras l'un de l'autre. Il y a une éternité.

– Tu es prête ? me crie Zoé derrière la porte.

J'ouvre celle-ci pour la laisser entrer.

– Oui, il ne me reste plus qu'à me brosser les dents. Jason a chargé les créations dans le coffre ?

– Yep. Magne-toi, il faut que tu sois bien en avance.

– Je n'ai pas l'habitude.

– Sans rire.

Je descends les escaliers avec précaution, ne voulant pas risquer de me tordre la cheville. Jason siffle en me voyant arriver, me matant les fesses sans gêne. Zoé roule des yeux en s'asseyant côté passager.

– Il est trop tard pour changer de copine ? demande-t-il.

Je suis vêtue d'une robe tailleur bleu marine qui s'arrête au-dessus du genou, accessoirisée d'une ceinture dorée à la taille. Avec ma pochette à croquis sous le bras, j'ai l'air d'une vraie *working girl.*

– Carrément trop tard.

Il jure dans sa barbe et s'installe derrière le volant tandis que je mets la ceinture de sécurité. Étrangement, je ne stresse pas. Hier, j'angoissais à l'idée de déblatérer comme une malade devant les recruteurs. J'étais même prête à tout annuler, à me déclarer malade, voire morte. Histoire qu'ils me laissent tranquille. Puis j'ai reçu un message à mon réveil, et soudain j'étais sûre que tout se passerait bien.

Loan : Ne stresse pas.
Tu es la meilleure.

Mes amis discutent à l'avant mais je reste silencieuse, les mains moites. Une fois que nous sommes arrivés devant le bâtiment, Zoé me souhaite bonne chance et Jason m'aide à sortir le portant à roulettes du coffre. J'y place toutes mes créations, qui sont recouvertes par des housses noires. Je le prends d'une main et plaque ma chemise à croquis sous mon autre bras. Jason me sourit avec arrogance.

– Rends-moi fier, gamine.

– Arrête ça.

– OK, OK. Bon bah… nique tout le monde, compris ? Au sens métaphorique du terme, je veux dire. Que je n'aie pas acheté du champagne pour rien.

Et c'est ce même homme qui a passé des partiels de sciences politiques ? Seigneur, venez-nous en aide.

– Je ferai de mon mieux, je promets.

***

Cela fait bien dix minutes que je patiente dans une salle vide, un temps considérable passé à stresser. Que font-ils ? Je suis certaine que c'est fait exprès. Alors que je m'apprête à faire les cent pas, un homme ouvre la porte et me sourit. Il a l'air jeune et porte un costume très soigné.

– Vous êtes Violette ?

– Moi-même, dis-je avec enthousiasme tandis qu'il me serre la main.

– Je suis Quentin. Suis-moi.

De toute évidence, ce n'est pas mon recruteur, sinon il ne me tutoierait pas. J'obtempère et le suis jusqu'à une allée de bureaux. Au fond du couloir, il désigne une porte fermée.

– C'est là. Bonne chance.

– Oh, merci.

Il me sourit et me laisse affronter cela par moi-même. Je réajuste le léger décolleté de ma robe et expire. *Allez, Violette ! Tu peux le faire !*

– Bonjour, salué-je en entrant.

La pièce est très grande, contenant assez de place pour faire une présentation. Trois personnes sont assises à une table ovale, deux hommes et une femme. Ils lèvent le nez de leurs papiers quand ils me voient, seul l'un deux m'offre un sourire empli de compassion.

– Bonjour, Mademoiselle.

Ils se lèvent et me serrent la main chacun leur tour en se présentant. Je pose ma chemise sur la table lorsque je me rends compte du malaise qui se peint sur le visage du plus empathique. Je me lance tout de même :

– Je vous remercie chaudement de m'accorder cette chance, et j'espère vous convaincre.

Monsieur Gentil, comme j'ai décidé de l'appeler, m'offre un rictus tendu tout en cherchant ses mots. Je le sens mal. Je le sens mal. Pourquoi est-ce que je le sens mal ?!

– Mademoiselle, je crois qu'il y a eu un malentendu.

Je me tais quelques secondes, continuant de sourire. Pour eux ou pour moi, je ne sais pas.

– Un malentendu ? répété-je.

– C'est-à-dire qu'on ne vous attendait pas.

Oh bordel. Conne comme je suis, j'ai dû me tromper de date. Et si c'était hier ? J'avale ma salive, morte de honte. Dieu merci, Monsieur Gentil continue :

– Nous pensions qu'on vous avait fait part de notre avis. Je suis désolé que vous ayez fait le déplacement.

– Je… je ne comprends pas, avoué-je, les joues brûlantes.

L'homme soupire doucement, réellement gêné, et finit par avouer :

– Nous savons pleinement qu'il n'est pas toujours facile d'être étudiante et que les grandes écoles coûtent cher. Malheureusement, nous ne pouvons pas nous permettre d'être associé à votre nom. Je ne doute pas que vous ayez du talent, malheureusement ça ne sera pas possible.

Cette fois, mon sourire s'est fait la malle. Je n'ai aucune idée de ce qu'il est en train de me dire. C'est quoi, ce délire ? L'espace de quelques secondes, je pense qu'ils se sont trompés de personne. Puis je me rends à l'évidence. Ils parlent bel et bien de moi.

– Pouvez-vous être plus précis ? Je pense qu'il y a quiproquo.

– Il n'y a aucun quiproquo, malheureusement. Je… je n'avais pas l'intention de le dire, mais puisque vous m'y obligez… Je parle du fait que vous créez des sous-vêtements féminins pour des films pornographiques. Je ne vous juge pas, ajoute-t-il en constatant ma mine décomposée. Je comprends vos motivations, je vous assure, seulement la marque ne peut pas se permettre de se faire une telle publicité. Même pour une simple stagiaire.

Je ne sais même pas comment je dois réagir. La première seconde, j'ai envie de rire tellement c'est absurde. Des films X, sérieusement ? Où sont-ils allés chercher un truc pareil ? Et c'est en me posant cette question que l'envie de rire me passe aussi sec.

Clément.

Comment ai-je pu croire qu'il allait me laisser tranquille après ce que je lui ai fait ? Il s'est senti humilié, alors il a voulu faire pareil. Gagné : je n'ai jamais eu aussi honte de toute ma vie.

– Ce n'est pas ce que vous croyez… bredouillé-je en me raclant la gorge. La personne qui vous a dit ça a menti.

Je devine tout de suite que c'est foutu. Que mon opportunité est passée, envolée, disparue. Même s'ils me croient, ce n'est pas professionnel du tout de laver son linge sale durant un entretien d'embauche. Monsieur Gentil est du même avis puisqu'il grimace en écartant les mains en signe d'impuissance.

– Je suis désolé, croyez-le bien.

Je reste bouche bée devant eux, refusant d'y croire. Alors voilà comment ça se termine. Clément décide que je ne mérite pas cette chance et personne ne le contredit. J'arrive à la fin de l'année et je n'ai pas de stage… C'est la catastrophe.

Je hoche la tête, dans un état second, et je reprends mon portant et ma chemise pour sortir. Demi-tour, Violette-qui-sent-la-violette. Meilleure ou pas, tout est fini. Le sort s'acharne. Tu n'avais qu'à pas finir comme ta mère. Le karma, ma vieille, le karma !

Je sais que je devrais crier, m'indigner, peut-être même pleurer. Cependant je n'en fais rien. Une fois sortie du bâtiment, je fais appel à un taxi. Je suis complètement déboussolée, je crois que je ne réalise pas vraiment ce qui vient de se passer. Dans la voiture qui me reconduit à l'appartement, j'éclate d'un rire soudain. Le conducteur me jette un coup d'œil dans le rétroviseur mais je n'y fais pas attention.

Des films pornographiques, et puis quoi encore ? Je trouve ça tellement hilarant que je rigole de longues minutes. J'essaye d'appeler Loan pour tout lui raconter, le cœur lourd malgré ma crise de rire, mais je suis renvoyée sur sa messagerie au bout de deux tonalités – comme s'il raccrochait.

– Tout va bien ? me demande le conducteur en se garant en face de l'appart.

– Parfaitement bien.

C'est un mensonge. Ça va terriblement mal. Mais ce n'est rien comparé à ce que j'aperçois par la fenêtre. Je me fige, la main sur la poignée. Loan est là, son portable à la main… en pleine discussion avec Lucie. Je les regarde fixement, sans y croire.

Je prie pour qu'il ne joue pas au con, encore et encore, mais ça arrive.

Lucie se tait quelques secondes, puis se penche pour l'embrasser. Loan ne se dérobe pas. Il ne la rejette pas non plus. Il se contente de poser sa main sur sa taille et de fermer les yeux.

Mon cœur s'arrête. Mes jambes sont en coton. Je ne sens plus rien. Parce que c'est à cet instant précis que je comprends pourquoi il ne répond pas à son téléphone, pourquoi il avait l'air si coupable hier au soir, quand je lui disais que je l'aimais…

Il s'est remis avec Lucie. Après tout ce qu'on vient de vivre, après que j'ai trompé mon copain – qui s'est révélé être un énorme enfoiré, mais ça je ne le savais pas encore –, après que je lui ai dévoilé mes plus sombres secrets, après qu'il a frôlé la mort et moi la crise cardiaque, après tout ça, il choisit tout de même Lucie.

Je l'aime, mais il choisit Lucie.

Je l'aime, mais ça ne suffit pas. Je ne suffis pas. Je ne suffis jamais. J'aimais ma mère, mais ça n'était pas assez. Alors elle est partie. Comme Loan.

Je dégaine mon téléphone portable sans même y réfléchir à deux fois, demandant au conducteur de me conduire à la Gare de Lyon. Je presse sur le bouton. Plusieurs tonalités passent avant qu'on décroche enfin.

– Violette ?

– Papa ? sangloté-je.

– Coucou ma puce ! s'exclame-t-il avant d'entendre l'un de mes reniflements pathétiques. Bah, qu'est-ce qui se passe ?

Si tu savais, papa...

– Je veux rentrer, larmoyé-je, la tête contre le dossier en cuir. Je ne veux plus rester à Paris, s'il te plaît, ramène-moi à la maison.

Je continue de pleurer, le stress redescendant peu à peu. Mon père a l'air désemparé au bout du fil.

– Ma puce, calme-toi… respire… qu'est-ce qui ne va pas ?

– Rien ne va ! crié-je dans le combiné.

– D'accord, d'accord, je te prends un billet de train et je t'appelle pour te donner l'heure. Ça va aller, ma puce. Ne pleure pas.

Je presse les yeux et hoche la tête, même si je sais qu'il ne peut pas me voir. Je ne sais pas si ça va aller, mais je sais une chose : je ne veux plus rester ici.

CHAPITRE 37
Aujourd'hui

LOAN

Quand je me rends au restaurant pour ma pause déjeuner, Lucie m'attend déjà à une table, belle comme le jour. On s'est vus plus de fois en une semaine qu'en sept mois !

– Salut.

Je lui souris maladroitement, contente qu'elle ait accepté de me voir. La dernière fois, c'était à l'enterrement d'Ethan.

Nous avions brièvement parlé. Elle m'avait offert ses condoléances, pour mieux me demander de revenir. Parce qu'elle m'aimait encore, parce qu'elle ne m'avait jamais oublié, parce qu'on était « faits pour être ensemble ».

Ce n'était pas un bon jour, si bien que j'avais dit devoir réfléchir à tout ça.

Jusqu'à hier, dans l'ascenseur. Lorsque j'ai entendu Violette prononcer les mots « Je t'aime, Loan », mon cœur s'est pris un raz de marée en pleine face ; violent. Je crois qu'il s'est même noyé quelque part sur les flots, probablement que Violette l'a emmené avec elle puisque je ne le sens plus battre dans ma poitrine. J'ai même dû fermer les yeux dans l'espoir de retenir ces mots que j'aurais voulu entendre encore et encore.

Pourtant, je n'ai rien su dire. J'avais besoin de voir Lucie avant. De mettre les choses au clair.

– Coucou, me répond-elle d'un ton joyeux, ses cheveux bruns attachés en une queue-de-cheval.

Je m'installe en face d'elle et soupire d'avance. J'espère que l'entretien de Violette se passe comme prévu.

– Je suis heureuse que tu m'aies appelée, commence-t-elle. Ça veut dire que tu as réfléchi à nous.

Je ne dis rien, me contentant d'opiner. En effet, j'ai beaucoup réfléchi ces dernières semaines. Découvrir que Violette m'avait menti m'a fait un coup. Je me suis senti trahi, mais surtout blessé. Parce que ça voulait dire que mon histoire avec Lucie n'était pas finie. Une part enfouie de ma raison pensait que c'était l'occasion de découvrir si Lucie et moi avions encore une chance.

Mon cœur, lui, disait tout l'inverse. « Sans laquelle ne peux-tu pas vivre ? », m'avait demandé Ethan. La réponse n'est pas difficile. J'ai réussi à vivre sans Lucie pendant de longs mois. Mais vivre sans Violette ne serait-ce qu'une semaine m'empêche de respirer. Elle est comme les rayons au soleil, les pétales à la fleur, le Nutella à la brioche ; irremplaçable.

Alors oui, j'adore Lucie. Je l'adore vraiment. Elle a été importante dans ma vie. Elle représente une partie… mais de mon ancienne vie seulement. Celle que j'ai aujourd'hui, je l'ai créée avec Violette.

C'est elle.

– Tu as eu quelqu'un, depuis moi ? lui demandé-je de but en blanc.

Lucie relève vivement les yeux vers moi et se fige. Je continue à la regarder, serein. Je ne suis pas dupe, je mettrais ma main à couper qu'elle a connu d'autres hommes après moi. Ainsi va la vie. En autant de temps, je suppose que c'est compréhensible. Je veux juste l'entendre, c'est tout. Peut-être pour moins culpabiliser, peut-être pour constater l'effet que sa réponse aura sur moi. Je veux être certain.

– Pas vraiment, répond-elle d'un ton hésitant.

– Tu n'as couché avec personne depuis notre rupture ? insisté-je, n'y croyant pas une seule seconde.

Elle soupire, les joues roses, et baisse les yeux. Je me disais, aussi.

– Si.

Un serveur vient prendre nos commandes à ce moment-là, lui accordant quelques secondes de répit. Je ne vais pas mentir, l'imaginer avec d'autres hommes me fait bizarre. Elle n'était pas vierge quand nous nous sommes connus, mais j'ai été son premier amour quand même. Avant, je ne l'imaginais qu'avec moi. Aujourd'hui... je ne suis même pas jaloux.

– OK, dis-je une fois l'homme parti. Merci d'être honnête.

Je m'adosse à ma chaise tandis qu'elle reste bouche bée devant moi. Elle s'attendait manifestement à une autre réaction.

– Tu n'es pas fâché ? Déçu ?

Je hausse les épaules, surpris qu'elle bloque sur ça.

– On n'était plus ensemble.

– Mais toi tu n'as couché avec personne ! rétorque-t-elle. Tu attendais mon retour, tu nous redonnais une chance. Pas moi.

Nous y voilà donc. Le fameux moment. Je ne sais pas vraiment comment aborder la chose... Alors je choisis la manière la plus franche.

– Je n'ai couché avec personne pendant longtemps. Jusqu'à il y a deux mois.

Je la regarde fixement pour observer sa réaction. Elle reste impassible dans le silence pesant, digérant la nouvelle, puis hoche difficilement la tête. Je la connais assez pour deviner que ça la dérange, je le remarque à la façon dont sa mâchoire s'est serrée. Pourtant je sais qu'elle n'est pas jalouse par amour... juste par ego. Lucie n'est plus amoureuse de moi, elle non plus. C'est flagrant.

– D'accord. Je ne peux pas t'en vouloir, dit-elle d'une voix mesurée.

– Avec Violette.

Le silence qui s'ensuit est le plus sourd que j'aie jamais connu. La vérité m'est sortie de la bouche avec empressement, à croire que je la retiens depuis toujours.

Lucie et moi nous défions du regard sans rien dire. Elle pince les lèvres et déglutit, je devine facilement qu'elle est sur le point d'exploser. Elle se retient encore. Bizarrement, je me sens libéré. Je n'ai plus rien à cacher, ou presque.

– Une fois ? me demande-t-elle sur un ton d'une froideur indéniable.

Je garde le silence. Lucie inspire, une veine palpite sur sa tempe.

– Deux ?

Je me tais une nouvelle fois. Elle presse les yeux avant de soupirer, s'avouant vaincue.

– Combien ?

– Assez.

Personne ne dit rien pendant d'interminables secondes. J'aurais pu me sentir misérable, culpabiliser et me sentir en faute à cet instant précis. Sauf que c'est tout le contraire. En vrai, je n'ai pas fauté. Nous n'étions plus ensemble, elle et moi. La seule chose qui me fasse mal au cœur, c'est qu'elle ait eu raison à propos de mes sentiments pour Violette depuis le début, et que malgré cela je l'ai nié jusqu'au bout.

Lucie rouvre les paupières, fuyant mon regard, et lâche un rire sans joie en repoussant son verre de vin. Ça y est, la colère pointe le bout de son nez.

– Je n'arrive pas à y croire.

Je reste calme malgré le sentiment d'injustice qui me chatouille la gorge.

– Croire quoi ?

– Que tu aies couché avec elle ! crache-t-elle en me regardant enfin.

Je fronce les sourcils, ne bougeant pas d'un cil. Je l'observe et tout ce que je vois est la femme qui m'a fait cette crise il y a sept mois, déplorant l'absence de paquets de farine dans nos placards.

– J'en conclus que tu es fâchée.

– Non, pas fâchée. Déçue. Triste.

Déçue. Je me penche vers elle par-dessus la table, le front plissé. J'ai du mal à avaler le coup de la déception, je l'avoue. Ce que je n'arrive pas à croire, moi, c'est qu'elle me fasse la morale.

– Déçue ? répété-je. Dois-je te rappeler que tu as couché avec d'autres hommes, toi aussi ? Plus rapidement que moi, qui plus est. En quoi serais-je celui à blâmer ?

Je ne lui reproche en aucun cas ses coucheries. Comme je l'ai dit, nous n'étions plus ensemble. Mais le fait qu'elle puisse me reprocher les miennes, c'est le pompon.

– Ce n'est pas pareil, affirme-t-elle en croisant les jambes.

– C'est vrai. Je n'ai pas couché avec une fille juste comme ça. Violette et moi, on…

Je m'interromps soudain, laissant ma phrase en suspens. Oh. Waouh. J'allais le dire. J'allais le dire, bordel.

Violette et moi sommes amoureux.

Je soupire en pressant les yeux, ce qui n'échappe pas à Lucie. Elle me fixe, un rictus acide fendant son visage d'ange. Elle n'a pas l'air surprise, au contraire. La bombe est lâchée.

– J'attendais que tu y viennes, justement. Vas-y, continue ! me lance-t-elle. Alors que Violette et toi, quoi, vous avez des sentiments ?

Je me mords la joue pour éviter de répondre. Je n'ai jamais voulu tout ça. La vérité, c'est qu'on a bien fait de se séparer il y a sept mois. Redonner sa chance à notre couple n'aurait jamais été une bonne idée. Parfois, les choses se terminent. Dans ces cas-là, il faut l'accepter et passer à autre chose.

– Lucie…

– Je sais, murmure-t-elle.

Évidemment qu'elle sait. Je remarque qu'une larme s'échappe de ses yeux quand elle me dit :

– La vérité, c'est que tu n'es plus amoureux de moi depuis longtemps. Tu restais par habitude. C'est pour cette raison que tu m'as appelée aujourd'hui, pas vrai ? Pour rompre une bonne fois pour toutes.

Sur le coup, j'ai vraiment de la peine pour elle. Je pose ma main sur la sienne par-dessus la table, réconfortant.

– Je suis désolé.

– Ne le sois pas. Je crois… Je crois que c'est pareil pour moi.

Je lui souris tant bien que mal, la gorge nouée. Je l'adore tellement. Elle me rend mon sourire et des milliers de souvenirs défilent le temps de cet échange. Des étreintes, des disputes, des confidences, des regards comme celui-ci…

Et pour la première fois depuis longtemps, j'ai le cœur léger.

***

Lucie et moi marchons jusqu'à ma voiture, que j'ai laissée près de l'appartement. Il est temps que je retourne travailler. Je constate que Violette m'appelle, surpris que son rendez-vous soit déjà terminé, mais je raccroche en me promettant de l'appeler une fois seul.

Devant l'immeuble, Lucie et moi nous sourions tristement.

– Bon… eh bien je suppose qu'il est temps de se dire au revoir, dit-elle, embarrassée.

– Tu seras toujours la bienvenue ici. Je veux qu'on reste amis, OK ?

– Évidemment.

Je lui souris une dernière fois. Quand je suis sur le point de tourner les talons, elle se penche et m'embrasse chastement sur les lèvres. Je me raidis soudain, surpris, avant de poser une main sur sa taille. Je sais qu'il ne s'agit pas là d'un dernier plan de secours, seulement d'un cadeau d'adieu, et c'est la raison pour laquelle je l'accepte.

Ça ne dure que trois secondes, après quoi je recule.

– Merci pour le déjeuner, Loan.

Je hoche la tête et la regarde partir, libéré d'un poids que je ne pensais même pas porter. Une bonne chose de faite.

Mon portable vibre soudain dans ma poche. Je me souviens alors de Violette, qui a essayé de m'appeler, et décroche en vitesse.

– Allô ?

– Salut.

Je suis légèrement déçu d'entendre Jason à l'autre bout du fil. Son ton est froid, ce qui m'étonne.

– Ça va ? le questionné-je.

– Ça pourrait aller mieux, figure-toi.

Je ne sais pas si je suis fou, mais j'ai l'impression qu'il m'accuse. Je fronce les sourcils en me dirigeant vers ma voiture. Je suis déjà en retard.

– OK… Je peux t'aider ?

– Violette est partie.

Un battement de cœur.

Deux battements.

Puis mon cœur s'affole à mesure que mon cerveau prend l'information en compte. *Partie*.

– Comment ça, elle est partie ?

Jason soupire une nouvelle fois, je l'imagine hausser les épaules en ignorant les insultes de Zoé à mon égard. J'entends quelques bribes, dont les mots « ta faute », « connard », « peau du cul ». Pas forcément dans cet ordre-là.

– Jason ! dis-je en haussant la voix, paniqué.

Est-ce pour cela qu'elle m'a appelé ? Et moi qui n'ai pas répondu parce que j'étais avec Lucie !

– Elle vient d'envoyer un message à Zoé, répond-il. Elle lui a dit qu'elle prenait le train en urgence, elle rentre chez elle. On a essayé d'en savoir plus mais elle a éteint son téléphone.

Et merde. Si elle est partie, c'est que son entretien s'est très, très mal passé. Elle a essayé de me le dire, mais je n'ai pas été là, trop occupé à manger avec Lucie. Je presse les yeux, essayant de réfléchir rapidement. Ma première envie est d'aller prendre le prochain train pour la ramener. Mais une seule question me brûle la langue.

– Qu'est-ce qui s'est passé ?

Au fond de moi, je connais déjà la réponse. Et ça bout, ça déborde en moi. Même si je m'y attends, ça ne m'empêche pas d'envoyer un coup de poing dans le mur quand j'entends :

– Euh je ne sais pas, par quoi je commence ? Clément qui lui bousille son entretien ou toi qui galoches ton ex ?

CHAPITRE 38
Aujourd'hui

VIOLETTE

Ah, l'air pur du Jura !

Son soleil, son ciel dégagé, son calme imperturbable et ses étendues d'herbe à perte de vue, les montagnes et les balades le long des chemins de terre… Tout cela me manquait.

À Paris, j'ai souvent tendance à oublier que je suis de la campagne. J'adore la ville, mais la maison, c'est la maison. Il n'y a rien de comparable. Depuis que je suis montée pour mes études, j'évite de revenir, si bien que c'est toujours mon père qui fait le déplacement.

Maintenant que j'y suis de retour, je me demande comment j'ai fait pour me priver de ce bonheur si longtemps. Et dans ces circonstances, j'en ai besoin, plus que jamais. J'en ai eu la confirmation dès que j'ai sauté dans les bras de mon père à la gare, après plusieurs heures de trajet.

Je respire une grande bouffée d'air par la fenêtre de ma chambre, les yeux fermés.

Cela fait deux jours que je suis là. En deux jours, j'ai eu le temps de faire beaucoup de choses.

Premièrement : arrêter de pleurer. Bon, d'accord, ça m'arrive encore un peu. Mais juste un peu. Le soir. Quand personne ne regarde.

Deuxièmement : ne rien faire. Hier, j'ai dormi toute la journée dans mon ancienne chambre – je crois même ne pas m'être lavée. Ouais, je sais ; dégueu.

Mon père l'a laissée exactement comme elle était, certains meubles en moins. Mon lit à baldaquin est toujours là, au centre de la pièce, grand et majestueux avec ses voiles ivoire, tout comme mon bureau en bois et mon coffre à trésor, dans lequel je cachais toutes sortes de souvenirs.

Je m'éloigne de la fenêtre et m'étale sur mon lit dans un soupir. Les yeux fixés sur le plafond, les bras en étoile de mer, je savoure le silence.

Je suis totalement perdue. Je ne sais pas ce que je vais faire cet été, ni l'année prochaine. Dois-je retourner sur Paris ? Mes deux années d'école sont terminées. Millesia était censé être mon entrée dans le monde du travail. J'essaie pourtant de me convaincre que ce n'est qu'une opportunité manquée parmi d'autres et qu'il y en a ailleurs. J'aime un homme qui ne m'a pas choisie. OK, et alors ? Ça arrive ! Tout le temps.

Et tout bien réfléchi, s'il hésitait entre Lucie et moi, je suis bien contente qu'il ne m'ait pas choisie. Je ne veux pas être un choix à faire. Avec un peu de chance, un jour, je serai une certitude pour quelqu'un. Une évidence comme Loan a été la mienne depuis notre première nuit ensemble.

Soudain, une colère noire m'aveugle. J'aurais dû sortir de cette voiture et le confronter, au lieu de fuir comme une idiote.

– Quelle cruche ! juré-je en me redressant sur mon lit.

Je sursaute violemment en retenant un cri. Loan se tient sur le pas de ma porte, la main sur la poignée et la mine hésitante. Qu'est-ce que c'est que ce…

– Salut.

… bordel ! Je reste bouche bée, n'y croyant pas. Est-ce mon esprit qui me joue des tours ? Je suis assise sur le bord de mon lit, Loan à quelques mètres de moi, plus beau que jamais. Il porte un jean qui lui tombe merveilleusement sur les hanches, ainsi qu'un tee-shirt bleu nuit assez moulant pour laisser imaginer les vagues puissantes de son torse.

– Ton père m'a fait monter, dit-il en brisant le silence, toujours méfiant. À condition de garder la porte ouverte, cela va s'en dire.

Bordel de merde. LOAN EST LÀ !

– Qu'est-ce que tu fais ici ? m'exclamé-je sans même réfléchir.

Il est censé être à Paris. À Paris avec Lucie.

Loan, qui a deviné mon humeur du jour, soupire honteusement avant de s'avancer et de silencieusement fermer la porte derrière lui. Contrairement aux indications de mon père.

– Tu ne réponds plus à ton portable…

– Tu ne t'es pas dit que c'était pour une raison ?

– Il faut que tu m'écoutes, me dit-il sérieusement, les yeux plongés dans les miens.

– Je n'en ai pas envie. Tu n'aurais pas dû venir, Loan.

Nous nous défions du regard quelques secondes de plus, assez pour que je constate qu'il n'a pas de sac avec lui. Ce qui signifie qu'il a sauté dans le premier train. Bon Dieu, mon cœur bat à tout rompre.

– Laisse-moi trois minutes et je t'explique, me supplie-t-il en avançant d'un pas.

Je me lève en pinçant les lèvres, sur la défensive. Après tout, il me doit une explication.

– Une minute.

Un sourire en coin naît sur ses lèvres. Je le hais pour l'effet qu'il suscite en moi.

– Défi relevé.

– 54 secondes.

Il ne perd pas de temps supplémentaire et s'approche assez pour pouvoir me toucher si l'envie l'en prend.

– Je ne suis pas avec Lucie, lance-t-il sans préambule. Je ne le suis plus depuis sept mois. Ce que tu as vu devant l'appartement, c'était un baiser d'adieu. Ce jour-là, je l'ai invitée à manger pour lui dire que c'était fini. Définitivement.

Je le dévisage, le cœur battant si fort qu'il menace de bondir hors de ma poitrine. Il n'est plus avec Lucie. Il n'aime plus Lucie. Ce n'était qu'un baiser d'adieu. Et alors même que ça pourrait être un mensonge, je le crois. Je le sens dans mes tripes. Me serais-je emballée pour rien ?

Il s'avance encore et ses doigts familiers frôlent les miens le long de mes flancs. Tout mon corps tressaille, si bien que je me reprends instantanément, la voix éraillée :

– 30 secondes.

– Il y a trois jours, tu m'as dit que je n'étais pas obligé de te répondre tout de suite. Et même si je le savais déjà à ce moment-là, je le fais maintenant : je t'aime, Violette.

Mes doigts s'accrochent aux siens pendant que les larmes perlent au creux de mes yeux. Loan sourit paresseusement, avant de continuer :

– Tu avais raison, l'autre jour. Toi et moi, ça n'a jamais été platonique. Et ces derniers mois passés à tes côtés… ça m'a ouvert les yeux. La vérité, c'est que je ne peux plus me passer de toi. Lucie a été mon premier amour et elle aura toujours une place dans mon cœur, mais tu es le seul visage que j'ai en tête quand je me réveille le matin. Le soir après le travail, tu es celle à qui j'ai envie de demander si elle a passé une bonne journée. Tu es la seule femme que j'ai envie de faire rire, la seule à qui j'ai envie d'accorder mes « je t'aime ». Parce qu'ils seront sincères.

Je me rends compte que je pleure au moment où ses lèvres capturent une larme en chemin. Je me sens sur le point de défaillir face aux paroles que je rêve d'entendre depuis des jours, des semaines, que dis-je ! des mois.

Ses mains hésitent elles aussi. Je tente de contrôler ma respiration pendant que celles-ci descendent lentement le long de mon corps. Je me rappelle combien elles sont douces et possessives… combien elles savent où me toucher… comment me toucher… et c'est si dur de rester immobile ! Je garde les yeux rivés sur son tee-shirt, consciente de son regard pénétrant sur moi. Ma poitrine se lève au rythme effréné de mon cœur, qui ne va pas tenir longtemps, et effleure ses pectoraux. La tension est à son paroxysme, si bien que le manque de lui finit par m'éclater en pleine face.

C'est Loan, bordel.

Ses mains continuent leur route et s'arrêtent à la couture de mon débardeur, tandis que ses lèvres caressent la ligne de ma mâchoire.

– Je ne veux plus être ton meilleur ami. Moi aussi, je veux plus. Moi aussi, je veux tout.

Les papillons refont surface dans mon estomac mais je les chasse aussitôt. J'entends ce qu'il me dit ; il n'est plus amoureux de Lucie et je ne suis plus avec Clément. Plus rien ne nous empêche d'être ensemble. C'est ce que je voulais il y a encore trois jours, c'est toujours ce que je veux encore. Mais…

– Alors, Violette-qui-sent-la-violette, chuchote-t-il contre mes lèvres entrouvertes. Qu'est-ce que tu en dis ? Toi, moi, et Mistinguette… rien que tous les trois.

Je déglutis, le corps en feu. Je sens littéralement mon cœur grésiller sous ma peau, dans tous les endroits sensibles de mon corps, et particulièrement *là*. J'ai envie de lui dire que je suis prête à revenir sur Paris, que je suis prête à faire tout ce qu'il souhaite, mais j'ai peur qu'il ne s'écarte si je cède si rapidement. Je le veux là, longtemps, toujours, nulle part d'autre.

C'est ma traîtresse de langue qui fourche et répond à ma place :

– J'en rêve. Mais… après tout ce qu'on vient de vivre, je suis exténuée d'avance. Je ne sais pas si j'ai envie de m'aventurer là-dedans tout de suite. Entre Ethan qui n'est plus là et mon rêve qui vacille, je crois que j'ai besoin de me retrouver.

Un long silence me répond durant lequel j'écoute le rythme de sa respiration.

– Je comprends, soupire-t-il enfin, son nez caressant ma joue. Il n'y a aucune pression. Je voulais juste que tu saches que je suis là, comme je l'ai toujours été. Et que je n'ai pas choisi Lucie. Il n'y avait même pas de choix à faire.

Ses doigts quittent la chaleur des miens pour qu'il puisse reculer, me redonnant la capacité de penser correctement. Il fait un pas en arrière et se passe une main dans les cheveux. Je devine aisément qu'il a du mal à rester loin de moi, et je le comprends. Plutôt deux fois qu'une.

– Si tu veux être seule quelque temps, je respecterai ta décision.

Loan dévie les yeux pour la première fois depuis qu'il est entré dans cette chambre. Je me rembrunis. Si j'avais su qu'il venait, je ne l'aurais pas attendu dans ma chambre d'adolescente. Je le remarque sourire légèrement en remarquant d'anciennes photos de moi.

– Je me suis plantée, Loan. J'ai bossé pendant des mois et on m'a bousillé ma chance.

Son visage se radoucit, la tête penchée sur le côté. Je lui fais de la peine. Je soupire, revivant inlassablement les événements de ce jour précis. La honte et le ridicule que j'ai ressentis.

– C'est ton premier obstacle, me dit-il d'une voix chaleureuse. Tu en auras d'autres. L'important n'est pas la chute, c'est que tu te relèves. Tu n'as pas eu Millesia, et alors ? Tu auras autre chose. Ce n'est pas un enfoiré comme Clément qui va t'empêcher de devenir styliste, si ?

Je plisse les yeux devant le venin avec lequel il a craché le nom de mon ex-petit copain, surprise. Aucun doute possible, il est au courant de tout. Et je dois avouer qu'il est sexy, quand il est énervé. Bien sûr, j'ai eu l'occasion de m'en apercevoir le jour où il m'a reproché de me mêler de ses affaires, mais disons qu'il n'est sexy que lorsqu'il n'est pas énervé contre moi.

– Reviens à Paris, insiste-t-il. C'est tout ce que je te demande.

Je hoche la tête en silence. Il me sourit une dernière fois et alors qu'il s'apprête à sortir, je ne peux m'empêcher de demander :

– Tu es sûr de toi, Loan ? À propos de nous, je veux dire.

Il m'observe quelques secondes interminables, l'air surpris que j'en doute. Je veux être certaine, c'est tout. Je ne veux pas qu'il me détruise si, par hasard, il se trompait sur la nature de ses sentiments.

– Je n'ai jamais été aussi sûr de toute ma vie.

Sur ce, il referme la porte derrière lui et me laisse seule. Je reste interloquée quelques secondes, toujours debout devant mon lit. Qu'est-ce qui vient de se passer, au juste ? Je m'approche de ma porte, les jambes flageolantes, et l'entrebâille. J'ai encore le cœur qui cogne dans tous les sens, mais je pose ma main sur ma poitrine pour tenter de le calmer. En bas de l'escalier, j'entends mon père lui demander si je vais bien. Je tends l'oreille, encore chamboulée.

Malheureusement, mon cœur bat tellement fort dans mes oreilles que je n'entends pas la réponse de mon meilleur ami. En revanche, j'arrive à capter le reste de la conversation :

– Je suis conscient de ne pas avoir à connaître les détails de ce qui s'est passé, dit mon père d'une voix lointaine. Mais je dois savoir si j'ai bien fait de t'ouvrir la porte de chez moi, Loan.

Je suppose que ce dernier hoche la tête, je l'imagine très bien.

– Je le sais. La vérité, c'est que je suis amoureux de votre fille, avoue Loan, me coupant le souffle au passage. Et que j'ai mal joué mon coup. Alors je lui laisse le temps de respirer. Après ça… ce sera à elle de choisir. Je ne lui mets pas la pression.

Un silence s'ensuit. Je reste abasourdie derrière ma porte, attendant la réponse de mon père. Bon sang. C'est la première fois qu'un homme lui déclare être amoureux de moi.

– Bien. Heureux de l'entendre.

– Au revoir, Monsieur. Et pardon pour le dérangement.

Je referme la porte, doucement, et m'appuie contre elle. *Merdalors*… Mes lèvres laissent échapper un soupir sonore, probablement celui que j'ai retenu depuis que j'ai aperçu Loan sur le seuil de ma chambre. Il est venu jusqu'ici pour moi, pour me dire qu'il m'aimait et que je devais être forte.

Car oui, j'ai connu des galères, mais comme tout le monde. Et j'en connaîtrai d'autres. Je dois juste passer par-dessus.

Je dois juste rentrer à la maison. Et me relever.

CHAPITRE 39
Aujourd'hui

LOAN

C'est fou comme les jours passent lentement. Trop lentement. À croire que l'univers se fout littéralement de nous. Quand on est heureux, le temps défile bien trop vite. Au contraire, quand on déprime, les secondes nous paraissent une éternité. Je ne déprime pas, mais je n'irais pas jusqu'à dire que c'est facile.

Après être allé rendre visite à Violette, je suis rentré m'occuper de ma propre vie en priant pour avoir été persuasif. Je revois encore ses yeux écarquillés quand elle m'a aperçu sur le pas de la porte. Ça ne rate jamais de me faire sourire comme un idiot. *Ma petite campagnarde.*

Du coup, j'ai emménagé chez Jason de façon temporaire. On évite de parler de Violette ou de Lucie, ce qui me va parfaitement. Enfin, sauf quand j'essaie d'avoir des informations. J'ai dû lui confisquer le papier toilette pour le faire chanter ;

avec cette méthode, j'ai réussi à savoir que Violette était bel et bien rentrée sur Paris.

C'est tout ce que je voulais savoir. Alors oui, c'est dur. Mais je lui ai dit que je lui laisserai du temps, et c'est ce que j'ai l'intention de faire. Ces deux derniers mois ont été intenses en émotions, et voilà qu'elle angoisse à propos de son avenir. C'est légitime.

C'est pourquoi je la laisse respirer depuis déjà une semaine. Une vie entière.

J'ai envie de la voir, rien que de la voir, et de sentir la douce odeur de pomme qu'embaument ses cheveux magnifiques. Je suis en manque. Pas seulement physiquement – je ne vais pas mentir, penser à elle quand je suis sous la douche est pas mal, mais rien comparé au fait d'être pressé contre elle pour de vrai – mais pour tout. Je suis en manque d'elle et de ses monologues interminables, d'elle et de ses vêtements qui traînent par terre, d'elle et de ses blagues nulles, d'elle et de ses pots de Nutella vides.

Pour oublier qu'elle me manque, je fais des heures supplémentaires à la caserne. Puis quand mon boss me vire à coups de pied au cul, je vais courir. La playlist de Violette me nargue chaque fois, mais j'en fais abstraction. Bien sûr, ce n'est pas parce que je la laisse respirer que je me fais oublier. Par exemple, je lui envoie un message tous les soirs avant de dormir, sans exception. Toujours le même : « Bonne nuit, Violette-qui-sent-la-violette ».

Et chaque fois qu'elle me répond par un cœur, je me rappelle pourquoi je fais tout ça.

***

Au bout de deux semaines, j'apprends que Violette a dégoté un entretien chez une marque de lingerie inconnue au bataillon. Je l'appelle pour la féliciter, mais elle semble tellement anxieuse que je reste bref. Je lui promets que ça se passera bien et, dès que je raccroche, je m'évertue à concentrer toute mon attention sur la manière dont je compte la récupérer.

Hier, elle m'a envoyé un message en me disant que je lui manquais. Aujourd'hui, elle dégote un rendez-vous. Avec un peu de chance, je n'ai qu'à lui prouver la sincérité de mes sentiments pour qu'elle décide de se lancer.

Bien sûr, comme je suis un homme et que par conséquent je n'y connais rien, je passe plusieurs jours à sécher sur la question. J'ai envie de faire quelque chose qui la marquera. Pas trop sentimental parce que ça ne me ressemble pas, mais pas trop lambda non plus. Je veux vraiment qu'elle se dise « Bon, il s'est donné du mal. Il m'aime vraiment, le gars ».

Au bout de quatre jours désespérants, je me surprends à toucher le fond ; je demande de l'aide à Jason.

– Qu'est-ce que j'en sais, moi… Regarde sur Google.

Telle a été sa réponse. Ce n'est pas le plus pathétique. Non, le plus pathétique, c'est que le lendemain, à court d'idées, je suis effectivement allé sur Google. Sans commentaire. J'ai fait le tour des magazines féminins en ligne et autres jerecupe-remonex.com sans rien trouver d'intéressant.

Un soir où je n'attends plus aucun miracle, une idée me frappe soudain. Je me redresse sur le canapé, plein d'espoir.

– C'est quand, son entretien ? demandé-je.

Jason, qui n'a pas remarqué mon changement d'humeur, hausse les épaules. Il retire ses chaussures sans même s'aider de ses mains, puis pose ses pieds sur la table basse.

– Après-demain.

Je réfléchis quelques instants. C'est jouable. J'aurai le temps de tout préparer avant qu'elle revienne de son entretien. Je lui tomberai dessus au retour, alors qu'elle ne s'y attendra pas.

Jason me regarde fixement, un sourire moqueur flottant sur ses lèvres fines. Je le fusille du regard, gêné. Il m'énerve, à savoir parfaitement ce que je pense.

– Tu l'aimes ?

– Tu connais la réponse, crétin.

Jason rejette la tête en arrière, les bras écartés, prêt à ce que le Seigneur vienne le pêcher.

– Mazel tov !

Je secoue la tête avec exaspération. Je ne peux pourtant que lui donner raison. Ça a dû être agaçant à souhait de nous voir nous tourner autour, tout en sachant qu'on était faits l'un pour l'autre. Jason se redresse, paraissant se souvenir de quelque chose.

– Berk… Et voilà que vous allez nous pondre des mini-Violan qui courront partout dans l'appart et qui sentiront la violette.

Je fronce les sourcils. Avant même d'avoir pu m'en rendre compte, un sourire radieux illumine mon visage. J'aime bien l'idée. Des petites têtes blondes avec la bouille pleine de Nutella. Comme leur mère.

– À quelle heure est son entretien, Jason ?

Il me jette un œil, méfiant. Il semble comprendre ce que signifie mon regard parce qu'il fait la moue.

– Oh non, ne me dis pas que tu vas jouer ce gars-là.

– Quel gars ?

– Celui qui court jusqu'à l'aéroport et déjoue les barrières de sécurité pour crier à la fille dont il est raide dingue qu'il a fait une connerie et qu'il veut passer le restant de ses jours avec elle.

Je plisse le front, amusé.

– Vio est à l'aéroport ?

– Non…

– Alors je ne serai pas ce gars-là.

Jason soupire et se relève pour tenter de m'échapper. Je sais qu'il ne veut pas me le dire parce qu'il pense que Violette a encore besoin d'espace. Sauf qu'elle n'a pas besoin d'espace, elle a besoin de moi. De moi comme j'ai besoin d'elle.

– Laisse-la un peu, plaide-t-il en allant se chercher une canette de Coca. Tu ne peux pas revenir comme ça, comme une fleur, et réclamer ton dû. Prends le temps, et si elle te manque à un point où respirer le même air qu'elle est la seule chose que tu recherches… Là, je t'aiderai.

J'arque un sourcil devant sa petite tirade. Mais où est passé l'ancien Jason, au juste ? Celui qui disait ne pas vouloir coucher avec une féministe sous prétexte qu'elle ne se laisserait pas prendre en levrette ?

– T'es un vrai poète, toi.

Il roule des yeux. Je devine tout de suite que je peux m'estimer heureux de ne pas être à sa place :

– Zoé me force à mater ses conneries de « N'oublie jamais » et autres « Chemins croisés ».

– Tu as l'air d'avoir retenu les titres, lui fais-je moqueusement remarquer.

Je m'attends à ce qu'il me remette à ma place. Aussi surprenant que cela puisse paraître, il soupire d'un air résigné.

– Y'a plutôt intérêt. Elle me fait des quizz surprise juste après pour s'assurer que j'ai bien regardé.

Je ne peux m'empêcher d'éclater de rire devant cet aveu ridicule. J'imagine la scène quelques secondes, instant qui me suffit à m'estimer heureux d'être tombé sur une fille comme Violette. Je calme mon hilarité et persiste :

– Allez, dis-moi l'heure de son rendez-vous.

Il garde le regard plongé dans le mien, impénétrable. Je ne baisse pas la garde, décidé. Je sais qu'il va flancher. Je le connais. Il flanchera. Nous restons ainsi quelques secondes, jusqu'à ce que je hausse un sourcil. Jason soupire en faisant la moue.

Et je comprends qu'il a déjà perdu.

– Putain, tu fais chier.

CHAPITRE 40
Aujourd'hui

VIOLETTE

Today is the day.

Le jour où je retente ma chance. J'ai l'ai laissée passer lors de mon entretien à Millesia, mais personne n'a dit que tout était fichu. Je dois me remettre en selle, et vite ! Et après avoir appelé toutes les maisons de lingerie de Paris, j'ai reçu une réponse positive de la part de Jolies Mômes, jeune marque cent pourcent *frenchie*. J'ai halluciné avant de sauter sur tous les matelas de l'appartement.

Je dois me rendre à l'évidence : même si Loan me manque à en crever, ces deux semaines séparés l'un de l'autre m'ont fait un bien fou. Après Clément, j'avais besoin de ce temps rien qu'avec moi-même.

Zoé : Si y'a minimum deux mecs,
t'as toutes tes chances.
Ouvre un bouton supplémentaire.

Je fronce les sourcils devant le message de ma meilleure amie. Elle a manifestement toute confiance en mon talent…

Je suis donc actuellement en train de patienter dans une salle de réunion, seule avec mon cœur qui tambourine dans ma poitrine. Mon portant de créations est posté juste à côté de moi et ma chemise à croquis est à plat sur l'immense table.

Je me racle la gorge, répétant mon speech dans ma tête. Aussi étrange que cela puisse paraître, je ne suis pas trop stressée. Ça ne peut pas être pire que la dernière fois.

Je vais y arriver. J'ai la niaque ! Les mains qui tremblent, aussi, mais on s'en fiche.

Alors que je m'apprête à répondre au message de Zoé, la porte s'ouvre. Deux femmes et un homme entrent, le sourire aux lèvres. Je me redresse vivement, tout à coup professionnelle.

– Bonjour. Vous êtes Violette, c'est bien ça ?

Ça va envoyer du pâté !

***

J'ai envoyé du pâté ! Attention, pas du pâté pour chat, non, non, du pâté de luxe qu'on ne trouve qu'aux Galeries Lafayette. Sérieusement, ça a été un véritable succès. Je n'ai même pas eu à défaire un bouton supplémentaire.

Je commence presque à me dire que si l'entretien à Millesia s'est mal passé, c'était le destin. Je devais peut-être finir à Jolies Mômes, qui sait ? C'est presque si je n'en veux plus à Clément pour avoir tout fait capoter.

Presque. Faut pas abuser non plus.

Moi : J'ai cartonné.

Zoé : CHAMPAGNE !

Je souris tandis que j'arrive à l'appartement, aux anges. C'est comme si tout était à nouveau possible. Comme si toutes les portes m'étaient une nouvelle fois ouvertes. Pour la première fois depuis presque un mois, j'ai le sentiment merveilleux que tout est en train de s'arranger. Que tout ira bien désormais. Que les choses se remettent en place, tout simplement.

Je tape le code du bâtiment et me débrouille comme je peux pour faire rouler mon portant à l'intérieur. Je me résigne à aller prendre le courrier et me dirige vers l'ascenseur.

Au moment où je m'arrête devant, je fronce les sourcils. Un papier est accroché dessus. Je pense d'abord au fait qu'il puisse être en panne – ce qui n'aurait rien d'étonnant, vous en conviendrez –, mais non. Sur la feuille est écrit :

VIENS, ON S'AIME

C'est quoi, ce truc ? Avant même d'avoir eu le temps de reconnaître l'écriture familière, un *ding* sonore se fait entendre et les portes s'ouvrent. Mon cœur fait un bond de trois mètres lorsque mes yeux tombent directement sur ceux de Loan, debout au milieu de la cabine. Lui aussi semble étonné de me voir car il hausse les sourcils et entrouvre la bouche.

Merdalors.

Ma peau s'embrase lentement et réchauffe ma poitrine. C'est la première fois que je le revois depuis ce court moment que nous avons partagé dans ma chambre du Jura. Deux semaines, deux longues semaines qui n'ont en rien atténué la force de mes sentiments.

Nous nous regardons sans rien dire pendant quelques secondes. Assez pour que je le reluque dans toute sa splendeur. Il porte un jean taille basse et un tee-shirt noirs sur des Stan Smith blanches. Sa peau est plus bronzée, rendant les muscles de ses bras plus saillants encore.

Bordel, ce qu'il m'a manqué.

CHAPITRE 41
Aujourd'hui

LOAN

Bordel, ce qu'elle m'a manqué.

Je la regarde dans toute sa hauteur, le cœur et l'entrejambe en pleine palpitation. Elle est tellement belle. Se rend-elle compte qu'elle est si belle ? À ce moment précis, je réalise combien elle a changé en un an et demi. Elle a toujours été belle, cela va sans dire. Mais s'est ajoutée à la fille enfantine que j'ai rencontrée une sensualité de femme qui la rend renversante. Elle me chavire le cœur, tout simplement.

– Loan ? Qu'est-ce que tu fais là ?

– Tu n'étais pas censée arriver si tôt, dis-je enfin en grimaçant.

En effet, je ne m'attendais absolument pas à tomber sur elle. Je descendais parce que j'ai oublié mon téléphone dans la voiture. Je pensais qu'elle arriverait une bonne demi-heure plus tard. J'espère au moins que son entretien s'est bien passé.

Mais au sourire qu'elle arborait avant de m'apercevoir, je suppose que oui.

Elle me regarde sans savoir quoi dire. Et c'est ainsi, Mesdames et Messieurs, que mon plan de romance à l'eau de rose foire en beauté. Évidemment.

– Tu es très belle.

C'est un bon début. Et c'est la vérité. Elle a l'air épanouie, ça me fait plaisir.

– Tu entres avec moi ? lui proposé-je doucement, l'invitant d'un geste de la main.

Elle accepte, soudainement timide, et me dépasse en baissant les yeux. Son odeur de fleur est à tomber par terre. Calme-toi, Loan, ce n'est pas le moment. Garde tes autres sens pour *après* la déclaration.

Je guette sa réaction tandis que les portes se referment lentement. Je n'appuie sur aucun bouton, si bien que nous faisons du sur-place. Nous y sommes enfin.

– Ton plafond n'était pas assez grand.

– Waouh… murmure-t-elle en tournant sur elle-même, les yeux faisant le tour de la cabine.

Je ne suis pas peu fier de mon coup, je dois l'admettre. Surtout quand je vois de telles étincelles dans ses yeux ambre.

Il y a des photos de nous partout. L'ascenseur en est recouvert, autant sur les parois que sur le plafond. Cet endroit mythique qui se trouve être au centre de notre relation. Nous nous sommes connus à cette place très précise. Un soir que je n'oublierai jamais. Ce 31 décembre-là, une fille au nom de fleur et au visage insolite m'a retourné le cœur.

L'un de mes plus beaux souvenirs.

– Loan… Je sais que tu m'aimes. Je te crois. Tu n'avais pas besoin de faire tout ça.

– Il le fallait, je réponds en la regardant droit dans les yeux. Tu voulais de l'espace, je t'en ai donné. Tu voulais être certaine de mes sentiments, alors je vais tout te dire.

Elle me rend mon regard, bouche bée. Je ne perds pas de temps et me poste derrière elle, posant une main dans le creux de son dos. Elle frissonne sous mes doigts, mais ne fait aucun commentaire. La toucher à nouveau fait tout exploser dans ma tête, putain.

Dans son dos, la bouche près de sa tempe, je pointe le doigt sur une photo de nous deux. Nous sommes au supermarché, Violette assise sur mes épaules afin d'attraper un sachet de gâteaux en hauteur. Une magnifique photo pour une magnifique soirée.

– Tu te rappelles de ce jour-là ?

– C'est la première fois que j'ai rencontré Jason et Ethan, murmure-t-elle, plongée dans le passé. On est allés acheter de quoi grignoter et Jason nous a pris en photo pour se moquer.

Je hoche la tête, mes lèvres frottant contre sa peau. Chacun a une version différente d'un moment commun. Je sais que ce soir-là était peut-être anodin pour elle, que cette photo est tout juste passablement mignonne selon les autres. Mais c'est bien plus que cela.

– C'était un jour important pour moi, lui expliqué-je. Lucie venait de me quitter, mais toi tu étais encore là. Tu étais encore là et je voulais que tu fasses partie de la petite famille qu'on formait déjà avec Jason et Ethan. Quand j'ai vu combien ils t'adoraient, je crois que la moitié que tu occupais dans mon cœur s'est agrandie un peu plus. (Je tourne légèrement la tête vers elle, mon souffle contre son oreille.) Et ça a été comme ça pendant un an et demi. À chacune de ces photos, la moitié de mon cœur qui t'était destinée s'agrandissait et poussait tous les autres. Doucement mais sûrement, tous les jours un peu plus.

Je la contemple, silencieux. Elle fixe les centaines de photos qui nous entourent, encore et toujours muette. Je sais qu'elle est émue parce que ses yeux brillent et qu'elle a entrouvert les lèvres pour pouvoir respirer.

Je la fais doucement pivoter, effectuant une pression sur ses hanches, et pointe une nouvelle photo du doigt. Elle nous représente à la plage, Violette en train de rire tandis que je la porte sur mon dos. J'adore cette photo parce qu'elle illumine de toute part.

– Et là, tu te souviens ? la questionné-je tout bas, les deux mains sur sa taille.

Elle ne se dégage pas, la poitrine se soulevant en rythme avec les battements de son cœur. Je me demande si, comme le mien, il palpite à toute vitesse.

– Notre week-end en Normandie, répond-elle en souriant franchement. Je t'avais dit que je n'y étais jamais allée… Le lendemain, tu m'attendais à l'entrée de l'ESMOD avec mon sac et on a pris la route.

Exact. Et c'était un merveilleux week-end, l'un de mes meilleurs. Deux jours de pur bonheur qui m'ont donné envie d'aller vivre avec elle dans une hutte mongolienne. Sauf qu'à cette époque, je n'avais pas vraiment compris que tout ça, c'était de l'amour.

– Je roulais les fenêtres ouvertes et tu chantais plus fort que la radio, les pieds sur le tableau de bord. À Deauville, on a mangé juste à côté de Daniel Auteuil.

Elle sourit à ce souvenir. On s'était chamaillés parce qu'elle était persuadée que c'était lui et que je trouvais qu'il ne lui ressemblait pas tant que ça. À la fin, il s'était tourné vers nous et nous avait dit en plaisantant : « Je ne me ressemble peut-être pas, mais je ne suis pas encore sourd ».

– C'était magique, souffle-t-elle.

– Je suis d'accord.

Violette presse les yeux en s'humectant les lèvres. Je ne sais pas ce que ce geste signifie, mais j'espère qu'elle comprend ce que j'essaie désespérément de lui dire. Elle est sur le point de se retourner pour me dire quelque chose quand j'entrelace mes doigts aux siens et l'amène à l'autre bout de l'ascenseur. Je veux qu'elle entende tout ce que j'ai à dire.

– Une dernière. Celle-là, tu ne peux pas t'en souvenir, dis-je timidement en lui montrant une photo prise à son insu.

Violette écarquille les yeux, étonnée. Sur la photo, elle est allongée sur le ventre, nue. La couverture est montée jusqu'à la naissance de ses fesses, si bien que seul son dos est dévoilé. Ses cheveux forment une toile dorée autour de son visage, dont certains ondulent dans sa nuque délicate. Elle est de profil, ainsi nous ne voyons que la partie de son visage éclaboussée par les taches de rousseur. Malgré cela, on peut voir l'expression qu'elle arbore.

Une mine pleinement détendue.

Même si elle n'avait aucune connaissance de cette photo, je sais qu'elle sait quand elle été prise. Il n'y a qu'une seule nuit où nous nous sommes retrouvés nus dans son lit.

– La première fois qu'on a fait l'amour, tu t'es endormie dans mes bras, dis-je d'une voix rendue rauque par l'émotion. Et tu étais tellement magnifique… tellement innocente… que je n'ai pas su résister. Je suis allé chercher mon appareil photo pour te prendre avant que tu te réveilles.

Je m'écarte à contrecœur, ne lâchant pas sa main pour autant, et me poste à côté d'elle. Violette ne quitte pas son double des yeux, ahurie. Ce qu'elle répond ne fait absolument pas partie du script, et me prend de court :

– Je ne comprends pas.

Je fronce les sourcils.

– Qu'est-ce que tu ne comprends pas ?

Elle tourne la tête vers moi, sincèrement confuse.

– Pourquoi tu as pris cette photo. Ou plutôt, pourquoi tu l'as gardée.

Je caresse sa main de mon pouce. Si seulement je pouvais lui donner mon cœur et l'ouvrir sous ses yeux pour lui montrer tout ce qu'il contient ! Elle n'y verrait que son prénom, partout, à chaque recoin. Et alors peut-être que là, elle me croirait.

– Parce que ce soir-là, quelque chose a changé. Ce n'était déjà plus de l'amitié entre toi et moi, pourtant nous venions de passer un autre cap. Mon cœur a débordé de toi et je me suis retrouvé comme un con, avec une moitié de cœur appelée « Violette » qui avait fini par prendre trop de place. À partir de ce moment-là, tout s'est embrouillé dans ma tête et j'ai fait n'importe quoi. J'ai détesté Clément, je t'en ai voulu d'être avec lui, j'ai jalousé Jason et Zoé pour leur relation sans soucis…

Elle me regarde comme si je venais de lui annoncer la fermeture des entreprises Kinder, et une larme coule sur sa joue. Je m'approche davantage, mes doigts toujours entremêlés aux siens, et l'essuie avec le pouce.

– La vérité, c'est qu'il n'y a pas une seule photo de nous parmi toutes celles-ci sur laquelle je n'étais pas déjà raide dingue de toi. La vérité, c'est que si j'aimais vraiment Lucie, je ne serais pas tombé amoureux de toi. Sauf que c'est arrivé. Une centaine de fois au moins. C'est arrivé quand tu as commencé à utiliser ma brosse à dents, c'est arrivé une autre fois quand tu as couru dans l'appartement en criant Le Mot, puis une autre fois quand tu m'as pris dans tes bras derrière cette putain de voiture, après l'entrevue désastreuse avec ma mère… et je peux continuer comme ça encore longtemps. J'aimais Lucie, c'est vrai, mais tu t'es pointée. Tu t'es pointée comme un arc-en-ciel après la pluie, comme la première violette au printemps, et je t'ai aimée plus encore.

Elle pleure à chaudes larmes, désormais. Je n'ai jamais aimé la voir pleurer, ni aucune autre femme, d'ailleurs, mais cette fois je sais que c'est pour la bonne cause. Je sais qu'elle pleure parce que je l'aime et qu'elle m'aime elle aussi. Elle pleure parce qu'elle sait que le pire est derrière nous. Je l'espère.

Je porte nos mains à ma bouche et embrasse ses phalanges, laissant retomber mon front contre le sien. Son corps vacille de lui-même vers moi, reconnaissant l'âme sœur qui lui fait face.

– Alors ? murmuré-je, un sourire en coin déformant mes lèvres. Enfin prête à tenter l'aventure ?

J'attends qu'elle dise quelque chose, le cœur au bord des lèvres. Cela n'arrive jamais. À la place, elle sourit et enroule ses bras autour de mon cou avant de plaquer sa bouche contre la mienne ; enfin.

Je n'aurais pu espérer meilleure réponse.

Elle s'arc-boute contre mon torse et ouvre la bouche pour m'accueillir. L'embrasser ne m'a jamais paru aussi bon. Ses lèvres m'ont manqué elles aussi. Elles sont douces et m'embrassent tendrement. Je me noie dans une vague de désir ardent tandis que sa langue s'enroule autour de la mienne et caresse mon palais.

Rapidement, le baiser s'intensifie et mes mains sont partout sur elle. Je la soulève sans même reprendre ma respiration, les mains sous ses fesses, et lui dévore la bouche avec fièvre et urgence.

– Je t'aime aussi, me chuchote-t-elle entre deux baisers langoureux.

Je souris contre ses lèvres, comme un idiot. Je n'arrive pas à y croire. Nous y sommes arrivés. Je suis officiellement en couple avec ma meilleure amie. Et ça ne fait pas partie d'un deal, je le jure.

– Loan…

– Oui, Violette-qui-sent-la-violette ?

Je ne la lâche pas, pressant ma main dans son dos comme pour l'empêcher d'aller quelque part.

– Est-ce que ça veut dire que je suis…

– Ma copine ? Je crois bien que oui. Tu peux dès maintenant le dire à André. Je m'incruste aux prochaines vacances dans le Jura.

Elle rit doucement dans mon cou, imaginant probablement la réaction de son père en nous voyant débarquer. Je lui prends alors le visage de mes mains et l'embrasse tendrement sur les lèvres. Ses yeux me fixent avec intensité, ravageant les tréfonds de mon âme.

– Je préfère te prévenir… dis-je. Quand je tombe amoureux, c'est pour la vie.

Elle presse les paupières, comme pour goûter l'écho que ces paroles ont sur elle. Elle finit par sourire en me taquinant :

– Toute la vie, c'est long…

– Est-ce que tu aurais la trouille ?

Je la colle contre moi, un sourcil haussé.

– Non, dit-elle enfin. Et toi ?

Mon cœur se réchauffe et mon sourire s'élargit sous le regard qu'elle m'adresse.

Le même que celui qu'elle avait eu en me souhaitant la bonne année, il y a un an et demi.

– Non, Violette-qui-sent-la-violette. Je n'ai plus peur.

ÉPILOGUE

Cinq ans plus tard

VIOLETTE

– Est-ce que tu sais que j'ai descendu deux pots de Nutella en moins de deux semaines ?

Loan ne m'écoute pas le moins du monde, trop occupé à faire tomber des baisers en cascade le long de mon cou. Je reste allongée sur le dos, une main fourrée dans ses cheveux ébouriffés par six heures de sommeil. Un bâillement me vient, que j'écrase tout de suite.

Bon sang, je suis exténuée. J'aurais bien besoin d'une grasse matinée… mais comment résister plus longtemps quand votre petit ami mille fois plus sexy chaque jour que Dieu fait vous réveille à coup de langue ?

Bah on ne résiste pas, c'est tout.

Je crois que je ne me lasserai jamais de me réveiller à côté de lui, dans *notre* appartement. Le nouveau, celui dans lequel nous avons emménagé il y a deux mois à peine, qui comprend deux chambres dont une en mezzanine et un balconnet typiquement parisien. Une petite folie.

– Loan.

– Mmh… marmonne-t-il au-dessus de moi, faisant glisser le drap qui couvre mon corps nu.

– Je te parle…

Il me lèche le cou, aussi doucement qu'un chat, et embrasse chaque carré brûlant de ma peau, ce qui me vaut des décharges électriques dans toutes les terminaisons nerveuses de mon corps. Bon Dieu, je suis incapable d'avoir une conversation avec lui quand c'est comme ça. Le pire, c'est qu'il le sait et qu'il en profite ! Surtout quand on s'engueule – et qu'il a tort. Nous connaissons pas mal de disputes, dont la plupart se finissent en câlin. Dans ces cas-là, je remarque que c'est toujours quand j'ai raison.

Chaque fois, il réussit à m'amadouer. Je suis trop faible.

Mais parfois, la faiblesse a du bon. Si, je vous assure. Du très bon, même.

– Je suis en train de te dire que je me suis goinfrée comme une truie.

Ce qui n'a pas l'air de le déranger, vu ce que je sens grandir contre mon bas-ventre. C'en est trop. Si je le laisse faire son petit manège plus longtemps, je vais finir par céder. Or, j'ai besoin qu'il me rassure.

Je tire donc sur la racine de ses cheveux et le force à lever les yeux vers moi, décidée à ce qu'il m'écoute. Ses iris azurite se plongent alors dans les miens, étincelants de désir et de sommeil encore brumeux. Sa bouche se tord en un sourire lascif que je ne connais que trop bien. Mon cœur crépite comme du pop-corn.

Je suis foutue.

– C'est censé changer de d'habitude ?

– Te moque pas ! lui rétorqué-je en faisant la moue, rougissante. Je suis sûre que tu l'as remarqué mais que tu es trop poli pour me le dire.

Cette fois, j'ai toute son attention. Il n'est pas stupide, le coco, il sait que quand une femme – et particulièrement la sienne – lui parle de son poids, il doit s'y intéresser. Loan, qui a fini par piger le truc au bout de cinq ans de relation, se redresse sur ses poings.

– Quoi donc ?

Je baisse les yeux, glissant les mains le long de ses biceps puissants. Ce n'est pas toujours drôle de s'empâter à côté d'un mec ultra canon comme Loan. Surtout quand sa nouvelle collègue à la caserne est une grande rousse aux lèvres pulpeuses. Shana, à ce qu'il paraît. Sérieusement, qui s'appelle Shana de nos jours sans faire partie d'une série à la *New Girl ?*

– Que je suis devenue grosse…

Ses doigts chauds viennent se poser sous mon menton pour m'obliger à défier son regard. Pas n'importe quel regard. Ce regard qui fait tomber toutes les petites culottes par magie – une chance que je n'aie déjà plus la mienne. Ce regard qui me fait rougir quand il me l'adresse en plein restaurant avec mon père et sa nouvelle compagne, Sabine. Ce regard qui veut dire : « Je ne tiendrai pas le trajet jusqu'à la maison ».

On n'a jamais tenu.

– Tu n'es pas grosse, Violette.

– C'est facile à dire, Monsieur-je-donne-des-orgasmes-rien-qu'en-souriant-comme-un-crétin !

Loan se redresse et s'assoit, un sourcil arqué. Il est irrésistible, comme ça. Après cinq ans, Loan est devenu encore plus sexy qu'avant, comme si c'était possible.

– C'est bon à savoir, que je puisse te donner un orgasme sans même te toucher. Je n'ai plus à faire tous ces eff…

Je réagis au quart de tour et plaque mes mains sur sa bouche, qui se fend d'un immense sourire.

– Tututut ! m'écrié-je. Ne prenons pas de décisions prématurées… je n'ai jamais dit ça… Les efforts, c'est important.

Il hoche la tête pour me donner raison et retire lentement mes doigts de sa bouche, sans jamais me quitter des yeux.

– Je suis d'accord…

Ma peau se recouvre de chair de poule tandis qu'il se penche et m'embrasse le creux de la poitrine. Je rejette la tête en arrière sur l'oreiller, les yeux fermés, et le laisse se frayer un chemin mouillé vers mon nombril. Sa langue le titille, ses mains caressent l'intérieur de mes cuisses. Et ma respiration se fait de plus en plus haletante, et mon cœur s'affole, et je sens son souffle sur mon intimité… Bordel.

– Loan, j'en ai marre !

Loan soupire, coupé dans son élan, et remonte vers moi à contrecœur. Il s'allonge à ma droite, repoussant une mèche de mes cheveux derrière mon oreille.

– Mais tu es enceinte, mon cœur. C'est normal, de prendre du poids, dit-il avant d'embrasser le haut de mon ventre rond.

Je plisse les yeux, peu convaincue, et caresse mon ventre avec douceur. D'accord, il a raison. Mais quand même, ça ne fait que six mois. J'ai déjà pris dix kilos.

Les doigts de Loan s'entrelacent aux miens sur la surface de mon ventre, rassurants. Il adore faire ça. Parfois, tôt le matin, avant qu'il se lève pour filer à la caserne, ses caresses me réveillent. Je fais semblant de dormir et le regarde à travers mes cils. Dans ces moments-là, je suis convaincue qu'il fera un merveilleux père, même s'il a peur du contraire. J'ai beau lui dire qu'il n'a pas à avoir peur des problèmes pathologiques de sa mère, surtout maintenant que son père a décidé de la placer en centre spécial, je sais qu'il est terrifié.

Je me rappelle parfaitement du jour où je lui ai annoncé la grande nouvelle. Avoir un bébé n'était pas dans nos plans, du moins pas avant deux ou trois ans. C'est arrivé un peu comme ça, c'est vrai, mais je l'ai pris comme un signe. Ce jour-là, je lui avais proposé d'aller dîner au restaurant, il ne s'était douté de rien. Puis au dessert, je lui ai tendu un cadeau. Lorsqu'il a déplié le minuscule body blanc de sa boîte, sur lequel il y avait écrit « J'aime mon papa », je crois que nos deux cœurs se sont arrêtés de battre.

Il s'est figé, les traits impassibles. J'ai patienté, ne m'attendant pas spécialement à ce qu'il saute de joie. Après tout, nous n'en avions jamais parlé. Loan venait d'être promu, j'étais en plein CDI chez Jolies Mômes et nous avions prévu de faire un road trip en Inde.

Sauf qu'il a posé le coude sur la table et s'est caché le visage d'une main, sans jamais lâcher le body de l'autre. Tout de suite, j'ai pris peur. Je me suis levée de table pour m'approcher et lui dire qu'on pouvait en discuter. C'est quand il a retiré sa main de ses yeux que j'ai vu qu'il pleurait. Il m'a accordé un léger sourire, presque désolé, et m'a dit : « Je t'aime tellement ».

Je crois que je suis retombée amoureuse de lui ce soir-là.

– Ces dix kilos te dérangent vraiment beaucoup ? me demande-t-il.

– Oui !

– Alors on n'aura qu'à faire beaucoup d'exercice toi et moi.

Je souris tandis qu'il me prend le visage en coupe et m'embrasse durement. Mon cœur effectue un salto arrière. Sa langue tourne dans ma bouche avec sauvagerie, sa main descendant le long de mon épine dorsale, et me lèche le palais. C'est l'heure du sport ! Je repousse les draps une bonne fois pour toutes et le chevauche, les mains sur son ventre ferme. Cette position n'est pas l'une des plus confortables dans ma situation, je le confirme, mais le missionnaire est bien pire. Ce ventre prend toute la place.

Je me penche et lui mordille le lobe de l'oreille tandis qu'il pose ses mains sur mes fesses pleines.

– Attends… Je ne risque pas de faire mal au bébé, si ?

– Mais non, soufflé-je en lui embrassant le cou.

– Tu es sûre ?

Je roule des yeux.

– Complètement sûre. Il doit sûrement dormir… ou faire d'autres trucs que les bébés font.

Au moment où il prend les choses en main, me croyant sur parole, le téléphone sonne. Loan grogne de frustration, retombant sur son oreiller.

– Vous vous êtes donné le mot, ou quoi ?

– Arrête de râler, m'esclaffé-je en tendant la main vers le téléphone, toujours assise à califourchon sur lui. Oui, allô ?

– C'est Zoé. Tu fous quoi ? retentit la voix de ma meilleure amie à travers le combiné. Tu as déjà dix minutes de retard !

Je me raidis, et mon sourire s'éclipse instantanément. Merde ! Loan, n'ayant pas entendu, m'embrasse les seins. Je tente de réfléchir à toute vitesse afin d'inventer une excuse crédible, mais la langue de mon petit ami me fait perdre le fil.

– Oh… Je… *Waouh*… Désolée ! Je suis sur la route, bredouillé-je en pressant les yeux.

– Tu me prends pour une conne ?

– Je te jure ! Y'a un putain de… de camion qui bouche la route, et… TU VAS LA BOUGER, TA CAISSE !!

Loan relève la tête vers moi, stupéfait. Je lui fais la grimace pour qu'il comprenne, mais il se contente de secouer la tête. J'avais complètement oublié avoir rendez-vous avec Zoé et sa belle-sœur, Jade. Elle voulait que je sois là pour lui éviter de l'étriper – tout ne se passe pas comme prévu entre elles, surtout quand Jason prend sans arrêt sa défense.

– Violette, je t'appelle sur ton fixe ! me fait savoir Zoé. Donc si, tu me prends vraiment pour une conne.

Je me frappe le front, ravalant un éclat de rire nerveux. Pour ma défense, il est scientifiquement prouvé que lorsque nous sommes enceintes, nous perdons quelques neurones.

– Ah oui, en effet. Bon… bah je fais vite.

Elle me redonne l'adresse et je raccroche précipitamment. Loan n'a toujours pas abandonné son projet matinal, malheureusement je l'interromps une nouvelle fois.

– On est en retard ! m'exclamé-je en le repoussant contre le matelas.

Je descends de notre lit pour m'habiller, en panique. Si je laisse Zoé seule avec Jade trop longtemps, j'ai peur de ce que je vais trouver en arrivant. Loan ronchonne mais je le presse en lui hurlant de se dépêcher. Forcément, il prend le rythme et angoisse presque autant que moi. C'est-à-dire que depuis que nous sommes ensemble, Loan a perdu l'habitude d'être à l'heure. Ce n'est pas ma faute non plus, même si c'est ce qu'il dit. En vrai, je suis persuadée qu'il y prend goût. Être à l'heure, c'est pour les losers.

J'enfile la première robe ample qui me passe sous la main, le réveil affiche onze heures quarante-cinq. J'avais rendez-vous à la demie. J'essaie de fermer ma robe jusqu'à la nuque, sans succès.

– Aide-moi à monter ma fermeture, vite ! demandé-je à Loan, qui tente d'enfiler son jean à toute vitesse.

Il le passe rapidement et s'approche de moi pour s'exécuter. Je lève les yeux au ciel en constatant qu'il la baisse au lieu de la remonter.

– Je veux que tu me la mettes, pas que tu me l'enlèves, Loan.

– Merde, désolé. L'habitude.

Il la monte et repart en direction de la salle de bain pour se laver les dents. Je l'entends jurer dans sa barbe quand il manque d'écraser Mistinguette au passage. Pendant ce temps-là, je cours partout dans la chambre pour me trouver des bas et des chaussures.

– Et merde ! s'exclame Loan en revenant dans la chambre.

– Quoi ?! m'écrié-je, en me retournant vers lui. Ne me dis pas que tu as écrasé Mistinguette !

Celle-ci sort de sous le lit, comme si elle avait compris qu'on parlait d'elle, et gambade jusqu'aux jambes de Loan. Celui-ci se frotte le pied, qu'il s'est visiblement cogné contre le coin de l'armoire.

– Non, ma femme va bien.

– Ta femme, hein ?

Loan, encore torse nu et le jean déboutonné, s'approche en souriant.

– La deuxième, bien sûr.

– Hum.

Il finit de s'habiller tandis que je me rue dans le salon et enfile une veste légère. Loan me suit, chopant quelque chose qui gît sur la table de la cuisine au passage. Nous descendons les escaliers aussi vite que possible et montons en voiture, enfin prêts. Il me passe le pain au chocolat qu'il m'a pris, que je dévore en quelques minutes à peine, avant de démarrer.

– Au fait, tu as demandé à Jason, pour Mistinguette ? le questionné-je en me maquillant dans le rétroviseur.

Il lève les yeux au ciel, ce qui ne présage rien de bon. En effet, il nous reste encore une semaine avant de partir en vacances en amoureux. On a décidé de partir dans le Sud. Ce n'est pas exceptionnel, mais il y a trois ans déjà, alors que je n'étais pas encore grosse comme une baleine, Loan m'a emmenée au Pérou pour voir le Machu Picchu. Un rêve de gosse.

Tout ça pour dire qu'on avait pensé à Jason et Zoé pour s'occuper de Mistinguette. Un risque à prendre comme un autre.

– Oui, je lui ai demandé.

– Et… ?

Loan me lance un coup d'œil en biais, l'air blasé.

– Et il a dit oui. Juste avant de me demander si « les lapins, ça mange des os de poulet ».

Je vois. Et dire qu'il sera le parrain de mon enfant…

– Je te préviens, poursuit-il. Si on a une fille, on déménage loin d'ici.

Je pose machinalement mes mains sur mon ventre en tournant la tête vers lui, surprise.

– Pourquoi ça ?

– Avec Jason dans les parages ? Jamais ! Il risquerait de la mettre en cloque à seize ans.

J'éclate de rire malgré la blague à la limite du glauque. Pour tout dire, nous n'avons pas demandé à connaître le sexe du bébé. Malheureusement, je n'ai pas pu tenir. Je ne suis pas fière de ce que j'ai fait… mais oui, je l'avoue, j'ai menacé la gynécologue pour savoir.

Évidemment, je ne l'ai dit à personne, même pas à Zoé. C'est mon petit secret.

Je regarde Loan, qui est concentré sur la route, et souris avec automatisme. J'ai hâte de découvrir les étoiles dans ses yeux quand il verra qu'il est papa d'une petite Anaé. En tout cas, j'ai l'intention de ne déménager nulle part.

– Tu as dit à Jason qu'il serait parrain, Loan. Faut bien qu'on reste.

– Ouais, je sais, soupire-t-il. J'étais sûrement bourré, ce soir-là.

Nous arrivons bientôt à destination, si bien que je soupire. Je ne sais même plus pourquoi j'ai accepté de soutenir Zoé dans cette épreuve. Au lieu de ça, j'aurais pu rester au lit avec Loan, à continuer ce que nous avions commencé.

– Je passe te chercher après ? me propose celui-ci, pressant ma cuisse dans sa main.

– Oh que oui. On a une séance de sport qui nous attend, le taquiné-je.

Il rit dans sa barbe, l'air tenté.

– Tais-toi ou tu ne sortiras jamais de cette voiture.

Je hausse un sourcil, d'humeur coquine, et soulève légèrement ma robe sur mes cuisses.

– J'aimerais bien…

Loan jette un œil à mes jambes découvertes, avant de soupirer de frustration. Je le regarde se mordre les lèvres, victorieuse.

– Putain. Tu as eu le temps d'enfiler ces trucs en trois minutes chrono ?

Je rabats le bord de ma robe sur mes porte-jarretelles, haussant les épaules. Je sais parfaitement comment le mettre à genoux, et je ne m'en lasse pas.

– Une femme sait faire beaucoup de choses.

Loan s'arrête enfin sur la chaussée, en face du magasin dans lequel Zoé et Jade m'attendent. Je remercie Loan d'un clin d'œil et ouvre la portière pour descendre. Mais je sens soudain quelque chose qui tire sur ma robe. Je me retourne, Loan ayant le bras sur le dossier de mon siège. Je souris et me penche pour lui embrasser les lèvres, mes mains sur ses joues.

– On se voit ce soir à la maison, murmure-t-il. Je compte bien te montrer ce que les hommes savent faire de mieux.

Toute ma colonne vertébrale frissonne sous ces mots. Pourtant, je joue le jeu et lui caresse la joue d'un air rêveur.

– Le ménage ? Hmmmm, merci mon ange, j'attendais justement que tu te proposes.

Loan sourit doucement, piégé, si bien que j'en profite pour me dégager et claquer la portière derrière moi.

– Violette !

Je stoppe au milieu du trottoir et fais volte-face. Loan affiche un air plus que sérieux à travers la vitre baissée. J'attends qu'il parle, mais il se contente de me regarder.

– Je t'aime.

Et voilà. Je le contemple, me demandant comment tout ce bonheur qui m'étreint la poitrine est possible. Je ne sais pas à qui je dois cette chance… mais je suis bien contente de m'être trouvée dans cet ascenseur. D'ailleurs, ce dernier n'est plus jamais retombé en panne. Comme quoi, je ne peux que croire au destin.

Je me pince les lèvres et remonte en voiture sous le regard étonné de Loan.

– Finalement, je crois que je suis malade, aujourd'hui, annoncé-je en refermant ma portière. Je ne voudrais pas contaminer les filles.

Les lèvres de Loan s'incurvent et forment un sourire narquois.

– Tu as raison, je le sens d'ici. Tu pues les microbes à plein nez…

Il passe sa main dans mes cheveux et m'embrasse langoureusement, m'enivrant de bonheur.

Je ne sais pas ce qui se passera dans le futur, si nous serons heureux toute la vie ou si les événements feront que nos chemins se sépareront. Tout ce que je sais, c'est que là, tout de suite… je suis pleinement heureuse.

Et de ça, je compte bien en profiter le plus possible.

FIN.

REMERCIEMENTS

Bon, eh bien je crois que c'est THE moment stressant où il ne faut surtout pas oublier de remercier quelqu'un. Oui, car si *Viens, on s'aime* a pris racine dans ma tête, il n'aurait jamais vu le jour sans ces quelques personnes qui ont cru en moi :

Doriane, une amie et lectrice qui a su gonfler mon ego d'auteure en herbe. On s'est rencontrées par hasard dans les couloirs de la fac, on s'est rendu compte qu'on lisait les mêmes romances sulfureuses (merci E. L. James), et presque naturellement je t'ai envoyé une histoire d'amour sans t'avouer que j'en étais l'auteure. Quand tu es revenue vers moi quelques jours plus tard en me disant combien c'était génial, j'ai su que mon travail valait quelque chose. C'était tout ce dont j'avais besoin pour me lancer.

Emma, lectrice, amie un peu folle et accessoirement ma marraine la fée. Violan n'en serait probablement pas là si tu n'avais pas envoyé leur histoire à mon insu, persuadée de leur succès futur.

Merci d'avoir cru en moi, d'avoir eu le courage de faire ce que je n'aurais pas fait, et merci à Christian Grey pour nous accorder de si nombreux fous rires (il le vaut bien).

Marie et Johan, parce qu'ils sont les malheureux vers qui je me tourne quand j'ai besoin de pleurer, de stresser et d'être sûre que tout cela n'est pas un rêve. Merci de me soutenir et de me porter jusqu'aux étoiles quand je n'y crois pas moi-même. #SquadMJM

Mes parents adorés, évidemment, qui ont poussé tout le monde à lire *Viens, on s'aime* sans penser aux scènes érotiques. Grâce à vous, je n'assisterai plus à aucun repas de famille. (Un petit mot spécial pour ma maman : contrairement à Violette, j'ai eu la chance d'avoir la meilleure de toutes. Tu es la femme de ma vie et je t'aime *de tous mes tentacules*.)

Sabrina, pour être à la fois ma tante, mon amie, et ma psy. Sans oublier mes frères, parce qu'ils m'ont demandé si j'allais les remercier et qu'ils ont râlé quand j'ai répondu non.

Sylvie, pour avoir cru en mon histoire, pour l'avoir comprise, soutenue, et pour avoir passé tout ce temps à relire les tirades de Violette-qui-sent-la-violette – tu dois me détester. Si Charlie Hunnam se pointe à ta porte un matin, pas d'inquiétude ; c'est cadeau.

La Meute, parce que vous ne le savez pas encore mais c'est sur votre épaule que je vais pleurer si ce livre fait un flop. Au moins, j'ai toujours mon rêve de partir élever des moutons en Mongolie (petite mention spéciale à mon groupe Eden Trash ainsi qu'à Clara et Agathe, que j'aime beaucoup trop).

L'équipe d'Hugo New Romance, évidemment, sans qui rien ne serait possible. Je n'ai pas rencontré tout le monde, et pourtant je sais qu'ils sont beaucoup à travailler en coulisses pour que ce livre voie le jour. Tout spécialement Hugues, le boss, qui a su me donner ma chance. J'ai failli faire un arrêt cardiaque le jour où j'ai reçu ton mail, mais je m'en remets doucement. Déborah et Olivia, mais aussi Mélusine, ma copine de féminisme, qui ne dit rien quand elle me voit écrire des gros mots sur Twitter – personne n'est parfait.

Et enfin : toutes mes lectrices du Web, celles qui ont lu les aventures de Violan en direct et qui ont suivi son évolution depuis le tout début. Je vous dois tout. Chacun de vos votes et de vos commentaires a été un soutien et une inspiration infaillibles. Ce livre est pour vous, avec une mention toute particulière pour mes copines : Élodie, Shirley, Emma, Sand, Becca, Ambre, Virginie et beaucoup d'autres. Quant à vous qui lisez *Viens, on s'aime* pour la toute première fois, je vous remercie de vous être arrêté (la couverture fait tout, nous sommes bien d'accord ?), et c'est plein de bisous pailletés que je vous envoie.

Composition et mise en pages
Nord Compo à Villeneuve-d'Ascq